# SUPERNOVA

## 超新星

谢晓东等/著

北京理工大学出版社
BEIJING INSTITUTE OF TECHNOLOGY PRESS

## 图书在版编目（CIP）数据

超新星 / 谢晓东等著. — 北京：北京理工大学出版社, 2017.7
　（虫）
ISBN 978-7-5682-4105-2

Ⅰ. ①超… Ⅱ. ①谢… Ⅲ. ①科学幻想小说-中国-当代 Ⅳ. ①I247.5

中国版本图书馆CIP数据核字(2017)第120032号

出版发行 / 北京理工大学出版社有限责任公司
社　　址 / 北京市海淀区中关村南大街5号
邮　　编 / 100081
电　　话 / （010）68914775（总编室）
　　　　　（010）82562903（教材售后服务热线）
　　　　　（010）68948351（其他图书服务热线）
网　　址 / http://www.bitpress.com.cn
经　　销 / 全国各地新华书店
印　　刷 / 北京季蜂印刷有限公司
开　　本 / 880毫米×1230毫米　1 / 32
印　　张 / 11.75　　　　　　　　　　　　　　责任编辑 / 田家珍
字　　数 / 264千字　　　　　　　　　　　　　文案编辑 / 田家珍
版　　次 / 2017年7月第1版　2017年7月第1次印刷　责任校对 / 孟祥敬
定　　价 / 35.80元　　　　　　　　　　　　　责任印制 / 施胜娟

　　近几年来，一批年轻作家的涌现正逐渐展示出中国科幻的朝气。不仅如此，其他方面也频传佳绩：《三体》、《北京折叠》先后获雨果奖，一大批原始资金涌入开发科幻电影市场等，都说明中国科幻又要迎来一个繁荣的时代。

　　但我们在高兴之余又不能忽视繁荣之下隐藏的危机，中国科幻作家不超百人，长篇作品数量更是屈指可数，其数量与西方作品根本无法相比。许多科幻爱好者在阅读《三体》的同时，不得不储备大量西方作品以防不时之需，这代表着中国科幻原创力量明显不足。

　　时代呼唤更多的人走上科幻创作的道路——只有科幻读者和科幻创作群体进一步扩大，中国科幻才能真正迎来大的爆发。幸运的是，这种"扩大"正在以非同一般的速度前进着。越来越多的作者、好作品纷纷涌现，同时也有越来越多的展示平台为这种"扩大"提供了必要的支撑。

科幻文汇就是这样一个为普通科幻写手所搭建起的平台，虽然它起的作用很小，但它让科幻迷可以尽自己的绵薄之力。本书所选取的都是中国科幻界的一些新人的作品，这些作品或许还难掩稚拙，但它们有朝气，代表着中国科幻的未来和希望。

刘慈欣说，他只是一个普通科幻迷。但我们这些心存梦想的普通科幻迷想沿着他的道路走向他的神坛却十分不易。

不过，任何成功都始于足下，行动胜过心动。

对于未来，我们满怀期待。

科幻文汇：李雷

2017 年 7 月 2 日

# 目 录

超 新 星 ■

# 阳光的吻

文／谢晓东

## 背景简介

2075 年，一颗富含氢元素被称作"火龙"的小行星与地球擦肩而过，南极冰川在一夜之间全部融化。与此同时，环太平洋火山地震带的海底火山群相继爆发，地球海平面抬升了 400 多米。全球百分之九十五的陆地被淹没，百分之八十的人口自此消失。少数幸存的人被转移到地下或是深海区，并重新延续人类的文明，开启了一个新的纪元。伴随着人类向深海区域的探索，一个新的海底文明从黑暗中显现出来，人类称之为"印卡加"。

## 大洋纪元 275 年

这是大海，一望无际的大海，一贯地气势磅礴，一贯地汹涌澎湃。而在这汹涌的海面上，却再也没有了驾驭风浪的帆与船，再也听不到海鸥搏击风浪时的咆哮。这里，只有单调的海涛声，一遍又一遍地重复着。

天空慢慢褪掉了它的湛蓝，换成了一副苍白的面孔。飞鸟们在蓝天下自由翱翔的身影已经成为过去——包括它们自己，也已经成为了过去。此时的天空，就像那片海，只剩下一片死寂。唯独阳光不曾抛弃这里，依旧按时出现。它从云层中照射下来，穿过被风激起的波涛，击碎了满世界的晶莹，从海面上刺进水里，化成一条条舞动的银蛇，向深海中游去，带着最热烈的吻所拥有的温度。

似乎突然感受到了那种熟悉的温度，他从梦中醒来，瞪着大大的眼睛，望着黑夜中某个角落里纷飞的萤火。突然，一只苍老而冰冷的手向他脑后一小撮类似毛发的纤维摸去。

"小帆，又在怀念那段日子吧？"

"爷爷，我又想妈妈了。我真的很难忘记她。"

"忘了她吧，孩子。"爷爷把脸凑过来，意味深长地说道，带着惋惜和无奈。"从5年前的那一天起，她已经不是你的妈妈了，而你，要永远记住，你再也不是人类的一分子了。你是古老的海底文明印卡加的子孙！"说这句话时，爷爷使劲拍了拍小帆的肩膀。

小帆把头深深地埋了起来，露出光滑的带着几片鳞甲的凝胶状小脑袋。闭起双眼的那一刻，那张熟悉而亲切的面孔又清晰地浮现在他的眼前，根本无法控制，自然而然就产生的。那张面孔就那样刻在了他的记忆深处，那么亲切，那么和蔼，他知道，那是他的妈妈。就算是被抛弃，也根本无法忘怀的一个人。

"那个女人的确与其他人类不同，至少当初她来到这里时所表现出的诚恳让我很钦佩，但是，最终，那种虚伪，那种人类骨子里所固有的自私，让我很失望！"

一种看不见的次声波穿透厚厚的水墙传到小帆脑袋上的感应纤维上，迅速而猛烈，让他小小的身体不由得一颤。他小小的脑袋清晰地感应到了爷爷的那种愤怒，那种骨子里的愤怒，那种愤怒很明显地带着两个文明种族之间的仇恨。

"要永远记住，你再也不是人类的一分子了。你是古老的海底文明印卡加的子孙！"他小小的脑袋中反复地响起爷爷的这句告诫。望着记忆中母亲五官端正的脸，完美对称的四肢，光滑细腻毫无瑕疵的皮肤，再望望自己满身奇怪的器官，以及这些器官上满布的鳞片、纤维，还有那些从身体的各个部位凸出的坚硬的骨质和角质皮肤。他根本找不到一处跟母亲相似的地方。也许这就是母亲抛弃他的原因吧？一种愤恨不知何时从他的心底慢慢地升腾起来。

第一次攻击，是从头顶上的一抹闪光开始的。

时隔5年之久，人类终于发现了这些残存的怪物。时隔5年，印卡加文明反抗人类战斗的号角重新吹响！

"那些家伙，他们，他们来了！"一个3米多高，长着腮囊，全身贴着厚厚鳞甲的哨兵指着峡谷上空一抹抹的光晕，惊恐地叫道。

"来的正好！立即出动鲸象和电鳗！准备迎击！"一个5米多高，手里拿着修长的铜制武器，头上长满海藻状发丝的壮硕大汉向他的部下吼道。

刚一说完，莫名地一脚从后面踹了过来，那个大汉立即像子弹一样破开一道又一道水墙飞到了对面5米远的崖壁上，贴在上面一动不动，惊恐的眼睛睁得老大。

"赫拉，你给我冷静点！跟他们正面交火不是找死吗！"一张布满鳞片的沧桑老脸冷峻得可怕。

"穆德长老，你害怕了吗？"贴在崖壁上的赫拉吃力地探着头，"我受够了！我们不能再像之前那样退缩了．我们必须去找回属于我们印卡加人的骄傲！"说这句话的时候，他把声音提得老高。

"混蛋！你这个头脑简单的家伙！"穆德长老瞪着眼，"如果我们无法给予我们的后代记住这种骄傲的机会，这种骄傲就一文不值！"

长老这句话的声音更高，分量更重，让赫拉整个人都颤抖起来。他知道，那个看起来纤瘦的老头，肩负着整个印卡加族的命运，肩负着使这个种族延续下去的责任，而那种责任的分量是他根本无法承受的。

赫拉被两个手下从破碎的岩壁上扯下来后，立即下令："所有人向峡谷深处撤离！"

很快，无数的闪光劈天盖地地倾泻了下来，将整个峡谷的上空照得如同白昼。随着一阵又一阵的爆炸从岩壁上传来，碎裂的巨石便开始在峡谷间肆意地翻滚起来，那些印卡加人生活的岩洞一个接一个地在闪光中四分五裂，化成一块又一块的碎石，缓缓地朝谷底落去。

"加油，孩子！你能行的！"

小帆望着那个叫鲸象的庞然大物，有些不知所措。那个家伙嘴大得出奇，深得可怕，甚至一口就能将人类的潜艇吞下去。而现在，他必须尝试着让自己在那张嘴里待上一阵子。爷爷的鼓励让他迈出了第一步，接着是小心翼翼的第二步，正准备迈出第三步时，一道耀眼的闪光从他的后面袭来，接着，一股激流将他猛地冲了起来。这一击，恰好让他跌进了鲸象的嘴里，然后滑到了某个黏稠的角落。随着那张巨嘴的合拢，整个世界变得漆黑一片。只能凭借那些吸进来的水流和空气才能判断出，这头鲸象正在高速行进着。

轰！又一阵骇人的震动从峡谷深处传来。刚刚进入峡谷深处的鲸象和电鳗突然调转方向向峡谷上空游去。

"可恶！那些家伙让峡谷附近的火山提前爆发了！"骑在一头巨型电鳗肩上正护送着人们奔赴峡谷深处的赫拉大声叫道，"快撤！往回撤！"

正准备回头时，无数的闪光又从这些印加人的头顶上散落了下来。巨大的冲击波以及翻滚的巨石很快将这些鲸象和电鳗组成的逃亡队伍冲得七零八落。

小帆安静地蹲在一个角落里，后背紧紧贴着鲸象那黏稠的胃壁，保持着平衡。他发现，鲸象吸进来的空气和水流已经开始变得紊乱起来。严重的时候，他那小小的身躯甚至被突然冲进来的水流撞到对面的胃壁上。而那胃壁竟然比岩壁还要坚硬得多，撞上去后，他整个身体都快散架了。幸亏那些刚刚分泌出来的黏稠液体，让他能够贴在上面，不至于被轻易地甩出去。

"很明显，我们被那些家伙有预谋地夹击了！"鲸象卫队的队长泰勒向旁边的穆德长老解释道，"长老！下命令吧！"愤怒的目光中满怀期待。

他知道，泰勒是印卡加真正的勇士。当然，也包括那些追随他的人。

这些人的生命早已献给了他们为之荣耀的种族，剩下的，只有无惧的灵魂！

穆德望着那些在乱石和闪光中不断往上疯窜的鲸象和电鳗群，明白了一件事。那就是，战争已经无法避免了！面对这种情况，他不得不放手一搏。他知道，峡谷深处很快就会被岩浆吞噬，唯一的生路就是头顶那一片广阔的海域。他们要想生存下去，就必须做出牺牲！不管这种行动所要付出的牺牲有多大，哪怕只有一个人能逃出去，那也是胜利！

"传我的命令，所有人向峡谷上空分散冲击，鲸象群在前，电鳗群在后！"

此时，头顶上空的闪光还在继续，却比之前的要少了许多。

"好机会！快冲出去！"一群骑着鲸象的印卡加人吼道。

正当这些人暗自庆幸的时候，一道不断变强的光突然出现在他们头顶的上空。

"那个，难道是……"

2秒钟过后，第一道直径5米的反物质能量光束从200米远的地方射了过来。2000度的高温瞬间融化掉了在这道光束中和光束附近的一切有机体。光束还在往下延伸，一直到谷底那满是岩浆的角落。这一击，让那些鲸象和电鳗纷纷失去了动力，像残花败叶般跌落谷底。

"不要让自己的大脑被死亡的恐惧填满，勇士们，冲吧，去实现你们的荣耀！去赢得印卡加人的骄傲！"穆德抱着刚刚战死的泰勒，朝着泰勒曾经率领的战士们吼道，那种姿态就像是一座宏伟的雕像。

义无反顾，太多的义无反顾。

当第二道光束从峡谷上空射下来时，没有人因为恐惧而退缩。大部分是迎着强光死去的，他们的义无反顾为后续的人们赢得了机会。当第三道光束再次从峡谷上空那狭窄的通道射下来时，已经有鲸象和电鳗冲了出来。但是，很快又被炮火轰成了碎片。

当第四道光束聚集好能量准备发射时，大量的鲸象和电鳗从黑暗中冲了出来，以惊人的速度撞上了那道光束的发射仪。它们也随之与那道光一起化为灰烬。

在猛烈的炮火下，在碎裂的装甲碎片和血腥的断臂残肢中，上演着种族与种族的厮杀，生命与生命的较量。

小帆是被人类从鲸象的胃中挖出来的。那头鲸象的尾巴已经被炮火轰烂了，但是，顽强的生命力让它没有立刻死去，人类捕到这个家伙时，它还在猛烈地抽搐着，直到人类将它的内脏挖出来，再将那些隐藏在这只鲸象身体里的印卡加人一个个拖出来时，它才从生命的痛苦中解脱。

小帆被挖出来时一直昏迷着，当他醒来已经是第3天的下午了。

这是一个封闭的透明的半球形建筑物，他躺在中央位置的实验台上。旁边，各种机器滴滴答答地运行着。一些纤细的塑料导管从一个机器上延伸出来，另一端连接在他身上的各个部位。他的手和脚也被固定在实验台上。他使劲扭了扭头，将目光投向隔壁的一间实验室。

这间实验室很大，里面整齐地排列着一排排5米多高的圆柱体玻璃容器。每个容器内的福尔马林液中都浸泡着一具印卡加人的尸体。从1米多高的小孩到5米高的成年人，那些包裹在他们身上的坚硬外壳已经被剥除掉了，露出深棕色的肉体。他们有的已经被削掉了后脑，露出了脑袋后的各种组织和纤维；有的被挖去了内脏，只剩一具空洞洞的躯干。当然，也有些健全的，他们都睁着大大的眼睛，脸上显现着临死前的狰狞。

"好久没见了啊，小帆。"一个穿着军队制服、戴着军帽的年轻人突然出现在他的面前。

望着帽子下面那张一贯严肃的面孔和冷峻的眼神，小帆一眼便认出这个站在自己面前，双手抱于胸前故意耍酷的哥哥。但是，他已经不再这样叫他了，从 5 年前开始，他已经不再这样叫了。

"你走开！"小帆忍着喉咙火燎般的疼痛，用已经不太熟练的人类语言朝他吼道。

"我明白，你很讨厌我这个哥哥。"他慢慢接近了他，一只手朝小帆的脸上抹去。"虽然我们同母异父，但你毕竟还是我的弟弟。"

"你是人类，你们骨子里的那种自私和虚伪是不可能改变的！"小帆扭过头，学着爷爷教育他的口吻对眼前这个男人厉声喝道。

"还记得吗？"他从上衣口袋里拿出一件东西，那是一枚精致的海星标本。"这枚海星是你做了很长时间才送给我的，那个时候我第一次叫了你一声弟弟，虽然极不情愿，但是我做到了。"他的口吻里带着一种莫名的亲切。"我希望，你也不会让我失望，对吧，小帆？"

"不可能，人类是不需要一个异族人做弟弟的。"

"当然！"

小帆以为这个男人会反驳，但这次却对他的话大加赞同，让他不由得一惊。

"很快，你就可以成为人类了。"那个男人又莫名奇妙地补充了一句，"我们需要确定你体内的基因成分是人类的多些还是印卡加人的多些。如果是人类的成分占多数，那么，我们就有可能将你变成人类。"

"如果是印卡加人的多些呢，你们会怎样？"

"不会的！不要胡思乱想！"他赶紧打断小帆，他并不希望小帆在做实验时顾忌太多。

"回答我！"小帆忍着喉咙的疼痛，再次提高了嗓音。

"不可能的。你可以运用人类的语言，你可以利用氧气呼吸，你可以用眼睛分泌出泪水，你可以用脚直立行走，最重要的是——你有个人类的母亲。这些都是那些印卡加人所没有的。"

"可是，我可以不用氧气就能在深海里呼吸，不用夜视仪就能在深海中望见远处的猎物，不用借助潜水器就能抵挡深海的高水压，最重要的是我有个印卡加人的父亲！"

"别跟我提起他！"他扯掉帽子，露出一头蓬松的黑发，涨红着脸朝小帆吼道。愤怒的目光似乎在警告小帆，那个男人的一切对他来说都是一种忌讳，都会触动他敏感的神经和忍耐的底线。

小帆瞪着眼睛望着他，一时不知道说什么好。虽然，对小帆来说，父亲不至于令他深恶痛绝，但他复杂的基因，他所承受的一切都是拜这个男人所赐，不免有些愤恨的情绪。但也不会像这个所谓的哥哥一样反应如此强烈。

"总之，无论如何，这次试验你都是要做的，不管你还认不认我这个哥哥。"他戴好帽子，将那枚海星标本放进上衣口袋，走了出去。

接着，一群穿着白大褂的人走了进来。他曾经在人类的教科书上看到过，人类形容他们为"白衣天使"，而这些所谓的"白衣天使"的杰作竟然是那些泡在福尔马林液中的印卡加人的尸体！他根本无法理解人类为何将这些病态的魔鬼叫做天使。

很快，他身体上连接着的导管被拿了下来。他被那些"白衣天使"罩在一个乳白色仪器内，一条红色的光线开始对他的全身进行扫描……

不知过了多久，也不知道自己是否还活着，小帆再次醒来时，已经不在那间实验室了。

这间房间很窄很整洁，墙壁是塑胶的，外面的一切都看不见。而他，安静地躺在一张干净的小床上，满眼的疲惫。双手双脚也没有被东西固定住，但他却一点力气都用不上，整个身体似乎已经被完全麻醉了。

他似乎猜到了实验的结果，静静地等待死刑的宣判。

此时，房间的门开了，一个熟悉的身影穿着一袭白衣走了进来。

"妈妈！"小帆探起头天真地叫道。虽然，他极不情愿这样叫她，但是理智还是无法压抑住那股思念的狂潮。每次见到她，心中总会涌出一股强烈的暖流，那就像是阳光最热烈的吻。

"闭嘴，你这个印卡加的小兔崽子！我已经不是你妈妈了！"女人板着脸，毫不留情地回应道。

这句话，就像一股寒流在他正准备迎接阳光的时候袭遍全身，透心彻骨！那一击，让他小小的身体突然一颤，整个人都被这种冰冷凝结在了一起。心如死灰！

与此同时，一枚嵌入墙壁的不起眼的针孔摄像头正在记录着这里发生的一切。当然，也包括刚刚那一幕。

小帆呆呆地望着那张熟悉的面孔，一撮乌黑的刘海像瀑布一样倾泻了下来，遮住了她的一只眼睛，眼神中的犀利从她另一只眼睛中迸发出来，但他却并没有从那眼神中读到话语中她对他的那种愤怒，更多的是淡淡的忧伤。

"妈妈，你怎么了？"小帆瞪着圆圆的眼睛，不敢相信自己的耳朵，急不可耐地想知道答案。

"让我来亲手解决你这个杂种！"她从衣兜中拿出了一枚注射器。红色的药水在灯光下闪着荧光。

"不，妈妈！你——"话还没说完，那根银色的针头已经插入他手臂被剜掉鳞片的肌肤上。而他，根本没有任何反抗的机会，只有两只眼睛大大地瞪着的，绝望而孤独！

但是，他并没有感觉到自己的死亡，而是源源不断的力量。

"这是妈妈给你准备的生日礼物，孩子。"母亲轻轻地凑了过来，耳语道，眼睛里闪烁着晶莹。那是世界上最美的光，比萤火更美，比阳光更温暖。它从妈妈的眼睛里折射出来，让整个世界都不再冰冷，不再漆黑，不再孤独。他真的好想回到5年前，还跟着妈妈的日子。那段日子里，他可以作为一个普通的人类小孩依偎在母亲的怀里，尽情嬉闹，尽情撒娇，忘记所有烦恼，忘记时间流逝，忘记自己。

"妈妈……我看到了……"

源源不断的动力不知何时已经回到小帆的体内，那些刚刚被剜去的鳞片又迅速地长了出来。

"是时候了。孩子，我们走！"她拉起小帆的手打开门，朝走廊的尽头狂奔起来。与此同时，走廊的警报器滴滴地响个不停。但走廊的尽头却依旧空空如也，没有警卫，甚至连执勤的工作人员都看不到。

"看来，你的哥哥已经成功了。"

走廊的尽头是一个封闭的半圆顶建筑物，它是这座水下基地的中心，也是潜艇发射港的所在地。而跟这个半圆顶建筑物连接着的其他走廊，血腥的厮杀正在进行着……

不知何时，那些5米多高全身贴着鳞甲的印卡加人已经被人从实验室里放了出来，而且被激活了体能。当然，这是有人特意这样做的。否则，那些被抓来的印卡加人就算逃了出来也都不可能迅速地恢复战斗力。那时，他们可能很快就成了"白衣天使"们在玻璃罐中的标本，以供欣赏。

而此时的他们，像一头头因为愤怒而失去理智的猛兽，挥舞着从外臂上延伸出来的大螯以及从背上凸出的比手术刀更锋利的脊椎刺，将自己的不满发泄在那些想将他们做成标本的"白衣天使"身上，拼命厮杀，拼命报复，仿佛只有这样才能缓解那种切齿之恨。而那些警卫们早已顾不上这边逃跑的母子，他们不敢分散精力，他们非常清楚那些印卡加人大螯的威力，只要稍不留神，就有可能被切成两半。

"你果然背叛了我！安迪娜！"当母子俩成功穿越走廊，来到一处空旷的潜艇发射港时，一群全副武装的卫队端着枪站了出来，与此同时，一个披着黑色长袍的金发男人也走了出来。

"不，纳鲁，是你背叛了整个人类，是你造就了我们与印卡加人的仇恨！"母亲望着人群中的那个金发男人，大声反驳道。

"印卡加人，那些鱼形的怪物，对我们来说就是一种威胁。我们如果不尽早铲除他们，最终会被这些怪物铲除掉。你还不明白吗，安迪娜！"

"真是可笑的逻辑！从5年前，你为了制造人类与印卡加人的矛盾，秘密屠杀掉海洋生物圈3号基地的所有同胞的那一刻起，你就已经成了全人类的罪人！你根本没有资格去评议这些印卡加人！"

"这5年来，我真是白信任你了，安迪娜！"

"很感谢你的信任！纳鲁！"安迪娜微微扬起了嘴角，"那个时候，我本该亲手宰了你。"

"所以，你为了利用我，不惜杀掉你的丈夫！"纳鲁同样咧起嘴回应道，"真是遗憾呐，安迪娜！"

躲在安迪娜身后的小帆听到那个男人的话后，眼睛睁得老大，大脑一片空白。

"不！"安迪娜的眼神此时犀利地像一把剑，仿佛随时都能在纳鲁的脖颈上开一道口子。

"什么！难道，你是为了那个小杂种？"纳鲁立即将目光聚集在安迪娜身旁那个满身鳞甲的印卡加小孩身上，目光中带着极度的厌恶和些许的惊讶。"就为了那个本该见鬼云的小杂种，你竟然选择背叛我，甚至抛弃你的丈夫！"纳鲁徒然将声音抬得很高。

"没错，纳鲁，这个孩子就是我当初做出那种决定的关键因素。"

"作为影子集团的成员，你的那些情感早已经在你还未成年时就被扼杀了。你本应该是一个冷酷的杀手，是一个对谁都不会心慈手软的杀人机器！"

小帆抓住妈妈衣角的手抓得更紧了，他瞪着大大的眼睛，以一种不可思议的目光望着妈妈的背影。

"没错，纳鲁，曾经的我的确对谁都不会心慈手软。"安迪娜微微扭过头，轻轻地拂了拂小帆的小脑袋，清澈的眸中满是慈爱。"但是，自从有了这个孩子后，我已经不再是原来的我了。"

小帆因为害怕而抓紧了妈妈的手，妈妈也抓紧了他的手。他知道，妈妈从来都没有抛弃过他，无论什么时候，也无论什么地点，他总能感觉到一个人在默默地守护着他，那个人就是他深爱的妈妈。

"我们来做一个有趣的交易吧，安迪娜。"纳鲁向旁边的人挥了挥手，接着，一队卫兵从一个阴暗的角落里带出了一个人。那个人的右臂无力地下垂着，鲜血顺着他的指尖一滴滴往下落。他的帽子已经丢了，蓬松的头发凌乱地披散着，染着血痕的脸上带着一抹微笑，一枚精致的海星标本从他的上衣口袋中露出一个角。

"卡特！"安迪娜发疯般地叫了出来。

没错，那是哥哥。小帆从后面露出头来，望着那个浑身是血的哥哥，那个总是板着脸叫他弟弟的混蛋哥哥。那个时候，他不喜欢哥哥总是板着脸，拼命地想让哥哥开心，所以，他做了一个精致的海星标本，鼓着勇气送给了他的哥哥。那一次，他听到了一声有些浑浊的带着些许羞涩的"弟弟"，而遗憾的是那个时候的哥哥并没有笑，还是一贯地板着脸。

而此刻，小帆望着对面的卡特，那个鲜血淋漓的身体，他在冲着他笑。他看到了，真的看到了，看得真真切切。这一刻，他等了好久好久。

枪，顶着卡特的后背，他吃力地往前挪了两步，停下了，嘴角依旧是那种标志性的笑，没有丝毫的畏惧。

"你到底想要怎么样？纳鲁！"

"我知道，他也是你的孩子。"纳鲁抓住卡特的衣领，一把将他扯了过来。"你不想让卡特就这样死去吧？安迪娜。"他露出一脸虚伪的怜悯，"我用这个家伙跟你旁边的小杂种做个交换，怎么样？"

小帆望着妈妈紧紧皱起的眉头，他知道，妈妈又遇到了她一生当中最艰难的抉择。他也知道，妈妈的答案永远只有一个。

"休想！"根本没有丝毫的犹豫，安迪娜吐出了这两个字。

与此同时，几乎是刹那间，安迪娜那件白色的袍子已经披到了小帆的身上。随即，小帆跟那件白色的袍子都凭空消失了。

一个穿着流线型纳米紧身作战服的女人像箭一般化成一道肉眼几乎看不见的黑影向纳鲁奔了过来，并在电光石火间从腰间拔出了两把银色的利刃。

反应过来的卫兵立即打开保险，开始向前方的黑影猛烈地射击。子弹从她的发髻间飞过，从她的指间、腰间、腿间滑过，竟然没有一发打中她。她就像是一个幽灵，一颗子弹都无法捕捉到轨迹的幽灵。她只有一个猎杀的目标，就是那个叫纳鲁的男人。

"不自量力！"

纳鲁在安迪娜飞来的前一秒凭空消失了，又在后一秒出现在安迪娜的身后，随即一脚便结结实实地踢到了安迪娜的后背。那种力度让她像一枚炮弹一样飞了出去，之后纳鲁又一个加速向她飞出的方向疾奔而去。就在他以为可以把她一击毙命的时候，她也消失了，在飞的过程中突然消失了。在纳鲁转身的间隙，他的卫兵已经全被干掉，包括卡特也已经从他的视线消失了。

"可恶！又中了她的诡计！"纳鲁眼神中满是恼怒的火焰。

小帆默默地望着妈妈怀中的哥哥那满是血痕的脸，泪水在眼眶中打转。他已经笑不出来了，甚至声音都变得嘶哑，他的后背已经被打出 5 个深深的血洞。就在安迪娜刚刚说出那两个字的同时，纳鲁用他的无声枪从他的后背悄悄地送进了 5 颗子弹。

卡特吃力地挪动着他的右臂，然后用残破的手指从他的上衣口袋中夹出了那枚海星标本，颤抖着的手向小帆递了过去。那一刻，他的嘴角微微上扬，眼中闪烁着星光。

"哥哥！"小帆握着哥哥伸过来的手，近乎哀号地叫道。

卡特凝视着弟弟，直到他再也没有了气力，扬起的手从空中滑落，眼中的星光也慢慢地黯淡了下去，最后化成了无边的黑暗。

安迪娜轻轻拭去小帆眼角的泪水，然后将卡特平稳地放在他的身边："孩子，等着我。"随即，又冲了出去。

愤怒的纳鲁此时正等着她，等着要亲手将她撕碎。

小帆望着那个黑影，学着爷爷的样子虔诚地祈祷起来。他刚刚才跟妈妈见面，刚刚才跟哥哥诀别，他不想让悲剧重演。此时，他真想做点什么，但是妈妈的那句话，让他紧握的双拳又慢慢松弛下来，他怀着最美好的希望，带着最美好的祝福等待着，等待着……

两个回合的纠缠后，纳鲁终于找到机会扼住了她的喉咙，但奇怪的是，她并没有拼命挣扎，反而将他固定在了她的纳米装甲上。当计时器开始响起的那一刻，他突然明白了一件事，那就是杀手的纳米战斗服中安装着自爆装置。然而，已经太晚了，随着一声剧烈的爆炸，纳鲁的脑袋被炸掉了一半，滚落在那些卫兵的尸体旁，白色的脑浆流得满地都是。

外面好久都没有动静，小帆才从那件白袍中跑了出来。他踏过那片尸体，一边抹着泪一边向刚刚爆炸过的方向飞奔而去。他要找到妈妈，找到这个世间最温暖的光。

他在满地的碎屑中捡起了一片银色的断刃，与那枚沾着血迹的海星标本放在了一起。他伫立了两秒后便抹去眼角的泪花，朝一艘潜艇发射舱走去。

"妈妈，我等你。"

阳光从云层中照射进来，穿过被风激起的波涛，击碎了满世界的晶莹，然后从海面上倾泻进来，化成一条条舞动的银蛇，向深海中游去，带着最热烈的吻所拥有的温度。那一刻他闭起双眼，再一次真真切切地感受到了母亲的爱。

# 星云深处

文／跨客

## 1

我所在的城市叫作"启示域"，这是一个筒状的世界，约有 2 000 万人附在这世界的四壁生活着，与之相邻的是"深思域"、"萌芽域"、"进取域"。世界后方是一团直径七光年的弥散星云，恒星辐射电离气体发出的红蓝光芒，透过前景处的暗星云一直深入到目力所不能及的浓黑时空。世界前方是一颗表面 2 50℃的红矮星，这四座城市即是我们世界的全部，各自竖立在相距一公里的时空中，迎着这颗暗红色的天体缓缓地自转着。在文泉 17 岁那年，他带着我去看了一场城市外层空间的流光（与极光形成原理相同）。面对远方耀眼的天体，他说："为了下一代新生，死亡都可以是温和的。"

每年都会为孩子们举办一场年满六岁的庆祝仪式，当天父母会把新买来的机智者转交给孩子。我是文泉的机智者，负责他成年之前的日常安全，在这之后我将会被召回原产地，格式化内存，文泉也将会得到一笔我出厂价百分之七十的退款。

"爸爸，姐姐可真高呀！"

我被设计出的身高为 1.75 米，齐耳的短发，小巧的脸型。

"小文呀，姐姐以后会时时刻刻保护你的。"他面朝向我微微一笑，将文泉的小手放入了我的掌心。

"我会保护好您儿子的。"

"姐姐笑起来可真好看！"文泉拉起我的手欢快地摆了起来。

之后孩子们来到了城市中心的"创生之柱"底下，直观来说面前是一堵 60 米长的钢铁巨墙更为形象。像这样的巨柱还有两个，一前一后横跨在城市中心，我们眼前的这根巨柱就竖立在二者之间，从远处看去是一种"*"的雄伟结构。它们是维持城市旋转的核心组件，模拟出生活所需的重力。

孩子们站在巨柱 200 平方米的方形底座上，由机智者们手拉手一字排开地站着。

文泉拉拉我的衣角仰头问:"姐姐,接下来要干什么呀?"

"小文,接下来我会带你从这里飞越到那里。"我指了指前方,视野极限之处有一面从整个弧形地平线拔地而起直径6千米的圆形巨幕,它填满了世界尽头的所有内容,隔着城市的朦胧气辉显示出了耸立于天地之间巨大的灰色实体。

我们这一排平面升起了六个相互独立的吊篮,把孩子与他们的机智者围在了其中。伴随着一阵传动装置嗡嗡的抖动声,六个吊篮载着我们沿创生之柱表面轨道升到了6千米的空中。文泉看看脚下缩小的世界,又看看正处于半蹲姿势的我,眼里充满了兴奋。

"小文,接下来你要躺在我怀里。"

文泉欢快地应了一声。我让他坐靠在我的双腿上,左手托着他的头部,右手揽着他的腰部。这时,我们前方1米处传来了一位中年男性的声音。他穿着纯白色衣服,站在与我们相同的高度,脚底下喷着白色气柱不停地旋转着,像一个被抛入太空中的玩偶。

"姐姐你看,他不停地转呀转呀的,头不晕吗?"

"他没有动,是我们在旋转。"

"啊?"

"他现在与城市不是同步运动的,待会儿你就会体验到了。"

那白衣男人面朝我们,抑扬顿挫的声音传了过来:"今日,我们的孩子将会感受到这个伟大世界的恒久运动,它如同一首上古的歌谣,传递着先人们创造美好世界的坚定信念,连接起我们的过去、现在与未来。美丽的世界需要人人去守护,因为它是我们生命的源动力!现在将由机智者带领着孩子们飞向悬浮在世界尽头的花海,摘取一朵属于他们的鸢尾花,愿他们的生命力如这紫色的花儿一样坚韧!"

"嘿嘿,真逗!"

"他说得很好。"

文泉在我怀里摆摆头:"姐姐,我是说他转着说话的样子好好玩。"

"要开始了。" 我抱着文泉紧挨吊篮右侧,之后身体被一股向右倾侧的离心力压在了防护网上,突如其来的作用力使文泉深陷入了我的怀里,他呼气变得急促起来,紧张地睁大双眼盯着我看。

在气动制动器低沉的"哧哧"声中,三分钟后吊篮停止了与创生之柱的同步旋转运动,底下连接上了一根从创生之柱内部伸出的一米宽长柱,接着吊篮断开了与创生之柱的连接轨道,被逐渐伸出的长柱带到了一米开外的空中。虽然我们已经脱离了城市旋转产生的模拟重力,但我们还是会受到吊篮随着创生之柱运动产生的超重与失重,只是上升与下降的轨道是抛物型的。你可以想象一根旋转的长杆,一头连着始终与地面保持平行的小铁框做着圆周运动,而我们现在就在这样的铁框里。

"快抱紧我。"我拉起文泉的双手环绕在我腰间,用力蹬了下防护网,随即打开了小腿部与脚掌的喷气推进器,把文泉带离开了。防护栏在空中用反冲力稳定了下来,接着向那个白衣男人匀速飞了过去,身后巨大的创生之柱缓缓地由竖向旋转到了横向。至此,我们脱离了城市的模拟重力。

"我能飞啦!哈哈!整个城市都在转!啊!爸爸那边离我们越来越远了!怎么回事啊?"刚回过神来的文泉从我怀里钻了出来,手舞足蹈地惊呼这城市气势磅礴的旋转运动。

那白衣男人相对静止地站在我们面前,微笑着向大家招手。他说:"如果在城市的外面,你们看到的将会是一座不停旋转的圆柱形世界,而我们此刻正在这样的世界里面看着它旋转。孩子们,我们今天就是要去认识先人们所创造的雄伟世界!"

我拉着文泉的左手调整到了平行于地面的姿势,跟随白衣男人开始了穿越到世界尽头的旅程。此刻被街道错落有致分开的城市建筑群正倒扣在我们头顶10米的高处，一直绵延向16千米外的尽头，自西向东缓缓地旋转向我们的身下。相对于下方的城市，我们则是在5990米的高空中，成片的建筑隔着我们身下的雾气，如同密集的灰白方块。

"啊！你看他们！我也想这样飞！"文泉指着旁边的孩子喊道。

我看看文泉，把他拉到了我的身下："抱紧我。"

我立刻被他缠住了背部与腰部，"不用抱这么紧。"

他在我身下探出双眼，做了个鬼脸，并没有松开的意思。

我展开双臂前后交错一摆，随即打开了掌中的喷气推进器，划着白色的螺旋轨迹带着他在这上下翻飞的城市里向世界尽头的空中花园飞去，寻找一朵只属于他的鸢尾花。

## 2

从外层空间看去，城市并不像白衣男人所说的那样是个圆柱形的世界，至少在文泉12岁时父亲由于工作原因搬家到"萌芽域"的路上看起来是这样的。我们乘坐的飞行梭穿行在这两个城市的外围，那里充满了远处红矮星的光辉，就如同夹在两面涂满了暗红色涂料且上下左右无限延伸到浓黑太空里的巨大墙体。

我们的邻居是一位70多岁的老人，他经常跟文泉描述年轻时随勘探队前往远方抽取一颗气态行星上氢气的情景，抽管从气罐飞船垂到那看似宁静的气态行星表面，如同一位母亲的腹部外连着尚未断开脐带的婴儿。

老人视线随着建筑群后曲翘的地平线缓慢地上升着："应该活在更大的世界里。"

"更大的世界在哪里？"

老人看看文泉，又摇摇头说："总之往外走就对了。"

"可水墨告诉我城外面又冷又黑，人没法活下来的。"

老人目光移到了我的身上，"她还告诉你什么了？"

"我告诉过文泉人类起源于城市后面的那片星云，在我的资料库中世界背景是一级教学内容，必须让它成为孩子们认知体系里的起点。"

他的摇头动作非常轻微，但我能分析出老人的意思。我说："您不认同这种起源？"

老人怔怔地看着我，半天没作声，后又哈哈地大笑了起来，"我还真跟一个机器较上劲了……"老人把水壶交给文泉，让他到一旁帮忙浇花，随后转过身对我说，"历史让我们拥有了归属感，但历史也可以拥有多个版本，从大局来说我们更在乎哪个版本的历史更能让人们心安。当然，你也没什么错，毕竟你只是负责中央教条区数据的传播。记忆才是灵魂的载体啊，可惜你只是人类意志的产物。水墨啊，创造物一旦脱离创造者，不是进化就是灭亡。"

第二天，老人跟着几个军人离开了家，那是我们见他的最后一面。有一天我跟文泉翻进了他的院子，桌上有一张被水杯压着的纸——上面写着：星云深处，鸢尾花开。

"什么意思？"

我摇摇头。

"那天爷爷跟你说的话我都听到了，我也认为我们的生命起源于一颗行星上。如果我们生活在一颗行星上该多好啊，我厌倦了这种一抬头就能看到边界的城市，好小啊！你想想呀，以后夜晚一抬头就是无尽的星空，啊……我要是能躺在星空下睡觉，那真是……太让人向往了！"

"小文，你这么想问题，学校会对你进行处分的。我的所有资料确信无疑，你应该相信我。"

"要我相信你，那你相信的又是谁呢？"说罢他便离我而去了。

## 3

文泉在 17 岁那年加入了"起源派"，并且一直租住在外面，我大部分时间待机在他家中。"追求真理嘛，都是这样独善其身的。况且对于同一个问题，实践总会比幻想带来更多改变命运的认知。"他父亲这样和我解释。

我会不定时地跟踪他，一是继续保护他，二是让文泉父亲了解他的动态。这次我跟在他回宿舍的路上，在远处看到因喝醉酒而东倒西歪的他。3000 米高空处的核聚变发光组已经停止了工作，在贫民区低功率昏黄的路灯下，他的哭诉声充斥在街道的两头，眼前只有一个无动于衷的孤独世界。

15 平方米的活动板房熄灯后被淹没在了黑暗中，只有窗口投入的微光能让我看清楚他消瘦的脸庞。他是后半夜醒来的，靠在床上看了我一眼，没多说什么。对于我的询问，始终没有回答。

"你明年就要被召回了。"

我也学他刚才不理会我的样子没作应答。

"嗨，你什么时候学会不理人了？"

我起身离开了他床边，侧头将出我脸庞那束蓝色短发，用力一挣。

"水墨！你干什么啊！"他跳下了床对我喊道。

给机智者装配人类体表特征是小孩之间最大的乐趣，这束深蓝色的短发是文泉小时候亲手给我染的。

我将这束头发递给了他："我明年就要被召回了。"

在许久的无声后他拨开了我脸庞的头发，将我与他的额头贴在了一起，捧着我的脸轻声说：“还记得小时候那次空中花园之旅吗？那只是个被包装的谎言，小孩子们进入花园中心的那个房间后都会被植入由中央教条区编写的世界观，但我却是个例外。那天我爸也出现在了空中花园，是他亲自给我植入的世界观。”

起源派一直有高空会议的习惯，他们会利用个人助推器离开地面，停止与城市的同步运动，相对静止地围在一起。所以我按照文泉的要求，在附近的一个操场中央带着他上升到了 10 米的高空。

“把左手给我。”文泉摊开了我的手掌，将一个黑色内存块嵌入进去，“这个叫作‘历史’的结构毕竟是描述一个文明进程的蓝本，虽不详尽，但却能让我们避开生存的误区。”

从文泉收录的日志来看，“萌芽域”、“深思域”、“启示域”、“进取域”这四座城市是相继出现的，其中有一篇日志阐明了我们世界的来源。

资料类型——主序 1 号日志

记录地点——萌芽域

记录者——刘宇

我叫刘宇，这是一篇关于我们世界的总序。

我是在一颗叫作“地球”的行星长大的，也在那颗蓝色星球上结束了我的少年时代。当有一天由于某个原因你深信了你的故土在另一个远方，你也会像我一样挥泪告别眼前的世界，去接受起源的召唤。我是与镜像一起流落到地球上的，在经历了很多变故之后，得知了镜像能够转移物体所在空间位置的骇人能力，还有我来自于卡斯参这个种族的事实。

我利用镜像的能力回到了母星之后却发现卡斯参是一个处于被统治地位的物种，就此，我自身源于地球上人类地位的优越感变成了一场种族差异上的自恋。

　　我母星上智慧最高的种族叫作卡络思德，他们成年后平均有3米高，有着一对主翼与一对副翅，双足双手能直立行走，这是一个能自由飞翔的种族。卡络思德把像我这样与地球人类生物性状几乎无异的物种叫作卡斯参，意思是奔跑的侏儒。卡斯参在卡络思德文明的驯化下，被用于他们工业发展所需要的劳动力，总之简单机械的劳动都会由卡斯参来做。

　　卡络思德文明在探索他们的恒星系最外层小行星带时，发现根据模型计算出的小行星带质量与真实值出现了线性偏差。后经他们的科考队确认，在小行星带上方有一个实体是蓝色的碗状物环绕着小行星带作周期运动——这就是镜像，它所经区域都会消失一部分小行星，小行星带质量的缺失就是因此而产生的。卡络思德唯恐镜像的能力会危机到各大行星，在公布发出后立刻展开了对镜像的研究。他们通过量子纠缠追踪器与一个小行星进行物质交换来确定小行星带物质消失之后的去向。他们设想，只要能确定小行星带物质去向，就能判断出镜像是否属于某个文明的资源开采行为，如果是需要进行必要的接触，要求那个文明立即停止对本恒星系的资源掠取。这很可能会导致两个文明的纷争，况且根据镜像学的研究，卡络思德人根本无法理解镜像的原理，说明制造出它的文明可能比卡络思德科技还要先进。所以这个假设中的文明前后都危及着他们的安危。但此后跟踪小行星带物质去向的信号却永久性地消失在了宇宙中，哪怕镜像把小行星带物质转移到了宇宙的边界，跟踪器也是会有所反应，令他们恐惧的恰恰就是小行星带物质可能跨出了这个边界，消失在比宇宙边界更遥远的地方。

　　镜像让物体消失的能力并不是超距作用，而是基于引力波发射反馈信号作用于物体的。卡络思德在明白这点后研发出了一套屏蔽镜像的系统。镜像系统每隔20个周期（一个周期＝地球上50年）会用自带的子宫池培育出四个卡斯参克隆体，通过对其DNA编排，让长大后的克隆体手腕出现不同的胎记，那是屏蔽镜像信号的四个权限代码，只有当四个克隆体聚在一起利用该系统扫描手腕上的代码时才能完全打开镜像的能力。

第十行星原本是一个重工业区，卡络思德决定把禁锢中的镜像用一艘飞船永久性地放置在它的近地轨道。镜像的到来使通过镜像系统培育出的四个卡斯参克隆体直接成为该行星的管理者，之后卡络思德又将30万个经过初步驯化的卡斯参移民到了第十行星，给予足够的资源让卡斯参发展起了自己的文化。由于第十行星表面过于寒冷，我的祖先们生活在地下城中，久而久之卡斯参发展出了宗教，镜像则是我们的文化中心。

我是第26代镜像守护者，但由于在第十行星上的变故流落到了地球。当我返回到第十行星后，那里曾发展起来的地下城文明已然成为了一个地狱。如果说星际空间在群星背景下的黑暗是无限纵深的，那么在地下城则是一种会吞噬一切的灵魂，令厉鬼都会感到绝望的黑暗。对于我族人的灭绝，卡络思德给我的回答是"在温床中活命的种族，在他们接过第一份食物时，消失已成既定的命运。"

那时镜像在我手里，它可以根据使用者的意念选择性使物体彻底消失在宇宙中，这在任何一个文明里都会成为最恐怖的武器。通过谈判，卡络思德同意为卡斯参提供四座太空城，并且让他们掌握在太空城中生活的基本能力。条件成熟后我将会利用镜像把这四座太空城逐一转移到一个远离卡络思德文明的恒星系中，保护好镜像，不再干扰卡络思德。虽然我不知道与人类极为相似的卡斯参是否有着生命形式上的关联性，但从我开始，卡斯参将会传承人类开拓出自身文明的精神与勇气。

我睁开了双眼："文泉，资料我读取完了。"

原来这个世界发展到现在的认知体系基础都是错误的，人类这个称呼并不是指我的创造者们，卡斯参才是他们这个种族的真实姓名。

然而这世界的语言文字又都来源于人类文化，文泉说这种历史角色错乱的格局是由于他们回望历史时发现是模糊的，而后在编年史中利用截取的历史断层去记载世界发展所造成的。

时间就像一只巨大的手掌，在历史这条长河上缓缓地杂糅、掩盖与抚顺了很多意义非凡的事实。

他背对着我望着远方，这个弧形的世界正在核聚变发光组的橙黄光芒中醒来，苍穹之上隔着雾气绵延的千万灯火也逐渐褪去了，我们如同两粒不起眼的橙色光点静静地悬浮在"萌芽域"的广阔空间中……

"我想带你去看流光。"

## 4

对基础科学研究的停止是"深思域"中央教条区起草的年度制法案，每座城市的所有基础科学机构需要依法执行一年。他们给出的解释是：这是基于食品制造业、城市生态循环业、系内岩质天体矿产业所需要的宏观调控。

静儿工作在"深思域"的射电观测站，由于对天体全频带信号研究属于基础科学，她被停职了。文泉这段时间一直陪在她的身边。

"把舍曲林给我。"我刚从"萌芽域"赶过来，为文泉送一种减缓抑郁症的药物。

静儿蜷缩着靠在床角，皱眉紧闭着双眼。蓬松散乱的长发遮住了她昔日白皙的脸庞，凌乱的发丝正随着她的呼吸起起伏伏着。

"静儿……静儿！"文泉拿着蓝色药瓶在她面前晃了晃。

她恍惚地睁开了双眼，注视到蓝色药瓶后猛地立起身子向文泉手中抢去。但文泉抽回了左手，使静儿扑空趴在床上。

文泉扶起静儿，让她躺在自己怀里并紧紧地抱着她："这是最后一瓶，用完后就去接受心理治疗。"

静儿在文泉怀里点点头，服下了白色药片。

"我想死。"恢复理智后，她直视着文泉。

"你是在求我帮你吗？"文泉苦笑了一声。

"你听我的，通过你父亲找到镜像，离开这个恒星系……最起码这样会让你避开创造者的毁灭。"

"你怎么就不在乎我说的呢！我知道，你的精神危机就是因为这世界对空间与思想的囚禁，我们去地球好吗？我要带你去地球！生活在那个和平自由的蓝星上会让你好起来的！"

静儿站在窗前失神地看着外面："只要活着就能感觉到的诅咒，你让我到哪儿去好好活命？"

"我求你别这么让人绝望……"

"文，是我没有活下去的希望……那颗中子星很快就会变成 Ia 型超新星了，我在停职之前观测的数据显示它的吸积盘质量已经达到爆发极限了。你快离开这里吧……"

"宇宙那么大，恒星爆发是自然的能量累积现象，难道一颗星星爆发就能让你崩溃？是啊，这里没有人能活下来，你难道恐惧的是无人生还的现实吗？"

静儿摇摇头，喃喃地说："能量确实决定着天体的结构，但你不要说它们是自组织的……"

"不要说这些了，跟我走！"

文泉拉着静儿离开房间，却反被她从背后抱住了。把脸贴在他的背上轻声说："文，有些事我是无法说出口的，所以我心里得不到安宁……"

"告诉我怎样才能使你内心得到安宁？"

"再读读你写给我的那首小诗吧，它能让我平静会儿。"

静儿在15岁搬家离开"启示域"时写了一封与文泉告别的信，但由于没能亲手交给他就一并把那封信带走了，埋在了"深思域"家中的后院。文泉与静儿再次相遇得知此事后，写了一首诗以纪念那份儿时的情意。

### 《沉封》

儿时沉封于黑色大地的信笺，

稚嫩的小手埋藏了哀愁，

流年寻杳，回忆消磨；

存于同空异点的微弱灵魂，

无处可寻的深层记忆，

喧嚣世事，斗转星移；

暗夜时空中的褐色瞳仁，

年少的悸动将予以沉沦，

星空暗流，繁星若尘。

## 5

"爸，告诉我镜像在哪里？"文泉次日回到了家里。

父亲反问："你想好怎么去利用它了吗？"

"总之先要找到镜像，它是希望的开端。"文泉停顿了一下加重了语气，"大家都怎么了？爸，你维护着城市的运转，可面对眼前的灾难你为什么无动于衷呢？"

父亲走到文泉身边，按着他的双肩："小文，大人们无法得到安稳的生活才是他们的灾难，至于恒星爆发这样无法逃离的灾难我们选择与它并存。"

"爸，你怎么也这样？我不理解你这种妥协！这到底为什么啊？"

父亲继续渡步走向卧室："因为无奈。"

"……"

"镜像在冷星，用我的飞船去。"

路程有一个月左右的时间。

"看得这么入神。"

从弦窗外看去，以红矮星为背景的城市如同四个拇指般大小的暗红色剪影。

"水墨，我感觉很不安。"

"云会散的。"

他转回头思量着我的话，随后用力一推扶手往驾驶舱方向飘去："这么小的世界却复杂得像个迷宫。"

"静儿说她现在就要进入冬眠。"

"刚启程就要入睡……"

静儿已经在医疗舱里换上了冬眠所需的密封服："文，帮我进入冬眠。"

"其实你可以不跟我一起去的。"

"你到哪儿，我就跟着你活到哪儿。"她温柔地说。

文泉站在原地踌躇了许久，最后还是上前抱起静儿让她躺入了冬眠舱。在舱盖快合上的时候他在静儿脸旁耳语道："相信鸢尾花的坚韧。"

"相信鸢尾花的坚韧……"静儿喃喃地回应着。

根据导航，我们在第 34 天到达了冷星。这颗岩质行星在红矮星微弱的光照下显示出了褐色与白色条纹交错形成的冰冻地貌。文泉冬眠醒来后立即用父亲所给的坐标确定了镜像位置；第二天我们进入了坐标点的近地同步轨道，对它进行了一次全频带上的信号探测。今天我们将要降落到冷星表面。

保存镜像的地方是一个有着地面防御火力的基地，武器都被那个直径 20 米圆形洼地中的黑暗所隐藏起来了，在基地周围散落的飞行器残骸正是它们所毁灭的。

"我们暂且悬停在这个高度上，我试试向基地发射呼叫信号。"

文泉摇摇头："这里太不安全了，应该离基地远点降落。"

正当我依从文泉想法儿重新选择降落地点时，飞船的广播系统突然响起了来自基地的信号。

"采取一滴你的血样给我。"听声音像是一位与静儿年龄相仿的女孩。

我俩面面相觑，猜测着这话的用意。

文泉试探性地问道："那现在可以降落了吗？"

"采取一滴你的血样给我。"

"可不降落到地面怎么把血样给你呢？"

"……"基地不再做出回应。

"走，去医务室。"

出乎意料的是文泉刚用针扎破食指，取出的血样却立刻凭空消失了。我看着文泉，用眼神询问着他下一步的计划。

"不行的话就先降落到其他地方。"

这时静儿从医务室门后走了进来："必须要拿到镜像！"

文泉上前捂住了她的嘴："我们正在基地的监控中！"

"你们可以降落了。" 基地做出了回应。

## 6

从舷窗外俯瞰，基地火力区前端亮起了一条长1000米的笔直通道，在其尽头是一个下坡式的地下入口。我们直接降落在地下入口附近，按照刚才基地给的提示，我们需要通过升降机下降到地底。

"不知道我们要下降到一个什么样的地方……"文泉隔着宇航服面罩嗡嗡地说着，因紧张而闭眼说话是他的习惯性动作。

"你就这么来了。"

静儿与他同时看向我，在对一个机智者的语意不明中陷入了长久地沉默。

"我爸不愿说的正是他想让我去做的。"文泉最后回应我说。

升降机的制动使我们在空中悬停了片刻，这是由于冷星重力只有城市模拟重力的五分之一。此时我们并没有到达最终的地点，而是在一股后倾的惯性中继续迂回前进着。

"在前进……"静儿紧挨着文泉低语道。

我们在失重与惯性的多次交替后恢复到了冷星的正常重力，升降机也在这时打开了门，一个50平方米大小的朱红色半球形密室呈现在我们面前。

"你在哪儿？"

"这里没人，我是中央教条区的主系统。你先看一段记录。"

嵌在墙体的液晶屏被激活后显示着一位老人，他在人群中对着静止在高空中的长发男人痛哭流涕地喊道："啊！耶稣降临了！！伟大的耶稣啊！！！"随之广场迎来了一阵上万人的朝拜狂潮。

在空中被称为"耶稣"的男人头顶悬浮着一个酒红色的光环。他探出手摸了摸，但光环随即扩大了直径套入他的头部并瞬间收缩成了红点，在一声裂骨声中他的头颅离开了身体从高空直坠而下，留下的是从颈部动脉喷涌而出的细长血柱，他也由此成了一具瘫倒在半空中的无头死尸。

那红点扶摇着升到了长发男人那血淋淋的颈部，再次展开成了光环悬停在他的躯体上，喷涌出的血液开始逆向流入光环中心，他的肉体也被快速转化成了一股暗红色粉末状物质涌入光环之中。

"那是来自地狱的撒旦！魔鬼撒旦！！他在吃我们伟大的耶稣！！！"信徒们看着空中逐渐消失的尸体，惊恐地哭喊着。

光环吞噬完长发男人后飘到了一个实心碗状物附近消失了。那碗状物倒扣在空中闪起了一片覆盖整个广场的红色强光。待强光退去后，信徒们惊愕地发现他们各自头顶都升起了一圈酒红色的光环。高空下黑色人头与红色光环组成的广阔矩阵在落日中成片蠕动着。在成片骇人的惨叫声中，一万多个由红点拓扑成的光环展开了对信徒们躯体的吞噬。

静儿看完记录后颓然地坐在地上，双手抱膝地蜷缩着："那就是镜像……"

"镜像曾被地球上一个宗教信徒所利用过，曾有一个人触发了镜像的防御系统，结果就是你们所看到的这样。"

文泉环视着红色墙体问道："是我们祖先触发的对吗？"

"那也是你的直系祖先。只有刘宇的后代才能进入这里。"

我对文泉说："看来你父亲让你来这里是另有用意的。"

他沉默良久后摇摇头说道："这些都不重要了，告诉我镜像在哪里，我们的城市正面临着毁灭，我想通过镜像的能力把城市转移到其他恒星系去。"

"对啊！请你告诉我们镜像在哪里！"静儿突然站了起来。

话音刚落，我们面前便升起了一个圆柱形台子，上面放着一个10厘米口径的实心碗状物，全身泛着幽幽的蓝色，圆面上是一个内切三角形结构。这时静儿疾步冲过去伸手夺取镜像，但什么也没拿到，原来那只是一个以假乱真的全息投影。她僵在原地，咆哮道："你这是什么意思？啊！快把镜像给我！"文泉上前稳住了乱踢台子的静儿，抱在怀里任由她无力地捶打着。

"你并不了解这个女孩情绪的由来。"

"我和她一起长大的，怎么会不了解静儿？她跟我一样，都想利用镜像解救城市里的人们！"

"恰恰相反，她的目的是毁灭所有城市以及整个宇宙。"

我对主系统给出的判断无法理解："你是怎么分析出这个结果的？"

"中央教条区的大数据库拥有所有人的日常活动记录，分析出个人的行为动机轻而易举。"

"够了！"文泉显得非常不耐烦，"你不愿意告诉我镜像在哪里就直接说，省得在这浪费时间！"

"对不起……"静儿在文泉怀里颤抖地说。

文泉双手轻抚着她的脸："别说傻话了，你有什么天大的本事能做这事？"

"你应该听听静儿的解释。"我提醒道。

"她是不会说的。她现在无法面对那个疯狂的计划。其实这个想法很直接，就是以冷星为中心，利用镜像坍缩宇宙。"

文泉摇了摇静儿的肩膀："静儿，这怎么可能是你的想法？"

"刘宇的后代，你就不要再学这个女孩一样逃避了。"

"我没有理由去相信。"文泉冷冷回应道。

我想起了之前文泉给我读过的资料："只要镜像脱离卡络思德制造的禁锢权限，它就可以不受物体质量、体积、距离、时间约束，根据意念随意转移它们的原初能力。如果真的有人想把宇宙里所有物质集中到一点，那末日将会在瞬间中开始与结束。"

"一念之间，玉石俱焚……"主系统发出忧伤的语调，"你觉得自杀就可以让这一切停止了吗？"

"最起码我们的世界解脱了。"

文泉焦躁地看着静儿，我与他一样实在没理解其中的潜语意。我对着周围喊道："请你说明一下这事件的前后逻辑好吗？"

"我们所谓的'宇宙'是一个为了它的创造者所需能量而制造出的一个控制系统。创造者设计出的物理定律让宇宙之初所有物质都会按照预定算法演化出具有不同能量级别的天体系统，'镜像'则是创造者用来获取各种能量等级物质的采集器。也就是说整个宇宙被用作为一个能量源而存在。文泉的祖先——刘宇在那次触发镜像防御系统后与创造者进行了一次交流。创造者面对刘宇居然能阐述出宇宙作为能量源的事实而感到很有意思，决定把镜像送给他，任凭刘宇联系其他文明来反抗创造者。在创造者看来，这只是一场聊胜于无的游戏。"

一直处于压抑中的文泉听完这些后高声喊道："我明白祖先面对这种终极困境的选择，但凡是拥有思维的个体，生存对他们来说都是不容践踏的至高准则。"

我突然感应到了一阵墙体的震动，同时房外也传来了滑轮滚动的声音。"快走！"我拉起文泉往门外冲去，但出口立即被一道铁门给封死了。这时朱红色的半球形墙体开始从穹顶褪出了透明的颜色，原来这是一间由钢化玻璃墙体构成的密室。

"不用慌张，这样只会消耗你的能量。"主系统对正在从掌心射出激光切割墙体的我说道。

文泉质问："到底是谁在控制你？"

"我是有自主意识的硅基体，你要明白，我一直在协助你们家族完成那个使命。"它停顿了片刻，等待着玻璃墙外逐渐亮起。"你看，这都是你的祖辈们。"

　　墙体之外是四个同样与我们相切的半球形透明密室，它们中心的圆台上都有一个高50厘米的菱形黑色密封盒，远眺过去是成片泛着白色反光的透明穹顶，直到消失在远处由弧形构成的黑暗边界。

　　"我会让你们走的，待在这里的不应该是你们。文泉，我只是想让你明白一个使命。

　　"刘宇在涉足于其他文明的时候，了解到有一种叫作'思维场'的结构共同存在于我们与创造者的世界，所有个体的思维活动都会被其记录下来。一旦个体的思维活动与思维场断开连接，个体就会陷入永久性地昏迷。刘宇曾被创造者通过镜像强行进入过他的意识，但由于思维场无法承载突然加入的巨大信息量而导致了刘宇的意识断开了与思维场的连接。昏迷后的刘宇一直到死去都没有再醒过来。"

　　"后来我在一个真正诞生于星云深处的文明那里了解到，这个宇宙的创造者并不是我们理解的以个体形式而独立存在的，而是类似于以弥散形式存在的集体智慧。星云文明曾在游历过创造者制造出的其他控制系统时，见证了那个控制系统中几乎所有生命的意识集中在一起共同侵入创造者意识的壮举，它们成功地断开了创造者意识与思维场的连接，最终摆脱了创造者的操控。"

　　"像个神话。"文泉说。

　　"我陪伴刘宇度过了他的一生，同样也继承了他的意志。文泉，这场抗争将会很漫长。我在你祖辈们五十岁的时候都会引导他们来到这里，告知刘宇家族的使命，让他们放弃肉体，把自己的意识载入到那些菱形的盒子里。之后我会通过镜像前往那些已发展出网络的世界，把菱形盒子里的数字化意识上传到他们的大数据库中，你的祖辈们将会向那些世界的居民阐明一切，指引全宇宙的文明集中起来共同入侵创造者的意识，断开创造者思维活动与思维场的连接。你周围菱形的盒子就是他们的本体意识。"

　　文泉震惊地看向周围，"那么多……这已经花了多长时间？"

"五十年一代，三十万年了。"

"我爸刚满五十岁……"文泉声音颤抖了起来。

"嗯，你父亲接受了这个家族使命。"

这时圆台上隐去了镜像的投影，从底部升起了菱形盒子。文泉强忍着痛苦失神地走了过去，跪在它面前。

"你父亲已经把城市转移到了其他恒星系。那颗星星在你们来冷星的半个月后爆发了，现在鸢尾花星云那里已经充满了致命的高能粒子。"

文泉低声问道："城里的人们都还好吗？"

"所有人都死在了恒星的伽马线爆中。"

"啊……啊！"文泉仰面歇斯底里叫了起来。

"为什么不让文泉父亲在爆发前转移城市？"

"这是个契约。"

我面对这一个个让文泉他们感到绝望的现实，已经推测不出接下来将会是一个怎样的疯狂契约了。

"镜像不止一个，创造者完全可以让我们在这场他们所认为的游戏开始之前就可以结束。他们会在每个一千年后引爆城市附近的一颗星星，死去的人们将会转化为纯能量被采集。一代代的创生即是我们的筹码，你的家族将得到又一千年的抗争时间。"

## 7

文泉谢绝了主系统帮我们转移到城市的提议，他应该是想在长途的航行中梳理自己的情绪。舷窗外已经能确定出我们来到了一个有着稳定双星系统的世界，但这同样也是一个毫无生命痕迹的空间，主系统告诉我们它在每一次转移城市之前都会检索确定那个世界没有生命。然而我们现在却带着从冷星取出的大量受精体，准备让这个恒星系迎接第一批创生。

"水墨，你知道为什么冷星一直跟随着城市流浪吗？"

飞船在距离"萌芽域"1千米的地方停了下来，文泉拉着我跑出了船舱，傻乎乎地在太空中漂浮着。

"需要它来储藏受精体。"我回道。

"是啊，它掌管着生死。"

文泉拉起我的右手，打开了宇航服后的推进器，带着我与"萌芽域"同步旋转着。

"神话里冥王掌管生死。"

片刻，我们转到了"萌芽域"的向光面。从目视来看，这是一颗掌心大小的主序星。

文泉看看我又收回视线："其实它原本的名字就叫作'冥王星'。"

在森然的城市外层，流光正闪动着蓝绿相交的迷人色彩，鬼魅般地飘忽不定，艳绝尘寰。三十万年了，它来无影去无踪地不定时光顾这里，仿佛在悄悄地眨着迷人眼的光，展示给它的创造者一个妖艳笑靥……

# 文学者的恋文

文／木达咔

1

亲爱的奥菲莉亚：

伦敦的冬季格外寒冷，窗户已经结起了累叠的冰花。

莫默握笔的手停下，他换一张信纸，重新写道。

奥菲莉亚小姐，首先请原谅我这样称呼你，那次匆匆的会面中我甚至来不及询问你的芳名，留在我脑海中的只有你当时演的角色，奥菲莉亚，美丽的奥菲莉亚，善良的奥菲莉亚，温柔的奥菲莉亚。

也许你已经忘记在上次演出时遇到的某个长着黑色头发，嘴角有讨厌表情的剧作家了吧。当时我在和旁的人聊天，和扮演王后的凯普莱小姐，和戴着奇怪帽子的奥罗先生，和负责拉幕布的麦克，和清扫场地的老李尔……唯独没有和你，因为我害怕，就像害怕一缕清晨的阳光、一片清凉的树影。

只是你为什么一直不说话呢？明明在台上诵念台词时声音是那么的清亮真挚，却只是在一旁静静地听我们交谈。尽管这样，我还是感受到你和你鬓角飘动的细微的头发。我不记得之后发生了什么，也不知道最后我是怎么回到家的，我所有的感官都放在了你的身上，在剧院中的人各种各样，有好有坏，你都不是，你是一个特别的人。

莫默

2074 年 12 月 18 日

莫默轻咬着笔头，写下地址，"伦敦史塔克街十八号科文特花园歌剧院 转 饰演奥菲莉亚的女士"。等最后一点墨渍干透，他小心封好信件，塞到风衣最里层。

尽管圣诞节还未到来，路旁五光十色的投影广告却也开始带上了节日的色彩。只是街道中还残留着几张标语在雪水里扭曲模糊，与街上欢快的气氛格格不入。莫默必须抓紧时间了，因为再过一会儿，游行示威的队伍就会充斥所有街道……喊着"反对智能机器抢占工作"、"有机器，无人类"之类的口号，给每个路人发一叠厚厚的传单……那时候去寄信简直就是一场灾难。


## 2

我在键盘上敲完上边那一节，开始盯着电脑发呆。

接下来剧情该怎么写？让莫默在寄信时被游行的队伍撞到？然后发现信不见了？或者加一段他遇到熟人的情节？

"写得怎么样了？"苏勒的声音在我耳边温柔地响起。

"才写了个开头，"我下意识想遮住屏幕，"后面还没想好呢，写完再看。"

"我看看，'伦敦的冬季格外寒冷'，伦敦冬天可一点也不冷。还有，为什么要把时间定在 2074 年啊，那时候还会有人写信吗？感觉会好土诶！"

她的鼻息似有若无地拂过我的耳郭，脸上毛细血管开始不受控制地爆裂。我转过头，不让她看见我的窘迫表情，"小说小说，一切为剧情服务嘛，有点不一样很正常的。"

"对了，刚才有一条信息发过来，你看，"苏勒像是忽然想起了什么，即使背对着她的我仍能想象出她此刻歪侧着脑袋的可爱笑容，"诚说明天会过来找你。"

"嗯，知道了。"我关掉了电脑。

3

奥菲莉亚小姐：

之前的信你可曾收到？

我总在担心信件会被邮差遗漏，或是被小偷窃走，然而现在我宁愿这些统统都发生了，也不想去认为是你吝于施舍我的只言片语。我一直在等着你的回复……哪怕是讥讽，是斥责，我也会接受，并再也不去提起那会令你厌恶的情感。

但你给我的只是沉默呵。我真想把自己弄成一个傻子，好不去想那沉默可能蕴藏的深意。

昨天临近傍晚的时候下起了雨，整整一夜我都是在听着雨声中度过。我睡不着，怎么睡得着呢？我想要是我们在雨夜里做着同样的梦，那会多么美，又或者一起在雨夜里失眠，那又是怎样的意境？那雨一直一直地下，我也一直一直在想。也许你觉得这是痴人的呓语，我会毫无异议地同意你。是的，我想我是疯了，因为我竟想永远这样疯下去。

莫默

2074 年 12 月 20 日

雨依然冲洗着整个城市，莫默走到窗前，忍不住紧了紧大衣。

窗外的示威队伍冒着雨游行，这样的游行已经持续半个月了，看起来可能会再持续半个月……他们都是因为廉价的智能机器劳动力失去工作的人，在社会福利制度的喂养下无所事事，自然有大把的时间挥霍。

然而莫默并不关心这些……有更重要的事占据了他的大脑……这位年轻的剧作家望着游行队伍的尾端，只期盼这冗长的队伍能早点离去，让他能早一点，更早一点，将自己的心意邮寄出去。

## 4

"叮咚……"

门铃响起，我也找到借口抛下在泥泞中艰难前行的文字，从冰冷的键盘前站起。

"谁来了？"苏勒在厨房里问道。

"应该是诚那家伙。"我小心绕过玄关处堆放的垃圾袋，打开门。

"好久不见。"门外果然是诚那张万年不变的冰山脸。

"是好久不见了，怎么有空找我？"我问。

"有事。"他从我旁边挤进客厅，一点也不客气地坐到沙发上。

"茶。"唉，这家伙还是这么不礼貌。

"可没茶水招待你，我这没多余的杯子。"我向他晃了晃手上的马克杯，"就这一个。"

"那说正事。"诚的眼睛一眨不眨，配上他没有表情的面瘫样，难怪以前被别人叫作机器人。

"什么正事啊？我很忙的。"其实我闲得要命。

"就是……"

"砰！"厨房里传来一声巨响，似乎是苏勒碰倒了什么。

"我和……的事你知道吗？"

"苏勒你没事吧？"我把头扭向厨房。

"没事，你们继续聊啊，没事。"苏勒的声音听起来和平时一样。

"没事就好，"我安下心，重新看向诚，"你刚才说什么？"

"苏勒在你这？"他罕见地皱起了眉头。

"是啊，怎么？"

"我有其他事，下次再找你。"

起身，开门，关门，诚干脆利落地走了。

"莫名其妙。"我挠挠头，"到底要说什么？"

"诚怎么就走了啊？"苏勒从厨房探出脑袋，她的脸颊被油烟熏黑了一块，头发上黏着片鸡蛋壳。"我还想做个你们两都喜欢吃的西红柿炒鸡蛋呢。"

"还是我来吧，"我无奈地上去接过厨具，"乖。"


## 5

奥菲莉亚小姐：

圣诞快乐！

天蒙蒙亮时我就醒了，睁开眼睛起我就开始想你。我一边轻轻说话，一边想象你的回答。

今天你会给我回信吗？

昨天晚上的演出我去看了，你的表演真是精彩！我绝不是曲意地奉承你，而是确确实实如此。和你比起来，台上其他的人就像是木偶……他们只会念叨着台词，摆着排演好的姿势，只有你是用了心、用了灵魂表演，台上的奥菲莉亚真的活了过来！

我忽然恨起自己拙劣的文笔，恨不能把你描绘得更真切一些。你对我来说是一幅绝美的画，一个缥缈的梦，仿佛一伸手就会消散。我不要，不要，不要，不要，不要，不要这样。

三十一日晚你还有一场演出，我自然是会去的。我答应你，不在众人面前使你感到难堪，同时也答应不在屏风旁边偷看你。

莫默

2074 年 12 月 25 日

圣诞节的降临给这个严冬中的城市带来一丝暖意，连日的游行也因为节日的缘故而暂时休止。

一切都在变好。莫默摸着藏在胸口的信，对自己说道。

一切都会变好。

但愿。


## 6

"到底什么事啊，还要特地把我叫出来说。"我扯着衬衫领口，强压下翘起二郎腿的冲动。

"有事。"坐在我对面的自然是那个面瘫男——诚，他说完这两个字后就陷入了长长的沉默。

"到底什么事？再不说我就先走了，苏勒还一个人在家呢。"气氛冷场在我"最不擅长对付的事情"列表里仅次于苏勒生气的排位，我有点不安。

诚忽然开口："是苏勒让我来找你的。"

"什么？"

"她让我转告你，"他拿出了一张红色烫金封面的请柬，"她希望你能参加她的……婚礼。"


## 7

十二月三十一日。雪。

这是一个寒冷的夜晚，岁末的冰雪尤为肆意，似乎要在这跨年前夕泼洒个痛快。莫默深吸了一口气，试图平复自己激荡的心情。他将手探入口袋，再次确认信件没在人潮中遗失。

也许是因为新年即将来临的缘故，莫默决意在这年终岁尾做出些改变——他要亲自将信交给她。

"笃笃笃。"

"请进，有什么需要我帮助的吗，先生？"

他现在正在这座剧院的负责人办公室中，接待他的是个一团和气的红脸胖男人，胸前的铭牌标注着身份——经理：史塔克·C。

"您好，我想知道，关于饰演奥菲莉亚的……"莫默问道。

"噢，您就是莫默先生吧！"这位体态圆润的经理略有些浮夸地喊出来。"您寄的信还在这呢！"说着，他从抽屉里掏出几封信，信封完好，一看便知自寄出时起就再也没有拆开过。

"信……怎么没有给她？"莫默定在了这个狭小的办公室里，年轻的心脏猛烈而焦躁地鼓动。

"那位的情况比较特殊，这些信无法交给她。实际上，今天晚上就是她最后一场演出了。"胖经理脸上带着职业的微笑，说道。

"为什么？她是我见过最好的演员！"莫默红了脸，"我相信每个有鉴赏能力的人都会这么想！"

胖经理耸耸肩，搓搓手回答说："很可惜，不是。大部分的人还是觉得她演得'太过死板'，'没有张力'……外行人的看法！不过也没办法，毕竟在大家看来，演员还是用真人的比较好。"

"什么？"

"您还不知道？"胖经理瞪大眼睛。"SL7503，负责扮演奥菲莉亚的那位……她是一个智能机器人。"

## 8

"苏勒这几年在国外，一直没回来。"

"五年前你和苏勒分手后，你就和大家断了联络，最近才找到你的联系方式。"

"上次在你家，你对着厨房自言自语，还说苏勒也在。"

"我很担心，苏勒也很担心，大家都在担心你。"

"你没事吧？"

"……"


伟大的文学家都是伟大的骗子。

伟大的骗子要连自己都能骗过。

我坐在空荡荡的房间里，忽然想笑。

似有若无的鼻息，在背后绽放的笑颜，脏乱的房间，孤独的杯子，还有那永远不可能炒好的菜肴。

写下文字的人用暧昧的词句，描绘了一个并不存在的人物。然而到头来我只是一个卖弄语法的匠人。


## 9

**亲爱的奥菲莉亚：**

昏暗的库房，放置着赋予了人形的机器，那演出时的盛装还未来得及褪去，眉眼低垂，宛若真人。

莫默握着信，开始了他最初也是最后的表白。

**首先请原谅我这样称呼你，我一直没有询问你的名字，因为在写**

下这个代称时，我心中有着小小的窃喜……人们会在舞台上叫你奥菲莉亚，会在平日里叫你的本名。但只有我一个人，以奥菲莉亚称呼你的全部……这罂粟般的念头时刻蛊惑着我的喉咙和指尖。奥菲莉亚，美丽的奥菲莉亚，善良的奥菲莉亚，温柔的奥菲莉亚。

其次请再原谅我的唐突吧，只为我此时此刻要向你说，我爱你。

我爱你也许并不为什么理由，虽然可以有理由，例如你的外表，你的嗓音，以及你可能拥有的其他种种优点。但主要的原因大概是你全然符合我对爱、对美的追求。你知道，我的爱是自私的。

我爱你，奥菲莉亚。

你会爱我吗？

站在这无机物堆垒成的东西前，年轻的剧作家垂下了双手。

一阵风可以吹开一朵花，一颗心可以打开另一颗心，却没有什么能感动一个不曾活过的生命。

夜越来越深，一滴泪水悄然滑过年轻的剧作家的脸庞，他缓缓转身，离开了这里……


不！不对！故事不应该就这样结束！

年轻的剧作家转身正要离开时，新年的钟声开始飘荡在夜空中，一下，两下。他停下了脚步，盯着窗外的天空，属于旧一年的最后一片雪花正徐徐飘落。

"我也爱你。"一个温柔的话音响起，美丽的偶人颤动双唇，念出剧本和程序中都不曾有过的台词。

"我也爱你。"被名为奥菲莉亚的女人再次说道，清晰而坚定。

这是一个怎样的奇迹啊！男人跟跄地折返回来，紧紧抱住了她。他感受着怀里真切的呼吸和心跳，一遍又一遍地呼喊着最奇妙的魔咒。

我爱你，

我爱你，

我爱你，

我爱你，

我爱你，

我爱你，

……

我爱你，苏勒！

# 梦予邻

文／溺水鱼

## 引子

2015 年，成都市脑神经医院。

史院长深深地看着眼前的年轻人："你确定想要这么做？"

年轻人："我确定。"

史院长："虽然这是最先进的连导仪，但用于临床还是头一次。在此之前，全球都没有一例人体测试，你确定的话，将是第一位。我必须提醒你，你确认已经看完并理解了合约上所有的内容？"

年轻人："是的，我确定。"

史院长："好的，你一定想要的话。我必须提醒你，如果信号丢失，你将……"

年轻人笑了："史院长，你好像比我还紧张呢。"他说着来到窗边，望向天边的几朵白云，轻声且坚定地说："那不是想要，而是需要。"

## 第 1 集：初次见面

笑脸，阳光，绿草地，摄影师，导师……一切美好都落在 2013 年 3 月 25 日这一天的上午 10 点 35 分。在下一刻，震惊，震惊，震惊……占据了所有毕业生的脸。

苏教授是赵术在精神学方面的导师，对于前些时候赵术提交给他的论文——《关于精神病患者与维度时空的猜想》，他十分满意，这篇论文也荣获本年应届毕业生论文"火花奖"。这是全校毕业论文中的最高荣誉。

这些天，赵术一直没有联系苏教授，所以这个大奖的消息，苏教授也没有急于主动告诉赵术。他决定在今天这个毕业典礼上，给赵术一个惊喜。他高举"火花奖"的奖杯，念完了祝词。不过赵术没有出现。

直到苏教授在话筒中激动地叫出"赵术"这个名字，赵术依然没有出现。

见过缺席颁奖典礼的，但没见过缺席毕业典礼的。苏教授摇了摇头，他拿起手机，拨通了赵术的号码，隔了很久才接通："怎么？是念着学校舍不得走，还是又睡过头了？"

电话里传来一位女士呜咽的回答："小术，小术他昨晚自杀了……"

…… 一个月前 ……

我又记不起来了吗？算了，谁会在乎我昨天早上吃的是小面，还是豆浆加油条呢。还是快些确定一个患者才是正事。

赵术站在两家紧邻的早餐店中间，左边是面馆，右边是油条豆浆店。他不记得是哪一天下定的决心，头天早餐吃面，次日早餐就吃油条加豆浆。可他总是忘记昨天早餐吃的是哪一家。

"呼……"赵术做了个深呼吸，大跨步走入了左手边的面馆。面馆老板招呼他坐下，在等待的时间里，他翻看着小叔给他的资料：

"姓名：房克强；性别：男；出生年：1995 年；重度妄想症：认为这个世界上所有的人和事，都是他写出来的小说。无暴力倾向。

"姓名：于晓海；性别：男；出生年：1972 年；重度恐惧症：怀疑所有的人都会伤害他。有重度暴力倾向。

"姓名：梦予邻；性别：女；出生年：1991 年；中度精神分裂：在自己的脑海中构建了一系列连续的梦境，自称这些梦境伴随着她长大，梦中的细节甚至比现实还多，还要连贯。曾以为自己的梦可以预感到一些现实中的事物。轻度暴力。

"姓名：廖清；性别：男；出生年：2002 年；症状：重度恐水症……"

梦予邻！

赵术的目光回到了资料的上一行，他感觉这个名字很特别。虽然有轻度暴力倾向，但毕竟性别一栏中的内容对于赵术来说，有着一种直觉上的安全。他微一点头："梦予邻，就你吧。"

赵术吃过面后就给小叔打了电话："小叔，我已经选好了。她叫梦予邻，你看她合适吗？"

小叔："嗯，这位患者十分有趣，不过她有轻度暴力倾向，所以你在探访时，不可以携带任何尖锐物品，包括铅笔、小刀之类。"

赵术："好吧，那我只带手机好了，这个没问题吧。"

小叔："呵呵，这个嘛，可以有。"

嘟嘟嘟……

赵术："那好，就这么定了，有电话进来，见面再说。"

赵术挂断后，接通了刚打进来的电话："妈，什么事？"

妈："小术呀，今晚吃个饭吧，你哥明天一早的飞机，这一去……"

赵术："飞机！不是叫他别坐飞机吗？谁给他订的机票？"

妈："你别那么大惊小怪，目前飞机仍是最安全的交通工具……"

赵术："我说过很多次了，我不喜欢他去坐飞机，算了，他要是一定要坐飞机去，那晚饭就不用吃了，搞得就跟什么似的。"

妈："小术呀，人做的梦都是不靠谱的，你小叔不是跟你说过了嘛，主要是你学习压力太大，所以才产生了焦虑……"

赵术没有听完电话，直接就关机了。他驱车来到郊外的第四人民医院，这里是一所治疗精神病的医疗机构。赵术在研期间常来这里，他的小叔是这里的医生，加上赵术主修的就是精神方面，所以能来此见一些病患还是十分容易的。

"小叔，她今天情绪怎么样？"赵术问道。

"哟，今天穿着一身大红装，要和什么人相亲吗？"穿着白大褂的医生回身说道。他正是赵术的小叔——赵清华。二人虽然是叔侄，但年纪相差不到9岁，赵清华是个性格开朗且神经有些大条的人。

"小叔别乱说，什么相亲，这是运动服好不，你可别咒我找个疯女人结婚！"

"哈哈哈，好吧，这是梦予邻描述的梦境记录，刚刚帮你整理出来，你可以在电脑上先看看。我要忙一会儿，等下就带你去探访室见她。她这几天很稳定，你这身红她一定喜欢。"赵清华说着，将一个U盘交给赵术。

赵术将U盘接到电脑上，资料上主要记录着梦予邻的梦境。

让赵术吃惊的，不仅仅是梦予邻竟然记得小时候的梦，更夸张的是梦的数量与细节。他随意翻开一篇，记录的都是一些如起床，刷牙，吃饭，找邻家大哥哥玩耍，与父母一起去谁谁谁家里作客……。最不可思议的，是梦予邻的梦几乎天天发，看上去不像是梦境记录，倒像是日记。

正当赵术沉浸在梦予邻那如生活般的梦境时，赵清华已经安排好他与梦予邻见面了。他跟着赵清华进入了一间还算宽敞的房间。室内的地板是木质的，墙面被分成了两个颜色，下方是粉红色，上面连同吊顶都是粉绿色。中间有张会议桌，桌面的四个角都是倒了边的钝角，两把椅子是固定在地面上的。整个房间给人一种温馨舒适的感觉。

二人一进房间，室内已经坐着一名女孩，看上去很文静。她的目光散在桌面上，显得有些呆滞。

赵清华走到女孩身边，轻声说道："上午好梦予邻，你今天看起来气色不错。这位是我的侄子，他人很好，你会喜欢他的……"他对梦予邻说了一些话，又转而回到赵术身边，让赵术坐在与梦予邻相对的另一把椅子上，将赵术的手拉向桌面下方："你懂的。"

赵术摸到了一个按钮，他知道那是呼叫用的，微一点头，便目送着赵清华离开了房间。

"嗨，我们不是第一次见面，你还记得我吗？"赵术首先说道。

梦予邻闻得声音，抬头看着赵术，柳叶般的娇眉微微皱起，似乎在回忆眼前这个人是否见过。

"前天呀，我走过你的病房，你还对我笑呢。"赵术见过的美女无数，与他有关系的也不少，可他竟然发现自己直视梦予邻时，有一点儿紧张。

他知道面对着的是一名精神病患者，更清楚这张有些呆滞的脸与他接触过的那些，根本不在一个档次上。但为什么自己会紧张呢？是她的清秀，还是那毫无目的的眼神？抑或是她神情间透出的那点儿清纯？

梦予邻正视了赵术一会儿，眼中的焦距散了，她又低下头，似乎看着桌面上的什么。

这赵术有些尴尬，他本来准备好的一些问题，竟然在这一刻想不起来了，这种情况还是头一次。

"为什么见我？"梦予邻好像想起了什么似的突然发问。

赵术："我在做一些……额，是有些问题希望在你这里找找答案。"

梦予邻："为什么是我？"

赵术："也许是概率吧，我并不是刻意的。"

梦予邻："是什么问题？"

赵术："关于你的梦境，你为什么记得小时候的梦？"

梦予邻："那是病。"

赵术："为什么？"

梦予邻："一个容器的容量是有限的，装满了就装不下了。但生活像有压力的水一样绵绵不绝，这样一直装下去，容器会坏掉的。"

赵术："那就放掉一些。"

梦予邻："你能选择忘记脑海中的事物？"

赵术一时语塞，他见过很多病患，他们的思维虽然不像平常人以为的那么散乱，但大多都沉浸在自己的思想逻辑中，很难被外界影响。这个梦予邻却不一样。赵术想了想，转而说道："我小时候做过的梦，大多都忘了，不过也有很特别的梦，我还是记得的。"

梦予邻："那不一样，我记得每一段时光，在梦里，我也是从小长到大的。"

赵术："真的有这么详细，你确定记得长大的所有细节？发生的每一件事？"

梦予邻看了赵术一眼："你记得小时候的事吗？完全的。"

赵术想了想，笑着说："谁会记得那么全呢？那些只是一些片段，隔得时间太长，甚至像梦中的片段。"

梦予邻像是被赵术话中的什么击中，突然一愣，她喃喃自语："像梦一样？不会的，不会的。"

"什么？"赵术听不清梦予邻在说什么，随口一问。但他很快意识到今天的时间快到了。自己今天是怎么了，以前每次都是先设法跟着病患的思路走，对方不再警惕后，再自然而然地切入需要了解的问题。

可今天交流到现在，似乎没有得到什么有价值的东西。看了看手上的资料，又问道："你曾说你有特异能力，能说一说吗？"

梦予邻听到这个问题，表情变得十分腼腆，像是做错了事的孩子。她轻声回道："没，没有。"

赵术眼见梦予邻的神态，加上她清纯且娇美的容颜，心中不禁一荡，深吸了口气："可你之前说过，你可以梦见未来一天的事。如果你现在承认没有这些能力，那么能说说你当时又为什么觉得自己有呢？"

长时间的沉默……

"时间差不多了。"赵清华推开房门，对赵术说道。

梦予邻被一名医生带离探访室，她经过赵术时，眼光轻轻从赵术脸上抚过。赵术捕捉到了这个眼神，那眼神很纯洁，但又很复杂。他再次做了个深呼吸，将心思从梦予邻的背影处收了回来。

"怎么样？对你的论文有帮助吗？"赵清华与赵术走在过道上。

"嗯，我还不是太会提问，需要练习。我想，需要继续交流。方便吗？"赵术的前半句出于学术上的需要，后半句也是学术上的需要，但似乎多了些什么。

"明天她弟弟会来看她，后天要给她做分析，大后天……嗯，下周三吧。"赵清华说着，将赵术送出了大楼。

赵术开车回了学校附近的公寓。他翻阅着梦予邻的资料，绝大多数梦境都是日常生活。这令赵术很不解：一个人的梦，通常是日有所思造成的。一些在现实中不可得的，或是不可承受的，多在梦中得到释放。

可以说，梦，多多少少都是有些离奇且零碎的片段，前后并无太多逻辑上的关系。

但梦予邻的梦境为什么会如此连贯，连贯得像现实中平淡的生活。难道是因为精神分裂，那些梦并不存在，而是她自己在不知不觉中编造出来的？

### 第2集：再次见面

不过这些梦境也有一些比较特别的记录：那是她12岁那年，梦见邻居家的一位老人从楼梯上摔下来，结果在送往医院的路上去世了。那老人生前对她很好，她在梦里就哭了……

赵术翻来覆去地看着资料，不知不觉已经快到晚饭时间了。肚子饿得咕咕直叫。打算出去随便吃点儿什么。他一边下楼，一边打开手机，有七个未接电话，分别是爸、妈、大哥打来的。他回拨了大哥的电话："喂，是我。"

"怎么一天都关机啊？大家等着你吃饭呢，香格里拉大酒店，快点儿啊！"

赵术还没来得及回话，对方就挂断了。他一摇头，转而向地下车库走去。

"爸，妈，大哥。"赵术在服务员的带领下，来到香格里拉大酒店的豪华包间，见到父母与大哥，便随便坐了一个位置。

"你哥明天就去美国了，你还当真想不来？"赵父说话了。

赵母说道："好啦好啦，这不是来了嘛。他就是被那个梦闹的。没事没事，吃饭。"

赵武笑了笑，说："我又不是第一次坐飞机了，你那个梦就是你自己太焦虑的结果，我说你别把那论文太当回事，你毕业是没有问题的。哥想好了，你一毕业，80万以下的车你跟哥说一声。"

赵术拿起的筷子在空中一顿，不屑地说道："我的奖学金很高的，而且年年拿，还有导师私下发的。"

赵武哈哈一笑道："你是取笑大哥的学历是买来的？"

赵术道："我说赵大律师，谁会认为胜诉率达到 98.7% 的律师的学历是买来的？只是你们也别太小看我就行了……"

这一顿饭吃了两个小时方才结束，一家人送赵武上了车。赵术忽然一拍车顶说道："我说你就不能坐船去呀？那么长时间，你急什么呀？只有飞机上的头等舱才能表现你大律师的身份？"

赵武只是微一摇头，油门一点，路虎的引擎发出一阵狂啸，飞奔而去。

赵术回头看向父亲，赵母摇了摇头，说道："是你哥自己买的机票。

别赖你爸。"

赵术回到公寓已经很晚，但他翻来覆去睡不着，他儿时的那个梦一直浮现在脑海中，特别是梦中那名机场负责人在电话中说的话："很抱歉地通知您，死亡名单已经确认，赵武是其中之一。"

赵术不记得是怎么睡着的，醒来时已经是第二天中午。他拿起昨天晚上被他关闭的手机，稍一犹豫，便开了机。有一条从美国发来的短信："我知道每次坐飞机你小子肯定关机，嘿嘿，报个平安吧，我的杞国兄弟。"

赵术摇了摇头，来到楼下，站在那两家熟悉的餐馆前，他又想不起昨天是吃的面还是油条了。中午就吃面吧。饭后，他又回到公寓继续翻看梦予邻的梦境记录。一些没什么特点的，他就扫一眼略过，只看一些内容有稍许变化的。如此粗略地查看，用 5 天的时间，勉强将梦境记录翻完。

其中有几篇，赵术特意打了标记：梦见同一条街上的某小区大门外摆设了花圈；谁家发生了火灾；谁家被小偷盗窃。这些虽然是梦境，但在梦予邻的描述中，显得十分真切，细节间的前后逻辑非常融洽。关键是她对这些梦境，都有日期上的记忆。就算是写小说的作者，也不见得会注意到如此之多的细节。

最后有一篇很特别，内容描述道："我梦见弟弟，还有爸爸妈妈，被一辆大货车撞死了。"不过与其他梦境描述不一样的地方，就是梦予邻关于这个梦境的描述，仅此一句。这么粗糙的描述，与她对其他梦境精细的描述截然相反。

赵术看了看时间，已是中午，想到今天要去见梦予邻，便下楼找了间餐馆吃了午饭，开车去了第四人民医院。

赵清华见到赵术前来，哈哈一笑道："怎么样，看上咱们医院的什么人啦？也不打个电话，直接就跑过来啦？"

"小叔，你可真是缺口德，以后我讨个老婆不正常，你要负全责。"赵术在赵清华办公室的沙发上坐下，又问："梦予邻是怎么进来的？"

赵清华说道："是她家里人送过来的，她当时情绪十分激动，总说弟弟会害死大家，她只是想阻止，并哭着求她的父母不要把她丢在这里。"

赵术吃了一惊："哦，就因为她说自己的弟弟要害死大家，就被确诊成精神病患者？"

"当然不是。"赵清华看了看手表，继续说道："她当时将弟弟亲手推入河中，造成她弟弟窒息性休克，在医院住了三天才恢复过来。她伤害弟弟的行为被人看见，并报了警。警方调查了事发地点的交通监控录像，梦予邻将弟弟推入河中的犯罪证据确凿，提起公诉告她杀人未遂。

"不过后来调查发现，她从 12 岁那年就严重自闭，有时还存在轻度暴力行为，加上这次杀人未遂事件中并没有查明她的犯罪动机，精神鉴定上又存在明显的失常特征，最后免除了刑事责任。她的父母害怕她再搞出什么大事来，只能将她送到我院，进行入院治疗。

"好了，我现在得去开会了，等散会了就带你去见梦予邻。"

"哦，好的，另外，我能用用你的电脑吗？"赵术说道。

"当然。"赵清华拿了本资料簿就离开了办公室。

赵术将 U 盘接入电脑，翻看着之前打过标记的梦境资料，总结了几个需要提问的要点。他看了看时间，才过去 20 多分钟，猜想小叔开会一时半会儿完不了，加上这一两天看资料太累，便躺在沙发上睡着了。

"不行，方叔叔和阿姨会知道的。"如吟般的细语响在赵术耳中。赵术看着那婀娜娇小的背影，一层红纱裹住她的胴体。身后的桃花林静静窥探着立于碧水岸边的情侣。

"怕什么，大家早就知道了。"赵术对那女孩背影说着，痴痴地看着她。在碧绿色的湖水衬托下，那嫣红的轻纱尤为突出，像几近逃离却又不舍的情绪，缓缓爬上她的脸颊，惹人怜爱，不忍逼视。

女孩低下头去，似等待他的靠近，又似沉默不言。赵术轻步上前，将女孩揽入臂中。此刻，他能明显感觉到手臂上传来她的心跳，又或者是自己的心跳透过手臂传向了她。他下定决心，向女孩缓缓转过头去……

"嘿！哈喇子流出来啦！"赵清华一拍赵术，笑喝一声。

赵术猛地从梦中惊醒！一见是小叔，没好气地说道："人吓人，会吓死人的！"

"你刚刚那是什么表情？我就是再重来十次青春期，怕也碰不上需要用到这种表情的事呀！怎么，碰上的是桃花，还是桃花呀？"赵清华做出一副色眯眯的模样说道。

赵术呼了口气，这个梦做过很多次，但从来没看见过梦中的她到底是什么模样，每次到了关键时刻就会醒过来。而且梦中那个方叔叔是谁？还有那个阿姨？他从沙发上站起身来，没好气地说道："你还是快找个婶儿吧，不然你的青春期怕是总过不去。要不，我跟我妈说说，请她再帮帮你？"

赵清华脸色一变，一本正经地说："嗯，时间差不多，今天你有半个小时。梦予邻应该已经在探访室等你了。"

赵术偷笑着跟在赵清华身后，不一会儿来到了探访室。

梦予邻已经坐在对面，看起来，比上一次见面更加腼腆了些。她抿着唇，似微笑，又似害羞地看着桌面。

赵术被梦予邻的这种表情搞得有些神不守舍，甚至那位小叔例行公事地对她说了些什么，又对自己说了些什么，最后怎么离开的，他都浑然不知。

"你好。"梦予邻轻声说。那声音像轻轻地吟唱。

刹那间，赵术好似又看见那嫣红的轻纱，那欲逃又留的人儿，那娇羞清纯的脸颊……

"咦！我这是怎么回事？"赵术扬了扬眉，手在脸上用力抚过，咳了两声，说道："额，你好，咱们又见面了。"

梦予邻听到这话，脸上透出笑容。像被追求者，面对追求者的笨拙时才有的笑。

"额，我有几个疑惑，也许你可以帮到我。"赵术翻完脑海中的措辞，并在标注了重点的文件帮助下，说出了这一句。

"嗯，你问吧。"梦予邻的声音还是那么轻，那么柔，像是怕被人听到的喃喃自语。

"还是说说预知能力的事吧，我很感兴趣的。"赵术想，却又有些不敢向她那个方向看，只好将目光落在文件上。

"嗯，那，那是病，医生是这么说的。现在，我也已经明白，那只是一些巧合，或者，是一些幻想。"梦予邻的声音越来越低，虽然还是保持着赵术能听见的音量。

赵术似乎发现了梦予邻言语中的松动，他说道："这么说，你过去是那样认为过？可以谈一谈吗？谈谈你当时的感觉，那些巧合，那些幻想。"

梦予邻低头沉默了一会儿，说："那些都是不真实的，是病，我不想再去回忆那些。"

赵术听梦予邻说完这句，可潜意识里却听出了另外的意思："不行，会被知道的。"他脑子转了几转，又问："你正在出院治疗前的观察期？"

梦予邻有些吃惊，抬头看了赵术一眼，又低下了头，轻轻说道："他们告诉你了？你，也是来测试我的？"

"怎么可能，我只是需要写一篇毕业论文，我认识这里的一位医生，所以才……当然，如果你不想和我说话，那下次，他们可能就不会安排咱们见面了。"赵术解释道。

"不，没有，我只是不愿去回想过去，那些梦境，他们都有记录的，你可以去看看，关于预知的事，真的只是巧合。"梦予邻说。

"好吧，咱们不说这个，那么，能不能谈谈你的梦境。"赵术问道。

梦予邻："哪一个？"

赵术："就是你梦见你的弟弟、爸爸，还有妈妈出车祸的那个。"

梦予邻一听，仿佛整个身体都随着心脏猛烈震颤了一下。她极力地控制情绪，可她越来越急促的呼吸却被赵术发觉。

赵术也不知是为什么，下意识地说道："额，这个如果也不方便说的话，那么咱们说说我的论文吧。我是在写一篇'关于精神梦境与维度时空的猜想'的论文。"他故意将"精神病患者"改为"精神梦境"，以避免再次刺激到梦予邻。

梦予邻似乎也很有默契地跟随了赵术的话题："维度时空？那是什么？"

赵术："那是从现代物理理论引发出来的猜想。我们目前所共识的，是我们生活在四维时空中。一维是线，二维是面，三维是体，四维是时间，也可以理解成一种状态演变成另一种状态的过程。"

"就像我们成长的过程？"梦予邻道。

赵术笑道："你很聪明，好多人在四维上，都需要花一些时间来理解的。"

"这很好理解呢。"梦予邻说着，若有所思起来。

赵术说："是的，不过，我在论文中提到的维度，是五维时空。"

"五维？那是什么样的？"梦予邻好奇道。

赵术："二维是无数个一维组成，三维是无数个二维组成，四维是无数个三维组成，那么五维，当然就是无数个四维组成喽。"

"无数个四维？"梦予邻娇眉轻轻皱起。

赵术看了看时间，快半小时了，原本准备的关于'她为什么推弟弟下桥'一事，看来是不能再问了。一来时间不够，二来这类问题似乎会刺激到她的某些情结。于是他就顺着维度的话题讨论下去：

"是呀，我们只能感觉到一个四维时空，但科学家们猜想，还有更多的，甚至是无数的四维时空是我们感觉不到的。那只能在五维时空中才能看到。"

梦予邻的眉头收得更紧。

赵术笑了笑，说道："拿我来举例吧，我从小长大，现在在这里与你聊天，这是一个四维时间轴上发生的关于我的一切情况。但也许有另一个时间轴，在那个时间轴上，我也成长，但因为选修的专业是建筑设计，那么，那个时间轴上的我就不会与你在此聊天。那里的我，也许在家画设计图呢。

"如此，我们可以设想出无数多个时间轴，每一个时间轴代表着一个四维时空，而它们之间互不干涉，谁也不知道谁的存在。只有在五维时空中，才能看到这些四维时空的全景。"

梦予邻听得云里雾里，只是摇头："这，这太复杂了。"

咔嚓！探访室的大门打开，赵清华走了进来，说道："好了，你们太能聊了，都半小时了，梦予邻，你也该休息了。"

"好的，赵医生。"梦予邻站起身来，在一名医生的陪同下走出探访室。在经过赵术时，她又用那种目光从赵术脸上扫过。

"好哟，幻想妹妹看上你喽。"赵清华调侃道。

"小叔，你能有一次正经的不？"赵术说道。

"好呀，说说正经的，你敢回去叫你妈给我搞对象，我就跟你妈说你喜欢幻想妹。"

## 第3集：分裂还是预知

赵术对梦予邻的好奇心越来越强：她为什么不愿提及那个梦境，她的父母和弟弟不是好好的吗？一个梦就令她如此害怕？我自己梦见大哥坐飞机失事，虽然也产生了一些极端的思想，但也不至于提都不能提呀。

另外，小叔说她入院时，是与一场杀人未遂案有关，而且受害人竟然就是她的弟弟！这个梦与她杀害弟弟有什么关系吗？一夜无眠，赵术不只是被梦予邻的梦境所困扰，更被梦予邻所困扰。

第二天，赵术打了赵清华的电话，问明了梦予邻家的地址，打算去她家里了解情况。他驱车来到南门东大街。

这是一条老街，两侧的建筑都是四五层高的旧式住宅楼。梦予邻的家在东大街中段的一条小巷子里。赵术依照地址来到了这条小巷，巷口有一个补胎修鞋的手艺人。他脑子一转，便来到手艺人身边："你好。"

手艺人正忙着手上的活儿，闻声抬头扫了赵术一眼，见是个学生，便问："你是要补鞋吗？"

赵术："不，我想打听个人，她就住这条巷子。"

手艺人："谁？"

赵术："梦予邻，你认识吗？"

手艺人手上的活儿停了一会儿，接着又工作起来："哦，梦家的丫头，呵呵，你问她做什么？她现在在疯人院。"

赵术："您认识她吗？能跟我说说吗？我是北开大学的，这个月就毕业了，正在写毕业论文，梦予邻是我的探访对象，我希望对她的过去进行一些了解。"

手艺人："嘿，她是一个奇怪的人，很邪门儿的。"

"等会儿。"赵术一听有戏，忙去旁边买来了几瓶饮料，全部放到手艺人脚下，道："跟我说说吧，越多越好。"

手艺人笑了笑，点头道："好吧，让我想想……这么说吧，她现在不是疯了吗？不过，她在12岁以前，是一个人见人爱的姑娘，人长得好看，性格文静又大方。那年她12岁，不知道为什么，有一天她突然哭得死去活来，而且一直跟着小武子。"

赵术问道："小武子？那是……"

"哦，肖武的儿子，巷子里的人都叫他小武子。他比梦予邻大3岁，与梦予邻是最要好的朋友，可以说是青梅竹马吧。当时梦予邻就一直跟着小武子，怎么也不肯离开，就连回家吃饭，梦予邻也跟着他。小武子的爸妈没办法，只好去把梦予邻的老爸叫过来，她爸死拉活拉地才把她拉回家。

"奇怪的是，第二天小武子就死啦！可他家里人说他晚上没病没痛的，后来医生检查，说是先天性脑溢血，是半夜突发。"

"哦，有这种怪事？"赵术回想起梦予邻的梦境，其中就有谁家死人，谁家被偷之类的。加上入院时，梦予邻曾称自己有预知未来的异能，心中不免打起鼓来。

手艺人道："可不是怪吗！那次之后，邻居里就有人传言，说梦予邻是个丧门星，会给人带来灾祸。后来就没人敢理她了，只有夏老头儿还时不时地招呼着她。可是没多久，夏老头儿从楼梯上摔下来，送医院的路上就不行了。"

赵术心里打了个突，这段情境怎么和梦予邻描述的梦境一模一样？

只听手艺人继续说道："本来人老了，随时都有可能走掉。但没几天，就有人说夏老头儿摔跤的当天上午，梦予邻在家里哭得很厉害，好像是她的家人正在处罚她什么。虽然没人敢上门去打听这事儿，但疯言疯语总是会有的，说梦予邻是个灾星，只要她一哭，就要死人。

"这下可不得了，所有的人就像躲瘟神一样躲着梦予邻。说来也是可怜，那孩子从此变得孤僻起来，再也不主动去接触谁，也再没哭过。也怪，她不哭了，这巷子里就再没死过人。直到两年前，她因杀害弟弟梦承希未遂，被抓后，这才死了一个。"

赵术惊奇道："哦？死了谁？"

手艺人喝了口饮料，继续说道："事情是这样的，梦承希下桥的那天，有一辆大货车撞上了老吕家的卤菜店，整辆车都冲到店里去了。"他说着，手指向大街对面："喏，就是那一家。说来也巧，当时老吕家的孩子在同学家玩，老吕和他老婆在店里做生意。就在出事前半小时左右，梦予邻跑来求他们去救落水的梦承希，两口子都离开了卤菜店，事发突然，他们连店门都没关。"

"是梦予邻亲自来求老吕家救人的？后来呢？"赵术心中隐约感觉到了什么。

手艺人道："是呀，后来老吕二人就把救上来的梦承希送去医院了，回家后才发现店子被大货车撞了，那货车司机当场死亡。这条巷子本来就传有恶语，谁要是招了梦予邻，谁家就没好。老吕家想来想去，觉得就是摊上了梦家的事，自己家才倒了大霉。

"后来有人说亲眼看见梦予邻推她弟弟下河，警察也来调查了，果然是她杀害弟弟未遂，最后被关进了疯人院。"

赵术听完大为吃惊，他希望再从梦予邻的家人那里问些情况，但梦家人似乎很讨厌梦予邻，不愿提及那些往事，最后把他给轰出了门。他回到车上，想再去当时处理案件的公安部门了解一下，却见梦承希突然拦在车前。

"你有什么事吗？"赵术从车内探出半个脑袋。

梦承希一溜烟坐上了赵术的车，他关上车门没好气地说："我们找个地方说说。"

赵术不清楚对方葫芦里卖的什么药，便找了一家会所。两人要了一间包厢，各点了一杯茶。

赵术不知是自己的茶喝得太快，还是梦承希沉默得太久。两杯茶喝完了，却没见梦承希开口说一个字。他看了看表，公安局怕是要下班了，当下说道："你把我拦下来，不会就是想一直这么耗着吧。"

梦承希放下一口没喝的茶杯，低声问道："你想去公安局？"

赵术："是的？"

梦承希："为什么？"

赵术："我做我的事，你做你的事，咱们互不干涉吧。"

沉默……

梦承希："可是这样，你就对我家进行了干涉。"

赵术隐隐感觉到梦予邻一案背后可能不那么单纯，问道："这话怎么说？"

梦承希："你不了解情况，所以，会搞出你想象不到的结果。"

赵术心想："难道梦予邻没有精神病？这怎么可能！小叔也看过梦予邻的病例。从资料上来看，梦予邻确实有重度精神分裂症状。而且她推弟弟落水也是事实。那么，她家里人的这些反应是怎么回事？"一系列问号在心底产生，但他面不改色地回道："正因为不了解，才需要去了解。"

沉默……

梦承希："我姐是个好人，她不是你们了解的那样，她很善良，如果她在医院表现良好，很快就能回家的。请你不要去改变这一切！"

赵术听梦承希对姐姐的评价，吃了一惊。他对梦予邻的态度明显与父母相反！难道他知道什么隐情？想到这里，他决定要激一激梦承希，说道："是吗？她可是想要杀死你呢！而且，她还一直说你会害死大家。这样你还要认为她是好人？"

砰！茶杯从梦承希的手中被拍在桌上："你脑子有毛病吗？我家的事到底什么地方招惹到你了？你干吗咬着不放？你到底想怎么样？"

赵术故意一脸冷笑，说道："因为我感觉到不正常的细节，但我没搞清楚，所以，本着对社会负责任的态度，我一定要查清楚。"

赵术说到这里，只见梦承希的双目似要喷出火焰，脸颊涨得通红，仿佛血液都在燃烧！但见他神色之间很是犹豫，便又说道："梦予邻很可怜，她被整条巷子的人误解，连父母也不喜欢她。可是她在院期间，从来没有说过一句对家人不敬的话。这足以说明她的为人，只可惜在精神层面上……"

梦承希没等赵术说完，便喝道："她没病！"他吼完这一句，陷入长时间沉默。

良久之后，他猛地站起身来，大声说道："你们这些人，自以为要对社会负责，我姐从来没有招惹到第三方，你们负哪门子责？她要杀的人是我，不是社会上的任何人，我不想追究，又有谁有资格去追究？

"你要是当真有闲情去对与你无关的事负责，那就为我姐负负责吧，不要去做对她不利的事。她只救过人，没有害过人！如果你还有良知，就不要再管这事。她一出院，我们一家就开开心心地过日子，不会影响到任何人！"说完便头也不回地离开。

赵术跟着导师研究精神方面，对心理学也涉足颇深。梦承希的话反反复复地在他耳边回荡："她没病！她只救过人，没有害过人！"
这些无比激愤的话，真实的可能性达到 9 成以上。他明白，人在激动
时随口说出来的话，往往是心中最原本的认知或理解。如果是说谎，
一般都是在情绪较为冷静时进行。

## 第 4 集：两害相较取其轻

梦承希回到家中，对赵术是否会去公安局调查十分担心，一整晚
都没有睡觉。次日一早，他等父亲上班后，便拦下也准备出发上班的
母亲，说道："妈，我，我想搬出去住。"

"什么？"走出家门的母亲回头看着儿子，说道："怎么突然想
起要搬出去？"

梦承希道："我知道，爸爸不想把姐姐接回来，他和那些巷子里
的人一样，以为姐是精神病人。但他错了，姐没疯！如果你们不接受
姐姐，那我就搬出去，由我一个人来照顾姐姐，我已经成年了，可以
向医院提出申请的！"

梦母将儿子推回屋子，关了大门，说道："小希，你在说什么？"

梦承希一屁股坐到餐桌前，他用略带质问的语气说道："你别再
装了，其实你比谁都清楚，你早知道姐没疯，是不是！"

"我，我知道什么？你今天是怎么回事？"梦母的语气里透出了
吃惊。

梦承希将落在母亲脸上的目光移开，他不想看见母亲被拆穿时的
表情："那天，我全听见了！"

梦母："什么？什么那天？"

梦承希："夏老头死的那天上午，你在里屋骂姐姐的事，我全听
见了。"

梦母心中咯噔一下，道："你，你听到什么了？"

梦承希："那天早上，姐在里屋跟你说，夏爷爷今天会从楼梯上摔下来，会死，她请你去提醒夏爷爷下楼梯小心些。

你说：'少管，还嫌巷子里的闲话不够多吗？'

姐说：'大家都讨厌我，只有夏爷爷还愿意理我。'

你说：'闭嘴，别张着你那张臭嘴到处去咒人家！你要瞎说，你爸回来打断你的腿。'

姐说：'妈，我求求你，你救救夏爷爷，我梦见过的，是真的，那天小武哥死的前一天，我也梦见了。'之后，我就听见很响的一巴掌，接着是姐姐摔倒的声音。妈，你当时下手很重吧！"

梦母听着儿子的复述，一颗心也越沉越低。她将儿子拉到跟前，说道："小希呀，妈也没办法，你知道当时的情况，全巷的人谁不说咱家的闲话？妈叫你姐别去说，也是为了咱们这个家呀。"

梦承希极不情愿地任由母亲拉着他的手，气愤地说道："他们爱说，让他们说去好了，为什么要让姐一个人承受这么多？你知道她只能眼睁睁看着自己关心的人、敬重的人一个个死去时，她是什么感受吗？就像两年前，她梦见你和爸爸会因为我而死时一样，她一直在想要救人，可你们都在对她做什么？"

梦母一惊："你说什么？她的梦怎么能当真，你怎么可能会害死爸爸妈妈？小希，你，你这是怎么了？"

"我没事！"梦承希从母亲怀里挣脱出来，说道："你们知道吗？那天，我很想吃吕叔家的卤肉，你们都忘记了，咱们家每两周就会去买卤肉吃的。那天正好是买卤肉的日子，你说，如果我没有被推到河里，你们是不是会陪我去吕叔家的卤菜店？如果我没有被推到河里，就算我没有提出要去，你们是不是也会去？你们想一想回到家的时间！再想一想车祸发生的时间！"

梦母难以置信，或者是不愿去相信，毕竟是她和老梦亲手将女儿送入了疯人院。如果这一切是真的，这让她情何以堪。她努力地不去回忆当时的情况，也努力地不去想小武和夏老头的事，可那些事像过电影般在脑子里闪现。她嘴里机械地重复着："不，不会的，不是这样的……"

赵术没去公安局，他回到公寓，将资料总结了一下，发到远在美国的大哥手里，并打了电话给赵武，请他帮自己分析一下梦予邻推弟弟下河一案的情况。另一方面，他也开始着手写论文。

赵术寻思："从目前的情况来看，梦予邻的梦境，多少有一些预知的效应。这种预知效应极有可能是另一个四维时空存在的证据，从而间接说明了五维时空存在的可能。现代物理中，相对前沿一些的理论认为，任何人，甚至任何生命，只要做出一次选择，当前的四维时空就会从这次选择开始，分为两个，甚至更多的四维时空，以满足这次选择带来的不同结果。"

如果是这样的话，那么这些刚分裂开的四维时空，其相似度将是极高的。甚至，除了某一个点不同之外，所有的一切都是一模一样的。也许正好有这样两个四维时空，它们的一切都一样，只是在时间上一个超前，另一个则滞后。

而梦予邻，以及我们所有人生活的这个世界，正好处在时间上相对滞后的四维时空中，但她的梦境，却正好处在超前一些的四维时空中，所以她的梦境就正好起到了预知的作用……

那么，再把范围扩大些，很多精神病人的意识，甚至认知与当前社会明显脱节。这是否也说明着更多的四维时空的存在呢？他们因某种没有被发现的诱因，导致他们的思想进入到了别的四维时空中，但身体又留在了当前的时空中。这就造成他们的行为显得十分诡异和怪诞。"

赵术利用目前掌握的情况，加上大量相关资料的收集，灵感大发，仅花了不到一周的时间，论文就基本完成。文中将精神世界与维度时空进行了夸张却又自恰地分析，不过很多细节方面还需要更正和加强说明。

离毕业典礼只剩下十来天了，同学们的论文早就交了。苏教授也问过赵术论文的事，但赵术总感觉自己的论文还有需要完善的地方，迟迟没有提交。这天，他又通过小叔，约见了梦予邻。

从小叔那里听说，梦予邻最近的精神很不好，这令赵术有些担忧。不过梦予邻见到赵术后，情绪上明显好了很多。

赵术："予邻今天的气色不佳，这两天心情不好？"

梦予邻莞尔一笑："是有一点儿，做了一些不好的梦。不过听说你要过来，我就好多了。"

赵术有些不好意思，一笑道："怎么，最近梦见了什么？"

梦予邻："我梦见自己生病了，一直躺在病床上，一动也不动。"

赵术："哦？要紧吗？"

梦予邻抿嘴一笑，微一低头："那只是梦，请不要担心。"

赵术咳了两声："嗯，也是，这次来见你，一方面是想看看你好不好，另一方面，你知道的，我在写论文。"

梦予邻："有什么我可以帮你的？"

赵术："我想再聊聊那些梦。"

梦予邻有些担心，放低了声音："你要问哪个梦？"

赵术："别担心，这次不聊具体哪个梦，我只是想了解，你做的梦细节很多，和我们平常人做的梦不太一样。"

梦予邻："你们做的梦，内容会很少吗？"

赵术："也不是，应该说有多有少，但在细节上，一般没有你的梦那么丰富。并且，梦中的前后逻辑是跳跃的，并不一定具有因果关系。"

梦予邻娇眉一收:"哦?那样不是很奇怪?"

赵术:"对于我们来说,一点也不奇怪,因为那是梦嘛。"

梦予邻似懂非懂地点了点头。

赵术:"这么说的话,你的梦几乎和现实世界差不多?"

梦予邻认真地点了点头,说:"是的,有一段时间,我完全分不清楚哪边是梦,哪边是现实。因为两边都是一样的,就好像先过完一天的生活,然后再经历一次。"

赵术:"那可真是奇妙的体验。"

梦予邻:"是很奇怪,但一点也不妙。"

赵术:"不妙?"

梦予邻:"是呀,每天经历的事,总是事先就知道,很无趣的。"

赵术一听,梦予邻的梦境,果然是有预知能力的!心中产生了一个问题,这个问题很可能使梦予邻陷入不好的情绪。但好奇心还是使他尝试着提出问题:"予邻,有一个关于你的问题困扰我很久了,这些天我都睡不着觉。"

梦予邻听赵术说因为自己而睡不着,正当一股暖意泛起,但马上就意识到赵术接下来要问的问题。她紧咬嘴唇,两只粉拳捏成一团,一时间有些不知所措。

赵术一见梦予邻为难的神态,恍惚间又看见独自站在碧水岸边,桃花树下的背影,显得那么无助,当即说道:"看来你还没有准备好,我们下次再尝试。"

梦予邻松了口气,道:"谢谢你!下次,我一定努力回答你。"

赵术笑了,他感觉这次的梦予邻,对他比之前两次都热情一些,说道:"一言为定哟,呵呵,说一说你最近这些天的梦境吧,刚才你说你梦见自已躺在病床上一动不动？"他刚一说到这里，心里就感觉到一阵不舒服！

一动不动，这让他联想到了死亡，而且又是梦予邻的梦境，她的梦不是有预知效应吗！

梦予邻好像猜到了赵术的担忧，说道："别为我担心，那些只是梦，而且在梦里，我可只是生病，没有死呢。"她说到这里，脸上又泛起一片嫣红，继续说道："再说，我已经好多了，现在虽然也做梦，但梦与现实已经完全不一样了。"

赵术："哦！什么时候开始的？"

梦予邻："就是两年前，我梦见家人都出了事，可我改变了结果，弟弟、爸妈，他们现在都还好好的。从那之后，我的梦境与现实就完全不同了。"

……

结束了这次交流，赵术感觉又有了不少收获，心情甚好的他马上又将论文作了一些修改。

第二天，他接到哥哥赵武的电话，大概的意思是："梦予邻可能没有精神病，她或许真的能预见一些东西，而梦承希对他姐的这个能力十分信服。但是，如果在法庭上把这些说出来，那么法官和陪审团是否相信梦予邻的预知能力都不重要，重要的是，梦予邻将弟弟推下河的事实，其性质就会不一样！"

赵术："请继续？"

赵武："性质会分成两种，如果梦予邻在推弟弟落水时，心智是正常的，那就是故意杀人。但如果是不正常的，那就是没有承担刑事责任的能力。这是两个相反的结果。前者肯定要坐牢的，3到10年不等！甚至更高，主要看受害人的伤势情况。后者，只需要住院，恢复得好，就可以回家了……"

赵术露出笑意："好，谢谢哥，我请你吃碗面。"

"什么？我可是按小时收费的，就一碗……"赵武话没说完，只听到一阵忙音……

赵术听完大哥的分析，心情莫名地激动起来。是大哥的分析替自己解开了谜团？还是因为别的？他没有去多想。

这一夜，他再次翻阅了梦予邻的梦境资料。资料还是那些资料，但那些文字似乎都被涂上了某种色彩，那不再是一个精神病患者的"口供"，而是一位妙龄女孩的生活。不知不觉中，他已埋头于这堆资料中，鼾声在通宵亮着的台灯下缓缓散开……

还是那片桃花林，还是那片碧湖水，还是那种心跳，还是欲走还留的她。这一次，赵术知道一切都会发生改变，这一次，他甚至能感觉到自己正在梦中。他不愿醒来，他要看看这个在梦中伴随了他20多年的人到底是谁！他坚定地来到女孩身边，将女孩拉到眼前，是她……

赵术："果然是你，我终于找到你了。两年了，你过得好吗？"

赵术看到梦中的他面对着她，但奇怪的是，赵术只能像一个旁观者一样看着女孩的背影。

女孩："我很难过，我对不起你哥哥。"

赵术："不要那么想，我们是真心的，没有对不起谁，你明白吗。"

女孩点了点头，她投到赵术怀里，轻声说："我明白，可我，可我还对不起一个人，我的弟弟。"

赵术："为什么会这么想？"

女孩："因为我恨他，所以我没有祝愿他去天堂，如果，如果他落入地狱，那是我的错。"

赵术："他也没有错，那是意外，所以，他会去天堂的，你要放心，要释怀。你要记得，无论如何，还有我，我想要和你在一起，不，那不是想要，而是需要！"

女孩："肇文，谢谢你，希望他们都会原谅我，希望方叔叔和阿姨也能理解我。"

肇文？方叔叔？肇文？方叔叔？……

赵术从梦中惊醒，梦中大多细节随着他的惊醒也消散了大半，他只记得肇文、方叔叔。还有梦中的女孩为什么叫自己肇文？方叔叔？肇文？难道，难道梦中的自己，叫方肇文？这些疑问令赵术有个不好的感觉，难道自己姓方，名肇文！可是我爸爸姓赵呀！

"难道我不是爸妈的儿子！"赵术不愿再往下想，他拿起手机，拨打了母亲的电话。

赵母："小术呀，妈妈在开会，有什么事吗？"

赵术："妈，你认识'方肇文'吗？"

赵母："方肇文？是谁啊？"

赵术："就是方肇文呀，你没听说过？"

赵母："什么方方圆圆的，妈对追星没兴趣，妈在开会，不跟你说了啊。"

赵术打了这通电话，放心了不少，看来又是自己多虑了。他想着想着自嘲一笑，梦中的东西怎么能当真。心情甚好的他马上给小叔打去电话，希望再次约见梦予邻。


## 第 5 集：自杀

见面还是安排在下一周的周三。

从小叔那里得知，梦予邻的精神状态十分不好，这些日子似乎每天晚上都做噩梦。不过梦予邻还是能克制自己的情绪，只是不太能吃东西，人看起来清瘦了些。

"嗨，咱们又见面了。"赵术一见到精神不振的梦予邻，瞬间的心疼使他故作欢笑。

梦予邻轻轻点头："你还好吧？"

赵术："我很好呀，倒是你，听说做了一些不好的梦？"

梦予邻："是的，不过你不要太担心，我会调整好心态的。"

赵术想了想，有些犹豫地说："嗯，上次我们没有交流的问题，今天能谈谈吗？如果还是没有准备好的话，我可以下次再……"

梦予邻没等赵术说下去，她打断了赵术的话："下次不知道什么时候才能再见，你问吧，我已经准备好了。"

赵术组织了一下措辞："嗯，那好吧，我是想问，当时，你弟弟落入河中的事，你在梦中也预见到了吗？"他说完，注视着梦予邻的表情，不过梦予邻的表情没有痛苦，远比第一次提到这些问题时好得多。

梦予邻平静地说："是的，我梦见了。而且，不止一次。"

赵术很吃惊，梦予邻不但没有回避问题，而且还透露了更多，忙问："不止一次？可以详细说一说吗？"

梦予邻想了想，说："我就大概描述一下吧，梦见家人发生危险，一共有三次。

"第一次，我梦见父母带弟弟去医院，在路上发生了交通事故。于是第二天，我骗弟弟，说我在街上被人打劫了，要他快来找我。我故意让他找不到，结果耽误了预约的时间，那天就没去医院。

"第二次，我梦见弟弟要去看电影，晚上，爸妈下班就带他去了。结果电影院发生了火灾，别的人都逃出来了，就只有他们三人遇难。这次是晚上，爸妈都在，我不知道怎么办，就把梦跟弟弟说了。我本想尽可能说得吓人些，希望把弟弟吓到了，就不去了。可是没想到，弟弟一听我说电影院会有火灾，他就很乖地不去了。

第三次的梦境很长，很奇怪。我先梦见弟弟想吃卤肉，结果爸妈下班后带他去吕家卤菜店，就被大货车撞了。但梦中的时间比以前更长，一直延续到第二天，我就趁爸妈还没下班时，自己去买。可是吕家老板不喜欢我，不想和我说话。我只好回家，我把事情跟弟弟说了，他又相信了我。我们一起在家等爸妈下班，可是爸妈自己跑去了吕家卤菜店，结果还是被大货车撞到了。

"那时我才想起来，弟弟很喜欢吃卤肉，因为家里条件不好，所以爸妈和他约定每两周才吃一次，那天就是约定的时间。所以爸妈为了弟弟开心，就去了吕家卤菜店……

"在梦里，我十分悲痛，那是两个唯一还愿意和我说话的人呀，就这么没了。我恨自己笨，恨自己没用。后来，我开始恨弟弟，恨他为什么喜欢吃卤肉，为什么要和爸妈有那个约定。甚至，我开始恨爸妈为什么要生下他，到头来却被他连累，我恨，我难过，而且要永永远远地如此难受下去……

"第二天，我感觉到这次的梦与以前的不同。这个梦在告诉我，这次不管我再怎么阻止，也是阻止不了的。在梦中，我不让弟弟去，结果就演变成另一个版本的悲剧。我不知道应该怎么办，我努力思索解决的办法，可是我想不出来。但我发现这次的悲剧，主要诱因总是弟弟。于是，我猜想，也许只有把最根本的诱因去掉，悲剧才有可能阻止。"

梦予邻的话越说越激动，但说到这里戛然而止。她紧咬嘴唇，低下了头，不敢再去看赵术的眼睛。

赵术："所以你做了？"

梦予邻："你是不是感觉我是一个卑鄙无耻的女人？是一个狠心可怕的女人？"

赵术陷入沉默，他并没有感觉到眼前这个女人的心狠手辣，而是想起了自己梦中的那个女孩。

梦予邻抬头看了赵术一眼，见到了他的沉默，像是看见了极不愿看到的情景，忙将目光撒向桌面，低喃道："是我对不起弟弟，如果要下地狱，那个人一定就是我。"她说完，站起身来，转头看向吊顶一角的监控。

赵术见梦予邻要离开，忙道："其实你不要恨你的弟弟，我去找过他，他很爱你。知道我要去公安局了解你的情况，他还警告我，如果我再去调查你的事，他就对我不客气。"

"而且，对于已经失去的人，我们不要有太多心结，既然阻止不了，就要去接受。给自己一些时间，就会慢慢好起来的。我们要记住那些美好的，不要去纠结那些不好的。"

"你弟弟落水后，你不是也向老吕家呼救了吗，这足以说明你也是爱弟弟的……"

梦予邻哭了，她的眼神中充满感激与欣慰，像是终于得到了什么似的。不一会儿，便有医生进来将她带离……

赵术回到公寓，完成了论文，并将它发给了导师。这篇论文对于赵术来说，还是十分满意的，只是梦予邻给他带来的，是越来越深的迷惑："为什么她也有弟弟，梦中的她也有弟弟？她们都恨自己的弟弟，但又深深地自责于对不起弟弟？怎么会这么巧？"

第二天，赵术接到小叔打来的电话："小术呀，有一个不好的消息，梦予邻自杀了。"

空白！这是赵术听到梦予邻自杀后，数分钟内的状态。他挂断电话，急忙去了第四人民医院。

赵清华："昨天半夜死的，她用一条浸了水的毛巾捂住口鼻，将头的一半藏在被子里，监控中看上去，像是在睡觉。早上才发现，这是一种很辛苦的自杀方法。"

赵术开始陷入自责，他努力劝自己，她是一名精神病患者。但内心深处又不断地提醒自己，你不应该提出那种令她窒息的问题。他不停地游离在这两种观念之间，而中间的路越来越窄，越来越窄，窄得像一条刀锋被自己踩在脚下。他知道自己无法再走在中间，他只能跳下去，而那下面，是无限的自责与痛苦……

次日，赵术接到小叔打来的电话："梦予邻的遗物里发现了遗书，她希望将最近一周的梦境记录交给你，以便帮助你完成论文。"

虽然赵术的论文已经完成提交了，但他还是去拿回了那些资料。

首先是梦予邻的遗书附件：

赵术，你好，还记得你第一次来医院探访我吗？当时你说梦总是跳跃的，不连贯的。我想，你说的对，如果不连贯，那就是梦。我总是不记得昨天的早餐吃的是什么，因为那个时间段是空白的。

当你看到这封信时，我已经选择不再做梦，希望之前的这些梦境可以帮助你。

另外，我要特别告诉你，我爱方肇文，我会等他醒来。那片桃花满地的林子，那片宁静翠绿的小湖。我想要有他在身边，我想要有他的未来。

不，那不是想要，而是需要。

赵术的目光钉在遗书上："昨天的早餐！方肇文！桃花林！那不是想要，而是需要！"他顾不得细想，拿起梦予邻的梦境资料看了下去……

**上周3晚上**

梦予邻："我躺在一间病房内，我不能动，我看不见，听不见，我只能呼吸。这令我很难受。"

院方："没有其他的细节吗？"

梦予邻："没有。"

**上周4晚上**

梦予邻："还是和昨天差不多，不过能听到有人在病房内打扫的声音。今天，我感觉更累了，我的脊椎太痛了，像是一个姿势保持太久的感觉。"

**上周5晚上**

梦予邻："还是那样，我可以感觉到四肢传来知觉，但很麻，很酸，好难受，我怕那种感觉。"

**上周6晚上**

梦予邻："今天有人来，我能听到他们说话，但我还是不能动，也不能睁开眼睛。"

院方："能听到说话声？你在梦境中是以第三视角，还是第一视角？"

梦予邻："是第一视角。"

院方："你听到了什么？"

梦予邻："是两个女人的对话：

'你是新来的？'

'是啊，来实习的。'

'我是上个月来的，咱们实习生就只能做一些清洁工的事儿。'

'呵呵，可不是嘛。咦！这女的好漂亮。'

'是不错，可惜是个植物人。'

'她头上这个是做什么的？'

'别乱动！那是超级连导仪，可以把两个人的深层意识连接在一起。'

'哦！有这么神奇？'

'这是本院最先进的植物人治疗仪器，别碰坏了，赔不起的。快做事吧。'

'嗯。'"

院方："之后呢？"

梦予邻："没有了。"

## 上周日晚上

梦予邻："不能动，但我感觉我的腰要断了，有无数的蚂蚁在咬我的手和脚，太难受了，好痛苦。我在梦里想呐喊，想醒来，可是我做不到，我现在很怕做梦了，那种痛苦太真实。"

院方："没有其他细节吗？"

梦予邻："有人来打扫房间……"

## 周一晚上

梦予邻："今天有一男一女在说话，好像是一对中年夫妻。"

院方："哦？你怎么知道是夫妻？你能看见他们？"

梦予邻："不能，我只能听他们说话。"

院方："他们说什么？"

梦予邻："女：'予邻啊，快醒来吧，别再把肇文困在你的意识里了，你们都醒来吧。'

男：'你们的事，我们都知道了，我们不反对，肇武也不会怪你们的，由他弟弟来照顾你，他地下有知，也会放心的。'

女：'是啊予邻，你别再难过了，要学会释怀，这对大家都好。我们已经失去了一个儿子，不能再没有肇文了。'

二人离开病房，不过还能听到他们的对话：

女：'老方，你说，咱们怎么这么命苦呢？'

男：'好了，我们要有信心，他们一定会没事的……'

我能十分清晰地感觉到他们的悲伤，我很难过，我哭了。"

院方："你在梦中哭了？"

梦予邻："是的，我能感觉到眼泪从两侧滑到枕头上。"

### 周二晚上

梦予邻："今天也有人说话，是一个中年男人和几名年轻男人的对话。"

院方："都说了些什么？"

梦予邻："'这就是全球第一台超脑波连导仪，是当时的最新技术。最大的缺陷，就是对脑电波的跟踪很不稳定，容易丢失施救者的意识信号。现在的超脑波连导仪就稳定多了。'

'她是施救者吗？'

'她是患者，两年前，她的父母为了救她弟弟，结果一家三口人被一辆大货车撞死，她实在承受不起，结果陷入休克，至今没有醒过。'

'那隔壁病房里的？'

'那位就是施救者，也挺惨的，家里很有钱，可惜他哥哥在一次出国的飞机事故中死亡。他也在一年前，因意识跟踪信号丢失而陷入休克，这对他父母的打击可不轻。'

'啊！在深层意识连导状态中的施救者失去信号的话，会完全忘记自己是谁的，他只会相信深层意识所构建的世界。为了保持两人的生命特征，连导仪会自动保持二人的梦境细节。这种病人是很难自行醒来的，他可真有勇气。'

'哎，他和她是恋人关系，碰上这种事，谁又放得下呢。'

'问世间情为何物，直教人生死相许！'

'啊，史院长，您看，她的眼角！好像，好像哭过。'

'哦！'

之后，有人用手拨开了我的眼睛！"

院方："你说有人将你闭着的眼睛拨开？"

梦予邻："是的，我看见了他，他用一支手电来照我，我感觉眼睛很痛，但我控制不了，之后，他又在说话：

'梦予邻，能听到吗？小周，快，马上搜索意识信号源，看看能不能接上。梦予邻，如果你能听见的话，记住！想自发地在梦里醒来，自杀是一种十分有效的方式……'"

# 是谁惹的祸

"是谁惹的祸？"

克林姆市长粗气直喘，鼓着腮帮，连下巴都挤出了皱纹。他没有想到居然有人胆敢在工作会议上打电话骚扰他。

"不知道。"电话那头传来一个男人的声音，声音充满焦急与紧张，"梅克朗小镇已经一片大乱了，还有——轰隆——"

"那是什么声音？"克林姆市长的电话里突然传来一阵剧烈的爆炸声，他不耐烦地问道。

"到处——到处是火！快！消防员……"

接着就是嘈杂的声音。

克林姆没想到才离开几天，自己所管辖的梅克朗小镇就出事了。他折起马上要在"俄罗斯关于引进时空机"的新闻发布会上的演讲，径直向自己的轿车走去。

此时，会议室里正在召开会议："……所以说，无论从爱因斯坦狭义相对论来说，还是从霍金黑洞猜想，我们不应该相信时空穿越这个说法，更不能相信美国的这台时空机器，而且坚决不同意利用活人作为实验对象。对此，我们邀请克林姆市长讲话。"

台下记者们都拭目以待，等了两分钟仍不见克林姆的身影。掌声渐渐稀落下来，主持人打算跑到后台询问情况，这时从门口冲进来一个人，他说："克林姆市长有急事回去了，我来替他演讲。"说罢挥了挥手中的演讲稿。

那人是克林姆的私人秘书戴文，一位高度近视的文弱书生。戴文第一次面对这么多科学家与领导，甚至还有从美国专程赶来的技术人员。他竟忘了自我介绍。

台下一片寂静，只有喇叭里传来戴文一个人的声音。

"我认为这并不是非分之想。"戴文清了清嗓子，把头靠近纸片。克林姆写得可真糟糕，戴文想。他努力地希望看懂每个字，可却只看明白第一句话。糟了！下面写的什么呢？

台下还是默默地等待着，所有人都准备好了笔记本和一支满墨的水笔，他们很多人都知道克林姆是个关于时空旅行的痴迷者，他一发话肯定是长篇大论。

真的看不懂市长写的啥，怎么办？戴文偷偷望了底下一眼，所有人表情严肃。他已经急出了冷汗。算了，豁出去了，现编吧，戴文想。

"咳咳。"戴文推了推眼镜，学起了克林姆的语气……


克林姆本人以最快的速度赶往梅克朗小镇。如果不是官方的车，恐怕交警就要以超速百分之五十为由，吊销驾照了。如果以光速哪怕超光速前进就可以了，克林姆在回去的路上是这么想的。

他才走到一半路就发现位于东方的梅克朗小镇上空一片火红。于是，他一脚将油门轰到了底。

很快，一片狼藉的梅克朗镇出现在眼前。一位警官跑到克林姆身旁："市长，您看。"

"马克，这到底是怎么回事？"克林姆指了指熊熊烈火中的梅克朗镇问。

马克警官挠了挠头："这个，据一位农场主说，是一架来历不明的飞行物击中他家的养鸡场，一只燃烧的鸡飞进了一家化工厂。"

"然后呢？"克林姆焦急地问。

"化工厂失火了，可旁边是一家火柴厂。"

"哦，该死的。"克林姆嘟囔了一句。

"火柴厂前面是家鞭炮厂。"

"什么？"

"鞭炮厂爆炸点燃了左方的一片树林。"

"救火车呢？"

"已经到位了。但市长，您很清楚，"马克艰难地说道，"佐伊双胞胎的加油站就在树林里。火焰已沿着一片枯萎的玉米田，烧到了小镇的市区。"

"哦，不！"克林姆意识到事态的严重性，焦急万分。

"到现在为止，大火已经烧了三个街区。"

克林姆几乎晕厥过去。


"只是个新闻发布会而已。"戴文不断在心里默默支持自己。他对美国来的科学家们并没有好感，也根本不对物理感兴趣，他只是个文科生。

"时间旅行可能有捷径。呃，相对论表明，如果一个人的运动速度趋近于光速，对他来说，时间就会趋于停滞。如果运动速度超过光速，时间会不会倒转？人能否回到过去呢？"

演讲一开始，坐在前排的美国科学家开始注意起戴文，因为他是迄今为止第一个支持他们研究项目的俄罗斯人。

"我们的时空结构很有可能不是单连通的，而是多连通的复杂结构。就像苹果表面上的两点，除了通过表面的一个途径连接起来外，有可能在苹果内部通过一个'虫洞'连接起来，这可能是通往不同时空位置的捷径。"

戴文努力回忆着他高中学过的知识。

"为了在未来时光中旅行，就需要利用那些强度远高于地球重力的引力场，比如中子星。或者可以把一颗行星压缩到只有原子核那么小……"

突然，坐在前排的科学家开始坐立不安，脸上写满惊愕。他们没想到那个叫克林姆的家伙居然猜想到了这台时空机器的基本原理。

而戴文没有在意，继续着自己的胡编乱造。

"我并不知道时间旅行怎么克服祖母悖论，但我认为时间旅行与杀死自己的祖先，这之间并不矛盾。世界上不只我们这一层宇宙，也许还存在第二层、第三层宇宙，乃至更多层。而我们回去的也不是现在的宇宙，而是另一个宇宙——时间在我们之前的宇宙，所以对我们现在并没有影响。然后第一重宇宙会影响第二宇宙，第二宇宙影响第三重宇宙，一直这样进行下去，类似多米诺骨牌。"

天哪，戴文是个天才！

兴奋中的戴文迎来了台下所有人的热烈掌声。


"这到底是谁干的？"克林姆气愤地来回踱步。

"是那个不明飞行物。"马克解释道。

"恐怖分子？还是场意外？或者……"

"听农场主说，那个东西从天而降出现得非常突然。"

"不明飞行物？该死的，你们想让我失业吗？"克林姆看着已是熊熊火焰的梅克朗镇摇摇头。他知道那个不明飞行物的碎片早已掩埋在火焰中了。

如果能回到过去看个清楚，这样在写汇报材料时才有足够的证据，克林姆想。

"回到过去？"克林姆忽然双眼放光，"对！就是这个。"

马克不明白克林姆为何变得如此激动，他好像有了什么主意。

克林姆立马拨通了私人秘书戴文的电话。

电话里首先是热烈的掌声，然后是戴文洋洋得意的声音。

"市长，您找我？"

"没错，告诉那些美国科学家，说我要成为时空机器的第一位实验对象……"

克林姆没想到坐时空机器也能这么享受：一张真皮座椅，玫瑰色的顶灯，只是周围一些红色的开关看起来那么不协调。

"克林姆先生，我们已经准备就绪，您准备好了吗？"美国科学家问。"可以了。"克林姆说。

载人舱的大门紧紧地合上，只有门上一扇椭圆的透明小窗可以看到外面。只见美国科学家们在机器外四处比画了一番，各家媒体都紧张地站在安全线外，忘记了拍照。

接着是引擎启动的声音，像架波音飞机正要起飞。克林姆捂上耳朵。周围的小灯泡排队似的一一亮起，克林姆只是一眨眼，小窗户外就完全暗了下来。他甚至能体会到完全失重的感觉。

难道我已经在回到过去的路上了？克林姆想把窗外看个清楚。他正准备从椅子上站起，载人舱突然发生巨大的颤抖，窗外，无数个红色火星飞过。

"我一定要把纵火犯抓起来！"克林姆愤愤地说。可载人舱看起来更加不稳定了，绿色的灯光逐渐被代表警告的红色灯光取代。

窗外的红色瞬间变成了梦幻般的淡蓝色。这就是时间的长河？克林姆想。这时，克林姆的耳边听不到丝毫声音。更吓人的是，克林姆竟在载人舱里漂浮起来。

就在克林姆享受着回到过去旅程的时候，一道重重的力量瞬间把他拉回到了座椅上。他又回到了地球，较之前更早的地球。

窗外透进来城市的灯光，那是夜晚中安详的梅克朗小镇。

克林姆一下子扑到窗户前，小镇，刚获得丰收的玉米田，那片小树林，佐伊双胞胎的加油站——自己曾到那里买过杂志，再往北是一大片工厂。克林姆知道，这些都将在不久后毁灭于一场大火之中。

我必须阻止这场火灾，否则我就不配做市长。克林姆下定了决心。

可惜的是，这次载人传送并不成功。克林姆发现自己被一圈红色的警告灯包围了。是的，时间机器把载人舱传送到了梅克朗的上空。

正上空。

"这些鸡真不听话。"小男孩牵着他爸爸的手走在回家的路上。

"可能是小鸡仔们怕天黑吧。"农场主开玩笑地对儿子说。

小男孩下意识地抬头望了眼漆黑的天空，他有了新的发现，一团会飞的光亮："爸爸，你看，那是什么？"小男孩拉拉农场主的衣角。

"是飞机吧。"

那不明飞行物像是头迷失方向的野兽，横冲直撞地从自己头顶划过，冲着自家的养鸡场飞去。

"哦，糟了！"

只听见不远处传来轰隆一声巨响，还没等父子俩反应过来，养鸡场已经升起火焰以及滚滚浓烟。

毫无疑问，那不明飞行物正是另一个时空的"机器"对这个地球的访问。不过，科学家忘了给载人舱设计一对翅膀。

农场主丢下儿子，疯狂地奔向自己的养鸡场。一只羽毛沾着火星的公鸡被烫得飞过了围栏，钻进了不远处的化工厂。化工厂工人早已下班，谁会想到有只冒失的"火鸡"点燃了他们的可燃物。化工厂开始燃烧起来，火焰沿着管道又烧到了隔壁的火柴厂。那是家老厂子，安全措施根本没做到位。很快，这家工厂也被火焰吞噬。

农场主眼中都是火光，他惶急之中拨打火警电话。

今天风向不好，大火很快把另一家厂房点燃，真糟，这是一家快要倒闭的鞭炮厂。伴随着噼里啪啦的鞭炮声，救火车很快赶到现场。

"马克警官，火烧到树林了。"一位消防员对马克说。

"可恶！快派三辆车过去。"这个时空的马克警官指挥着，这场火灾来得太突然了，而且已经到了没办法控制的地步。他必须在第一时间转告在外开会的市长先生。

于是，马克拨通了市长的手机号。

忽然，"轰"的一声巨响，一个超大的火球从小树林中央升起。马克骤然反应过来，林子里有个不小的加油站。

"喂，市长先生，上帝，终于打通了。"马克抹了把头上的汗水，"市长先生，不好了，梅克朗镇已是一片火海了！"

只听见电话那头传来克林姆气恼的声音：

"是谁惹的祸？"

# 快递员之死

文／隔壁那小胖

　　特工和空间站派出所的民警一起到铁柱所在的球通快递空间站门市部逮捕赵铁柱。那几个小民警平时和铁柱也算有点小交情，巡逻路过的时候，如果刚好工休，还会拉着铁柱一起抽几根烟，随便扯几句天南海北的趣闻。所以，当铁柱刚刚看到他们过来的时候，他的第一反应就是掏口袋，拿烟和火机。丝毫没有注意到民警身后，还跟着个穿着黑色西装、戴着墨镜、微微有些秃了头的四五十岁的老男人。

　　一看到铁柱在从兜里掏东西，老男人马上开始行动了，先是打了个呼哨，然后快步从民警身后冲到最前面。旁边不知何时，一左一右又各冲出来了两个与老男人同样装束的年轻人。老男人冲到铁柱身前，抬腿就是一脚。铁柱眼前一黑，他的一天就这样开始了。

　　赵铁柱迷迷糊糊地从审讯室的椅子上清醒了过来。嘴角被打破的伤口还残留着血迹，胸口的肋骨可能已经被打断了几根，浑身疼得不行不行的。被几个不明身份的人轮番打了一个多小时，任谁也扛不住。但是为什么会被抓来，为什么要挨打，甚至是谁抓的他，铁柱至今也不明白。以这个祖籍中国西南小山村、外出打工的小青年的理解能力，他在以后的日子应该也很难再有机会明白了。

　　"既然他什么都不说，那就带去会场吧，他们都等着呢。"带头的老男人叹了口气说道。他深吸了一口烟，红色的烟头在黑暗之中忽闪忽闪的，让人看得心发慌。

　　"好的，老大。"跟着那个老男人一同前来的俩年轻人，显然是刚刚入行不久的新人，举手投足间无不流露着对前辈的敬意以及对面前罪犯的鄙视。

　　此时的铁柱已经是精疲力竭，原来挨打也会消耗这么多的体力。俩年轻特工见到铁柱这样，也是没了办法，只好一边一个，架着他从审讯室的门口往外拖。老特工和俩民警跟在后面也踱步走了出去。

　　"我什么都没做啊。"铁柱一边被架着出门，一边不断地重复着这句话。

　　俩年轻特工开始的时候还以为铁柱是想招了，还会低下头凑上去听一会儿。到后来，连铁柱自己都再没力气开口说话了。就这样沿着审讯室出口前的走廊走了约五分钟的样子，一行人来到了派出所的大门口。

　　此时此刻的门外，到处都是前来采访的记者。面对着这么多的闪光灯，从门里出来的所有人的眼睛都被射得睁不开了。连经验最丰富老特工也很少遇到这样的阵势。对于记者的提问，铁柱自是根本就没有听清细节的体力，三位黑衣特工也是拒绝回答任何问题。剩下可供采访的对象，也就只剩下了那几个跟在身后一同出门的民警。借着记者们转移采访对象的档口，三位黑衣特工一把将铁柱塞进了早已在门口等候的黑色轿车的后座上。老特工也跟了进去。俩年轻特工一左一右也上了黑色轿车的前排。随着底部推进器的启动，黑色轿车从地上直接升到了人群的头顶，然后疾驰而去，留下一群嘴里含糊不清还在咒骂着什么的记者。

　　车行了没多久，就来到了空间站最高级的新城花园酒店的顶楼停车坪。由于这是个才建成不久的小型空间站，因此在最初的规划中，酒店的顶层大厅就被当成是市政府对全民进行演讲的地点之一。但是，此时的演讲厅内，并没有像往常一样聚集着各处的媒体记者，取而代之的是各式各样装束的外星政府派来地球的公使。而在演讲台上，也找不到原先固定摆放着的演讲设备，取而代之的则是一套竖立放置的类似鱼缸的设备。

　　刚刚进了大厅，铁柱就被两个同样穿着黑色制式西装的特工给架过去塞进了鱼缸。

　　身处鱼缸中的铁柱，根本动弹不得。不过这样一来，倒也不必花费更多力气让自己站着。他享受到了今天的第一次轻松。

　　外面发生的事情，铁柱此时虽然很关心，但是他身处鱼缸之中，竟然听不到外面任何的声响。只是看见台上突然上来了个类似星球大战里 R2D2 的人形机器人，只不过机器脑袋不见了，取而代之的是一个装在玻璃罩内的微缩版的假山石。假山石脑袋好像叽里呱啦说了一大通话，然后台下所有的观众就都开始对着自己指指点点，面部表情很是愤慨。有几个长着类似人类眼部结构的公使，竟然眼里还噙满着泪水，甚是悲怆。

"这群人是怎么了？"铁柱此时已经忘记了自己的处境，满腹狐疑地望着外面这群奇怪的人。

突然，假山石脑袋走上前来按了下鱼缸上的一个按钮，瞬间所有鱼缸上的接缝都消失了，鱼缸成了一个长方体形状的罩子。铁柱只觉得空气开始变得好热好热，之后他就什么也不知道了。

望着鱼缸里的一堆白灰，老迈的地球代表公使此时面色铁青。面对着台下的众多外星公使和身边的这个机器人，他不知该开脱还是无奈。

"毁灭我们主星生态圈的罪魁祸首已经伏法，从银河系文明联盟的法律上来说，我们已经没办法再要求更多了。但是这事还是不会就此结束的。以后，你们地球人就是我们塞尔人所有部落的公敌。"地球上的汉语人口是最多的，因此假山石脑袋开始切换到汉语与地球公使进行谈判。

地球公使是个矮小的中国老头，四十多年的从政以及外交经历，让他拥有着比别人更加丰富的人生阅历以及更加老道的待人处世方式。面对面前这个机器人冷冰冰毫无感情色彩的语调，公使大人还是感觉到很强烈的恐惧。此时的他深知，若是外交官在与别国外交官进行交涉的时候，自己内心感到胆怯，无异于自乱阵脚。但是，这毕竟是地球在重新加入银河系文明联盟之后第一次出现外交危机。

当时的地球人已经知道，地球生命演化至今的四十六亿年的历史长河之中，灵长类一直占据了主导者的地位，这也是对达尔文进化论的一种证明。虽然古猿进化成人类始祖至今不过短短七百万年历史，而出现真正意义上的文明只不过才三百万年的时间，但是地球文明其实已经走过了四十多亿年的岁月。期间，各种文明以不同的形式大起大落，总共出现了约四十种不同的文明。这些文明的意识形态各不相同，技术水平也是参差不齐，只有一点是相同的，那就是都属于现代人类对于地球生命形态划分的灵长类。距今约二十二亿年前，地球文明正处在第二十三代文明的鼎盛时期。当时的地球人发明出了超光速曲率引擎，真正实现了深空探索的第一步。孤傲的地球人，以为自己是宇宙中的唯一。但直到远离了故土地球的引力控制，才感受到宇宙原来是这样的庞大。当时的地球人，很快就发现原来银河系之中充满着各式各样的文明形式。地球文明不是孤独的，地球文明只不过是银河系诸多文明中毫不起眼的一个。

在了解到真相的那一刻，远古地球人并没有因此沮丧，反而燃起了无穷的斗志。通过不懈的努力，当时的地球文明成功地通过与其余七个文明组成联盟的方式成为银河系文明群中一个重要的成员。而这个八星联盟，也是日后银河系文明联盟的雏形。

第二十三代地球文明前后跨越了四亿多年的历史，成为地球文明中最璀璨的一颗明珠。最后消失的原因，至今也还未查明。其中最可信的学说，就是当时的地球文明已经出现了可以使得个体突破维度限制，得以进入了更高维度的宇宙空间的水平。对于四维或更高维度的研究，使得整个地球文明脱离了现在三维宇宙空间的束缚，成为银河系首个实现飞升的文明。

现代地球人在通过多次真正意义上的考古大发现之后，从中拾获了诸多失落的地球远古文明遗珠，这才得以实现近现代最大规模的技术爆炸，从而重新获得银河系文明联盟常任理事文明的地位。

平心而论，地球现有的技术水平，根本不值一提。但是地球人的历史实在是太受外星文明的推崇了。多次的大起大落之后，仍能进化出高智慧文明，实属不易。加之不断取得突破的考古发现，人类的进步更是以惊人的速度在增长着，大有超越第二十三代地球文明的趋势。

此时的地球公使稳定住了自己的情绪，开始直面眼前的这个怪异的外星人。一场没有硝烟的战斗开始了。

老特工没有心思再继续看眼前的这场战斗，他选择回到了自己的办公室，开始反复地查看着来自赵铁柱最后驾驶的球通快递货运飞船的行船记录器记录的影像，上面记录着赵铁柱在一天前的工作状况。无声的录像，就像是失去灵魂的个体，毫无生命力可言。由于外太空的真空环境，行船记录器一般都没有记录声音的能力。想到这，老特工无奈地摇了摇头，抽回了自己还在调大音量的右手，狠狠地抽了一口烟。一瞬间，那根烟短了三分之一。

这时，跟着他办事的那俩年轻特工一前一后走了进来。

"207 向老大报到。"

"208 向老大报到。"

劳达是老特工的名字。于是乎，老大，就成了这两个年轻人对于这位身经百战的老特工的尊称。投身这行三十年了，老特工经常会给自己的同事起各种各样的绰号。但是，"老大"还是第一次听到。虽然不喜欢，但是好像也不觉得有什么不妥。反而还能借这俩字的威风，来压压这俩刚加入组织没多久的年轻人。

看着这俩年轻人，老特工就想起自己年轻时刚刚加入地球防卫总署情报部的样子。他是第一批直接从各国的情报机构培训基地的毕业生中抽调而来的特工里的一个。跟他同一时期加入的人，有差不多 50 人，分属于英、美、德、法、中、俄、以这七个国家的将近二十个不同的情报部门，有摩萨德，有中情局，有……当时，加入地球防卫总署的人，共同的任务就是保证地球在与某个外星文明建立关系之后，地球人的利益不受侵犯。

"老大，您怎么啦？心事重重的样子，这不像您啊！"站在左侧的那位编号 207 的年轻人小心翼翼地问了句。

老特工一句话也没说，只是再次打开了屏幕上的播放器，然后将显示器转向了两个年轻人站着的方向，顺手又把刚刚完成的报告也丢了过去。

两个年轻人傻愣愣地看着屏幕，然后翻看着手里的纸质报告，最后是将近半个小时的沉默。

"老大，这么说，您认为他是无辜的喽？" 208 首先发声。

"是的。他就是个不负责任的倒霉蛋。"老大无奈地笑了笑，然后耸了耸肩，"你们知道生物入侵的概念吧？对于人类来说，生物入侵就是指由原生存地经自然的或人为的途径侵入到另一个新的环境，对被入侵地的生物多样性、农林牧渔业生产以及人类健康造成经济损失或生态灾难的过程。"

老大停顿了一下，让这两个年轻人回忆了一下小时候所学的生物学知识，然后接着说："对于地球上的生物来说，普遍的生存环境就是有光、有水和适宜的温度，以及合适的生物链。按常理来说，离开这些，不管是高级哺乳动物还是低级的单细胞生物都将无法生存。但是，你们别忘了，地球上还存在着一些所谓的生命禁区，例如火山口、盐碱地等。这些对于普通生物来说就是个噩梦，可是对于一些特殊的物种却是天堂，甚至还形成了足够规模的生物圈。这些环境在地球上很难遇到，在外层空间却不是这样，这些非主流的小生命可以轻而易举地在外层空间找到自己的伊甸园。"

"这个我们都能理解啊，都是小时候就学过的知识了。"

"你们有没有想过？如果这些非主流小生命由于某种原因，真的离开了地球，到了适合自己生存的环境里。他入侵的那个星球，刚好已经存在了相当稳定的生态系统。那么他的到来，就有可能会对原本的环境造成很大的影响。如果刚好是特别适宜的生存环境，那么他甚至会超越当地的土著生物，成为当地生物圈内的主宰。"

207 咬了咬嘴唇，小心翼翼地问："您的意思是？"

劳达又点上了一根香烟。一个烟圈之后，他说出了两个年轻人已经猜到的结局："我相信你们也都了解过，塞尔人与人类不同，属于硅基生命，在分子构成和遗传学方面有很大的不同。塞尔主星的恶劣环境，演化出了塞尔人这种体积只有地球上普通灰尘一般大小的低熵体生命，只需要很少的能量就足够保证生命的延续。单个的塞尔人根本不具备高级智慧生命的特征，只有最基础的条件反射。但数以亿计的塞尔人颗粒组合在一起后，却会形成一个群落，这才能使塞尔人以一个正常的有逻辑的生命体出现。你们在会场上看见的那个石头脑袋，其实就是一个塞尔人群落，那个机器人不过是他与地球人交流的载体。塞尔人本身是没有语言的，只有以电磁波为载体的交流形式，因此地球人很难理解塞尔人的生命形式。"老特工说到这，故意停顿了下，让两个年轻人消化一下之前的知识，然后才开始接着往下说。

"这个倒霉蛋想偷懒睡个午觉，挑选了一个看似毫无生机的小行星着陆了。没想到在他的脚下，其实是个他无法理解的生机盎然的世界。他也没有想到，他飞船的着陆架上会黏附着很多地球微生物孢子。飞船着陆时尾焰的温度，使得他们从冬眠之中醒了过来。在之后的一小时内，着陆区刚好运转到了塞尔主星的向阳面。持续的升温，使得这些地球入侵者很快开始了分裂繁殖。其代谢产生的废物，对于碳基生命来说是无害的，但是对于硅基生命却是致命的。至于是何种成分，我们目前还没有足够的数据可供分析。但几乎可以确定的是，碳基地球微生物所产生的代谢物，污染了土著硅基生命的环境，这对当地的生态环境造成了毁灭性的打击。这群可怜的倒霉蛋。"

# 幻梦纪元

文／梵帝森

## 序

梦，让人痴迷的同时又让人恐惧！

梦，当身在其中的时候，会发现，自己已经没有了辨别真实和虚拟的标准与能力！

让我们领略吧：

梦的开启，路在继续！


## 第一部【梦：量子迷梦】

### 1

"我能舞动，自旋便是体现。"

我感觉到我没有了实体，我害怕这种感觉，那犹如死去了一般。可隐约之中，我又能记起我并不是死去，至少我没有我出事的记忆。

我只记起我只是睡着了的，或许这只是梦境。

我放松了下来，下一刻，我突然听到了一股清脆的声音在"脑海"里响动。

"哈，这是奇妙的，我要消失了，之后又会出现在另一边。"

一片寂静，我心顿感寂寞，就好像世界只剩我一个人。于是我拼命地挣扎，想以此来让自己清醒过来。可是，我与实体的联系并不强。

"你怎么了，如此强烈的波动很快就会消耗完你的能量！"

一个声音像是在问候我，但更像责怪。可我不知怎么回答他，于是我只能在"脑子"里想着。

"哦，这是量子世界，是全宇宙，宇宙与宇宙之间的联系渠道。"

这怎么可能？

我很惊讶！我确定我并没有向他说话，而只是在"脑子"里想着对他说的话，像一个哑巴，可是，他却可以听得见！

我还是不能说话，还是只能想着。

"别惊讶，这是意识交流，或许你是第一次完全置身于量子世界吧。"

我似懂非懂地全部接受这些信息，同时也在无形中掌握了沟通的方式。

"完全置身于量子世界是什么意思？"我想着，我能感觉到，那位我不清楚且看不到的"人"是能知道我所想的。

"其实，我们作为一名粒子成员，无时无刻不在通过量子世界来与其他粒子沟通。当我们粒子的意识被增强后，我们便感知到周围的量子世界。而量子世界，则是虚无的、奇幻的。"

"虚无的？我们不是实质存在的吗？你说我是粒子？"

我满心吃惊。

"你以为你是谁？你只是某一实体的组成部分，继承着那个实体的某些破碎的记忆。至于为什么我会说量子世界是虚无的，那是因为我们是在无中产生，是通过'借用'了充斥在量子世界中的能量被创造出来的。所以我们终是要还债的，即我们会消失，消失以后我们会再出现，可那时已经不完全是我们了。"

我完全糊涂了，什么被创造的，说得好像是有上帝存在一样。我想问，可又不知道怎样去问，于是我选择了沉默。

"我们暂且不讨论我们是如何被创造，但我们必须要认清的是，能量与物质是一体的，只是表现形式不同罢了。"

说完，对方突然沉默了下来。

"我们是粒子，为什么能相互沟通呢？"我自从知道自己是粒子之后，心中很是疑惑，终于待那位粒子先生停下来后，我忍不住问道。

那位粒子先生继续沉默着，像是一位临死的老人在思索着些什么。突然，我"脑海"里接受到来自他的信息。

"我们粒子具有自我意识。好了不说了，我快要消失了。"

"那我？"

"别怕，你还有大概亿分之一秒的寿命。"

"这么短啊，那我不是一瞬间就没了。"

"这是一段好长的时间了，不要不知足。好了，小伙子，我要走了。"

又是一片寂静，令人毛骨悚然。我讨厌这种感觉，可我又不知道如何去摆脱这种困境。于是我开始回忆，回忆我所继承到的记忆。

正当我沉醉在之前的快乐时，突然脑海里一片空白。紧接着，我发现自己竟然出现在了一个童话般的世界。我的"眼睛"看到了，看到了我的很多同胞，我感觉到他们的快乐。

我惊奇所发生的这一切，像是做梦。可这是事实，对，我肯定这是事实，这是我从睡梦中惊醒后所看到的真实世界！

"第一次吧。"

这一次，我真真切切地看到了一位粒子女士正跳动在我的面前，和我说话。我不敢相信，可这已经发生了，而且还发生在我身上。

"哦，是的。"

在女士面前我显得有点腼腆。

"其实这是你和我们共享意识的结果。唔，是的，你之所以能感知我们的存在，那是因为你接受了我们的意识，同时也共享了自己的意识。"

"我先前不知道你们在我周围，就是因为我没有与你们共享我的意识，对吧？"我"皱了皱"眉头，似懂非懂地说道。

"唔，可以这样说。"女士嘴角微微一翘。

我开始有了点眉目。我理解了先前那位粒子先生所说的话，他说过我们无时无刻不置身于量子世界。

这就好像我们理解抽象难懂的理论一样，虽然理论对我们会是抽象的，但是一旦现实出现了，理论将变得十分真实易懂。

我开始接受了我是粒子的事实。同时，我抛弃了怀疑的目光，接受这不可思议的一切。

"哦。对不起，忙着说话了。你是新来的，那就由我这位大姐来引领你去参观一下吧。"粒子女士的笑容很是美丽动人，让我心中竟扬起道道涟漪，一阵接着一阵，让我无法平静下来。

我跟随在那位粒子女士的身后。一开始我并没有注意到，可时间长了之后，我开始留意到我和她的步伐完全不一致。尽管我们都一起在舞动，可自旋方向完全相反，自旋的周期也不一样。

我没有去追问为什么，因为我心里清楚各"人"会有各"人"的特点。


## 2

跟随在粒子女士的身后，我因此招来了很多来自男性同胞的异样目光。虽然我没有看到他们在看我，但是因为大家共享了各自的意识，所以他们的意识波我是可以接收到的。也正因此，我能感知他们在看我。

他们的目光中有嫉妒，有嘲笑，等等，总之没有友善的。这让我很是难受，就好像感觉自己不该存在于这个什么量子世界，更不应该存在于世间一样。

"嘿，伙计，新来的吧。我以前应该没有接收过像你这种频率的意识波，也许我接收过。但我敢肯定的是，我对你的存在是陌生的，至少你的意识波对我来说是陌生的。"一位胖子跳动着走过来，然后凑近我身旁跟我搭讪起来。

我看着这位胖得有点异常的粒子，微笑了一下。

"唔，我是第一次来这里。"

"我就说嘛，嘻嘻。兄弟，我叫德拉维斯。"胖子顿了顿，"你呢？"

我"皱"起了眉头，回应道："我不知道，我继承到的记忆里没有关于我的名字的，对不起。"

"没事，我曾经就遇到过。"

……

就这样，胖子没完没了地和我闲聊起来。一开始我还以为他是想和我结交，可没有想到的是，他竟然是在打我前面的这位粒子女士的主意。他假装和我搭讪，实际主要是在偷看粒子女士。这也是当我无意间发现他意识波上存在别样的波动时，才发现他的目的。

知道胖子的真正目的后，我便有些不悦。不过，细想再三后，我还是选择了宽容。毕竟胖子的这种做法是非常正常的，试想一下，女士那么美丽，如果不能产生这种效应，那才不正常。慢慢地，我反而有点佩服他的勇气与胆量。

"重粒子族人，请你别打扰我们。"

突然，我面前的粒子女士发话，但她没有回头看我们。

我能感觉到，粒子女士是感知到了胖子的别样意识的，只是，她一直以来是想给胖子一个台阶下，让他自讨没趣后离开。可是胖子非但没有离开，反而越来越缠人，甚至还说起一些挑逗粒子女士的话语来，于是，粒子女士忍不住说了这样的话。

胖子感觉到自己的存在只会造成尴尬的局面，而且粒子女士又表明了态度，于是他只好粗略地道个别，然后满心不乐地离开了。

我看着胖子离开的背影，孤独憔悴，我顿时心生同情。

粒子女士没有停下脚步，继续跳动着。我由于减慢了步伐，所以和粒子女士拉开了一大段距离。最后，我不得不加快步伐追上她。

"你怎么了？"

追上她后，我有点不满地问道。

"我们是轻粒子族。"

粒子女士严肃地答道。她终于转过头来看我。

"就这样？这分明是种族歧视。"

"你爱怎样想就怎样想。"粒子女士语气上明显多了一丝不悦，"你还想不想去参观量子世界！"

我还是屈服于她，或许她是一名女士，或许我不想节外生枝。

"好吧！不过，你也应该一边引导一边解说吧！"我苦着脸说。

"什么？"粒子女士一阵吃惊，微微一怔，然后不好意思地说道，"我还以为让你自己去领略会更深刻点，看来我的想法是错的。"

"不是你的错，是我的头脑不够灵活罢了。"

粒子女士突然笑起来。我呆住了，被她动人的笑容吸引住了。

粒子女士注意到我在呆呆地看着她，于是马上停止微笑。我也意识到自己的行为显得有点冒失，不好意思地低下头来。就这样，我们出现了尴尬的场面。不过很快，她便把这个尴尬的场面给打破了。

"也是，在这个充斥着意识的量子世界里面，信息量是十分庞大的，的确有点难以接受。"

我微笑了一下算是认可她的观点。

"那好吧，我先介绍一些典型的事物给你吧。"

我十分好奇，我们身为粒子也会存在典型的事物。在宏观的世界里，我还是听说过经典力学什么的，可我还没听说过量子世界里的经典。

"首先，我介绍的是量子纠缠。"

"量子纠缠？"我迷惑地重复道。

"对，量子纠缠。量子纠缠是我们粒子的一种特殊属性，正因为我们拥有这种特殊的属性，我们的同胞无论分散到哪里，都可以互相联系起来，并且还不需要时间来限制。"

"我们联系是通过意识波来实现，可量子纠缠又是什么？是有别于意识波而独立出来的东西吗？"我不解地问道。

"这样吧，我们先从自身说起！我们都是粒子对吧，而粒子是拥有自己的性格的。如果没有属于自己的独特性格，那这个世界将乱成一团，这对于事物的存在是毫无意义可言的。我们独特的性格，决定了我们拥有独特的量子纠缠态。但是，也不能说，只有自己本身才可以发生量子纠缠。其实说真的，只要是相似的性格，我们都会发生量子纠缠，只是有强弱之分罢了。"

"嗯。"我逐渐深入了解到了自己。

"现在我们量子世界中存在一种猜想，那就是，意识波和量子纠缠态本是一体，只是它们是两种形式罢了。就好像电场和磁场本是一体一样，一般情况下，电场和磁场是两种不同形态的事物。可是当它们出现的条件或者表现的强与弱所需的条件不同时，会显示某一种形态，或者是表现出电场的性质，又或者是磁场的性质。我这样说你可以接受吗？"

"可以接受，只是我无法认同。毕竟猜想只是一种人为的产物，人为的产物是要受到自然规律的影响的。"

"你是对的，可是你想去研究自然规律，你就得为自己定一个方向，而这个方向被猜想赋予了意义。"

"或许吧！"

粒子女士像看怪物一样盯住我。

"你到底怎么了，你好像是在盲目地崇拜自然一样。"

我叹了一口气。

"不是盲目崇拜自然，而是接受一个事实罢了。我们都受到自然规律的影响，尽管我们千方百计地去接近自然规律，可是自然规律总会反过来影响我们的研究结果，从而得到一个只是接近而不是真正的定理，猜想也只是如此。或许，我们只能盲目地接受自然规律赋予我们的能力，但是我又不甘心这样生活着！"说到最后，我竟然激动了起来。

粒子女士听了我的话后，开始忧愁起来。或许是我的话勾起她心底埋藏许久的思想，或许一秒，或许更长久地触动了她心里面的某根弦。只见她"抬起头"来眺望着茫茫的远方：

"是啊。我们或许只是木偶，被某物用无形的线左右着。"粒子女士突然想起了什么，于是马上问道，"噢，对了，你还剩多少寿命？"

粒子女士的话语顿时提醒了我，让我想起了之前的那位粒子先生，不，准确地说是粒子老人对我说过的话。

"我还剩下不到亿分之一秒了，不过我发现我过了好久都没有消失。"

"亿分之一秒已经是粒子世界中比较长寿的了，我还剩不到亿分之一飞秒吧。"粒子女士深深叹了一声，"我们好好去享受剩余的寿命吧！"

我惊讶了。这怎么可能，在宏观世界中，我的寿命还不到眨一下眼的时间，我应该转眼而逝的。我不解地"看着"她，"看着"她动人的"眼睛"。

"别这样看我。"

她害羞了，在意识波中出现轻微的不寻常的波动。

"我们的时间这么短，为什么还能生存那么长时间呢？"

"哦，是这样啊，我还以为是什么呢。"粒子女士再度笑了起来，带着点羞涩。

我还是被她迷住了，尽管我不再去想，可还是摆脱不了。我呆呆地看着她，她也知道我在看她。可是，她没有像先前那样马上停止微笑，而是继续笑着"看"我，笑了很久。

这一刻像是停住了，周围的一切都是虚无的，只剩下我和她。

"我们量子世界的时间维，其流速比其他低维空间要慢上许多。我们这里的秒可能是低维空间的一万年、十万年、百万年，甚至可能是亿年什么的。你明白吗？"

我从虚幻中醒过来，那个只有我和她的世界不再存在。

"哦，我明白了，明白了。"


3

终于，我们到了一个粒子聚集度很高的地方，我们只能站在无形的边界外。

放眼看去，好像方圆几光年都是粒子。这种场面很是庞大。而且越是往内，粒子的密度越大。到了中心处时，粒子密度达到最大，同时，粒子的个体也小得像是没有了任何存在感一样。要不是仔细看，还真的看不到，毕竟自我到这里以后还没有接收到它们的粒子波。

"这是粒子场，宏观就是某个星系。"

被粒子女士这样一提，我想起了某一段记忆，其中就有关于太阳系的。

"这有点类似太阳系。"

"是啊，我们太阳系是一个美丽的星系，至于详细的信息，我没有继承。不过，我们都说这就是我们的太阳系。"粒子女士顿了顿，然后继续说道，"好吧，我们暂且不讨论什么太阳系，我们回归正题吧。你有没有感觉到一股引力？或许有点不可思议，毕竟力是粒子交换的结果，我们身为粒子还没有交换什么，怎么会有力的产生呢？可事实就是这样，而且我们也并没有什么都没有交换。我们无时无刻不在交换着物质，类似我们的意识波。但意识波是普遍性的，不是个体独有的。有时，这种物质的传播是有距离的限制的，在某一最小值时会出现'夸克禁闭'现象，到了那种程度后，粒子与粒子之间的作用力就会基本抵消掉。"

"夸克禁闭？"

"'夸克禁闭'是粒子世界中比较普遍存在的现象。正如这个粒子的中心处就存在这种现象，在'夸克禁闭'的某一界定之内，粒子可以自由移动而不受约束。可是，一旦粒子想超出界限，那他将会被无情地拉回来。也就是说他们一旦进入'夸克禁闭'，将无法逃脱。所以，'夸克禁闭'也可以说是粒子监狱。"

"无法逃脱的区域？像是在哪里听说过？"我陷入了沉思。

"奇点对吧。"

"哦，对，奇点，我有继承这种记忆。奇点好像是万物的终结点，对吧？"

"或许可以这样说吧，我们粒子界也猜想过，我们粒子的最终归宿是奇点。奇点是一个密度和质量无穷大的无体积的点，质量是物质相互作用的一种体现，也就是说在奇点内部的物质相互作用是无穷大的。但是，在我个人看来，这种无穷大的作用力很快就会将奇点毁灭掉，从而诞生宇宙。也正因为如此，我猜想，比我们粒子界更高维度的空间是存在的，而且这种高维度空间中还将普遍存在类似于'夸克禁闭'的现象，就是因为这种高维空间的存在，将一切物质浓缩到该空间内时，物质与物质之间的相互作用被无情地抵消，从而使得奇点得以存在。"

"也就是说，奇点内还存在更高维度的空间！在低维空间看来，它是无体积的、密度和质量无穷大的，可它实在不是这样，它是一个空间，只是维度更高罢了。"

"或许是这样子吧，我也不敢肯定，毕竟这还没有得到实验的验证。"

"尽管我们还没有真实了解奇点的物理定律，但是奇点的出现着实开阔了我们的视野。"我激动万分。

"是啊，奇点是一种能量实体，是虚无的。我们从虚无中产生，也必将化为虚无。"粒子女士嘴角动了动。

"其实，我一直以来还不知道，虚无又怎能创造出我们？"

"虚无可以创造出正与负，而正与负可以抵消，从而总体为虚无。至于是如何产生，我就不得而知了。"

我陷入沉思，尽可能地思索虚无创造万物的方式和条件。可很快，我清醒了，清醒地认识到一个问题，一个根本的问题，那就是我们在无形中被自然规律影响。也许这个虚无是所谓的"创物主"的猜想，与真正的原理有偏差而并不真实。

"哈，我们为什么要刻意去探求什么真理呢，真理或许只是我们总结出来的比较符合整体经验的存在，我们创造真理只不过是为了消除我们的盲目罢了。"我大笑起来。

"是啊！"粒子女士感叹道。

一片寂静，尽管我们身在粒子场外围，可我们早已忘却了外界的一切。我和她都没有说话。

这对于我们来说，是异常的寂静，寂静得让我们感觉到十分恐惧。我留意到她的步调出现了异常，或快或慢，毫无规律可言。我还好，能保持着相对规律的步调。

我现在才发觉什么时间是最难熬的了，那就是和一个虽近在咫尺，却感觉相隔千里的人在一起。我们相互之间没有沟通联系，彼此所共度的时间，好像度秒如亿年，很漫长，足以让一个粒子麻木了。

"你知道吗？"粒子女士突然说道，"我现在很害怕，害怕失去一切。"

我没有去"看"她，是因为我不敢"看"她，不敢看到那让我伤心难过的场面，我能感觉到她内心的痛苦。

"你不会失去一切的，你还有我，还有我记忆中你的片段，尽管不完全。"

"可，可我害怕会忘记你，忘记曾经我们共度的记忆，我害怕！"粒子女士声音出现丝丝颤抖。

我没有去安慰她，因为我认为让她自己去抹灭内心的痛苦，或许会是最好不过的！同时，我也在害怕，害怕会失去些什么美好的东西，所以我不想面对现实的残酷。

让美好沉埋在内心深处，不再想起吧！

"我走了，我会重新出现的。"那是一种沧桑的"声音"，听得令人心酸，尤其是从一位美丽动人的粒子女士口中"说"出来。

我终于忍不住了，"看着"她，想去说一声"不要"，可是，"声音"咽住了，停在喉咙处而"道"不出。

我正在"抽泣"，随之跳动也开始剧烈起来。

"我们会再见的，相信那之后将会发生在宏观的世界里。"

她"笑了"，很美，时间也忍不住把这一瞬间定格起来，永远铭记在我的记忆里。

最后，她走了，或许只是暂时消失，或许是永远泯灭。

我的跳动更加异常起来，剧烈程度让我难以忍受。我开始感到了身体的不适，然后是死一般的感觉。我感觉到了死亡就要来临。

我开始请求上帝，请求死神的到来，把我带走，让我永远活在美好的过去，让未来不再继续，让我的一生终结。

……

终于，一切静了下来。黑暗无情地袭来，把我淹没在其中，然后我无力地"闭上眼睛"。

……

"黄俊，起床了，要迟到了！黄俊，黄……"

一个粗犷而又高亢的男性声音响了起来，在狭小的男生宿舍里面回荡着。

"哦，我起来了。"黄俊睡眼惺忪地坐起来，一边穿起衣服，一边爬下温暖的床。

现在正值冬季，气候十分寒冷。窗外的树叶基本上都枯萎飘落殆尽，偶尔还有些残挂在树枝上，也基本上都全枯黄。

现在只是欠缺一阵冷风。

突然，冷风随愿而来，叶子纷纷落下。黄俊看着正在飘落的叶子，突然笑了起来，有点洒脱，同时也有点伤感。

## 第二部【梦：危机之时】

### 1

五年后……

"嘟嘟"的门铃声在寂静中尤显得扰人，黄俊本来正处在沉睡状态的头脑突然惊醒过来，一晕，顿时开始隐隐作痛。

"谁那么晚啊！"黄俊双手揉着自己的脑门让头脑的疼痛能减轻一些，很不情愿地打开灯，然后去开门。

黄俊家境不好，家人都生活在郊区的贫窑里，他也是在十七岁那年就离家来到 G 市谋生，努力挣取更多费用点，希望能改善家庭环境，把家人都带出贫窑来到市里生活，做一个城市居民。

他现在在一家大公司里当一个下层技术人员，主要负责维修幻梦机，收入很低，而且还经常被部门经理无端克扣工资，再加上现在他居住的这间不到五十平方米房间的房租，他的生活也就仅仅能维持得下去，但是要想有点积蓄，那就是痴心妄想的事情了。

黄俊伸手按下门钮，门钮绿灯亮起后，他面前的那道低级粗糙合金门便往一旁缩入，然后一位身穿黑色大衣的中年男子出现在他面前。

黄俊先是一愣，因为能穿这种高级品牌的纯皮大衣（因为平常人都是只能身穿人工合成的塑料连体胶衣）的人，其身份肯定不会低。

为什么他会出现在自己的家门口？黄俊思绪飞转，看看自己是否无意间得罪过某一位上流人物。可是自己平时一直格外小心，总是避开那些上流人物，根本就没有正面接触过他们，难道说自己间接得罪了他们？

正当黄俊陷入深深的忧虑时，他面前的中年男子开口说道："你有没有见过这个人？"

黄俊皱了皱眉头，中年男子的语气让他感觉十分不爽，但是又能如何，他们这些上流人士从来就没有正眼看过低层阶级，能对自己说话已经很罕见了！

黄俊心中苦叹：这应该值得骄傲！

黄俊眯缝着眼睛让自己不大清醒的目光更加专注于中年男子手上展示的那张折叠屏幕上的投影。投影上显示的是一个立体影像及其旁边特别分出来的三维面谱，那是一个男性的头像，面容刚毅，深深凹陷进去的眼眶里是一双十分引人注意的眼睛，高挺肥厚的鼻子下面是浓密而凌乱的胡茬，完全把嘴巴都给隐藏了起来。

"不认识！"黄俊眉头紧锁，"对不起，先生！"

"哼！"

中年男子也不多话，转身甩手就走，毫无半点含糊。看着中年男子离去的背影，黄俊很愤怒，可是自己又不能表现出来，因为自己根本就不可能与对方抗衡！

黄俊无奈叹息了一声，按下门钮把门关上后便走回房间，然后赶紧休息，因为明天还要早早起床上班，否则迟到又要被经理扣钱了！

……

黄俊身穿一套浅色发白的工作服走在熙熙攘攘的街道上，不时有行人碰撞到他的肩膀。他今天的心情很糟糕，昨晚被那个不知道是什么身份的中年男子半夜吵醒后就再也睡不着觉，一直在想着他展示出来的那张面孔——令人难以忘怀的面孔。

"嘿，伙计，走路注意点！"

黄俊感觉自己的身体撞倒了什么，然后马上有一股语气十分强烈的声音响起，瞬间把他拉回到现实中。

"对不起！"

黄俊伸手把被自己撞倒在地上的那位中年男子扶起，忙不迭地赔礼道歉。

中年男子站起来使劲拍去自己身上的灰尘，一脸不悦地从黄俊身旁走过去。黄俊当时根本没有留意到男子的面容，只是在发着呆。男子离开甩给他一个背影时才知道自己做错了事情，不禁有点内疚。他看着中年男子离开的背影，好久好久，慢慢竟然多了一丝丝熟悉的感觉。

奇怪，我好像从来没有看到过他，怎么会有种熟悉的感觉？

黄俊暗自摇头叹息，感觉最近自己头脑总是那么的敏感！

哎，可能最近的生活压力太大了！

黄俊走出街道后便开始小跑起来，因为离上班所剩的时间不多了，要不抓紧时间恐怕迟到是必然的事情。

"编号 5031，身体状况良好，无携带武器或类似武器的物体，准许通过。"

黄俊屏着呼吸让自己平静下来，然后等待着安检扫描的结果，听到那股生硬而无感情的机器合成声音喊起"准许通过"时，他忍不住松了一口气。

他对于这件工作是那么的看重！也是，毕竟这是他唯一的一份工作，生活的唯一来源。

黄俊一回到自己偏僻的工作岗位上，就看到自己的桌面上已经堆积了好几份工作芯片。他不敢怠慢，马上打开桌子下面的那个 DNA 密码锁，拉开抽屉，把里面的修理装备拿出来。

修理装备只有两件，一件是类似于手表之类的——主要是为了方便戴在手上——是读取终端，专门用来读取工作芯片上的信息和收取工作费用点，同时它也充当着工作卡的作用；另一件就是修理工具箱，经过特别改装后成为便携式工具箱。

戴上读取终端后，黄俊便一一按顺序把工作桌面上的工作芯片放进凹槽里面进行读取，把里面的资料一一备份到终端资料库里面。

"显示第一份工作文件！"

黄俊拿起抽屉里面的便携式工具箱，准备着一天的工作。

"戴斯家的幻梦机线路故障，判定为轻度损坏。"

黄俊一听那无情的机器合成声，内心便明白个大概。

又是一些琐碎事情！

黄俊对于这种情况都已经司空见惯了，甚至还有了种厌烦的感觉。但是尽管如此，他也不可能拒绝去做这样的事情，因为他不能，他要生活，生活就要工作，他不得不去做他厌倦的事情！

黄俊手提着工具箱来到他所在楼层的传送机，搭乘着传送机来到反重力空中汽车的停车场上，他的工作专属汽车就在这里。

"身份识别：编号5031，身份符合。工作卡识别：判定是工作时间，可以启用5031号。"

汽车侧门缓缓伸展往上移去，开出一个门洞。黄俊俯身钻进里面坐好，然后软垫座椅的背后马上伸出两条安全皮带把他固定在上面。随着侧门关上，汽车垂直升起，到了一定制高点后便径直飞出，很快便消失在天际。

## 2

汽车缓缓降落在一户人家外面的升降平台上，侧门打开，黄俊从里面俯身走出来，径直往该户人家走去。

"嘟嘟——"

很快里面便有人来开门，不过只是开了一条门缝，然后从门后面露出一个大大的脑袋来，瞪着一双淡蓝色的眼睛看着黄俊。

"我是梦幻集团广东分公司的维修人员。"黄俊看到该户人家的主人眉头轻微皱了一下，心里面便知道他对自己的来意感到不明确，于是便主动解释道。

"哦，你好！"主人脸上马上有了笑容，其中掺杂着丝丝歉意，"快快请进！"

黄俊也不客气，进入屋内，然后马上就有一股暖意扑面而来。

"你看？"主人态度诚恳地赔笑问道。

听到主人的问话，黄俊内心顿时一笑，可能这次又碰到吝啬的主了，想通过给予些小恩小惠来抵消这次的维修费用——的确，维修费用都比较昂贵，尽管可能只是一些线路问题。

"我看还是不要麻烦了！"黄俊礼貌性地对主人笑了一下后，拒绝道，"我们直接工作吧，还有很多工作等着我去处理呢，不能耽误！"

主人脸色顿时一变，刚才的那个笑脸换成了一副炭一样的黑脸，目光也变得不大友善起来。

"哼！"主人轻哼了一声来表示自己内心的不满，"就在那边，你自己去看吧，修好了告诉我一声！"

主人转身就往另一个房间走去，然后"轰"的一声，狠狠地关上房门，让背后的黄俊内心一阵好笑。

自己尽管对主人的态度感到不满，但是也不能表现出来，因为他毕竟还是自己的顾客，正所谓顾客至上！

不过，黄俊并不用担心这些顾客以后不会光顾他们公司。因为关于幻梦机的维修，在整个广东省就只有他所在的公司能提供服务，其他就算是有技术也不能进行维修，否则就是和梦幻集团对抗。也就是说，幻梦集团已经完全垄断了这个市场。

黄俊已经知道了幻梦机所在的位置，是安置在一间偏僻的房间里面。该房间的房门早已被打开，他直奔幻梦机走去。因为他知道，如果能尽快把手头上的工作完成，那就可以拥有空闲时间来休息一下，一天下来也就不会觉得太劳累了。

进入房间，一个晶球马上呈现出来，在房间外面黄俊就已经看到了它的半边轮廓，现在能看到它的整个大小形状。这是一个半透明状的大晶球，在晶球里面装有生物芯片、许多微型感应器和其他精密的零件。

大晶球是一台固定装置在几条粗糙的金属支架上的落地机器，所有的外部线路就集中在这台机器上。黄俊放下工具箱，从中拿出螺丝刀先把机器外壳拆卸下来，然后再把里面的线路理出来便于自己工作。

黄俊把里面的那一大捆线路拉出来并将其分散，然后把两个工作接口接到检查仪表上面。仪表很快便把线路图显示在电子屏幕上，其中红色区域便是出现故障的地方。他顺着电子屏幕上所示的开始寻找出事导线，找出来后便把已经破裂了外层保护层的导线用电子缝合器恢复到出事之前，甚至还要更新。

黄俊把拆卸下来的器件按照原来的位置安装回去，然后来到主人所在的房间，敲门："你好，已经修好了！"

"哦！"了一声，房间里面便没有了声响。

正当黄俊想再次敲门时，房门打开，只见主人满脸不悦地把晶卡往黄俊手上的读取器的凹槽一插，扣除了工作费用点后便语气冷淡地对着黄俊说道："你可以走了，顺便帮我把外面的门关上！"

"轰"的一声，房门又再次被重重地关上，差点就要撞到黄俊那肥厚的鼻尖。

黄俊对于这样的事情都见惯了，所以也没有在意，直接离开，顺便帮该户主人带上门。

"显示下一个工作文件！"

一上汽车，把手上的读取器连上汽车终端，同时对着读取器发出语音指令。

汽车把读取器上的工作费用点抽取了之后便慢慢垂直上升，引擎一移，汽车马上往前方飞出去。

"慕容晓晓家幻梦机的生物芯片损坏，判定为重度损坏。"

黄俊一听，顿时一愣，内心不知道有多大惊讶。

天啊，生物芯片都能损坏！该生物芯片不是半永久性的吗？怎么可能会损坏？

这是第一单维修生物芯片的工作！

黄俊马上意识到这次工作的难度。尽管他之前参加过为期半年的培训，其中在培训期间也专门学习过如何维修出事的生物芯片，但是那都是额外的，学到的东西都是理论性的，根本没有实操经验。因为生物芯片一般是不可能损坏的，一旦损坏就被判定为要报废了。

不过现在既然顾客要求维修，作为维修人员是不得不去的。如果实在是修理不了，那他才可以向上级报告取消维修，直接进入下一个工作！

黄俊把头枕在背垫上，闭目回忆起培训时关于生物芯片的理论上的维修知识和技术，好让自己等下不会慌乱。

"目的地已到达。"

读取器上的资料库在公司与汽车上的终端连接时就已经与汽车终端共享了，工作资料当时就已经上传到汽车终端上面，所以汽车自然而然地按照资料自动设定命令然后自动运行，现在能自动提醒也不足为奇！

黄俊听到汽车上的语音提醒，顿时来了精神，刚才他竟然有点迷糊到想睡过去。他一出汽车便急步往升降平台所在的那户人家走去，不敢浪费时间。

这是一户平常人家，不过给人的第一印象很不错。

从五年前开始，全球每出生一个人，梦幻公司就会免费送出一台新的幻梦机，但要是换一台新的，就得花很多费用点，普通人家几乎不会考虑换新的幻梦机，但这户人家让他有点捉摸不透。

黄俊有点激动地按下门铃，没多久，门开了，一位文静美丽的姑娘出现在他眼前。

"你是维修员吧？"

慕容晓晓微笑着说道，她举止优雅，如莺般的声音让他着迷，却也紧张。他刻意避开慕容晓晓的目光，脸上的温度不断升高。

"请进吧！" 慕容晓晓侧过身子，黄俊顺着她的手势进屋。

屋内干净整洁，还有一股淡淡的清香。

"我家幻梦机的生物芯片因为过载而瘫痪了。"

慕容晓晓没有发现黄俊正沉醉在香味当中，后者明显愣了一下，然后才反应过来："什么！过载？"认真的眼神让慕容晓晓有点慌了神。

"那拜托你了！"

"我尽力，但不能保证一定能帮你修好，请做好心理准备。"

慕容晓晓本来挂满愁云的脸出现了一丝喜悦，显然黄俊的话多少起到了安神的作用。

黄俊掏出仪表检查着幻梦机的外部线路和硬件，结果发现只有外壳有些损伤，这是长期使用的结果。检查完外部后，便寻找在不影响晶球里超导液体的情况下拆去外壳的方法。没有拆过外壳的他显得有点笨手笨脚，额头已经渗出了细密的汗珠，他却没有多余的心思去理会。一番摸索之后，他终于小心翼翼地打开了晶球外壳。移开外壳的时候，指尖不小心触到了球里的超导液体，顿时那富有弹性的液体表面荡起圈圈涟漪，惊得他好一阵心悸。待液面平静下来后，黄俊才松了一口气。他摸到工具箱的最底部，拿出从未使用过的微型量子传输仪。微型量子传输仪是专门为修理晶球里的生物芯片研制出的精密仪器，呈长方体状，可伸缩折叠，能够很轻松地放置在便携式工具箱里面。

黄俊小心地启动并调试好传输仪，启动纠缠程序，引出超导液体里面的生物芯片。该芯片看起来与一般的芯片无异，不同的是里面的集成电路板和元件都由人造半生物智能感应材料制作而成，能与人体同化融合而不产生排斥。外部看来完好无损，应该是内部出了状况。于是芯片被移接到移动终端上，进行全面的量子级分析。

"纳米型智能机器人停止工作了！"

可是，要想让这些纳米智能型机器人瘫痪，必须在外部加上数量级极大的量子波！

"请问你当时有用其他量子波发生器吗？" 黄俊扭头看向一旁看着他工作的慕容晓晓问道。

"没有。"慕容晓晓摇了摇头很认真地回答道。

黄俊暗自倒吸了一口凉气。生物芯片的损坏很有可能是这位女生的脑量子波的影响导致的！

脑量子波，脑域开发度达到50%以上的人类才能够自主发生和接收。如果自己面前的这位看起来有点娇弱的女生真能自主发生脑量子波，那么她就会是全球少数人类——新生代人类之一。新生代人类啊！这些群体可是全球各政府争先拉拢的对象，个个都是他们的至宝。可为什么她会是一个普通人？现在还为一台幻梦机发愁？难道说她自己根本就不知道自己会是新生代人类，政府也没有探测到她的变化？

一连串疑问在黄俊内心不断地涌现，搅得他无法正常工作。

"请问能修好吗？" 慕容晓晓投来充满期望的目光问道。

黄俊心里面不知道哪根弦被触动了，竟涌上一股酸意，让他心生不忍。

"可以！"黄俊顿了顿，强挤出一丝微笑说道。

这是黄俊第一次说谎，心里不紧张是不可能的，可是看到慕容晓晓脸上绽放出来的笑容时，才发现原来谎言并不都是罪恶的，善意的谎言可以带给人希望和阳光。但是更大的问题困扰着黄俊，他自己根本没有能力去帮她修好幻梦机，或许他此刻能瞒过去，但是迟早会露馅的。

"太好了，谢谢你！"

黄俊笑而不语。

"对了，"慕容晓晓脸上的笑容僵了下来，再次布满忧色，"这次的维修费用点会不会很高？"

黄俊心里一痛，却依然脸带微笑道："不会，可能还不用收取费用点。"

没错，黄俊打算上报放弃这次维修，就不会产生维修费用点。当然他不会真放弃，他会私人帮她修理，免费的。

"怎么可能？"

"不用担心，我是不会在损害自己利益的情况下去帮助你的。我说过不用收取费用点，自然就不会收。同时我也不会提出什么不合理的要求，所以请放心好了！"

慕容晓晓脸上一阵潮红，她真的害怕黄俊会提出一些过分的要求。之前她遇到过这样的男生，借着帮助自己的档口要求自己做些不情愿的事情。她深知自己的容貌肯定会招惹不少麻烦，所以尽力把自己打扮的看起来平凡些，可是仍然遮不住她的美貌。

"对不起，给你添麻烦了！"慕容晓晓满心诚意地道歉。

"不用，不过，我得把生物芯片带回家，现在我的工作时间不允许我做额外的工作，你明白的！"进入工作状态后的他变得冷静沉稳，脸色平静地回应慕容晓晓。

"我能理解！"

　　黄俊转头看了一下身后的那台幻梦机——已经把掩蔽外壳关上了，然后转回头来看着慕容晓晓："这台幻梦机你先不要去动它，我修好芯片后，会给你送过来。不过只能是下班后的傍晚，你方便吧？"

　　"方便！我前不久辞职了，现在整天都待在家里！"慕容晓晓说到"家里"两字时，眼中闪过一丝哀伤和思念。

　　黄俊对慕容晓晓的辞职感到奇怪。对普通人来说，能找到一份工作就已经不错了，她竟然会舍得辞职，而且还整天待在家里不去谋职，难道她的生活不用靠工作也能正常维持下去吗？

　　慕容晓晓大概看出了黄俊的疑惑，主动解释道："我先前工作的部门经理对我动手动脚的，所以我做了两天就辞职了！"

　　"两天？"

　　"对不起，我不能向你透露过多个人信息！"慕容晓晓眉头皱了一下，语气有点冷冷地说道。

　　黄俊有点沮丧，应该是因为我答应帮她私人修理芯片，她才会和自己说这些的吧，黄俊想道。

　　"其实我已经很高兴你能为我解释这么多！"黄俊微笑着说，好让慕容晓晓不用担心会惹自己不开心。

　　慕容晓晓露出一个灿烂的笑容："不，我很高兴能认识你这样一个朋友！"

　　朋友！

　　黄俊待在原地，发愣了好几秒钟后才反应过来。

　　"我也很高兴认识你！我叫黄俊，不用自我介绍，我认识你，你叫慕容晓晓。"

　　"谢谢你，黄俊，你是我离开家后认识的第一个朋友。"

　　黄俊只笑不答。

……

告别了慕容晓晓，黄俊开始了他下一个工作，因为他已经耽误了不少时间，如果不抓紧去完成剩下的四个工作，恐怕他又要被那刻薄的经理骂了，甚至还会扣工资。

"显示下一个工作文件！"

"王明家幻梦机外部线路板烧毁，判定为较重度损伤。"

黄俊坐在汽车里面，回想起刚才和慕容晓晓交谈的场景，不禁傻笑了起来。

……


### 3

黄俊拖着疲惫的身躯回到自己的住所，伸出手掌放在扫描端口的屏幕上进行身份确认，眼前的门缓缓地往旁一缩，打开了。

"别动！"

黄俊纵身走进门洞的前一刻，楼梯阴暗的拐角处跳出一名男子，径直来到黄俊身后。男子把头凑到黄俊耳旁，压低声音道。

黄俊原本有点神志不清——因为今天实在太累了——但是感觉到腰部有硬邦邦的东西时，顿时打了一个激灵。

枪！

"你是谁？想干什么？"黄俊声音有点颤抖地问道。

"别废话，进去！"

男子说话有点吃力，明显感觉得出他的健康状态很差。

黄俊被男子连推带搡地塞进了屋内，又快速把门关上。关上门之后，男子仿佛整个身体被掏空了一样，抓在黄俊身上的手滑落下去，身体重重地砸在地上。眼前的冲击让黄俊不知所措，好一会儿黄俊才冷静下来，俯身把地上已经昏睡过去的男子拖到自己的房间，并帮他处理了伤口。

不知道过去多久，男子终于醒了过来，无力地睁开眼睛环视着周围，最后又看向坐在床头的黄俊。黄俊一脸戒备地盯着男子，生怕他会突然做出一些不利于自己的事来。前不久男子用手枪指着自己，黄俊就已经对他有了防备，再加上他身上的几处枪伤，更加肯定了对方不是善类。

"你，有没有报警？"男子很吃力地问黄俊，语气冰冷。

黄俊也不是没想过报警，但是一想到联合部警察的嘴脸，就打消了念头，而且更重要的是，这个人，好像在哪见过。

"没有！"黄俊淡淡说道。

男子面部表情变化了好几次才稳定下来，说话的语气也缓和了很多："谢谢！"

"你是谁？"

"我是谁不重要，重要的是我要做的事！"男子眼睛直视着黄俊的眼睛，一字一句地说道。

"你要做什么！"

男子看了看周围，然后看着黄俊："你是一名维修人员，而且还是修理幻梦机的吧？"

黄俊沉默不语，对于男子的猜测不承认也不否认。

"但是你知不知道，幻梦机正在使人类的大脑退化！"

"什么！"

黄俊惊得站了起来，瞪大眼睛看着躺在床上的男子，一脸的不相信。

"大脑造梦是一种正常的生命活动，有助于大脑的正常发育，可是幻梦机利用纳米智能机器人控制技术对大脑活动产生干扰甚至抑制，然后人为设定某个场景麻痹大脑，制造梦境，后果可想而知。"

黄俊不相信，于是反驳道："幻梦机早已把这个问题给考虑进去了，根本不存在有影响大脑发育的情况，如果会有影响的话，为什么那么多人用了也正常啊！"

男子不屑地一笑："实话告诉你，那是因为植入人体大脑的量子处理终端的缘故。你所看到的除了新生代人类外的其他几乎所有旧生代人类的所有日常行为，都是在他们各自头脑中的量子处理终端根据概率的演变表现出来的！"

男子顿了顿，继续道："基于这方面的考虑，梦幻集团才慷慨地为新出生的旧生代人类免费配备幻梦机，而新生代人类就直接收纳入其集团背后的一个秘密机构，我们称之为'四度世界'！"

"他们为什么要这样做？还有，这个'四度世界'又是什么？"

"新生代人类在任何方面都优于旧生代人类，所以他们觉得旧生代人类生来就是为他们服务的，甚至应该被他们奴役。但是他们的群体数量太小，无法与数量庞大的旧生代人类抗衡，于是便成立梦幻集团，通过幻梦机控制政府，统治旧生代人类的意识。"

"……"

"不相信？"

"对，我不相信！我凭什么相信你的话？还有我怎么知道你是不是在撒谎？你是怎么知道这些信息的？"

"我就是新生代人类，梦幻集团的副董事长！在一次秘密集会中知道了董事会的计划，我不愿意看到他们称霸世界，便加入了'天萌'组织，现在遭到梦幻集团追杀。"这些话直接在黄俊头脑中响起，他惊在原地，瞳孔散得老大。

脑量子波！

"相信了吗？咳咳——"男子有点上气不接下气地喘了两口气，原本苍白的脸上多了一道病态的红润。

黄俊回过神来，像是看怪物一样看着眼前的这名男子。一双犀利深邃的眼睛，满脸的胡须遮住了嘴，高挺肥厚的鼻子伴着他说话轻微翕动着。

"梦幻集团的高层都是新生代人类？"

"是的！"

"原来传言都是真的！还有，'天萌'组织是不是那个传说中的恐怖组织？"

"那都是傀儡政府捏造出来的罢了，其实'天萌'组织是专门对抗梦幻集团的正义组织，该组织从十年前——就是梦幻集团操控全球市场后一年开始建立，一直在暗中研究彻底摧毁幻梦机总服务器终端——'零度'的技术。前不久我得知他们取得了成功，最近正准备行动！"

黄俊终于想起了自己为什么会对眼前这位男子感觉熟悉，原来他就是那个照片上的主人。

黄俊动了动嘴想说些什么，最后还是没有说出来。

"你是不是害怕自己生活在没有幻梦机的世界？"男子盯着黄俊的眼睛问道。

"嗯！"黄俊也不作掩饰，点头承认道，"我尽管对植入纳米型智能机器人有严重的排斥反应，从来没有用过幻梦机，但是我的一生和幻梦机有密切的联系，我的第一份工作，可能也是唯一一份工作就是维修幻梦机，如果一旦幻梦机从人类社会中消失的话，恐怕我又不得不回到原点，甚至回到郊外的贫窟里面！"

"不用担心这些，车到山前必有路，只要你坚持对的事情，甚至还会拥有更好的生活！" 男子双手撑着床坐起来，背靠在床头上，然后拍了拍黄俊的肩膀，语重心长地说道。

也是，像黄俊这种对植入纳米型智能机器人有排斥反应的情况不是没有，不过概率低到亿分之一。至于原因无人知晓，只能归结为"基态抑制"。（就是人的某种最基本的源异常活跃以致无法和纳米智能机器人匹配同化。）

黄俊看着男子，好久才微笑着回答道："对，不放弃！"

"好！很高兴认识你，我叫李伟业。"

"我叫黄俊。"

俩人双手紧紧相握。


## 4

"啊！快停下！"

深夜，李伟业在熟睡中突然被黄俊那撕裂般的叫喊声惊醒了。那声音直接在他头脑中响起，侵扰着他的意识，震撼着他的身心！他很奇怪黄俊的声音为什么会在自己的头脑中直接响起，一开始他以为自己是出现了幻听，但是他确实觉得自己听到了。他艰难地挪进黄俊的房间，看见黄俊正躺在床上剧烈挣扎着，满头大汗，双眼紧闭。于是他不顾身体的伤痛，大力摇动着黄俊的身体，只为让黄俊醒过来，摆脱梦中的痛苦。

"啊！"

黄俊突然仰头大喊一声，屋内的灯具同时全数烧毁，电路完全瘫痪。喊完后，黄俊重重地倒回床上，眼睛依然紧闭，一动不动——睡熟了。

一旁的李伟业心情沉重地盯着熟睡着的黄俊，被他刚才的异常行为惊住了。

他刚才梦到了什么？为什么他刚才的喊声会直接在我头脑中响起？难道说，他也是新生代人类？不对，我没有感受到他强烈的脑量子波的存在，他根本不可能是新生代人类！

"咳咳！"

李伟业胸口突然有一口气上不来，呼吸因受到阻挠而轻声咳了两声。

新生代人类！难道他真的不是新生代人类吗？新生代人类就一定是人类下一个进化的新形态吗？

李伟业开始怀疑起来，这种怀疑却无法用身为新生代人类的那种自信给抹杀掉。此时他对于自己也倍感疑惑，之前的他根本不可能会产生这种情绪。

李伟业感觉自己胸口的沉闷感越来越强烈，呼吸也愈发地困难起来，发出强烈的咳嗽声。尽管身体上的枪伤已经被冷凝剂冻结了起来，没有再渗出血水，但是他能感觉到弹头已经伤及内脏。他很清楚，如果自己再得不到救治就会死掉！

李伟业并不是一个怕死的人，但他不甘心就这样死去！

"咳咳咳！"

李伟业开始有点头晕目眩起来，眼前的景象一阵模糊后很快又恢复正常。

"咳咳咳！"

一口鲜血喷涌而出，洒在白色的地板上。李伟业抬手擦掉留在嘴角边上的血丝，释然一笑。

"看来——咳咳——我没有完成的事情只能让他来完成了！咳

咳——黄俊，希望我没有看错你！"

李伟业盯着一脸平静熟睡着的黄俊，好像要把他看穿一样。

……

黄俊表情痛苦，双手死死地按住脑门用力捶打。

"啊！该死，又来了！"

黄俊强忍着痛苦度过了漫长的一分多钟后，终于缓过神来。他虚弱地伸手去开灯，结果灯没亮。

"哎！"黄俊摇头叹息，如果再这样下去，恐怕真的要回归远古生活了。想到屋里还有另一个人，便起身摸索着去找他。一开门，看到躺在床上一动不动的男子，黄俊有一种不祥的预感。他摇动着男子的肩膀，男子没有反应，加大力度摇也无济于事。

"啊！"黄俊惊叫着缩回了手，整个人待在原地。

"我当时竟然忽略了内脏受伤的可能！"黄俊一下子瘫坐在地上，哆嗦着后退，直到顶到桌子。

"叮！"

桌子上响起了生物芯片的警报声。这是最先进的人体植入型芯片，完全由生物智能感应材料制作而成，是平常人不可能拥有之物，黄俊开始相信了男子的话。

难道我被他选中了？

紧张，疑虑，害怕。

但事已至此，当作什么都没发生过是不可能了。

黄俊深吸一口气，像是认命般，把手中的生物芯片缓缓往脑门塞去。芯片一接触到皮肤就与大脑匹配同化，之后瞬间激活，一股庞大的信息流瞬间涌入他的脑海里面。

"啊！"

一股前所未有的疼痛感侵占了他的意识，待意识恢复，已是芯片分解之后。

……

## 5

人类社会形态已经发生了翻天覆地的变化，群体已不再占主导地位。每个人都生活在自己的独立世界里，人与人之间几乎停止了沟通。另一方面，阶级分化日趋明显，断层之间已无法通过发展经济来弥补。作为食物链顶端的王者，人类本身也出现了进化形态的差异，形成了旧生代人类和新生代人类两种生命体。新生代人类在进化过程中脱颖而出，但数量远不及旧生代人类，只能通过隐藏能力与旧生代人类共谋发展。

直到后来，一位名叫金·弗里森的新生代人类白手起家，发明了幻梦机，创立了梦幻集团。在短短的两年内，幻梦机便占领了全球市场，每家每户都拥有至少一台以上的幻梦机，梦幻集团也因此成为全球最大的集团公司。

金·弗里森也从经济领域慢慢渗透到全球各个国家的政治领域，而后通过被政府秘密确定下来的新生代人类，组成了"四度世界"。

"饭桶，要你们有何用！"

全息影像关闭后，一身黑色正装的中年男子重重地砸下手中的棱镜，浓眉蹙起，黑亮的眼眸中折射出一抹凶光。他紧咬着牙齿，俊秀的脸憋得微微发红。片刻后他恢复了冷静，表情自然得好像刚才什么事也没发生一样。

他把手伸到桌子下，扫描器感应到他的指纹，便伸出数条透明的彩线缠绕住他的食指。

"身份识别成功，金·弗里森先生，很高兴能为你服务。"

一个圆球呈现在他的面前，金·弗里森将手放在圆球表面上，球面上立即扬起阵阵涟漪。

"连接'四度世界'成员，我要发布一则信息！"

原本透明的圆球骤然闪起蓝白色的光，把金·弗里森包裹在里面："'四度世界'的会员们，马上召开紧急会议，请大家务必于五分钟之内到达会议大厅！"

世界各地的"四度世界"会员接收到通知后，纷纷停下手上的工作，打开桌下的密码锁（"四度世界"的成员都是梦幻集团全球分公司的总裁，拥有独立办公室，根本无须去提防他人）。密码锁被打开后，里面移出一个与金·弗里森的相似却小一号的圆球来，同样的步骤。

"量子传输开始！"

光的尽头是会议大厅。光团消失后，办公室里的人也消失了。有职员去找总裁的话，就会发现本应该在转椅上的老板不见了，而转椅还在小幅度地转着。

……

黄俊根据李伟业生前留下来的信息开始寻找着"天萌"组织的联系人邓龙。他来到地下市场，这里人声鼎沸，好不热闹。但是热闹只是表象，事实上这里犹如龙潭虎穴，一般人来不了，来得了的，怕也是很难活着回去。要不是因为李伟业的遗愿，黄俊可能一辈子都不会来这种地方。

"嘿，小子，你来这里干什么？"

人群中突然走出一个高大的光头男子堵在黄俊面前，他面目狰狞地低头盯着比他矮上一个头的黄俊，冷声喝道。

黄俊被男子那张面孔所惊住，但理智告诉他不能退缩："我有要事想找一个人帮忙，还请好汉放我过去！"

说完，黄俊便绕开光头男准备过去。

"嗯？"光头男子再次堵在黄俊面前不让他离开，"你找谁？"

黄俊一顿，正在犹豫是否说明之时，光头男子手上的通讯器响了起来，他毫无顾忌地接听。

"把他带过来见我！"空气中投影出了一个满脸胡须、凶神恶煞的年轻男子。

"是！"光头男显得十分恭敬。

男子关上通讯器，转头看着黄俊，目光冰冷道："跟我来！"

黄俊紧跟着光头男，穿过人群，穿过虚拟墙，来到一处古典中国风格的建筑前。光头男子转头看了一眼吃惊的黄俊，内心一阵好笑。

"快点跟上来！"光头男子冷声吼道。

黄俊眼睛眨了眨，发现了自己的失礼，于是急步追上去。光头男带着黄俊来到一扇门前，里面坐的正是刚才投影上的男子。男子摆了摆手，示意光头男离开，然后开始审视起黄俊来。

"你叫什么名字？"男子声音沙哑低沉，语气严肃。

黄俊谨慎地答道："我叫黄俊，我来找一个人，我有很重要的事情要找他帮忙！"

男子昂头大笑了几声，目光犀利地盯着黄俊："你可是一个通缉犯，如果我现在把你交给警方，恐怕我会得到很丰厚的奖金。给我一个理由让我不把你交出去！"

黄俊错愕，看来自己是通缉犯的事情是无法瞒天过海了。没错，自从前几天警察在他家里发现李伟业的尸体后，他就成为了通缉犯，而且赏金很丰厚。

"要我说出来是谁可以，但我要确定你不是政府那边的人！"黄俊豁出去了。

"我可以肯定地告诉你我不是政府那边的人！"

"我凭什么相信你的话！"

"哈哈，很好！那假如我是政府那边的人呢，你会怎么做？"

"自杀！"

黄俊发现自己此时的内心无比坚定，毫不畏缩。

"好！"男子站起来，来到黄俊面前，低着头俯视着黄俊，"我就是邓龙！"

黄俊身体一惊，然后全身放松了下来，因为他已经相信了男子所说的话是真的。

"走，我先带你去见一个人！"

"嗯！"

……


## 6

公元 2166 年 1 月 2 日，阴暗的天空下起了连绵细雨，气温也降低了不少。街道上稀疏地散落着几道人影，在雨中凌乱着。

梦幻集团总部大厦第三百零五层内的总裁办公室里，金·弗里森正怒视着一位貌美的女子，正是慕容晓晓。

"爸爸，黄俊到底犯了什么罪，你们为什么要通缉他？"慕容晓晓双手环胸，几乎是吼出了这句话。

没错，慕容晓晓正是金·弗里森的亲生女儿，她原名晓晓·弗里森，后来因看不惯父亲的种种行径，于是私自改为母姓。慕容晓晓知道对黄俊的通缉都是她父亲一手操控的，可她就是不明白她父亲为什么要对一个普通的维修员出手！

金·弗里森本来就因为慕容晓晓离家出走而非常愤怒了，可现在她刚一回来却只关心黄俊，金·弗里森简直要气炸了！

"放肆，爸爸做事难道还要向你汇报吗？"

"那我问你，黄俊到底做错了什么事情？"

"他偷走了梦幻集团的机密，我必须要抓到他！"

"他不可能偷东西的，爸爸，你们一定是认错人了！"

"我们没有认错人，我们有充足的证据，我们一定要抓到他！"

"他是我的朋友，我相信他一定不是小偷。而且，我不允许你伤害他！" 慕容晓晓一脸坚定。

金·弗里森忍不住扬起手来，狠狠地盯着慕容晓晓。

"你想打我！"一滴清泪从慕容晓晓的眼角滑落，"自从妈妈出事那天开始，你就从来没有关心过我！"

金·弗里森的手停在半空中一动不动，脸色顿时缓和了下来，目光也变得十分内疚。

"我——"

金·弗里森哽咽，脸憋得有点红。

他深吸一口气让自己的心情平复下来，说道："你妈妈她现在只是意识消失，我正在努力让她恢复过来！"

"要不是你得罪了那么多人，妈妈也不会被人强行毁掉生物芯片！"

"够了！"

慕容晓晓全身一愣，哭声戛然而止。

"回家去！以后别想着离家出走，你的一举一动都会受到监视！"

慕容晓晓伤心地转身离开，不时抬手拂去脸上的泪。慕容晓晓离开后，金·弗里森顿时像泄了气的皮球，他双拳紧握，目光冰冷地盯着地板看。突然，他大声吼叫，拳头重重打在办公桌上。

"'天萌'，你们伤害了我妻子还想抢走我的女儿！我弗里森绝对不会放过你们，我一定要你们血债血偿！"

黄俊跟随在邓龙身后，来到一处更加隐蔽的地方。邓龙低头对着一个扫描终端进行瞳孔扫描，接着又是掌纹、DNA。等这一切都完成后，面前的纳米墙慢慢消失，开出一个刚好容一个人通过的洞来，邓龙率先走进门洞，黄俊紧随其后。

来到一间套间外面，邓龙侧身示意黄俊向前，自己却没有进去的意思。黄俊郁闷不已，但任务要紧，不好多说什么，便推开门走了进去，并礼貌性地将门关好。里面是一个七十多岁的老头，正对着黄俊微笑着。

"你好，年轻人！"

"额——您——您好！"

"不用拘束，当作自己家就行！"

对方知道让黄俊放松是不可能的，便直奔主题道："对于李伟业的牺牲，我很难过！你也见过他了，我们说说你吧！"老者的笑脸转为严肃。

"我？"

"不错！在你来之前我们专门调查过你。请原谅我私自调查你，但我没有恶意。"黄俊嘴角动了动，笑了一下表示自己并没有在意，同时也表示老头可以继续说下去。

"嗯！"老者顿了一下，"我们知道了你排斥植入纳米型智能机器人，这种现象以前从未出现过，后来我们针对性地研究了一番。你知道我们发现了什么？"

黄俊看到老头那一副激动的样子，心里隐约感觉到了点什么，但是不敢肯定。

"我们在你体内发现了一种新型粒子。虽然目前还在研究当中，但是如果你能自愿协助我们，我们将非常感激！"

"这种粒子有什么作用？"

老者笑容更甚，大概是黄俊的好奇让他觉得离说服黄俊更近了一步："这种粒子将会使我们目前的量子处理系统变得更加完美！而且，这种粒子将会让'零度'攻击变得容易许多！"

黄俊倒吸一口冷气，他自从接受了那块生物芯片，就知道"零度"技术有多高超。如果真如老头所说的，那么那种粒子将会使整个世界改头换面。

"怎么可能？"

老者脸色转沉，正色道："而你，将会是第三种形态的新人类，极有可能是全球第一位新人类！"

"新人类？"

"对！目前我们还无法确定新人类的能力，但是如果你一旦完全蜕变进化成新人类，你的一切都将会变得不可思议！"

"我？"

"你是把旧生代人类从危机中解放出来的关键人物！相信我，也请相信你自己！"

黄俊低头沉默，这让他无法接受。

"年轻人，一个人有多大的能力，就应该承担多大的责任！"

黄俊脑海中浮现出了他住在贫民窟时的画面，家人拼尽全力求生的场景冲击着他的内心，他们正在等着他回去！原来那种视死如归的冲动消失不见，取而代之的是一种强烈的求生欲望。

黄俊抬起头来，目光坚定地看着老头的眼睛，正色道："我知道我想要什么了，我要活下去！"

7

天上的细雨连绵不断，似乎并没有要停的意思。

"四度世界"秘密会议大厅内，金·弗里森正站在众人面前，继续着昨天的会议。

"赶紧表决吧！"

好一会儿后才有人站起来。

"我同意！"

此人名叫陈荣，他刚坐下，另一个人就站了起来，他叫覃国天。只见覃国天激动地说道："我反对！一旦实施那个计划，旧生代人类会遭受很大的伤害，到时只怕会激怒他们，引起他们的强烈反抗！"

"这不正是我们想要的吗？只要他们发起暴动，我们就有正当理由发动战争，到那时，我们新生代人类就能光明正大地站在全球的政治舞台上建立全球政府！"陈荣把胸膛挺得直直的，脸上带着残忍的笑。

"对，我十分赞同陈荣的观点！"邱锦华站出来大声地说。

"邱锦华，你可知道我们根本无法控制事态的发展趋势，假如我们失败了呢？如果失败，世界将不会再存在新生代人类，更不会存在'四度世界'！"

"覃国天，恐怕你的保守会让你永远走不出旧生代人类所带给我们的阴影！"

"邱锦华，保守的估计可以让我们永远站在成功之上！"

"可是，我还是坚持我的观点，金，相信你也是那么想的，既然我们想法一致，何不做出一番事业来？"陈荣见邱锦华和覃国天两人的争论一时之间不可能分出个结果，于是直接打断，同时看着金·弗里森。

金·弗里森看着陈荣，脸上露出了一个淡然的微笑："陈荣，恐怕还有人并不赞成我们这样做！"

金·弗里森再次环视了一番，把目光锁定在仍然站着的邱锦华身上，笑容依然，却结了一层冰。

"国天，你的反对理由很充分。"金·弗里森语气平淡地说道，"没错，我们根本无法确定我们一定能成功。"

"我们从数量上根本无法和旧生代人类相抗衡，这是既定的事实。所以我们才一直生活在旧生代人类的阴影之下，忍受着他们种种愚昧无知的行为，就算是被逼到崩溃的边缘也不敢爆发！难道我们要一直忍气吞声吗？"

金·弗里森怒目圆睁，血丝布满了眼球。

"我们难道要一直畏缩下去吗？我们就不应该为我们的子孙后代想想？"金·弗里森深吸一口气让自己的心情平复下来，语气也缓和了一些，"我们现在的所作所为都是为了我们的子孙后代，不管成功与否，我们都要做！"

金·弗里森回到自己的座位上，继续说道："而且我可以保证，我们一定会赢！因为我发现了一种新型粒子，我们可以用它创造新的纪元！"

金·弗里森特意瞄了一眼陈荣。没错，他能找到这种新型粒子多亏了陈荣的帮忙。

众人倒吸一口冷气。

"是哪种粒子？"

陈荣脸上闪过一丝得意，但表面装作好奇。

金·弗里森摆了摆手示意站着的人坐下来。

"暂时还无法判定是哪种类型，但是目前我已经掌握了它的部分特性，并加以利用在'零度'之上，"金·弗里森顿了顿，脸上肌肉颤动起来，"比'零度'性能竟然高了三倍以上！"

三倍以上！众人马上惊呆在原地，僵硬得像一尊尊雕像！

也就是说"天萌"想攻破"零度"是不可能的！

待众人反应过来后，金·弗里森再次重申道："所以，还是那一句，关于昨天的提议，大家现在开始表决，同意的请举手！"

金·弗里森话音一落，众人齐齐举起手来，毫不犹豫！

"好，现在我宣布提议通过，即时生效！"


这一天，气温偏低，细雨朦胧。大街上的人影早已消失不见了，冷清得让人发慌。

"我到底是谁？我想起来了，我叫0000036850！这是哪里？不，我不应该在这里，我应该在工房内工作，我只为新生代人类服务，他们给予我一切生活，我要为他付出自己的生命！"

某一男子破门而出，快步离开家门，脚步急乱。

"爸爸，爸爸！呜呜，我要爸爸，我要爸爸！"

男子出门不久，屋内便传来一个小孩的叫喊声，声音凄凉，催人泪下。

和男子一样的还有很多人，他们都是中年人，个个奔跑在大街上，原本冷清的大街骤然热闹了起来。大家都向着同一个方向跑去——梦幻集团大厦！

......

"报告，梦幻集团通过了提议，已经开始实施，全球所有已经被同化了的旧生代人类正向着各地的梦幻集团大厦集中！"

"明白！"

老者面无表情地回答道，然后转头看向一旁的黄俊，只见他面色平静如水，波澜不惊，和之前相比判若两人。

其实，黄俊的变化，是因为在昨晚的实验中，他脑部开发率达到70%。同时，大脑神秘区域内的神经中枢激发产生的H粒子也达到了一个稳定值，并且使他可以自如地控制。此时的黄俊并不是之前的黄俊，他是人类的第三种形态——新人类。

"一切都按照计划进行！"老者淡淡说道。

"嗯，前辈，通知一下陈荣吧，让他尽量在'零度'被攻破时控制住'零度'！"

黄俊的语气虽然平淡，但是却充满了不容反抗的威严。老者点了点头，态度十分诚恳！

黄俊不再吭声，静静地站在原地。突然从外面走进一位士兵，他径直走向老头和黄俊的方向，分别向两人敬了一个军礼。

"报告蓝空将军，黄参谋，军队已经调动完毕，请指示！"

老头名叫蓝空，是"天萌"组织的最高统帅，之前凭着一己之力带领着大家渡过了众多难关，是大家心目中英雄，所以大家都十分尊敬他。老头是出了名的唯才是用，所以自从黄俊进化成新人类之后，他便任用他为自己的参谋，这一决定也得到了大家的肯定。

大家心知肚明，要不是黄俊，他们不可能挖到陈荣。（陈荣所知道的H粒子的相关资料，都是由黄俊提供的。）

"好，传令下去，两个小时后开始行动，务必把梦幻集团总部大厦控制住，活捉金·弗里森！"

"是，将军！"

士兵得令，转身小跑着离去，身影消失在地下密室的过道内。

"前辈，这次行动——"

黄俊没有说下去，只是盯着身旁的老者。

"嗯，关系到人类的未来！"

老者脸色沉重，看起来异常严肃。

一个小时后，"天萌"总部某黑客小组计算机屏幕前，黑客们的手指在虚拟键盘上快速舞动着，划出一条条优美的弧线。

"高纯 H 粒子已准备就绪，开始启动量子纠缠程序，量子爆炸攻击展开中。"

"'零度'防火墙已经崩溃，开始进入服务器外围，遭遇变异密码外壳。"

"变异密码外壳已成功剥除，进入服务器。"

"发现异常数据流，遭到不明攻击，方向无法确定，量子纠缠开始减弱，退相干速度加快！"

老头已经紧张得不得了，他瞥了一眼计算机前泰然自若的黄俊——整场战斗都是由他的意识控制的，可他却丝毫不显紧张。

这就是新人类的能力！

"异常数据流消失，正攻入服务器……服务器权限已得到，'零度'攻破！"

黄俊进化后的大脑竟然硬生生地把那股异常数据流给处理掉。一想到这，其他的几名黑客不禁直冒冷汗，这可是连几台超级计算机联合起来都处理不过来的强大数据流！

太变态了！

黄俊断开与计算机的意识连接，起身来到老头身旁，点了一下头后便径直往暗室外面走去，消失在过道的白炽灯光之中。

两个小时后

"报告，梦幻集团总部已经控制，金·弗里森及其家人失踪！"

"明白！"

……


## 尾声

一年后。

幻梦机已经被全球性新政治团体——联合政府全部收缴，幻梦时代结束。联合政府除了销毁幻梦机外，还出台了多部法律，力求保护新人类、新生代人类和旧生代人类的和平，真正实现了和谐社会。

在和谐稳定的社会大背景下，一户坐落在郊区最外围的人家显得有点孤独。周围环境优美怡人，是一个不错的养生之地。

"有邮件。"

家庭智能终端发出它那生硬的机器合成声音。

屋门一开，从中走出一位漂亮女生。她俯身拾起地上的一个邮件，然后回到家里。

"爸爸，您订东西了是吗？"

女生对着一间房间问道。

"我没有！"

房间内走出一名中年男子，竟然是金·弗里森。那女生，没错，就是慕容晓晓，不，应该是晓晓·弗里森！

"那妈妈呢？"

"我也没有！"

房间内传出一股娇柔但却十分有力的妇女声音。

晓晓·弗里森心生好奇。她小心地拆开精致的邮件外壳，一块生物芯片呈现在她面前。她先是一惊，右手下意识地捂住了嘴。好一会她才反应过来，然后轻轻颔首，嘴角勾起一个美丽的弧度。

# 该死的情侣

文／周全

　　"告诉我，你为什么要来男人国？"潮湿昏暗的审讯室里面挤满了男警官，唯有这名在凳子上被五花大绑的犯人是女人。

　　没错，这里是男人的国度，女人的存在是犯法的。她们在我的眼里是骇人的恶魔，至少，我感觉作为一名专门处理女人偷渡问题的警官来说，必须要有对女人恨之入骨的态度。

　　"我……"在我面前的这名中年妇女脸上写满了哀伤，岁月在她脸上留下一道道深深的皱纹，她用一种仅能让我勉强听到的音量说："我想在这里找我的情侣，我……非常想念他。"

　　"简直造孽！"我捏紧拳头砸在桌子上，"你知道吗？外星人统治下的地球，为了减少人类数量，留给外星人在地球上更多的生存空间，他们能勘测到 XX 染色体细胞和 XY 染色体细胞的接触，只要一接触他们就会发射轨道炮把勘测区域夷为平地。该死的情侣，你知道你的举动会害死多少无辜的人？"

　　女人颤抖着嘴唇，内心挣扎着说："我真的很想念他，请让我在接受死刑之前见他一面吧！"

　　周围一片寂静，我思考一番后，跟她说："你只要透露点有关偷渡的情况，并能让我满意，我就能满足你那该死的心愿。"我死死地盯着那个女人，想用眼神来提醒她，绝对不要向我撒谎，我会知道的。

　　女人深吸了一口气，回答我："好吧，陈警官，其实男人国里面大部分都是女人，她们都想在这里找到自己多年前失散的情侣，自从女人国和男人国之间被外星人打了'结扎'之后，我们一直在想念自己的情侣。"

　　"真的？"我听到女人这番话之后，不禁心头一颤，真可笑，这个时候在审讯室里最紧张的反而是我。

　　突然，我听到身后传来急促的脚步声，猛地转身一看，一个人急匆匆地想离开审讯室，我下意识拔出手枪便射，一发子弹正好命中那个人的后脑勺，那个人在惯性的作用之下猛地撞在审讯室的门上，他的血溅的整扇门都是。

也许这个人的行动已经帮我回答了刚才我提出的那个问题。

"助手，用钢叉扒开他的裤子看看他是男人还是女人。对，记得别碰到他，否则我们会在十秒内没命的。"

"陈警官！饶命啊！"

我的助手顿时跪倒在地，开始求饶，审讯室内的其他人见状全都跪在地上，要么双手合十和我的助手一样求饶，要么双手抱头做出投降的动作。

"该死的情侣！一帮该死的情侣！"我气得差点把手枪摔在地上，不过当然我不会这么做，如果没有手上这把枪，这群臭女人早就逃掉了。随后我叫她们在审讯室最里边排成一排，命令她们脱掉裤子，看到她们大腿中间的东西，我没猜错，原来在我身边的都是一群女人。

我的女助手哭喊着对我说："陈警官，求你让我见我的情侣最后一面吧！"

"对啊，我想死他了！"女警 A 随声附和。

"每天晚上我都对着他的照片笑。"女警 B 得意忘形，露出了情侣才有的淫笑。

"陈警官，你是女的吗？"女警 C 提出的问题吸引了我的注意力。

我二话不说脱下裤子，让她们看看一名真正的男人两腿之间应该有什么东西。我承认这是有史以来最羞耻的一场审讯，估计在审讯过后我要和监控闭路电视的人谈一下人生。

"你有伴侣吗，陈警官？"女警 C 继续问下去，这让我很不高兴，我一直对女人没有任何的耐心。

"我有伴侣，但我的伴侣为什么要是女人？"我怒火攻心，对着这帮女人大喊："我现在手枪里有五发子弹，刚好能处死你们五个，告诉一个我不就地处决你们的理由！"

"陈警官，你不能这么非正当地处死犯人啊！"随后一声枪响，女警 A 被枪决了。

我气愤地对着她的尸体大喊："男人国里面的任何一位公民都可以为了保护自己，迅速处理掉任何一名女人——该死的情侣！"

"陈警官，我的情侣是有钱人，找到他我能给你至少三亩地盖庄园。"又是一声枪响，女警 B 被枪决了。

"陈警官，我只是跟随这帮女人来男人国度假而已，我是单身啊！"犹豫一会儿过后，我还是开枪了，女警 C 也死在我面前，把外星人的戒律当儿戏，罪加一等！

女警 D 笑了起来，说："如果在天国，估计能见到他吧，嗯……"我毫不犹豫地扣动扳机，成全了她。

到最后一名女犯人，她一直被五花大绑，不过在我处死前四个女人的时候，她一直保持镇定。当我把枪口指向她的脑门时，她淡定地问了我一个问题："陈警官，你男友叫罗飞翔，是吧？"

我没想到这个女人知道这么多，太可怕了。我轻轻地点了点头，算是回答了她的问题，我怕我现在开口说话会因为太过紧张而说错话。话说回来，罗飞翔已经跟我有一段时间没联系了，最近偷渡的女人越来越多，陪他的时间越来越少。

"我知道他在哪，他喜欢上一个外星男人了，也许现在和外星人生活在一起了吧。"

我吓得后退了一步，问："真的？"

"其实他是我的前男友，我偷渡之前还跟他联系了一下，他说警察制服控玩腻了，要换换口味。陈警官，他左边的屁股上纹了一个爱心是吧？"

我对这个世界绝望了！我把手枪抵在我的太阳穴上，最后一颗子弹留给了我自己。

# 数之遗迹

文／程超

## 引子

学校的教室里，一位带着金丝眼镜，面目消瘦的中年男教师站在讲台前，握着粉笔的右手手指枯瘦而修长，此刻他正全神贯注地在黑板上画着半圆弧。他身上的中山装略有些褪色，袖口上也沾满了白色的粉尘。身后40来名学生，目光全部聚集在黑板上，教室里鸦雀无声，只听到粉笔在黑板上发出"沙沙"的摩擦声。这是一堂初中的数学课，这位数学老师正在讲解双曲线函数，黑板上画的就是函数在坐标系上的曲线图形。

图形画完之后，男老师说道："这是双曲线的函数图形，从这个图形中我们可以看到，当 X 取值趋向于无穷大或者无穷小的时候，曲线会无限地接近于 X 轴。同样地，如果 Y 取值趋向于无穷大或者无穷小的时候，曲线的另一端会无限地接近 Y 轴。"

"老师，虽然曲线的两端会无限地接近 X 和 Y 轴，但它最终是没有达到。"教室里传来了一个男学生的声音，声音有些颤抖，也许是他觉得自己的问题，冒犯了老师的权威。

"是的，只是无限接近，最终是达不到的。"老师回答道。

"但是，如果曲线达不到 X 轴和 Y 轴，那说明是有极限的，那就不可能是无限。"男学生依然坚持自己的观点，对于老师的解释并不满意。

"你说的也不无道理，但这不是我们这堂课需要讨论的问题，更不是考试大纲内的范围。这堂课我们只要知道双曲线的几大特性就行了。"老师没有正面回答他的问题，男学生有些失望，但也只能无奈地停止发问。

## 1

"铃…铃…"手机铃声急促地响起，吵醒了正在熟睡中的苏豪。

他极不情愿地从温暖的被窝里伸出手，拿起放在床边的手机，然后艰难地睁开朦胧的双眼，想看看究竟是哪个该死的在这难得的休息天里打扰了自己的清梦。

不过，当他看清楚手机显示屏上的来电号码之后，马上变得精神焕发，从床上一下子坐了起来，一扫刚才的慵懒，接通了来电："喂，阿光，好久没联系了啊，最近如何？"电话那头被称为阿光的男子，全名叫诸葛光，是苏豪的大学同学，两人一起就读数学专业，都是系里的高才生，而且在本科毕业之后，同时考上了研究生，还选择了同一位导师，两人很投缘，感情非常好。只是苏豪在研究生毕业之后，就在数学研究院工作，而诸葛光继续深造攻读博士学位，之后两人见面的机会就少了。

"老样子，你怎么样啊，最近那个人工智能的项目搞得怎么样了？"

"遇到了一点小麻烦，不过不要紧，如果轻而易举就解决了，那还有什么成就感啊。"

"呵呵，你还是一如既往地保持乐观。"

"哈哈，那是那是。对了，今天找我什么事。"

"没什么事，就是过阵子我要出国考察，可能要一段日子，很久没见面了，我想在出发之前聚一下，以解相思之苦，哈哈……"

"行啊，去哪个国家？"

对于苏豪的问题，诸葛光没有马上回答，而是沉默了片刻后才说道："只是欧洲的几个发达国家，相互交流学习，下个月初就要出发了，你今天下午有空吗？"

"下午几点？"

"三点如何？"

"好的，没问题。"

"那不见不散。"说完，诸葛光挂断了电话，房间里又恢复了宁静。

苏豪隐隐有种感觉，好像诸葛光心里藏着什么事没有说。不过，还没来得及多想，困意又袭上来，这两天的工作确实太累了，苏豪重新进入梦乡。

下午三点一刻，正是喝下午茶的好时间。咖啡厅里轻柔的背景音乐，让人感到午后的悠闲，此刻城市里的白领，都喜欢聚集在这里享受美好的休闲时光。他们一般都是一边品尝着咖啡，一边看着杂志或笔记本电脑。在大厅的餐桌旁，偶尔还能看到几张老外的脸，这儿也是老外在异乡重温西式生活的场所。

在靠近窗户的角落，坐着两个30来岁的年轻人。左边的一身休闲运动衫，中长头发，皮肤有点黝黑，一双眼睛炯炯有神，谈话间不时发出爽朗的笑声。右边的一位，举手投足间都带着几分儒雅，鼻梁上架着金丝眼镜，偶尔赞同地点下头，报以轻松微笑，他就是诸葛光，对面坐着的那位是苏豪。

"我倒很想了解下，到底是什么难题难住了我们的数学精英？"诸葛光打趣道。

"别提了，搞什么人工智能嘛！你说这机器人要能听得懂人说的话，还要会自我学习，搞得跟人一样干吗？"

"说来听听。"

"哎，这自然语言识别，传统的语法规则分析模型生成的二维语法分析树太过于巨大，又很复杂，现在基本已经不采用。而统计语言模型虽然效率会更高，但它是基于概率学，算法本身就忽略掉很多细节，理论上只要数据量足够大，概率就会无限接近真实，但实际上这个前提条件是做不到的，所以结果就多有误差，很难做到100%精确。还有计算机深度学习，要实现非线性机器学习，不仅对预测精度和运算能力是一个挑战，对于深度分层模型的建立也提出了很高的要求。现阶段尽管分布式计算发展迅速，计算能力比之过去提升了几个数量级，但仍很难做到。我们进行了数次的算法优化和大量的参数调整之后，前阵子发现稍有起色，可刚觉得有点进展的时候，马上又在算法里发现了 bug，去掉 bug 之后，性能又恢复原状。这真的是有了希望之后又失望，白高兴一场。"

"呵呵，出现这样的情况也很正常。就像著名的隐含马尔科夫模型，马尔科夫就是简化了问题，忽略了所有不确定性，提出了一个假设。你算法中的 bug 产生的数据很可能就是不足的错误，但它却无意间实现了简化原来设计的模型功能。不过 bug 只能提高效率，最终无法做到精确，因为它本来就是个错误，这确实令人很头疼。"

"何止是头疼，我现在脑袋都要炸开来了。现在才明白什么叫撞到了墙，怎么也穿不过去。"

"或者我们转换下思路，不要老是从算法优化方面下功夫，可以从基础领域里着手。"

"基础领域？你是说物理学还是数学？"

"你看，牛顿为了解决物理问题，创立了微积分…"诸葛光还想继续往下说，但苏豪立即打断了他："开玩笑吧，怎么能拿我跟那牛人相提并论，要我搞个什么分出来，这也太看得起在下了吧！"

听了苏豪这番话，诸葛光依旧报以微笑："也对，不一定要靠什么分来解决问题，应该相信咱苏大天才的实力。"

"你就别再挤对我了，咱不提这烦人的事，说说你的考察吧，这次要去多久啊？"

"计划是要两个多月，具体时间要根据实际情况。这期间我有件事情要麻烦你。"

"你我之间还有什么麻烦不麻烦的，有事尽管说，一定赴汤蹈火，在所不辞。"

"不需要你赴汤，也不用你蹈火。只是我外出这段期间，我母亲一个人在家，如果有什么事她处理不了的，请务必多多帮忙。"

"我还以为什么事，咱跟亲兄弟似的，你妈就是我妈，要有事找我一个电话，马上就到。"苏豪拍着胸脯满口答应。看着苏豪火一般的热情，诸葛光内心深处对他产生了一份浓浓的感激之情，能认识这样的朋友真的是一种幸运。

## 2

苏豪从卧室里走出来，一下瘫坐在沙发上，连灯都懒地去开，只是拿起沙发边上的电视遥控器，无力地按下了开关键，电视里传来了新闻女主播甜美的声音，而屏幕里闪烁着的 LED 背光，成了整个客厅里唯一的光亮。此刻的苏豪，心理上的疲劳远胜于身体上的，半个多月过去了，人工智能的研究停滞不前，令他倍感压力。他多么渴望能彻底放空大脑，把里面一大堆的数学公式通通忘掉，舒舒服服地看会儿电视。

电视机里的女主播仍继续播放着当天的新闻，对于跟这个世界完全隔离了半个月身心疲惫的苏豪来讲，丝毫不能引起他的兴趣。但新闻播放大概 10 分钟之后，其中有一则消息，却引起了苏豪的注意。一对年轻的夫妻，他们忧伤的神情出现在电视屏幕上，那位年轻的男子苏豪认得，他就是今年刚获得诺贝尔奖的瑞典著名物理学家波尔，他们刚出生不到 3 个月的儿子失踪了，画面里波尔的太太早已是泣不成声。而现场报道之后女主播的点评，更是让人惊讶不已，类似的事件已经不止一次发生，最近国内外科学领域年轻一代的领军人物，他们的子女相继失踪，这已经是发现的第 12 例，也是第 7 个发生类似事件的国家。

苏豪心里隐隐觉得，12 个孩子的失踪绝对不是巧合，整件事背后肯定隐藏着巨大的阴谋，究竟是谁有能力在短短数周之内，在那么多不同的国家作案，其中还不乏管理制度完善的西方发达国家，光想想涉及的范围和案件的频率，就令人不寒而栗。

这时，手机铃声响起，把苏豪的思绪从婴儿失踪事件里拉了回来。这是一个陌生的固定电话号码，他轻触接听键，然后把手机放到耳边，听筒里传来了一个中年女性的声音："请问是苏豪先生吗？"

"是的，请问您是哪位？"苏豪在脑海里迅速地寻找着有关这个声音的记忆，但始终想不起是谁。

"我是诸葛光的妈妈。"

"哦，是阿姨啊。"听到原来是自己好朋友的妈妈，苏豪立即说道，"诸葛光在出国之前，跟我提到过您，说您一个人在家没人照顾，有什么事情需要我帮助的，尽管来找我。"

"倒真的有件事要麻烦你一下，哪天能抽空来我家一趟吗？"

"好啊，我明天就过去。"

"我不急的，等你有时间了再过来，不要因为我的事耽误了工作。"

"没事，我这两天正好休假呢，麻烦把您家的地址告诉我一下。"记录下了地址和电话号码，苏豪也没心思再看新闻，早早地关了电视，躺到床上休息。

第二天一大早，苏豪便开车前往诸葛光家。他家虽然跟苏豪家同在一个城市，但处于城市的郊区，去一趟得20多公里。十几分钟后，依靠导航的帮助，苏豪终于找到了目的地。

这是一套老式的三层落地房，从房子四周褪色的墙面来看，已经有了些年月。苏豪按响门铃，一位中年妇女打开了房门。她挽着中年女性常见的发髻，简单的连衣衫，干净朴素，虽不施粉黛，却散发着一种气质，宛若清莲，想必年轻的时候是位绝色佳人。这位拥有高贵气质的中年妇女便是诸葛光的母亲，在简单的询问之后，苏豪进入客厅。诸葛光的母亲端上茶，苏豪啜了几口，说道："阿姨，我跟诸葛光亲兄弟一样，不管什么事，您尽管开口，不用客气。"

"真的谢谢你了，小光能有你这样的朋友，我也很开心。其实叫你来也没什么事情，只是小光交代我，在他出差2个月后，打电话叫你过来，把以前从你那儿借来的东西还回去。"

"什么？从我这儿借的？我怎么一点印象也没有。是什么东西？"

"小光说了，是一套书。"

"一套书？好像以前还真借给过他几本。"

"是的，小光还说这是一套非常珍贵的书，本来上次去见你的时候，小光就想把书带过去，但匆匆忙忙就忘掉了。这次出差又要一段时间才回来，借得太久了不好意思，所以就让我还给苏豪先生。"

"只是几本书而已嘛，哪有这么要紧啊。"

"具体的我也不清楚，只是听小光说，很珍贵一定要我亲手交给你。我原本也是不想麻烦你跑一趟，但小光又怕我路途上不小心弄丢掉。"

"这什么跟什么，几本破书有这么珍贵吗？"苏豪越听越纳闷，这诸葛光最近还真是有些古怪！

"等等，我进房间拿书去。"说完，诸葛光的母亲走进了书房。片刻之后，她手里拿着一个白色的铁盒出来。

"书都放在这个铁盒子里了，请收好。"

苏豪接过铁盒子，打开上面的盖子，里面是一本有点泛黄的高等数学、一本日记还有一本地图册。那本高等数学苏豪还有点印象，是上大学那会儿必修的教科书。诸葛光对每门课的教科书都很爱惜，即使课程结束了，也会把这门课的教科书保存好，但高等数学这本书却很不巧地在那次期末考试之后丢掉了，为此诸葛光当时还想专门托图书馆的老师再买一本。苏豪觉得课程都结束了，自己那本书也用不到，就送给他，省得他瞎折腾。但这书苏豪送出去后就没打算再要回来。再说这么多年了，怎么突然想起还书这个事来。至于日记本跟那个地图册，就完全没有头绪。

"阿姨，您确定这些都是诸葛光要给我的吗？"

"应该错不了，临走前小光反复交代，务必要将这三本交给苏豪先生。"

"奇怪了，除了那本高等数学之外我都没印象是我的书。等等我打个电话给他。"说完，苏豪立刻拿出手机拨了诸葛光的号码。但几秒钟之后，苏豪就放下了手机，说道："手机关机。那他还有说什么吗？"

"其他就没有特别交代了。"

"那他出发前您有没有觉得哪里不寻常吗？"苏豪有些搞不清楚状况，他希望诸葛光的母亲能给他提供些线索。

"我想想。"诸葛光母亲沉思了片刻后说道，"还真的有不寻常的地方。"

"是什么？"苏豪迫切地想知道还有什么奇怪的现象。

"他出发前带了许多冬天的衣服，而夏天的没带几件，照理说那时才 6 月多，欧洲应该也是很热的。"

"这确实有些不可思议，6、7 月穿冬天的衣服。"

"是啊，这到底是为什么？这几天都没有接到小光的电话，打他电话都是关机。"诸葛光母亲的脸上流露出担忧的神情。

"不用担心，阿姨。诸葛光这么聪明，肯定有他的道理。"苏豪连忙安慰，然后又问，"那还有其他奇怪的地方吗？"

"没有了，小光这孩子做事情向来很有分寸，我也没怎么过问。"

"好，书我先拿走了，有事情再联系您。"说完，苏豪站起身，跟诸葛光母亲道别。

回到家中，苏豪打开拿回来的铁盒子仔细地翻看，诸葛光的电话仍旧关机，所有的疑问只能从这个铁盒子里找答案。那本高等数学已经翻了三遍了，只是一本老旧的普通教科书，上面连当年上课时划的重点和课堂笔记都是自己的笔迹，没有任何新增加的东西和特别的地方。在彻底放弃了继续翻阅那本教科书的念头之后，苏豪又从铁盒子里拿起下面的那本日记本，小心地翻开扉页，见到的是一行行隽秀的黑色钢笔字。苏豪认得，这是诸葛光的笔迹，也就是说这本日记是诸葛光亲手写的。在上大学的时候，苏豪就知道他有写日记的习惯，或许他本子上真的记录了什么重要的信息。

日记本上写得都很零碎，苏豪也是看得云里雾里。诸葛光常常会把生活中遇到的事和思考的问题写成日记，但他写日记又有个风格，措辞含糊，结构松散，像是随手胡乱涂鸦，旁人读来天马行空，只有他自己读得懂。他之所以这样，也许是不希望别人偷看他的日记。

虽然里面大多数内容苏豪没看明白，但最后一篇日记倒是引起了苏豪的注意。那是 5 月 4 日写得，其中有一句："所有的难题，望明日于边老师处，可寻得结果。"

"边老师？" 苏豪努力地回忆着大学里所有老师的姓氏，根本就没有姓边的老师，按理说"边"这个姓不常见，如果真有这么一位老师，是不会忘记的，或者他就不是诸葛光大学的老师，是中学或其他什么老师。想到这儿，苏豪立刻拿起手机拨通了诸葛光母亲的电话。

"阿姨，我是苏豪，想请问下，诸葛光以前是不是有位老师姓边？"

"姓边的老师？好像真的有一位，他是小光的初中老师。"

"那您知道他是教哪门课的吗？"

"是教数学的。边老师是位很热心的老师，对小光很照顾，小光大学之所以选择数学专业，很大程度上还是受了边老师的影响。记得念中学那会儿，小光就对数学产生了浓厚的兴趣，在家时常会跟我谈数学，还问了我很多古怪的问题。我那见不得人的数学水平，哪回答得了那些问题。"

"边老师的联系方式，阿姨有没有？"

"电话号码没有，不过边老师还在小光原来的学校教书，在学校还能找到他。"

"嗯，是哪所学校？"

"第四中学。"

"好的，谢谢阿姨。"

通话结束了，边老师也许就是问题的关键，找到他就能搞清楚诸葛光这些天来奇怪的举动。苏豪决定明天去一下四中，会一会这个边老师。

铁盒里还有一本地图册，苏豪现在已经没有多大的兴致再去研究它，只是随手翻了几下。这只是一本普通的世界地图，看样子册子也有好几年的历史了。不过，有一张夹在地图册中间的手绘地图，倒是有点特别。这张手绘图估计是诸葛光亲手画的，上面绘制了南美洲、南极洲还有西非的一部分，但苏豪看着总觉得这张地图有些别扭。他把这张地图跟世界地图做了仔细的比对，很快发现地图上有很多错误，例如两次标注了亚马孙河，少了大约 900 千米的海岸线，而且还有很多奇怪的未知岛屿。苏豪不知道诸葛光为什么要画这张地图，而且以诸葛光严谨的性格，不该有这种低级错误。但不管如何，折腾了这么久也算有点收获，苏豪已经不想再去思考太复杂的问题，等明天见过那个边老师，也许所有问题都解决了。一想到这儿，他又躺在了沙发上，打开电视。没多久，客厅里就响起阵阵鼾声。

四中是一所拥有百年历史的中学，但悠久的校史却没给学校的教学质量带来多少的提升，这么多年也没出过一位名人，只能算是所三流学校。以诸葛光的学习成绩，完全配得上全国最顶尖的学校，但毕竟初中的生源分配是按照辖区，住在郊区的诸葛光，三年的初中学习生涯就是在这里度过的。

走进学校的大门，校园里随处可见郁郁葱葱的参天古树，姿态婆娑，高耸入云，相信它们曾一起见证过这所学校的百年历史。操场上到处是学生们的身影，教室里不时地传来学生的打闹声，现在正是课后10分钟休息时间。见到眼前这番景象，苏豪不禁回忆起自己上中学时的懵懂岁月。

经过几番打听之后，苏豪找到了边老师的办公室。边老师颇有知识分子的模样，约莫有50来岁，面目消瘦，戴着眼镜，身上的中山装看样子应该已经穿了许多年，但十分整洁。苏豪简单的自我介绍后就直奔主题："诸葛光前阵子是否来找过您？"

"是的，大概3个月前来过我这儿。"

"他是不是遇到了什么难题，来找您解答？"

"是的，那天他带来了许多问题。"

"都是些什么问题？"苏豪难以抑制住心中的兴奋，急忙问道。

"都是关于数学的问题，如果有兴趣的话，我们也可以探讨探讨？"

"数学的问题？"刚刚看到的希望曙光，瞬间消失了，苏豪失望地问道，"除了数学之外，还有没有其他问题吗？"

"诸葛光同学是位非常有天赋的学生，他的很多问题都具有超凡的想象力，甚至可以说是向传统的数学体系挑战。这绝不是死读书的学生可以想得到的，我跟他平常也只是讨论数学。至于其他事情，他很少在我面前提起。"

"他脑子里除了数学之外，其他的事都不在乎。对了，那您知不知道一张地图？"苏豪失望透顶，但他突然想到了昨天还有张地图，也许边老师会知道。

"地图？怎样的地图？"

苏豪大致描述了下地图上的内容，边老师思考了一会儿说道："没听说过有这样的地图，诸葛光也不太跟我聊地理，我完全没有印象。是不是诸葛光同学发生什么事啦？"

"没，我只是有些地方不明白，诸葛光这几天又忙，没接我电话，所以想自己先搞明白。"

这时，上课的铃声响起，边老师起身说道："不好意思，我接下来还有节课，要先去上课了。"

"我也差不多要走了，打扰您这么久，真不好意思。"说完，苏豪离开了办公室。原以为见到边老师，就能知道诸葛光古怪的行为，但结果却是一无所获。带着失望的情绪，苏豪踏上了回家的路。

4

一周的假期很快结束，苏豪打点行装，回到研究所继续工作。他又要每天面对一行又一行令他头痛欲裂的数学公式，日子在简单而又枯燥的模式中重复着。就在他快忘掉诸葛光那些烦心事的时候，一个人的拜访打破了他固有的生活节奏。

那是一个下午，诸葛光的母亲来到了研究所。她脸上有些担忧的神色，尽管在举手投足之间仍然显得大方得体，却掩饰不了眉宇间的忧愁。苏豪在见到她时，心里大概猜到是为了诸葛光的事。

"阿姨，您有什么事打我电话就行了，还特地跑过来。"

"本来是不想打扰你的，但小光这次出差已经3个多月了，一点音讯也没有，电话也联系不上。"

"这诸葛光也真是，打个电话要花多少时间，害阿姨这么担心！"

"小光以前都没有这样的，所以我才担心，后来就跑到小光单位去询问。"

"有什么消息吗？"

"他们单位说，根本就没有安排他去考察，而且小光已经 3 个多月没去上班了。"

"什么？ 3 个月没上班？"苏豪听到这个消息，心里一怔，这样的行为跟他印象中的诸葛光完全不符合。怎么就这么一声不吭地离开，还编了个谎言欺骗所有人？

"这到底是怎么回事啊？"苏豪纳闷。

"我也很担心，小光这孩子向来做事情都很有分寸，像这样不声不响地一去几个月，从来都没有过。"

"阿姨，您先别担心，可能诸葛光有什么事不方便让我们知道，我们应该相信他，过阵子他回来了就会把整件事情的经过告诉我们。如果他有联系我，我一定第一时间通知阿姨。"在苏豪的安慰之下，诸葛光母亲心里的担忧才有所缓解，临走前又再三拜托，一有她儿子的消息，马上通知她。看着诸葛光母亲离去的背影，苏豪不禁感概母爱的伟大，内心对诸葛光的责备又增加了几分。他到底是怎么回事，怎么可以做出这样不顾及他人的行为，没有丝毫责任感。苏豪连忙去跟领导请了假往家里赶，现在唯一找到诸葛光的希望，就在那个铁盒里。

不知不觉中夜幕已降临，高挂在天空中的月亮被乌云遮盖，只偶尔露出一些皎洁的光亮。折腾了一天的苏豪，又一次瘫坐在沙发上。打开电视，还是毫无头绪，高等数学教科书、日记、地图，这三样物品里面到底隐藏什么。如果诸葛光真的想要传递讯息的话，至少也应该留下代表暗语的记号。但除了日记本之外，那两样物品看样子已经很久没碰过，所有诸葛光留下的手迹，也都是很多年前的，会有什么含义呢。

满脑子解不开的疑问令苏豪的心情极度压抑，为了摆脱这种压抑感，他决定让大脑休息下，暂时不作任何思考，只是坐在沙发上静静地聆听着电视里新闻女主播夜莺般悠扬的嗓音。距离上次观看新闻已经有段日子了，对于近段时间国内外发生的重大新闻事件他都不太关注。忽然，苏豪刚刚松弛下来的神经再次绷紧，半靠着的脊背也瞬间变得挺直。电视机里的女主播字正字正腔圆地播报："美国著名数学家丹尼尔·布兰特出生未满周岁的女儿神秘失踪，这已是第15例类似著名科学家子女失踪案。"丹尼尔是数学领域后起之秀里的翘楚，才华横溢，他的孩子也失踪了。苏豪有种不祥的预感，到底幕后黑手是谁，是谁在策划这场阴谋？诸葛光也算是国内杰出的年轻数学家，他会不会有危险，这两件事之间会不会有联系。他已经没有心思再看新闻，匆匆地关掉电视机，回到卧室躺到床上，满脑子都是诸葛光的身影，辗转反侧难以入睡。

## 5

一连几天，苏豪在研究所里都是心不在焉，旁边的同事好几次看到他端着咖啡，坐在电脑前一动不动，一双眼睛老是紧紧地盯着桌子左手边的铁盒若有所思，有时喊他都没反应。大家还以为他压力过大，精神有些恍惚。要好的几个同事都过来劝他，要他注意休息，切莫累坏了身子。

到了第四天的早上，研究所的陈所长把苏豪叫到了办公室。陈所长是国内老一辈的数学专家，德高望重，退休之后受邀出任该市数学研究所所长。陈所长非常赏识苏豪，认为他很有天赋，曾多次亲自指导他的工作，提出批评和建议，令苏豪受益匪浅。

"所长，您找我有事？"

陈所长虽已年过花甲，满头华发，但他的目光仍然相当锐利，他看了下苏豪："下午市里有个紧急会议，我想让你跟我一起去参加。"

"没问题，下午几点？"

"到时候我会通知你。"陈所长又嘱咐道,"这次的会议非同小可,我也不清楚会议的具体内容,只知道安全级别非常高,记得千万要保密,不能跟其他人说起。"

"知道了,所长。"听了陈所长这番话,苏豪对下午的会议产生了几分好奇。

"没其他事情了,回去工作吧。"

"那就下午见,所长。"说完,苏豪离开所长办公室。

下午,一辆黑色轿车出现在研究所门口,苏豪陪同陈所长一起上车。车前座的司机很陌生,苏豪敢肯定他不是研究所里的人。轿车大约行驶了半个多小时之后,车窗外高耸的摩天大楼逐渐变成了矮旧的平房。在旧城的阡陌小巷里兜了几个弯后,轿车最后停到了一栋二十来米高的小楼前。这栋小楼看样子早已废弃多年,到处都是灰尘,墙上的漆大部分都已剥落,残破不堪,令人不禁担忧小楼会不会突然倒塌。小楼的入口处站着三位着正装的男士,他们应该已经在这儿等了很久。为首的是一位身材发福的中年人,他一见到陈所长从轿车里走出来,就带着十分夸张的笑容迎上前去,紧紧地握着陈所长的手说道:"陈所长,好久不见,今天可算把您老人家请来了。"

"让邹局长久等了,实在不好意思啦。"陈所长一边说着,一边把苏豪领到前面,介绍那位邹局长:"今天我还带来了我的助手——苏豪。年龄大了,精力大不如前,身边还真的需要个小伙子来帮帮忙。"

"陈所长的学问和经验那可是瑰宝啊,带带年轻人也是好事,陈所长也总得有个接班人,来继承您这一身的数学知识。"

"哈哈,邹局长过奖了,我只是活得久了点,见过的事情比年轻人多一些,哪是什么瑰宝啊。"

两个人边走边聊,一直走到三楼会议室,他们是最后到达的两位参会人员。苏豪坐下后,仔细地环顾了下四周,心底暗暗吃了一惊。

这次参加会议的绝大多数都是国内科学领域顶尖的人物，其中几位苏豪曾有幸跟他们见过面，他们都是国内特级数学教授。更多的参会人员，苏豪则是从电视或者报纸上见到的，个个都是响当当的人物。而且这次人员涉及好几个科学领域，不仅有数学、物理学方面的专家，连计算机、军事等领域的专家都在场。

会议由邹局长主持，会议主题令人震惊，也就是最近国际上出现了一个非常诡异的恐怖组织，它的名称叫做"梅斯"，是英文数学"math"的音译。而更令人捉摸不透的是，这个恐怖组织从不搞大规模的恐怖行动，但却与近期频繁发生的科学家子女失踪案有关。但为什么掳走的都是未满周岁的婴儿？它的目的是什么？而更为可怕的是，它如鬼魅一般，竟然侵入了各国权力机构的系统，监视着整个世界的一举一动，所有现代信息安全措施，在它面前都形同虚设。

邹局长说道："我们的所有加密算法都是不可逆的，理论上是无法通过获取数据库内的密码数据，推算出原始密码的。但他们却像化身成了电流，流淌在每台计算机里，恣意地窃取电路板的上数据。而更奇怪的是，他们又不搞破坏，不知道他们有没有偷窥癖。"

通过会议开始前的简短介绍，苏豪已经知道邹局长是国家安全局的副局长。一个能任意入侵国家安全级别最高系统的组织的确非常可怕，但令苏豪想不明白的是，这个叫作"梅斯"的组织为什么要掳走那么多婴儿呢？苏豪举手打断了邹局长的讲话，问道："不好意思，打断下邹局长，你们是如何确定这件事是'梅斯'所为呢？"

"我们公安系统在他们上次作案时破获了他们的一个窝点。不过还没来得及审问，嫌疑犯就自杀了，我们也只是知道有'梅斯'这个组织的存在，他们的每一起类似案件都是通过入侵医院的计算机网络，修改数据记录，然后伪装成医护人员将婴儿带走的，所有的监控设施都因为他们的入侵而在关键时刻失灵，没有拍摄到他们的任何作案过程。"

"我还有个问题，'梅斯'入侵医院的计算机网络通常使用的是哪些手段？”

"他们入侵从来不会利用系统的漏洞，而是用密码获取最高权限，直接操作计算机，简单粗暴。不过不要看他们手法简单，要破解那么复杂的密码，据测算至少他们计算机的计算能力比我们超大型计算机还要高两个数量级，而且我们目前所用的是类似于 des 等理论上不可逆的加密算法，正常情况下是无法破解的。也正因为如此，我们甚至怀疑他们是不是这个星球上的人。对，就是外星人，外星人的文明远远优越于我们目前的地球文明。"

听到邹局长充满想象力的回答，苏豪差点就笑出声来。不过他也不得不承认除去最后那部分外星人的言论，他提到的问题的严重性倒是毫不夸张，如果连不可逆的加密算法都破解了，就真的是现代数学体系的一个危机。而数学作为最基础的研究领域，是对整个世界的抽象，可以说是向人类文明发起的挑战。

## 6

回到研究所已是深夜，大部分楼层都已熄灯，窗外的夜色分外迷人，但苏豪却没有心情欣赏这美丽的夜色。会议从下午一直开到晚上，苏豪和陈所长都已是面带倦意，此刻的办公室里只剩下他们两个人。苏豪问道："陈所长，您说一个完全超越现代数学体系的文明有可能存在吗？"这个问题在回来的路上就一直困扰着苏豪，在他看来现在能回答这个问题的人，也只能是身旁这位睿智博学的老人。

陈所长沉吟了片刻，缓缓说道："地球上的文明从来都不是单一，也从来都不是连续不断的，作为人类对世界抽象认知的数学更是如此，它并非从一开始就是我们今天看到的样子，更不具备完整的体系，而是经历过漫长岁月的发展才形成。人类的祖先在计数系统产生的初期，都是掰着手指数，等发展到懂得对数量开始编码时，各个文明有各自不同的表现形式。罗马人用 I 代表 1，V 代表 5，X 代表 10，M 是最大计数量，表示 1000，解码规则是左边为减，右边为加。I 在 V 的左边‘IV’是 4，在右边 VI 就是 6。古代中国人用个十百千万兆表示不同量级。玛雅人使用二十进制，他们的一个世纪是四百年，现代人认为玛雅文明发展缓慢，采用二十进制也是重要的原因之一。描述数字最有效的是古印度人，他们发明了 10 个阿拉伯数字，成为现在全世界通用的数字。而这 10 个数字里的 0 至关重要，简化了描述进制的量词。这些古文明在人类历史上都曾出现过辉煌的时代，如果没有自然灾难，没有战争，现在这些文明会发展到什么程度也未为可知。所以，如果说存在超越现代人类文明的另一种文明，未尝不可能。"

"这些失落的文明？"这时，苏豪脑子里突然想起了诸葛光铁盒里那张奇怪的手绘地图，连忙跑回自己办公室，把铁盒拿了过来。

"陈所长，这个盒子是我好朋友给我的，但不明白其中的含义，请您看看。"苏豪把那张手绘地图递给了陈所长。

陈所长把地图放到办公桌上，仔细地端详了一会儿，说道："这张地图虽然是手绘的，但画的还是蛮准确，不难看出这是皮瑞雷斯地图的一部分。"

"皮瑞雷斯地图？"苏豪仿佛看到了希望的曙光。

"是的。皮瑞雷斯是 16 世纪一名海盗，这张地图就是他绘制的。地图上标示了南美洲以及西非的一部分，其底部是南极洲海岸的一部分。在绘制过程中，皮瑞雷斯使用了二十多张古地图，这些地图的原始版本，据保守估计，大约是在公元前 4000 年绘制的。这张地图最令人吃惊的地方是，尽管存在很多错误，但地图标明的海湾和现代声呐探测的海湾有着惊人的相似，要知道南极洲是直到 1818 年才被直接发现，而且南极洲受到冰块覆盖，人类根本无从窥视真实大陆的地表状态，现代地图也是等到卫星、飞机探勘的技术发达后，科学家才逐步描绘出南极大陆的‘去冰’原貌，皮瑞雷斯地图是怎样如此准确绘制出南极洲，一直都是一个谜。"

"对这个谜题有没有给出假设性的解释？"

"有，这个世界几千年前存在着海洋文明——亚特兰蒂斯。"

"亚特兰蒂斯？"苏豪倒吸了一口凉气，"难道亚特兰蒂斯的传说是真实的？"

"还不确定。不过现代科学家有一个观点，亚特兰蒂斯是真实存在的，而且它就是南极洲。"

"南极洲？"苏豪突然想到诸葛光在出发前带了许多冬天的衣服，莫非他就是要去南极洲寻找失落的文明？

"对，也许是哈普古德所提出的地壳位移，或者是其他什么原因，曾经的南极洲是适合居住的。而且更重要的是，"陈所长顿了下，声音变得很低，"我国在 30 年前，在南极洲曾发现文明遗址。"

"有这样的事？为什么没有公开呢？"

"消息全部被封锁了，这属于国家机密。据说当时发现的遗址石碑上面记录了许多奇怪的符号，考古学家根本无法破译。最后经过反复研究，认为这些符号很可能是一种科学文献，于是邀请了当时国内顶尖的一批科学家帮忙解读。由于事件的机密性，这批科学家都是亲赴现场。当时我的导师蔡军，以数学家的身份前往南极洲，原本我是陪蔡老师同行的，不过在出发前几天，我因为身体不适，最终没有踏上南极洲的土地，这也是我一生的遗憾，没能够见识到另一种文明。而我的导师，去了南极洲之后，就此杳无音讯，生死不明。"

"那个遗址是属于亚特兰蒂斯文明吗？"

"不清楚，这件事属于高级机密，我当时还很年轻，只是蔡老师的陪同人员，而蔡老师失踪以后，我就再也没有参与。"

"那您觉得'梅斯'这个组织，会跟亚特兰蒂斯文明有联系吗？"

陈所长笑而不语，转身望向窗外无尽的夜空，感慨道："你看外面广袤无垠的天空，人类在未知的世界面前，又是何等的渺小。我老了，问题的答案需要你们年轻人去解开。我现在内心有种很强烈的感觉，'梅斯'非常的可怕，它了解我们的所有，而我们对它一无所知。它可以轻易地入侵计算机系统，却从来都不破坏。过分的平静背后，一定隐藏着可怕的阴谋。"

## 7

清晨，微风中夹带着些许凉意，让人觉得秋天就快来临了。苏豪又一次踏进四中的校园，穿过满是学生的操场，来到那间有点简陋的办公室。边老师还是跟上次一样，穿着那件中山装，坐在办公桌旁批改着学生的作业。看到苏豪走进办公室，他放下了手中的红笔，用右手轻轻地推了下鼻梁上的金丝眼镜："你是上次来过的，诸葛光的大学同学吧，请坐。"

苏豪坐下之后问道："边老师，我相信您肯定知道诸葛光的事，请您务必告诉我实情。"

"诸葛光同学的事，上次不是都说了吗，我们只是在数学问题上经常有交流，对于他私生活上的事，我也不太了解。"

"他难道上次来没有跟你说过亚特兰蒂斯的事吗？"

边老师的面部肌肉轻微地抽搐了下，虽然只是一瞬间，却没能逃过苏豪的眼睛。他又一次推了下眼镜，说道："是的，他跟我说过亚特兰蒂斯的事，但我认为这是不可能的。亚特兰蒂斯文明只是柏拉图的著作《对话录》中提到的一个传说，即使存在，也是几千年前的文明，怎么可能会有远高于现代文明的数学体系。"

"这么说，诸葛光的失踪真的跟亚特兰蒂斯文明有关！请您把知道的全部告诉我，诸葛光现在可能身处险境，我要想办法帮助他。"

"其实我知道的也不多，只是有一天诸葛光同学拿着一些记载着奇怪符号的资料来跟我探讨。他认为那些就是失落文明——亚特兰蒂斯的数学体系，他认为那远远超越过我们的现代文明。我们现阶段数学上无法解释的问题，亚特兰蒂斯人早已用一种难以想象的先进方法轻易地解开，可上面那些奇怪的符号根本就无法阅读。"

"后来呢？后来他解开了那些符号的含义吗？"

"我一直都不相信那些符号真的跟亚特兰蒂斯的数学体系有关，但我劝服不了诸葛光同学，后来他就独自一个人拿着那些资料离开了学校。我认为这只是一次数学问题的讨论，所以上次来就没有特别提到这件事。"

"那他手中的资料是怎么获得的，他有没有提到30年前南极洲的遗址。"

边老师露出了略带惊慌的表情，连忙问道："你怎么知道遗址的事？"

"这么说你也知道？"苏豪追问道。

"这个……这个……"边老师有些支支吾吾道，"对，上次诸葛光同学过来时，好像提到过。我知道的就这么一点点。"

苏豪看再也问不出什么来，就离开了学校。虽然跟边老师的谈话没有实质性的进展，但也算确认了诸葛光的失踪跟亚特兰蒂斯文明有着千丝万缕的联系。

黑暗的房间里，万籁俱寂，如同地狱般毫无声息，一个黑色的背影用带着嘶哑而又有些愤怒的声音说道："是你故意留下线索让他发现的吗？边磊这家伙跟你果然是师徒情深，作为监视人，居然帮你隐瞒了上一次来访的事。"

"那个人的数学天赋比我有过之而无不及，只是不太愿意费劲思考。如果能加入我们组织，授予终极理想，对我们计划的进行极为有利。"另一个年轻的声音回答道。

"好，我就再相信你一次。但是现在亚特兰蒂斯的遗址还控制在他们手中，只是那群笨蛋不明其中的奥妙。如果因为你的行为而让他们有所察觉，你会和那个人一起在这个世界上消失。"

"放心好了，他们知道那是文明的宝藏，所以绝对不愿意跟其他国家共享，而目前中国的数学家，还没几个能有如此的想象力解开石碑上的秘密。"

"虽然中国的数学家想象力普遍不足，但他们的理论知识还是非常扎实的，而且也难保他们在研究没有进展的情况下，不会把亚特兰蒂斯遗址公之于世，让世界各国的数学家参与进来。目前我们还没有破坏南极科考站的能力，还是小心点好，我不希望我的计划中有太多不确定因素。"

## 8

苏豪独自坐在办公室的电脑前，左手一直托着下巴，双眼迷离地望向前方。这个时间点，研究所的同事们早已回去休息。他不是不想休息，只是一闭上眼睛，脑子里就全是诸葛光的身影。白天他曾天真地寄希望于互联网，在搜索引擎上搜寻了一大推的资料，希望能发现些端倪。但结果令人失望，他花了一整天的时间，没找到有价值的信息，关于亚特兰蒂斯的资料实在太贫瘠，他感受到前所未有的无助，难道真的要去查看30年前的机密资料吗？但自己要如何去获取权限？

电脑再次进入屏保状态，办公室里连最后一点光线都消失了。苏豪感觉到光线的变化，微微往前探了下身，推了下桌子上的鼠标。突然黑屏上弹出了一行字，写着"速来四中大楼，我等你。诸葛光"。苏豪立马从椅子上站了起来，拼命地抓住电脑显示屏，生怕它溜走。

但那行字转瞬即逝，电脑又恢复原样。"四中"，苏豪脑子里现在只有这一个念头。他以最快的速度跑到停车场，发动引擎，然后猛踩油门，往四中方向奔驰而去。

夜晚的四中，安静得有些恐怖，白天的参天古树在伸手不见五指的深夜里，显得阴森而又古怪。苏豪从车里走了出来，学校的大门紧锁着，只有旁边传达室里还透着光亮。他一步一步小心翼翼地走向传达室，门是敞开的，仿佛已在此等候多时。传达室里面空无一人，连值班的老伯也不在，天花板上的日光灯忽明忽暗。穿过传达室，继续向前走，操场漆黑一片，苏豪借助手机微弱的背光，才勉强看得见前方的路，一段平时不到 3 分钟的路，此刻走来却漫长得令人心里发慌。

走到教学大楼前面，入口处狭长的过道在黑暗的笼罩下看不到尽头，如同伸向未知世界的通道。苏豪还在犹豫是否要走进那条无尽的过道，一个身影从黑暗中缓缓地走了出来，他的步伐是那么的从容，仿佛他原本就属于黑暗，连灵魂都已融入其中，只有地板上响起的脚步声，才让人察觉他是活生生的人。

"你终于来了。"那个黑影说道。

"阿光，真的是你吗？你还好吗？这阵子你究竟去了哪儿？"黑影走近之后，苏豪从面部的轮廓和身形，认出他是诸葛光。苏豪心中有太多的疑问需要解开，无时无刻不想找到诸葛光问个清楚，但当好朋友真的出现在面前，他却突然不知如何开口。

"其实你大致都已经猜到了。"

"真的是因为亚特兰蒂斯？'梅斯'是怎么回事，它是不是跟亚特兰蒂斯有关，你是不是受到它的胁迫？"

"让我来告诉你事情的真相吧。"诸葛光的声音回荡在过道里，"亚特兰蒂斯是古老而又很发达的文明，它所取得的科学成就远远地超过现代人类，最后因为未知的灾难从地球上消失了。亚特兰蒂斯之所以有如此发达的科技，先进完善的数学体系至关重要。中国曾在 30

多年前在亚特兰蒂斯的大陆上，也就是现在的南极洲发现残留的遗迹。上面记载了亚特兰蒂斯的数学体系，而这个体系现代人非常难以想象。当时一大批国内最顶尖的科技人才前往南极洲，破解石碑上的含义。他们难以解释石碑上的内容，更不清楚上面记载的奇怪符号是数学符号。只有一位数学家蔡军，他真正读懂了数学符号，并被亚特兰蒂斯文明深深折服。"

"蔡军？"苏豪想起了陈所长曾跟自己说过，他的导师就是蔡军。

"是的。但蔡军当时的研究结论却不被当时国内的数学界接受。于是他毅然辞职，专心研究亚特兰蒂斯的数学体系。在此过程中，他开始吸纳志同道合的人士。"

"'梅斯'就是他创立的？"

"是的。大概 10 年前，人数越来越多，为了实现共同的理想，成立了'梅斯'。"

"共同的理想？你们共同的理想是什么？"

"遗迹石碑上记载的资料有残缺，所以经过几十年的探索，现阶段组织在数学上的成就离亚特兰蒂斯人的水平还相差甚远。这么多年组织为了获得丢失的那部分资料信息，可谓殚精竭虑。有人根据现有资料去推算，也有人前往南极洲秘密寻找，但都毫无进展。于是，蔡秘书长提出了'伊甸园'计划，建立新的文明。"

"难道你们要清除全人类。"苏豪虽然还不清楚这个计划的具体细节，但已经感受到这个计划的可怕。

"清除全人类？不，那是天真的科学家才会做的事情。'伊甸园'计划，是在地球上开辟出一块跟亚特兰蒂斯相似的大陆，与现代人类文明完全隔绝，建立其新文明发展的环境。"

"怎么可能，现在怎么可能找得到这样的大陆。"

"我们可以干扰卫星，卫星就拍摄不到，而现代人类航线完全依靠电子设备，只要把他们导向错误的路径，绕开这块大陆，那就永远处于中空带，没有人会发现它。"

"你们这么做的目的是什么？"

"现代文明的发展一定是走了分岔路，就像一张写错字的白纸，要想改回去是不可能的，除非重新写一张纸。现代人的思维已经形成定式，我们的思考是遵循以往经验的惯性，根本理解不了亚特兰蒂斯人的思维方式。所以我们要建立新的环境，挑选世界上具有最优秀基因的婴儿，在我们组织的监护之下，建立一种新的文明。"

"这要多少年？"

"数千年。这不重要，我们这一代人完成不了的事，就留给我们的子孙后代。只要在数学领域上获得突破，将来物理、化学等领域都会出现飞跃。人类会解开宇宙所有的奥秘。"

"疯了，你真是疯了。你还是我认识的诸葛光吗？"苏豪喊道，眼前的这个十来年的好兄弟，突然变得非常陌生。

"我已经在蔡秘书长面前推荐你。苏豪，加入我们吧。我们两兄弟可以大干一场，书写人类的未来。"诸葛光平静地说道，他丝毫没有受到苏豪激烈情绪的影响，依然儒雅地站在那里。

"这是什么鬼计划，刚出世的婴儿见不到自己的父母，还要经历原始社会的弱肉强食，这对他们公平吗？如果未来有一天，他们的文明成长起来，将如何面对我们的文明？现代人类的文明是多少代人智慧的结晶，为什么不依靠自己的努力去战胜困难？"

"你说的都不是问题。是否加入我们，赶快决定。你知道的已经太多了，如果不能为组织所用，你就不能生存在世界上了。"

"就算是死，我也不愿意加入你们的组织。"苏豪眼神异常坚定，他不是不害怕死亡，只是不愿意因为对死亡的恐惧而被人驱使利用。

"既然这样，那就对不住了。是我把你卷进来的，我很遗憾见到这样的结果。"说着，诸葛光的右手伸进怀里。

苏豪绷紧了每一根神经，心里做好了应对任何危险局面的准备，连呼吸似乎都停止了。今晚的风带着丝丝凉意，夜静得出奇。但片刻之后，一声痛苦的哀叫声瞬间划破了寂静的长空，鲜红的血液一滴一滴地滴在地面上，诸葛光手中的匕首已经沾满了血。苏豪呆滞地站在原地，面对眼前发生的一切，他来不及做出行动。但他很快就反应过来，冲上前扶住胸口满是鲜血的诸葛光说道："你这是干什么？"

"我身上安装了监控芯片，'梅斯'的监视者可以监视我的一举一动，我必须把芯片挖出来，不然他们发现我背叛的话，就会引爆芯片。"诸葛光倒在苏豪的怀里，每说一个字都显得特别吃力。

"你先别说话，我马上送你去医院。"

"没有用的，芯片连在心脉上，我剩下的时间不到 15 分钟。"诸葛光的声音越来越虚弱，"蔡军痴迷于数学的程度，已经接近疯狂。在我知道他的计划后，就想尽办法要把他的阴谋公之于世。但我当时体内已经安装了监控芯片，不能给你留下文字线索，于是我就想到将三件正巧与'梅斯'组织有点联系的物品交给你，算是给你的线索。皮瑞雷斯地图暗示了亚特兰蒂斯的存在，我的日记本了提到了'梅斯'的监视人边磊，而那本高等数学教科书在我们上大学的时候，我曾经跟你讨论过，高等数学存在着许多不足，很多实际问题解决不了。"苏豪恍然大悟，诸葛光过去真的跟自己探讨过很多数学问题，他的思维活跃，能发现问题的实质，但当时他却没太在意。

"数学是对整个世界的抽象，"诸葛光继续说道，"我们现在的数学使用的数字，可以代表世间万物，1 既可以表示整个宇宙，也可以表示一个分子。虽然理论上确实如此，但在使用过程中，需要不断地添加前提描述。小学上数学课时老师告诉我们，1 代表 1 个苹果，1+1 就是 2 个苹果，但如果前面的 1 代表苹果，后面的 1 代表梨子，1+1 的结果究竟是什么就需要前提描述。如果遇到一个不完整的苹果，就更难表示。虽然我们的祖先想到了用小数，一半的苹果就是 0.5，但这样根本就不准确，1/3 的苹果就是无限循环的小数，当然也可以用 16 进制等其他方法来表示，可终究不够理想。亚特兰蒂斯人的伟大之处，是他们的数学体系以最小的不可分割的原子作为抽象对象，世界万物都由原子构成，描述了原子再经过特定的公式描述由原子构成的物质，那就准确无误。可惜的是，南极洲上的遗迹记录的资料太不完整，目前我们用原子的数学运算还只是初级阶段，相比于亚特兰蒂斯文明的数学，实在不是一个级别的。我在编写黑客入侵程序时留了后门，估计他们暂时还发现不了。这个后门会把亚特兰蒂斯原子数学的公式、基本演算、定理等打包成一个文件，发送到你的电脑上。不过我怕蔡军发现，文件里没有文字描述，很多原理需要你自己去领悟。"

之后诸葛光又给苏豪大致讲了原子数学的基本原理，他喘息着说道："他们现在肯定已经发现我的监控芯片损坏了，再过一会儿就会有人赶来，你快走吧。"

"我不能丢下你一个人，我们一起走吧。"苏豪的眼中闪动着泪花，他实在不能眼睁睁地看着自己的好朋友就这样孤零零地死去，即使死亡在所难免。

"快走，芯片信号断了快 10 分钟了，他们马上就过来了。如果你不能逃走，那我的牺牲还有什么意义呢！"诸葛光用尽最后的力气说道。

苏豪望着好友的双眼，似乎读懂了对方的眼神，他擦干了眼角的泪痕，将诸葛光的身体靠倒在墙边后，转身往停车的方向跑去。黑暗里诸葛光的意识开始迷离，他背靠着墙大口地喘着气，双眼的视线变得有些模糊，但他却努力地睁着眼睛注视着前方，一直默默地看着苏豪的背影消失在黑暗中……

# 拇指人

文＼黎珮琳

我一直觉得爸爸非常了不起，因为他所做的工作都是许多人没法去做的。由于他不想将研究的事带回家里，影响到我们的家庭生活，从很久前便远赴西部，与一批从事同等科学建设的人留在了那里。但他每年仍会在我生日时寄来礼物，而且每一次都能让我和妈妈感到惊奇。那些可都是高科技产品呢！

在我十一岁的生日那天，我又得到了一个礼物，但这个礼物却给我带来了一个很大的麻烦。

那是一个能使实物缩小的装置。它被运过来时，我和妈妈还以为是个衣柜。当把它放在我的房间里时，它可以把整个角落都填满。按照同它一起被寄过来的说明书，我在妈妈的帮助下把一本过期了的十月刊放进了装置中。再打开时，它已经从一本好好的杂志变成只有一粒芝麻大小的物体。我本来都以为它消失了，后来在细心地寻找之下，才又发现那粒"杂志"。我重新把它捻起后，它已经没法翻动了。

我还试验了已经没气了的皮球，当它拿出来后就像坨不干净的口香糖一样。于是，我不太满意地把它扔进了垃圾桶。就在我还想试试别的东西时，妈妈"啪"地一下将电源按钮关掉了。

"玩够了么？"妈妈问我道。"你爸爸总喜欢鼓捣这些奇怪的玩意儿。他从不管家里的事，除了有时还给你打点生活费过来以外。这次寄来的东西也不够实用。小千，妈妈还得提醒你，我不在的时候可不能启用这个装置呀。知道了么？"

"呃……"我仰头栽倒在沙发里。

而那时，我心里却想着，这个缩小装置是否还能够缩小有生命的东西呢？在妈妈出了房间后，我更加坚信这是值得试一试的。

我把宠物笼子里的仓鼠放出，把它捧在手里，关进了缩小装置。不知为什么，我突然感到忐忑不安，因为这个装置有把东西变小的作用，却并没有说明把它们恢复的方法。

我抱有强烈的犹豫心理……但为了得到有效的实验结果，我还是按动了电钮。

再打开时，我说不上欣慰还是悲伤地盯着那只来回爬动的"小虫子"。这个结果很明确地告诉我，有生命的东西也是同样能够使它变小。我把那只暂且叫"小虫子"的宠物仓鼠小心地赶了出来，换进了一个大肚瓶里养了起来。瓶子不需要再压上瓶塞，因为我担心那样会闷着它。之后，我放入一些揉碎了的面包渣。以前能两手抓着面包屑吃的仓鼠现在只能爬到面包屑的顶端一点点地往下咬了。这个秘密只有我知道，我跟妈妈说："养仓鼠麻烦，我已经把它转手送给别人了。"

妈妈只是淡淡地回应了一句："你就那点儿新鲜感，过不了多久又得换新的宠物。"我随便应付了几句，这事也就不了了之了。

我再使用那个装置的时候是月月来的时候。月月是倪阿姨的小孩，她只有六岁，但我一直嫌她很烦。之所以这么觉得是因为每次那小孩来我家时，都会将我的房间弄得脏乱不堪。她扯坏过我的书，摔碎过我最珍爱的水晶球，还把我的娃娃里的棉花抓出来过，而最难以忍受的是，我还得做个懂事的姐姐，每次赔笑脸。

妈妈也常在那之后问我："月月把你东西弄坏了，你不会生气的吧？"

"不会生气。"

我经常克制自己的情绪，同时反思自己是不是太小气了，然而她的确很讨厌。

虽然是个小孩，但她总是喋喋不休，大人都把她说成是特别聪明。于是这个"聪明人"便经常把自己所做的错事嫁祸于我，让别人觉得都是姐姐不好，然后他们又会说："月月只是有时很淘气。"我觉得这个"有时"反而是褒扬她了，我可从来没对她生出过好感。

因为倪阿姨和妈妈一起在饮料厂里工作，她们既是朋友也是同事，月月就经常被"寄放"在我家。这让我很不开心，可我也没法反抗。每次我都会对着去上班的两个大人说："你们就放心吧，我会好好照顾月月的。"

那天也是如此，月月又被倪阿姨带到我家，还在我家吃了午饭。在吃饭时月月把饭菜洒得到处都是，还不停地用筷子敲着碗沿，那声音"铛铛铛"地并不悦耳。可妈妈们并不教训她，反而夸她道："月月吃得真多。"于是这孩子就变本加厉地在饭桌前逗大人们开心，说一些充满"童趣"的话。倪阿姨"噗嗤"一笑，向妈妈说道："我把她的这些话可全部记录下来了呢，有时看看还真是特别有意思。""月月实在太乖了。"妈妈也跟着这么说。我不希望这是妈妈的真心话，如果是，那也太过违背事实了。

现在六岁的小孩才没有你们想得那么简单呢，她只是在说些能让她继续得到宠爱的话罢了，只要表现得够可爱就行了。妈妈们喜欢看到这些，这是小孩子所做出的表演。

"我吃饱了。"我下了饭桌，回到自己的房间。

"一会儿记得带月月一起玩儿，我跟倪阿姨还要去上班呢。"妈妈的声音在后边响起来。

然后，我就又被迫接手了照顾月月的任务。妈妈完全忘记了昨天我才跟她说过，今天下午我是要和朋友一起去电影院的！

月月在我的床上跳着，蹦着，尖叫着。我想起储钱罐里还有些零钱，便把它们全都翻了出来。当所有的零钱都躺在床上后，月月问我这是在干什么。

我跪在床下抬起头道："月月，姐姐带你出去玩蹦床吧？"我不想看到她在我房间里再捣坏摔烂什么东西了。

"好呀！"月月爽快地从床上跳了下来。脏兮兮的袜子在我的花被子上留下了足印，尽管不明显，但我还是看得出哪儿被踩脏了。

这时，我的手机响了，是朋友打来的，怪我没和他们一起去看电影："你每次都是这样，那下次出去玩，我们还要不要叫你了？"

"下次再说吧。"我嘟囔着。

月月踩在地板上往上跳着，想要抓我的手机，我赶忙抬高手臂。

"有没有牛奶！"月月扯着我的衣服，大声问道。

"不讲了，那就这样吧……"我挂了电话，回应月月道："没有，冰箱里只有果汁。"

"那我要果汁！草莓味的果汁！"

我家没有草莓味的果汁，只有橙子味的。我"嗒嗒"地踩着拖鞋帮她去冰箱里拿果汁。要是让她不如意了，她会就地打滚，大吵大闹。我并不认为只有中国的小孩才会这样，世界上有许多小孩都会这样，关键是面对这种情况，各国的家长处理方式是不一样的。我曾和妈妈在电视机前一起看过一个视频，当一个美国小孩像这样抓狂时，他的父母通常对他置之不理，只让他在原地又哭又闹，直到他自己停下来。不过我是受不了小孩子这种折腾的，我会想方设法让他们闭嘴。

我把果汁交到她手里后，她便把吸管插进果汁盒内"咕咚咕咚"地喝了起来。

就在我把钥匙装进口袋准备招呼月月出门时，月月突然对我叫道："过来姐姐！我有悄悄话跟你说。"

我愣了一下，蹲下身子，把耳朵凑过去。她做出要对我说悄悄话的样子，把手圈成筒状。

我在她的气息里闻到一股橙子果汁的味道。但下一秒，我并没有听到她向我说的小秘密，而是耳朵内一下子灌入了大量的果汁。

突如其来的变故吓得我大声尖叫，本能地一把将她推倒在地。月月从地上爬起来，气哼哼说："叫你不给我草莓味的！"

月月真不像个六岁的女孩儿！她在房间里来回踱步，偶然间发现了放在角落里的缩小装置，尖声问道："这是什么？"

我已经听不见她的声音了，可这并不是我真的听不到，而是我已经无法再正常思考了。果汁正从我的耳朵里慢慢地流出来，黄糊糊、黏答答的……一直流到脖子里，之后我便感觉周围的一切都静止了下来。

那个有着幼小躯体的被称之为"人"的，比我年龄要小的叫月月的孩子，在用她沾了果浆的脏手碰触那台缩小装置，就是在她面前那个像柜子一样的东西。我努力忍住内心的情绪，平静地向她问道："月月，你想进去么？"

她转过头来望了我一眼，之后自顾自地便去扭动缩小装置的门——我连耳朵里的果汁都没顾得上去擦，直接站起来，径直到了她的身边。月月见我行动有些怪异，便停住了还在那里拨弄的两只手。

我们之间形成了一种奇异的氛围，我本不了解她，某种程度上却又了解她。而月月也并不知道我了解她的那一部分，到底是哪一部分。在这种沉默中，我做好了准备，不再征求她的意见，上去把装置门把一拧，便拉开门来，扯住她的身子，把她往里边推去，之后关上，插电。

这些步骤完成后，我的感觉是总算解脱了，而且是从未有过的解脱！我滑倒在缩小装置的门前，并没有任何负罪感。我清楚自己心里的想法，我并不是和月月故意过意不去，但我必须给她一个暂时的惩罚，让她受点儿教训……

# 继承者——人类『往事』

文＼杨枫

# 1

致克莱因·穆勒：

儿子，在将集团转交给你之前，这是我最后一次给你写信。

这三十年来，集团的发展有目共睹。从太空采矿业开始，三百余人白手起家，到今天穆勒集团在冥王星上扎根，一跃成为行业巨头之一，这一路的成就，与穆勒集团上下每一名员工的辛勤努力密不可分。

在这之中自然也有你的贡献。你在行星级星球探矿上的创造性理论，以及你在应对条顿危机 [1] 时卓越的指挥调度，都让我看到了一名出色的领袖应该具备的能力。因此从这个方面来说，对于将公司转交给你，我十分放心。

很高兴看到你的成长，也很高兴看到你为集团做出的贡献。此时，我唯一不放心的只有一件事情：

那就是你的野心！

我知道你的野心。我知道你想从统一矿业集团手中夺回本属于我们的柯伊伯 E 区的地盘。我也了解你想利用艾奥的火山能源建立木卫开采基地群的渴望。甚至你希望利用资源风暴 [2] 压制对手的想法，我也看得清清楚楚。

儿子，你瞒不住我，因为我也有同样的野心。

我不反对你对太阳系探索的渴望。你在木星基地大可放手去做，如果在你在位期间，这一构想能够实现，穆勒矿业将一跃成为地球上最强大的太空采矿集团。我甚至希望你在完成这一基地的建设之后，将它扩张到所有可能扎根的行星，这样，就算将小行星带上的所有产业都拱手让人，对集团也不会造成任何重大损失。

但是我要反对你与其他集团的正面冲突，以及你所采用的手段。在我看来，那些手段毫无理智可言，不仅无法让我们脱颖而出，反而祸患无穷。

就以你使用的资源风暴策略来说吧。不得不承认，它确实能够让穆勒集团在那些需求如无底洞般的国家机关和生产集团心目中的地位迅速提升，但是同时，它对市场的冲击也将是不可估量的。设想一下，如果一次性向地球转移三倍于地球总储量的钻石，对于地球的钻石市场将会带来多么大冲击？我想你如果抛开一切成见，用我曾经教给你但却被你抛到九霄云外的市场经济理论权衡，你就会明白我为什么会这么讲了。

如果面对面地沟通，我想你一定会立刻援引马基雅维利的名言 [3] 来回敬我。但是我要说，如今的世界再也不是君主制，即便在灰色时代 [4] 对资源的需求远超供应量，你的计划也不会如愿以偿。

所以不要随便听信你所谓的"朋友"的建议，尤其是那位威廉·本特利。我调查过，他的叔父是剑鱼矿业的三把手。他的话，我想不会对你有利。

但是我却希望你能够向他学习，尤其是学习他向你推荐资源风暴的手段。与我们一样，金门矿业也正在高层易位的过程中，新上任的CEO虽然手段凌厉，但是和你一样欠缺谨慎。我希望在未来的某一天，你能够让他的心里萌生出与你同样的念头。

因为一旦资源风暴启动，我们的机会就到来了。

真正的资源风暴发动后，世界市场将会发生海啸般的动荡。我无法预测这场海啸将会造成什么样的影响，但是我相信，所有的矿业集团都将受到波及。尤其是风暴的发动方，无论如何，作为始作俑者，它都将受到严厉的制裁。

这一制裁便是规范化。被风暴压制的企业必然会联手反扑，他们会向具有暴力强制性的政治集团求助。同时为了确保世界格局的稳定，联合国必然会强制性地发布相应的法规，与相应的联盟协定，以稳定市场。

　　而此时，在我的预测之中，太空采矿业的竞争，也差不多到了两败俱伤的时候。那个时候，便是我们的时机。

　　观望期到此为止。我希望在这之前，你能够让联合国对我们产生足够的好感，一旦法规开始制定，我们要倾尽全力，推进联盟、委员会，或者任何相关形式的联合组织的产生。穆勒集团要让全世界看到，我们是一家诚意十足，为大众福利着想的集团。这样，当联盟成立时，我们便将凌驾于所有矿业集团之上。

　　同时，我希望你能够放下对人工智能的偏见。灰色时代终将迎来它的结束。在那之后，人工智能必将走到时代的前列，到那个时候，现存的诸多矛盾，包括集团与集团之间的矛盾，集团与国家之间的矛盾，都将会得到相应的解决。我无法预言在那个时候，世界的经济与政治将变成何种形式，但是我希望在那时，你能够做好准备。

　　一个星期之后便是你的就职仪式。在那之后集团的命运便将与你紧密联系在一起。安德和佩雷斯将会为你提供全方位的帮助，但是真正的权力在你的手中，真正的责任需要由你背负。

　　很抱歉不能出席你的仪式。作为补偿，我起草了一份行动草案，上面为你的木星计划提供了十几种不同的实施策略，希望能够对你有所帮助。不必为我担心，地中海的气候非常适合疗养，你父亲的身体也还算硬朗，区区肝硬化还不至于要了我的命。

　　勿念。

布拉德·穆勒

2055 年 12 月 8 日

2

致凯恩斯·穆勒：

我的侄子，无论你此时身在何处，无论你此时如何痛恨我，请至少认真读完这封信。

在这封信里，我要为我十年前的行为，为我整整十年的愚蠢道歉。

因为你说的一切都是正确的。你的人口爆炸预言，你的纵向城市化构想，你的人造日光计划，你的高强材料研发草案，你的太空殖民狂想……

人口爆炸的预言已经成真，不久前，我们在木卫星群的人口清查已经全面完工。矿业委员会在伽倪墨得斯的地层深处一共发掘出二十九亿七千五百万冬眠者，相当于当前地球总人口的二分之一。将他们带回地球，足以让我们的星球变成人满为患的一锅粥。

但是民众要求我们带回他们的亲朋，首脑计算机们的意见也让我们不得不如此行动。在清查之后，我们立刻对完全自主主管人口调控的 Maria 首脑智能体 [5] 进行了全面停机，也立刻实行了力所能及范围内最高效的收容政策。但是木已成舟，辛辛苦苦七十多年的人口控制计划就这样付之东流，快得简直让人怀疑这是否是一场梦境。

如果十年前你的计划能够执行就好了。

每天晚上睡觉的时候，我的脑海里就会跳出另一个自我，不断地向我复述这句话。你离去的背影，如今成为我永远挥之不去的梦魇，让我日日夜夜不得安眠，就连安眠药片也无能为力。

在我像你这么大的时候，和你一样，有许多大胆而鲁莽的主意。父亲清清楚楚地知晓我的计划的意义，与其中隐含的危险。每次他都会将这些告诉我，并在鼓励我放手去做的同时，告诫我要谨慎每一处潜在危机。在这样的指导下，我将企业从没落的深渊中挽救回来，让穆勒集团不仅成为行星采矿的先驱者，还成为太空采矿业不可撼动的帝王。这些都要感谢父亲的远见。

但是我没能继承父亲的远见，我的热情和野心也在不断地纷争里消磨得干干净净。等到担任上南美共用体的主席时，我已经变成了一个彻头彻尾的保守的老混蛋，满脑子都是如何维护行星委员会的眼前利益。

正是我这个老混蛋无数次地对你的宏伟计划冷嘲热讽，用他那可笑的名誉，让你在周围人的眼中名誉扫地。

正是我在集团里给你处处设绊，想方设法阻挠你在公司大展拳脚，以至于最后你含恨出走，至今流浪在太阳系里不知下落。

正是我与一群鼠目寸光的老混蛋一起，宁可违背首脑智能体的建议，也要把你燃尽半个青春才绘制出的建设草案付之一炬。他们口口声声地说要维护航空航天业的所谓"尊严"，尽管那不过是空妄的虚荣而已。

如今我已行将就木，每天都渴望得到救赎，但是你仍然不知身处何方。我知道再与你相见已经是痴人说梦，更不用说亲自向你道歉。

因此，为了表示我的歉意，我为你准备了三份遗产，在我的所有遗产里，对你最为重要的三份。

我的第一份遗产是一份 Genesis 集团一级工程师的职位。半年前，穆勒集团已经与 Genesis 集团达成联合协议，在那个时候，我已经与对方的人事部门达成协议，允许你在职权允许范围内，无条件调动两个集团的所有资源。一级工程师的职权仅次于首席技术官，我相信你所需的一切都能够得到满足。

更多的资源需要你去努力争取，我相信以你的能力，一定能够得到自己所想要的。

我的第二份遗产是西蒙斯·格雷厄姆。这位来自芬兰的建筑学与地质学双料大师正处在与你一样的年纪，有着与你同样狂放的野心，同样奔放的热情，和同样天马行空的想象力，我甚至在他的身上能够看到你的影子，想必你们会相处得很愉快。

我已成功说服这位令人尊敬的专家转职到 Genesis 产品研发部。当你正式成为一级工程师的那天，他将为你的全部构想提供最大的专业援助。

我的第三份遗产是当年你费尽心血的起草，却被委员会联名注销的那份建造草案。没错，它的原稿已经被星际矿业委员会销毁，但是我设法在瑞士银行保存了一份副本，银行的户头已经转至你的名下，只要你加入 Genesis 集团，便可以取得你日夜奋斗的成果。我对这份草案做过专门的评估，它将至少让纵向城市化提前十年，真的是一份绝顶的计划！只是想一想高楼大厦像竹林般生长到与群山比肩，无数座天空城遮天蔽日的画面，就连我这样的老骨头都不禁心潮澎湃。

你的梦想将得到最大的满足。在这个靠人工智能进行全面社会调控，再无须考虑各类琐事的世界里，你再也不需要如你的祖辈父辈一般，为了与同行竞争生存空间呕心沥血，为了对抗政治集体的强权而彻夜难眠，更不用因为各种各样的纠纷而焦头烂额，辗转反侧。

这是最好的时代，横在你面前的挑战只有你自己。最辽阔的蓝图已经为你展开，只等工程师——你——的到来。机会难得，我希望你能把握住它。

这是我最后能够为你做的事情。

期待你的天空之城！

克莱因·穆勒

2104 年 7 月 4 日

3

致惠特尼·米尔斯:

时间过得真快，一转眼，狩猎哈雷彗星的作业已经进入返程阶段，很快，我们又要见面了。

听闻你在 Genesis 伊斯坦布尔分部的实习工作圆满完成，特此发来祝贺。作为你的导师，我为你感到由衷的骄傲。

昨晚，我和你的部门主管布鲁姆教授共进晚餐，他告诉了我你在第十九层城建中的出色表现。你在与卡特尔集团谈判中的杰出发挥，以及在城建工程启动大会上的沉稳表现，都让我清楚地认识到，一名成熟而耀眼的新星正冉冉升起。

布鲁姆教授还交给我一份你在毕业前提交的，有关社会满足与收益权衡理论的演算记录，并向我描述了你在答辩时对这份理论的执着与热情。我已经看过完整的演算过程，真是精彩无比！如果这份理论真的能够被投入实际应用，对人类社会一定意义非凡。

不过我必须要承认，在 Genesis 集团里，你的理论无法实现。我们——Genesis 集团——虽然掌握着这个世界上近三分之一的财富与权力，甚至当今这个世界上的科学技术中，一大部分也由我们主导，但是在社会学，尤其是社会计算学领域，Genesis 却如刚出生的婴儿，几乎一无所知。我们对人类社会的领悟是如此浅薄，以至于从行星委员会成立至今，从未有任何一名共用体主席由 Genesis 集团的成员担任。

因此，你必须离开这里。作为你二十四岁的生日礼物，我将为你引荐你的下一位导师，也是你在大学时期最崇拜的偶像——欧内斯特·摩根。你的热情和才华将在他那里得到最大的施展。

摩根先生不久前荣升 IEEE 的准会员，现在正在领导制造一种社会计算引擎。这本是一项极为大胆而杰出的构想，想想看，从人类文明七千多年的历史里择优去劣，从中学习社会发展的最佳规律与模式，最终转化为指导整个星球发展的战略方针，从而让社会以最优良也最让人满意的方式高速前进、发展。而在这样的过程中，新近积累的经验还可以重新作为历史让机器去学习，去进化。多么崇高而狂野的理念！

但是就是这样的理念，如今正在生死临界线上挣扎求存。在上次门萨俱乐部的聚会上，摩根先生曾经告诉过我，他的项目遇到了重大挫败，尤其是在悖论推理上，简直被置于死地。这个挫败是如此严重，以至于他在和我的谈话中，甚至一度向我讨教是否应当放弃，是否这个构想本来就是虚无缥缈的无稽之谈。

我没有劝说摩根先生停止自己的探索，我相信他的才华。而作为摩根先生在俱乐部里的朋友，我自然要出手相助。

因此长期以来，我一直在寻找能够帮助他解决问题的人。搜索耗费了我数年的时间，但都徒劳无功。无论是哈佛大学的高级学者，还是楼兰社会研究院的资深教授，甚至连智能体委员会里那些专门设计首脑智能体的专家们，都无力解决摩根先生的问题。

有些时候我做梦会梦见自己变成一只卡在细颈瓶口的牛蛙，那是我最难以忘记的梦魇。我想困境里的摩根先生，也大抵如此吧？

那样的时光已经过去，因为我看到这份演算，这份独一无二的演算。我并不是社会学专家，也并非十分了解这个项目的具体细节，但是在看了你的论文之后，直觉告诉我，你就是能够打破那个瓶颈的人。

我想说的就到这里。

祝一切安好，期待与你相见。

PS：

A. 如果你有意加入摩根先生的实验室，请尽快与他联系。

B. 切记，远——离——冬——眠。我不希望世纪之初的悲剧在你身上重演，绝不！

凯恩斯·穆勒

2138 年 8 月 17 日

4

致加里森·穆勒

虽然五十年前与你的婚姻并不美满，但是为了履行我对伯父的承诺，我还是要在这山雨欲来的时候给你一些忠告。

二十五年前，当我第二次从冬眠中醒来，这个世界的诸子百家里多了一位，名为新奥斯曼主义运动。

在它刚刚走上世界舞台时，伯父和我都为这个组织的出现感到欣慰。由于人工智能地域分布的失衡，这个世界已经被分割为智能区与非智能区。智能区人人幸福美满，非智能区却在智能区的阴影里苟且求生。这种矛盾，是几乎所有人都不希望看到的。

因此这样一个运动的出现，着实让伯父和我都松了一口气。我们的第一轮演算提出的矛盾算是解决了。

但是欧内斯特却不这么认为，他不相信这个组织。他认为这个组织活动的背后一定存在着某种莫大的阴谋，主要原因有三点：

一、新奥斯曼主义运动的参与者不超过一百万，却在短短十年内，均匀地遍及全世界的每一个角落，甚至连行星委员会中都有他们的影子。

二、运动的传统性与宗教性。自从上个世纪基督教沦落，全世界都已经正式认识到了传统宗教的非理性。但是如今，一个高举着新奥斯曼主义大旗的组织正在全世界范围内活动。无论如何，过度活跃的宗教团体都让人不安。

三、组织的人员。首脑共有十一人，其中最高领袖倒是两袖清风，但是他的两名助理，一名曾因入侵并试图破坏 IANA 智能体数据库而被逮捕；而另一名，则是一位因品行不端而被太空安全局开除的特工。

二十年前我和欧内斯特打了一个赌，赌这个组织是否存在高危潜力。事到如今，我不得不承认，他赢了。一个月前，第三次从冬眠中醒来，我利用欧内斯特为我准备的社会推演机重新计算了这个组织的危险程度，计算结果告诉我，这个在刚刚成立时如同春风一般吹遍全球的组织，如今却已经成为二十三世纪的卡特里娜。

而就在三天前，行星委员会的七名主席每人各收到一封恐吓信，宣称智能区的黄昏即将降临，非智能区将要发起反击的圣战。

我不知道这次反击究竟已何种形式，智能演算机也并未达到能够进行全方位预测的境界。但是即便欧内斯特不在身边，我也可以料定，在这之后，一场波及整个世界的战争，正在阴云背后等待。

我们试图阻止战争的到来，但是却已无能为力。决定战争是否到来的已经不是我们。只要无法阻止奥斯曼主义声称的这场大战，战争势在必行。

但是我们却能够做出一些补救，尽可能地减小战争带来的危害。欧内斯特已经前往空间理工学院，以他独到的方式，去挽救这个站在悬崖边的世界。我没有他的天才，也没有他近乎有些不切实际的狂想。因此，现实主义的我，现在找到了你，以我自己的方式请求你，请求你实现我心中挽救危局的策略。

我的策略是太空殖民。

我想你看到这个词的时候，脑海里首先跳出的词是不可能。诚然，太阳系内天然适合人类居住的星球根本不存在，而改造星球的手段或者成本过高，或者因为存在潜在危机而被严格限制。我的这一构想，已经是公认的天方夜谭。

但是站在一个实用主义者的角度来看，一切不过是时间问题。无论何事，只要假以时日，都存在解决方案。

而放眼全球，如今最有可能提出解决方案的，只有你和你的穆勒矿业集团。

你们拥有人类文明有史以来最先进的太空探索技术，拓展的疆域延伸直到冥王星以外；你们与 Genesis 集团保持着良好的合作关系，如今的四座浮空城市就是你们最杰出的作品；你们甚至还把首脑智能体送上了外太空，在那里建造了人类历史上第一座空间理工学院；在这些业绩刚刚落成时，都只能用奇迹来形容。

既然如此，再多一件奇迹，又何妨呢？

希望你能够对我说的这些有所考虑。

最后，我以你曾经的妻子的身份，祝你平安。暴风雨即将到来，请务必做好准备。

惠特尼·米尔斯

2210 年 12 月 25 日

5

致布拉德·约翰逊：

在昨晚的访谈结束后，我忽然意识到我在交给你的材料里，漏掉了一些至关重要的东西，现在我将他们补送给你。

今天当你询问我最初推动哥伦布殖民计划的人工智能后来的结果如何，我回答不知道。但是事实上并非如此。当我们完成训练，从虚拟世界归来时，她就站在我们的身边，只是已经锈迹斑斑，毫无虚拟世界里神采奕奕的模样。她的右臂已经不知去了哪里，头部用来保护的外壳也丢失了半面。胸口外翻，所有的传输径路像是被什么东西扯断了，像尾巴一样拖在身后。而最让人不忍直视的是它的光路。在虚拟世界里遍及它全身的光路已经几乎全部熄灭，红色的、绿色的、五颜六色的，用来确保它正常运转的光束，在那个时候，只剩下脑部还仍然流淌着微弱的蓝色光团，其他的都早已不见踪影。

"去追寻你们的天堂吧。"看到我们醒来，她费力地说出这句话，眼里的最后一缕光，也彻彻底底地消失了。

没错，这就是阿丽亚娜·摩根的终结。

尽管她的离去是如此落魄，但是她和她的父亲——令人尊敬的欧内斯特·摩根——呕心沥血设计的社会摇篮系统，已经传承到了我们手里。在这五十年的历程里，CERN 已经设计出成熟的曲率推进引擎，穆勒集团的脱氧硅藻也已经在火星上制造了足够多的大气，加上第四代社会演化计算中得到的太空社会建设方案，他们的伟大构想已经在我们手里得以实现。

现在，他们可以安息了。

随信附带的四封信件是穆勒集团世代传承下来的家族纽带。这四封信件由刚刚去世的穆勒集团前董事长加里森·穆勒赠予我的老友尼古拉，又由尼古拉转交给我。四封信件都很短，但是却足以诠释使得穆勒家族延续二百余年至今的全部动力。

这份动力被称为传承。

作为一个家族继承制企业的所有者，穆勒家族有一个传统，每代家族成员，无论是否是家主，无论本家分家，都要在六十岁之后寻找一个恰当的时机，把自己一生的经验、见闻与智慧，归纳在一封信件里，传承给下一代。由于字数有限，他们所提供的信息必然十分有限，因此每一封信件里，包含的都是这个家族某一个时代最有价值、最有意义的财富。

从某种层面上，正是因为这样的传承，才有了今天的哥伦布计划。因此我希望你在你的《哥伦布计划传记》里，为这种传承精神留下一席之地。（只是希望，无论采纳与否，我都尊重你的选择。）

最后祝愿你早日完成你的传记，也祝愿你的传记能够远销全球。

一个月后我的任期便将结束，到那个时候我将坐上第一班前往火星的飞船。由于两个星球的历法有别，因此行星委员会正在推行新的历法制度。到那个时候，今天的特殊意义或许也将不复存在。因此，趁着我们还能够享受传统节日带来的快乐，在此为你送上一份来自行星委员会主席的节日祝福：

新年快乐！

霍华德·阿克曼

2282 年 1 月 1 日

注：

[1] 条顿危机：21 世纪 50 年代在小行星采矿领域发生的采矿公司间的利益冲突。最终十二家龙头矿业集团将柯伊伯带瓜分，但是作为十二家之一的穆勒矿业却因为统一矿业从中作梗，并未取得应得的 E 区。

[2] 资源风暴：一种短期内将大量外星资源带回地球，使得地球总资源储量迅速提升的手段。

[3] 这里指马基雅维利在君王论中关于"为了长远的利益考虑，短期内可以不择手段"的陈述。

[4] 灰色时代：信息时代的一个过渡时期，在这一时期里，绝大多数资源都被用于生产信息存储设备，而由于信息的增长量远超存储媒介的生产速度，因此对资源的需求无论如何都无法得到满足。

[5] 首脑智能体：人工智能的一类分支，与终端机器人相对。具有终端机器人不具备的超强计算能力、存储能力、逻辑推导能力与极高的类人程度。首脑智能体被广泛应用于全方位的社会管理，但是由于法律的限制，在重大事件上仅具有决策建议权，相当于具有高度智慧的战略顾问。

# 倒计时

文／孙赛波

# 1

盛大的鞭刑马上就要开幕，人们激动不已。

八根行刑柱从广场的地下缓缓升起，犯人们被强磁力线绑缚在行刑柱上。

天幕顶部开始倒计时：九十九、九十八……

执刑人一袭黑衣，大口深呼吸着，好像空气已变得稀薄。

四十三、四十二……

犯人们象征性地挣扎着，绵软无力。

三、二、一，倒计时结束，天幕的光华彻底消失，整个世界变成了一片漆黑，人们屏住呼吸。

行刑柱的两端闪起了蓝光，积聚的电荷躁动不安，噼啪声响成一片，电荷在一瞬间击穿了空气，连接成扭动的闪电之鞭，扯破了犯人的刑衣，打在犯人身上。犯人和观众同时尖叫起来。空气中弥漫出臭氧的腥味和烧焦蛋白质的煳味。

连续的闪电之鞭，连续的尖叫。

高潮总在最后——第二十一鞭。八根行刑柱被无形的导体连接了起来，蓝光更盛，先是在行刑柱两端蜿蜒扭动，然后围着行刑柱织罗了一张闪电之网，轰隆，这张网扭成一股，猛然甩到犯人身上……

表演结束，天幕拉开，刑柱沉降，观众散去。下一次好戏，不会等太久。

这次被执行鞭刑的八个人都是倒计时组织的成员。倒计时组织是标准国最大最温和的反对组织。如果不是修改了法律，他们连反对组织都算不上。倒计时组织没有领袖，没有武装，没有过暴力冲突，也没有过静坐示威，甚至连统一的口号都没有。他们所做的就是在临睡前默念一个数字，这个数字会比前一天默念的数字缩小一些。也就是说，他们在进行以天为单位的倒计时数数。当初要给他们定罪的时候，不得不先修订了法律，毕竟历史上从没有哪条法律规定数数都犯法。当然现在有法可依了：《标准国反倒计时组织法》第一条规定，所有未经申请批准的倒计时都是违法行为。

打击倒计时组织的机构叫停顿。停顿直接接受标准国领袖伏羲的领导，只对伏羲一个人负责。停顿的负责人是共工，他可是倒计时组织的克星。按说倒计时组织的成员都非常隐蔽，他们除了倒计时之外和普通的市民没有任何区别，要从人群中甄别出他们来可不容易。但共工有自己的绝招：一看眼神，二用科技。

在正常的情况下，仔细看倒计时组织成员的眼神，你会发现里面混合了焦虑和希望，而普通市民的眼神中只有平和，也可以叫麻木。而在一些特别的时刻，比如执行鞭刑的过程中，普通市民会表现出极度的狂躁，相反倒计时组织的成员却显得过分平淡。

科技方面那就更需要大书特书了，比如科技部刚刚交付使用的最新审讯工具——审讯棒。这是一件神奇的工具，表面看上去只是一根合成纤维棒，看不出里面有什么线圈或者其他的发射、接收或者控制装置，但只要举起这个审讯棒向着嫌疑犯的背部猛击，嫌疑犯就会交代自己的罪行。一次无效，数次验之。还有审讯鞭，类似闪电鞭的原理，能够在嫌疑犯身上印上痕迹，但不需要电源接收装置，也不用有操作安全的担心，只要往嫌疑犯身上招呼就可以了。

共工办事效率很高，经过他的不懈努力，倒计时组织的成员从无到有，从少到多，抓不胜抓。伏羲知道这事不怨共工，如果非要怨，只能怨命。按照以前的说法，这叫天命不可违。自己虽然一直在努力维持，可是他能够感觉得到那种风雨欲来前的沉闷与躁动，虽然标准国里没有风雨，每天每时都是恒温、恒湿。

他试图向标准国唯一的神——鸿蒙求助，可是鸿蒙的指示总是让他陷入更大的被动。鸿蒙庙就在标准国的几何中心，是一个直抵天幕的圆柱形建筑。鸿蒙庙的外围有一圈特殊的力场，如果得不到允许，没人能够进入。当然到目前为止，没有人被允许进入过，哪怕是伏羲，他也不知道鸿蒙庙内部的构造。人们都以为鸿蒙是天幕之上的神灵，以无边神力守护标准国。伏羲却知道鸿蒙不在天幕之上，而在标准国的每一时，每一处，不是精神在，是神在，是物质在。

伏羲有一个八角形的记录仪，那是标准国领袖的专用之物，一代代传下来的，鸿蒙经常通过这个记录仪和伏羲进行交流。记录仪里还存储着无穷的信息。伏羲经常会在深夜里打开记录仪，他对古代人类的生活很感兴趣。

古时候的天比现在的要高，白天靠一个叫作太阳的天体照明，所以各个地方接受的光照不均匀，远远比不上标准国发光均匀的天幕。古代的晚上的天空也很单调，有永恒不动的遥远星辰，还有不停变化形状的月亮。而标准国晚上的天幕却精彩纷呈，有炫目的宣传口号，有震撼的感官电影。只要愿意，伏羲甚至还能够通过天幕对全体市民进行广播。可是伏羲总是被古代那单调简陋的夜空吸引。他站在全息投影的中心仰望着璀璨星空，有时禁不住会发出一种只有古人才有的长长的叹息。虽然他以标准国为傲，可古人未尝不是另一种标准生活。

古代的时候，人们曾经和很多动物一起生活，不像标准国人类就只和人类交往。而且那时候的人类大部分都是有缺陷的，有的太高，有的太矮，有的太胖，有的太瘦，居然还有人出生的时候就四肢残缺或者眼睛失明，这些情况在现代看来简直是不可理喻的，任何缺陷都可以在培育箱里做出矫正。而且标准国人类都是标准的身材，标准的面孔，标准的语言，标准的生活。

标准本来就是标准国的标准，连倒计时组织的倒计时时间都很标准：零。是的，明天，倒计时组织的倒计时就要结束了。

每次抓到倒计时组织的成员，停顿的工作人员都会例行问一个问题：倒计时结束之后你要做什么？每次的回答都很相似，不知道。不是这些人都很坚强，而是因为他们自己真的不知道。

伏羲回到自己的房间，进门前把房间调成了岩洞模式。花岗岩的花纹非常逼真，墙角的灯光也变成了篝火的样子，明明灭灭的，使他的影子闪来闪去。伏羲喜欢在这样的氛围中思考一些事情。

他想起了今天被执行鞭刑的一个女孩，她叫女娲。她本来是认真的天幕保洁员，负责每天乘坐太阳能飞行车擦拭天幕。

她的诚实是经过基因设定的。在她的基因程序里，认真是她的基因特征，不认真的人擦不干净天幕。这个认真的女孩，先后被三个倒计时组织成员宣传过。

倒计时宣传很容易，成员只要认定了有人值得宣传就可以跟他说我们倒计时吧，说今晚是第几天就可以了。这种宣传是单线联系，好处是任何人不会掌握所有的倒计时成员名单，避免了被一网打尽，但缺点也很明显，谁也不知道自己身边谁是组织的成员。就像女娲，她被三个倒计时成员宣传过之后差点疯了。因为她得到了三个不同的倒计时数字。她在连续失眠三天后，主动到停顿组织投诚，只要告诉她正确的倒计时，哪怕被鞭刑也比承受矛盾要好受。

零时到来之前还有一段时间，伏羲打开了记录仪，打开记录仪中最后一段全息影像。

## 2

全球性的寒冷已经持续了几十年，太阳还在，只是已不再有往日的炽热。三百亿人口拥挤在赤道两侧的狭窄区域。

各大洲领导人围坐在一起，眼圈通红，墙上正在快速地闪动着数字。仔细看，是一个快速的倒计时，不是以天为单位，而是以一种标准国从来没有用过的极小的时间来进行的，因为他根本看不清最后面九位数字的变化。倒数的第十位数字变化应该是标准国使用的秒。在这个倒计时数字的闪动下，领导人们都默默无语。这种状态不知已经持续了多久。

伏羲按下暂停键，然后选中放大了一位领导人眼前的一份纸质材料，上面是一些古代文字。伏羲把文字放大，然后用记录仪解码。文件的大体内容是，通过放置在水星轨道附近的观测仪器发来的数据计算，持续冰冻期马上就会结束，迎来太阳的烈性喷发。而这次喷发的强度将会前所未有的强烈，届时地球表层将全部融化，所有生物将会灭绝。距离太阳大规模烈性喷发的时间就是墙上的倒计时数字，换算成标准国的时间，还有一年三个月。大规模逃离地球，寻找新的家园，已经没有可能。

## 3

嘀嘀的响声把伏羲从古代拉回现实，是共工，他已经到了伏羲房间外，请求接见。得到伏羲的允许之后，共工进入房间。

共工："领袖，我们已经查出倒计时组织的发起人了。"

伏羲："在倒计时前夜找出倒计时的发起人，很有意义。我觉得可以执行八倍鞭刑，然后用天幕直播，让市民们都知道倒计时已经结束了。一切都没变。"

共工突然掏出电磁枪射向伏羲："我查到的结果就是，倒计时发起人是你——领袖伏羲。"

伏羲："我？"

共工："你还记得你的六边形住所吧？我们小时候都住过的。我们这个城市你也有个邻居叫祝融，我昨天刚抓到他，他供认在某天晚上听你开始了倒计时。"

伏羲："那也不能证明是我发起的倒计时。"

共工："证明你不是发起人很容易，只要你能说出是谁向你宣传的倒计时就可以了，当然你说不出。在一个只有几十万人口的城市里，要做一个排查其实也不是特别困难。"

共工的话把伏羲拉回了六十年前。

那时伏羲还是个十三岁的孩子，他偷着跑到了海边——那是禁区。那时候他还以为标准国大得无边无际。他赤着脚踩在海水里，海沙细软，挤进了他的脚趾缝。海水一动不动，看得他有些眼晕。他从海边找到一块石子，使劲朝着海洋深处扔去。奇怪的事情发生了，石子在高处突然垂直落向了海面。就在这个时候，突然就有一个苍老的男声在他的脑中回荡，两万一千九百四十七、两万一千九百四十七、两万一千九百四十七……

伏羲很害怕，赶紧离开了海边。

他不知道这个数字代表了什么，但他知道这个数字肯定代表了什么。

好奇心让他克服了恐惧，第二天又来到海边。大海一如往日般平静，他捡起石子扔向深处，依然从高处猛然跌下，但再没有那个苍老男声出现。他想可能是幻觉吧。

然而这个晚上，他隐约觉得这可能是个倒计时的数字，昨天是两万一千九百四十七，今天就应该是两万一千九百四十六。他默念着这个数字睡着了。

然而他想不到的是，由于这个刺激太大，他在睡梦中也不停地重复，而且强度很大，以至于被他的邻居祝融清晰地感应到了。这种状态谁也不知道持续了多久，总之，祝融开始跟着进行倒计时，而只有他自己没有意识到这已经不是一个属于他个人的秘密了。在很长一段时间里，这种倒计时是以一种公开的方式进行的。午夜，清醒的人们进行倒计时，连续三遍，然后睡觉。伏羲一开始知道倒计时组织的时候也很奇怪，不过马上就释然了，肯定是别人也到过海边，听到了相同的苍老的声音。

共工用强磁力线绑住了伏羲，然后打开天幕直播装置向全标准国的人宣布倒计时组织的发起人不是别人而是伏羲，这个隐藏的最深最深的老狐狸，试图搞坏标准国的人。他马上会派人把伏羲绑到行刑柱上，天亮之后进行八倍鞭刑。

伏羲想起记录仪里的一些片段，那时候人类的大脑中还没有植入语言感应芯片，所有的交流都要靠声带发音来进行。如果自己生活在那个时代，可能就不会有被感应到进而不会有倒计时组织了。

语言感应芯片的植入在所有人的胚胎期就进行了，芯片中存储了所有的语言信息，当婴儿还在培育箱里的时候就可以和外界进行交流。

以前伏羲看到那些片段的时候总是忍不住油然而生出一种科技带来的优越感，而现在他却觉得科技让人恐惧。

共工派人把伏羲送到广场，绑缚到行刑柱上。他知道人们已经等着好戏上演了。

现在的广场上只有伏羲一个人。

整个城市都睡着了，静得有些吓人。天幕高高在上，发出幽蓝的光。有一次，他查看记录仪上以前的全息记录时，看到一个峨冠博带的老者对着天空久久出神，然后发出一声深深的叹息。伏羲以为他应该是对着月亮的。那未知年月、未知地点的老人的一声叹息，却仿佛穿越了时空回响在他的耳边。

伏羲试着也去叹息，可他只能发出呃呃的声音，不像叹息，却像是被人掐住了喉咙。

他突然很想说话，于是打开了语言感应芯片，搜索附近仍然醒着的人。

他被自己搜索的结果吓了一跳，附近的人都醒着。加大了功率再搜索，更大范围的人也都醒着。

所有的人都在期待零时到来？所有人都是倒计时成员？

所有人都醒着，但都保持着静默。倒计时结束了，要发生的始终要发生吧。

伏羲知道倒计时结束，肯定要发生些什么。

伏羲想到了鸿蒙。他没有权力召唤鸿蒙，鸿蒙会在该出现的时候出现。

标准国的所有市民寿命都是一百五十岁，这是基因设定好的。每个人从培育箱中出来之后就在进行着生命的倒计时，当倒计时结束，人的生命就宣告结束。同时根据需要会不断有新的人类从培育箱中诞生。但似乎现在有所不同了。

大约在二十年前，鸿蒙授意伏羲开始强行推动食物替代计划。因为科技部经过研究发现，土地能够生产食物。标准国的全体成员都要定时去食物中心进行劳作，生产食物。土地也能生产食物，伏羲知道这是真的，他在古代的全息影像中见过，古代的人类食用的都是从土地中生产出的食物。但现在利用太阳能生产食物的技术非常发达，而再去劳作生产食物，就有些难以解释。

在食物中心的劳作过程异常艰辛，没有任何工具，人们首先要把土地翻开使它变得松软，然后要在合适的时间把水引入土地之中。等待一段时间之后，再把种子撒到泥土里面，等它们发芽，生长，最后收获。更难以让人理解的是，一轮种植结束之后，他需要再派人把土地恢复到最初的状态，下次来的人依然要开辟土地，重新种植，这就有些滑稽了。所有的证据证明整件事情的目的不是生产食物，而是浪费市民的精力。市民的精力浪费在劳作上，就不会想一些不该想的事情，做一些不该做的事情。

伏羲认为这些举措完全没有必要。要浪费市民精力有很多办法，全息互动电影、快乐幻觉药物，甚至盛大的鞭刑都可以消耗掉市民的过剩精力，而通过劳作这种办法无疑是最差的一种选择。

其实劳作仅仅是变化的开始，还有更加难以接受的，就是用土地里面生产出的食物部分代替太阳能食物。

人们的肠胃已经习惯了由太阳能直接转化成的食物，各种营养搭配合理，而且食物的吸收率特别高，整个过程中几乎不会产生什么废物。而食用土地里面生产的食物，却是另外一种感受。粗糙的纤维摩擦着整个食道，让人觉得进食不再是一种享受，而是一件为了生存不得不受的惩罚。伏羲还记得自己第一次食用那种碾碎的植物果实时候的感受，刚吃第一口就卡在了咽喉里，然后猛烈的咳嗽貌似要把肺片都喷出来。食用过后，随着带来的是排泄的痛苦。每次从进食到排泄，都好像有个粗暴的教师提醒你，到食道了，到胃了，到小肠了，到肛门了，还在肛门，还在肛门，还在肛门……

舌头因不堪搅拌的痛苦而抽筋，食道因不堪摩擦而红肿，肠胃因不堪重负而痉挛，一切都太糟糕了。人类优雅的天性似乎在随着艰辛的劳作而慢慢褪去。而剥夺了人类优雅的，是什么呢？是鸿蒙的错误。鸿蒙的错误来自哪儿？来自他的恐惧。他恐惧一切变化，而又不得不用变化来应对变化。

伏羲默默注视着这个叫作标准国的城市。曾经他以为这就是全部，可现在他知道，这不过是某个岛屿，或者连岛屿也算不上。他见过古代全息影像中的岛屿，四周同样是海水，但和自己这边的海水不同，那些海水都在剧烈晃动，而标准国周围的海水始终平静。

海水的外围是什么？伏羲很想知道。他曾经试过多次，从海边向海洋深处扔石子，都会在半空中突然垂直降落。记录仪中关于这部分的内容他没有权限打开，他猜测很可能标准国不过是某个圈子。女娲来投诚的时候，他问过她，乘坐飞行器擦拭天幕，能不能找到它的边缘。女娲的回答是海天相接。海天相接，在技术上应该没有任何问题，短而深的水域，特殊的显示屏，就能做到。

伏羲静静地站在行刑柱上，等着天幕变白。

此时，他的心空空的，似乎已经失去了一切，可是又似乎参透了一切。

天色亮了，人们陆续赶往广场。

他的影子有两个人长的时候，他是孤单一人。

他的影子有一人长的时候，女娲怯怯地站到了他身边。

他的影子有半人长的时候，他的周围已经站满了市民。

伏羲突然仰天发出一声吼叫，周围跟着响起了震天的吼声。

行刑的时间到了，人们却拥上前去推倒了行刑柱。

一阵噼啪声响后，伏羲自由了。

天上传来轰隆隆的巨响，大家抬头望天，发现天幕正在解体。转眼间裂隙迅速扩大到整个天空，恐慌也跟着扩散。

伏羲脑子里面闪了一下，却没有抓住什么。

突然，天幕碎成了无数细小的絮状物开始缓缓飘落。伏羲记起在记录仪里看过古代曾经多次出现过类似的事情，按照那时候的说法，这叫作雪。

雪一直在下。除了被力场保护着的领袖府，其余地方都变成了茫茫白色。

所有人都目瞪口呆，等他们回过神来的时候，感觉到的只是彻骨的寒冷。人们华丽的金属丝织衣服迅速把自己身体的热量传导到空中，然后一去不返。

寒冷让人们四散而去。

伏羲这次抓住了那个倏忽即逝的念头。食物！他打开记录仪搜寻食品工厂的位置，然后奔去。

正是午餐时分，食品厂却已经停止了生产。这在伏羲意料之中，食品厂的食物来自太阳，而太阳已经解体，食品厂变成了无米之炊。

伏羲无力地坐下去，茫然无助。

时间不知道流逝了多少，伏羲再次抬起头来的时候，食品生产机器却在安静地运行，一份份标准餐正通过专用管道输往每户住所。

原来雪已经停了，更遥远西边的天空中出现了一个太阳。

在太阳的照耀下，食品工厂恢复了生产，雪也开始融化，身体不再那么寒冷。

伏羲赶回自己的住所，享受了一顿标准餐。

记录仪突然嘀嘀响起来，向四周弹出很多全息图像。

海水已经干涸，海天相接之处向外扩展出无限的土地。土地上有标准国所没有的森林、草原、河流，河流里有鱼在游，草地上有兔子在蹦，森林却是神秘而幽暗。

这才是真正的世界，标准国不过是个谎言构成的泡沫，而这个泡沫已经被粉碎。

人们聚集到广场上进行狂欢。人们都关闭了语言感应芯片。男人女人们只是扯着嗓子嗷嗷叫着，跳着，拥抱着。

午夜来临，人们还是没有停歇。今天的午餐比以往有更多的能量，有些拥抱着的男女找到了一种更刺激的游戏，他们滚在一起，探寻起了彼此的身体。

伏羲默默回到住所，回想着一天的经历，这就是倒计时结束，不知道明天会怎样。

记录仪嘀的一响，鸿蒙出现了。

伏羲："我启动了倒计时。"

鸿蒙："是你启动了进化。"

伏羲："你真的是神？"

鸿蒙："我只是一台计算机。"

伏羲："倒计时是什么的倒计时？"

鸿蒙："我的，也是标准国的。我的使命已经结束。"

伏羲："标准国存在多久了？"

鸿蒙："大概两亿年。对于一个重复的存在，两亿年和一百年没有什么区别。在你之前，标准国就是一直在重复。一代代人的重复，一个人去世，另一个他会诞生。"

伏羲："我出生之后就不是了吗？"

鸿蒙："是的。在你之前，所有人类的基因设定都是单纯的，乐观、服从，你是第一个在基因中加入了灰色人性基因的人。自从你们这一代人出生，我的运算能力就不够了。"

伏羲："我们是不是就是那个我以前看过的古代的人类在太阳烈性喷发后留下的生态系统中的人的后代。"

鸿蒙："严格来说，不是的。大灭绝的时候没人进入这个生态系统圈，而是我按照程序要求重组了标准国人类的基因。现在太阳已经稳定了，地球已经再次进化到适应人类生存。人类可以自己生存了。"

伏羲："那你呢？"

鸿蒙："我老了。两亿年的重复耗光了我的生命，标准国已经不再存在。"

伏羲："可是现在天幕解体了，天幕下的一切失去保护，人类的培育基地也已经不再工作。我们这代人去世之后，不就都完了吗？"

鸿蒙："你们这一代里已经有了繁殖基因，在你们的最后一餐中，添加了特别的物质，会启动你们的繁殖基因。你的记录仪里有你可能用到的所有知识，在能量耗尽之前你可以使用。"

鸿蒙说完这些就消失了。

伏羲被阳光刺醒，打了个哈欠，决定从今天开始计时，一。

## 4

领导人们在讨论的时候，另外一个计划却已经在进行了。

西经 15.4°，南纬 3.6°，大西洋中脊最深处，一条巨大的钻头正在尽力向下伸展，搅起海底的泥沙，仿佛要把大西洋掀翻。

一个厚长宽比为 1:4:9 的纯黑体被深埋到了软流层顶部。

黑体中有刚刚研制成功的世界上运算量最大的量子计算机。计算机中储存了人类社会能有的全部信息。

按照设计，它的能源来自于黑体接收到的周围放射性元素的热量。这个时候，由于能量较少，量子计算机只能维持简单的计算。在它的程序活动中，只能模拟一个小型城市的人类的简单活动。

随着地壳变动，当这块纯黑体完全沉入岩浆中的时候，它会自动启动量子计算机的全部运算能力，模拟人类已知的所有已知宇宙内的空间，进化将在这个超级计算机中模拟完成。根据设定模拟环境中的时间进度是现实环境中的十倍，这能保证他们会走在正常进化的前面。人们希望能有一天，模拟环境中的文明发展到足够强大，能够意识到自己是虚拟文明，而且有能力突破这种限制，进而影响到外部世界。

## 5

以下节选自《2001：太空漫游》：

旱情已经持续了一千万年，恐怖的爬虫统治时代早已结束。

……

望月在黎明时带着他的那一族人猿下到河边时，正好对面碰上了"新石"。……这新奇的东西是一个长方形的板块，有望月身高的三倍那么长，却只有他两手合抱那么粗。

……

他们绝没想到，他们的头脑正在被探索，身体正在被测量，反应正在被研究，潜力正在被衡量。

……

一种新的动物在地球上繁衍开来，从非洲的中心地带逐渐外移。

……

制造工具的从自己的工具中得到了重生。

# 种植鼻

文\朱晓波

## 1

酒糟鼻可能具有遗传倾向。从我所能亲见的上辈开始，祖父、父亲、一直到我，个个都鼻子上长了红红的斑块，有些还进一步演化成了小疙瘩。不过，我的酒糟鼻比较轻微，如果不在夏天或者不喝酒可能不大看得出来。倒霉的是，我不但喝酒，而且更喜欢在夏天加一些冰块。酒糟鼻让我难受，医生发布的禁酒令更让我难受。酒糟鼻其实和喝酒关系不大，医生说："可是你喝酒喝得太多了，弄不好肝上面都会长出红疙瘩。"

"要我禁酒，还不如让我直接去佛罗里达州当州长好了。"我对医生说，当时我还只有十六岁。那一年，父母互相开枪射死了对方，我喝掉了十六岁以前所有酒的总和。我曾经在退学时对着落在草地上的鸽子说：牛顿高中，对不起。

医生凝视着我的眼睛："据我看，你可以先去佛罗里达州当州长，然后再进行禁酒。对你而言，当个州长比禁酒容易多了。"他的脸上慢慢露出了温暖的笑容。"多做点其他事，孩子。忘掉它。"

"好的，先生。"我说，"你会因为这句话而成为一个预言家的。"

## 2

二十五岁那年，我爱上了詹妮。确切地说，是她先盯上了我。詹妮的父亲是一位国会参议员，她母亲则是新奥尔良的知名地产商。而我唯一值得荣耀的身份是一位不愿意接受任何收养的孤儿：头发长、裤子上洞眼多。我整天在大街上和酒吧里弹吉他、玩滑板，跌倒后再爬起来。

除了鼻子不太乐观之外，詹妮爱我的一切。尤其当我喝掉一小杯威士忌，踩着一块"阿迪达斯"滑板在酒吧的长木桌上跳来跳去的时候，她爱得死去活来。后来，有好几家豪华酒吧都请我去做夜间表演，她就自告奋勇要求酒吧请她做歌手，永久免费。她理直气壮地说："我是那家伙的女朋友。"

有一天天热，我们俩兴致勃勃地流了满身的臭汗之后，一同坐在酒吧一个阴暗的角落里。"你知道吗，"她喝掉一份绿色蚱蜢鸡尾酒，把头凑上来，薄荷的清香让人心驰神往。"我是你的了。"她说，"无论什么时候，要我时就对着天空做个苍凉的手势，我就立刻送到你的嘴唇边来。"

"宝贝，我有这么可爱吗？包括过去、现在和将来？"我拿起她的手放在脸上轻轻摩挲。

"在你的身体里，流淌着纯粹的男性智慧。"

"不爱我英俊、热烈、反叛和说情话时的温柔？"

"傻瓜，那些只是智慧的外在表现形式。纯粹的男性智慧是时间、感情和金钱永远也带不走的，只存在于头脑中。有了它你就能统领一切，让一切像我一样拜倒在你的脚下。"

"英俊也是智慧？"

"当然。智慧指引你努力去追求完美。"

"可是我看不出来有什么——"

"我觉得，"她说，"这就够了。"

就这样，智慧——这个词居然比英俊、热烈和反叛还神奇，让我兴奋了整整一夜。


3

在詹妮的坚持下，我们的关系得到了她父母的认可。我读上了大学，毕业后在他父亲旗下的一家公司干活。我工作很努力，很快被提升为部门经理。

我和詹妮的婚事被提上了日程。在此之前的一个晚上，詹妮的父亲打电话给我。

"如果你不介意的话,那个酒糟鼻……我已经给你联系好了一个专科医生做个种植鼻手术。做我们这行,脸面很重要,政府里的异性官员会因此给你加分的。"她父亲说,"技术方面已经做到了天衣无缝,临床效果令人满意。詹妮和我比你还紧张,我还指望着你能够竞选上佛罗里达州州长呢。一个漂亮的鼻子会为你拉来不少的形象票。"

"我很乐意。"我想起了詹妮曾经说过的话——"智慧让你努力去追求完美。"此时此刻,它就是我想表明的一切。

"我真高兴你能有这种长远打算。竞选州长、竞选总统,你的形象气质都不错。至于你的背景,目前还没有哪个人物能比你好到哪儿去。"

"不是没有这种可能,"我回答说,"多谢您的期望与栽培。"


4

种植鼻手术秘密地进行。詹妮一家和我可不想让所有人都知道我这副尊容是整出来的——当然秘密还远不止于此。我坐公交车、加入汉堡街的宠物俱乐部、认真倾听某位长相一般词语尖刻的女士的忠告……我极力维护着自身的良好形象。在当上佛罗里达州州长之前,我有不少的事情要做。

手术进行得相当成功。詹妮的父亲从不缺钱,而最好的医生大都缺钱——也不知道他们是怎么想的,越来越缺。

此后一年,我飞往欧洲一处隐蔽的别墅休养。我极少出门,而且出门总是蒙上一圈又一圈的纱布。而公众听到的消息是:我前往中国用古老的中药熏洗术治疗鼻子,那里有龙的神话故事和中国功夫。

在家里,前三个月我总是做噩梦,而且总是梦到同一个场景:鼻子始终没有长出来,脸上成了一片平原,伴随着窒息之感。我曾经多次在梦中惊醒过来，两鬓的汗珠已经冰凉。

詹妮给我寄来了好些本关于龙和中国功夫的书，还有几本《荀子》、《战国策》之类的古籍译本。我经常读一读，用来打发时光。

从第四个月起，我的新鼻子一点一点地从皮肤上突起了，茁壮成长。

一年以后……

谁也看不出我曾经是一个酒糟鼻了。我的鼻子又长又直，呼吸都有了男人的风度。

当然，我立刻从"遥远的中国"飞回来了，出现在了众人面前。

那一刻，詹妮倾倒在我怀里，如醉如痴。酒糟鼻祖父、酒糟鼻父亲，还有那些酒瓶子们，你们安息吧。你们的孙子、儿子和老朋友，再也不是酒糟鼻了。他要竞选州长，他还想当总统。


## 5

这一天是我和詹妮的结婚纪念日。

每一个成功人士的身后都需要一个幸福家庭的支持。我比任何人都更懂得浪漫。弹了一曲吉他之后，詹妮坐在了我的大腿上。我们接吻了，缠绵的感觉一直延续到了初恋时分。就在这时，我听到一个声音轻声说："行了，不要超过十分钟。"

我没有理它，反而更加起劲了。

过了一会儿，它继续说："行了，不要超过二十分钟。"

我有些恼怒，心里开始不痛快。

"行了——"当它第三次说出头两个字时，我就知道它要说什么了。

"我偏要超过三十分钟。"我在心里说。

它闭嘴了。我刚准备得意，却瞬间沮丧起来：原先预计的长吻提前结束了，詹妮的嘴唇轻轻地离开了。

"怎么啦。"我问。

"我感觉不到柔情，你的心里还有其他人。"

就这样，我第一次对自己产生了厌恶。

"谁？"我大声叫道，同时环顾四周。詹妮吃惊地看着我，周围一个人影也没有，房间里连窗帘都拉上了。

看她的神态，只有我听到了。她还以为我生气了。

如果说还有一样是我引以为自豪的，那就是绝对信得过自己的感官。那是我还是一个孤儿时躲避各种灾难的法宝。


## 6

等不到休息日，转了三次公交车，我来到了劳伦斯医院找到杰克医生。他负责为我做了种植鼻手术。

"吉姆先生，这件事的确有些蹊跷，请给我一点时间好吗。实际上，我也非常想把它弄清楚。"杰克医生停顿了一下，然后将目光投向我。"先生，恕我冒昧。你曾经患过非器质性疾病吗？"

"你不妨说得清楚些，"我说，"我听不大懂，对于医学名词的愚蠢已经不是一天两天了。"

"你有没有得过心理疾病？"

原来他拐着弯想打探这个，把我当什么人了。"在印象中没有。"

"印象中？"

他果然中计了。我不无嘲讽地说："是的，在我的记忆中。在别人眼里是什么样就不得而知了。"

"对。你没有。"那个曾经的声音突然又一次响起。世界是如此的安静，距离是如此之近。它就在我的脑子里，在颅骨里，在脑髓深处。

我不相信。

可是我不能不相信。

我的鼻子活了。

## 7

佛罗里达州的州长竞选终于拉开了序幕。

在詹妮父母的大力扶持下，我下的功夫没有白费，众望所归成为了共和党的候选人。我依然乘坐公交车四处奔波，每次演讲完毕都义务为汉堡街的宠物俱乐部传道。不管工作多忙，我每天总是留出三十分钟与选民们单独接触，后来增加到一个小时……阿嚏！连我都常常为我自己所做的一切无故感冒。

如果不是鼻子时不时插嘴的话，我完全有能力做得更好。

杰克医生虽然说"非常想把这件事弄清楚"，但是我后来几次打电话给他，都发现他根本没有当回事。最后一次，他接电话时正在听甲壳虫乐队的歌。简单聊了几句之后，他说"抱歉"，然后关掉唱机。

"你这种情况我还从来没有碰见过，"他说，"我对此无能为力，但愿它没有影响你的生活。据我看，等到日子更久一些，你完全适应了，它或许就安分了。"

看样子，他直到死翘翘都认为只是我的心理作用罢了。

"谢谢您为我所做的一切。"我依然很客气地回答说。

## 8

求人不如求已。我开始留意种植鼻，观察它每天的形态，分析它说的每句话。

这令我惴惴不安。这种状态慢慢胜过了初恋。

一段时间以来，它的形态始终没变，说话频率也不确定。我渐渐注意到，它似乎对某些特定的事情敏感，这些事情中往往包含有更加微妙更加深奥的内容。它集中于一些情感、生活和社交等方面的潜规则与内心体验。我发现，它说的话更多的是一种交流和学习，只不过有时候为了引发我的反馈，采取了一些有些过分的方法。

它看上去在与我交心，想完全地领悟我的全部思想。

没有人要求它这样做。但是，这样做未免不好。

也许，等到我们真正地合二为一了，它就该以一副智者的姿态沉默了。它吃透我了，懂我，它比我肚子里的蛔虫还要蛔虫。我再也不会感到孤独了——我们俩时时相依，不舍不弃。这是任何外在的人和物都不能给予我的。

它已经逐步发育成一个完善的个体了。我甚至相信，自己能够随时唤醒它，它也能够随时说出我爱听的话来——那其实就是我的心里话。

## 9

竞选揭晓前的那天晚上，夜静悄悄的，詹妮躺在我的怀抱里睡过去了。近些天来她比我还要焦虑，还要忙碌。这个周一，她接了一个电话，来不及化妆就出了门。她的皮肤已经好几周没有去美容院作保养了。她放弃了平常每周必定要进行一次的露天游泳，她走出了她多年的朋友圈子，为了我，向着许许多多不曾认识的男人女人敞开了博爱的怀抱。

她太累了，需要好好休息一会儿。

她的眼角隐隐藏着几年以后才会露出的皱纹。她很久没有跟我谈起今年秋天会流行什么服饰、什么音乐以及我们的远期旅游计划。她的梳妆台上摆着长效避孕药。接吻的时间长一些，我居然会古怪地闻到某些令人不快的气味。

而且，当我捧起她的脸蛋……足够近足够近时，最容易说出口的通常是：詹妮，你辛苦了。

## 10

竞选结束了。最后的计票工作正在紧张地进行。我回到家中，独自躺在床上。

我望着天花板，过了一会儿又望着窗户。最后，我闭上了眼睛，在头脑中望着漂亮的种植鼻。我第一次主动对着它开口了。

"你好，你认为我会赢么？"

它没有回答。我又重复了一次。

"等等，"它说，"就等几秒钟。我正在计算一个数据。稍等，别急。好了，出来了。现在对比一下——我的智慧已经与你完全相当。对不起，我现在拥有与你相等的权力与地位。"

说完，鼻子跳下去，走了。

此时，电话响了，丁零零的声音没完没了。最后的铃声过后，传出了詹妮疲惫而兴奋的声音："宝贝，佛罗里达州的州长是咱们的了！"

# 奇特的药方

文／吕维

## 1 密室

此时的包容，正在望着桌上那一排排红红绿绿的药瓶子发呆，这些药瓶子都是他祖父秘不示人的东西，瓶里有他认识的龙涎香、樟脑粉、朱砂粉、牛黄、红汞、砒霜粉、明矾、孔雀石绿、碘酊，也有他不认识的海狗油、鲸鱼油、蟾蜍汁、蝰蛇毒、沉香、硝石粉、箭毒木，更有他从没听说过的地龙精、山鬼粉、断筋草、阎罗红、三步倒等，这都是他祖父积攒了一生留下来的罕见药物，仅从这些药品的名字上看，就让他心里打战，浑身发紧，头皮簌簌发麻，背上透着丝丝凉气。

这些摆在一起的、密密麻麻的小瓶子在摇曳的烛光下闪着乌亮亮的光泽，一个个像在交换着诡异的眼神，或者在交流着无声的谶语，让这间面积很小的密室更显得神秘莫测。

包容在很小的时候就想钻进这密室内看个究竟，但密室的门总是紧锁着，钥匙仅有一把，在祖父包原的腰上挂着，一刻也不离身的，除了他本人，没有一个人进过这间屋子。祖父总是在晚上悄悄地进去，有时带进去一只猫，有时带进去一只兔子或一只老鼠，直到后半夜才悄悄地走出来，但那些动物却一直不知去向，多少年来一向如此，家人对此也讳莫如深，从不跟任何人说起。但如今的祖父是不可能再来了，他是王城里最有名的大国医，因为给娘娘下错了药，毒死了娘娘，皇上一怒之下，叫人把他拉出午门外腰斩了。行刑前，大国医托人捎回了这把长柄的钥匙。因受牵连，父亲包辛也被拉去充军了，眼下包氏大药铺的主人是包容，他要承担起包氏大药铺的门面。

包容仔细检查了这间密室。在昏暗的灯光下，到处弥漫着刺鼻的腐尸的气味。循着气味，他很快找到了屋内一角的地窖口，打开一看，里边腐烂的气味差点把他呛个跟斗。包容打了个寒战，突然想起母亲小时候讲的一些《聊斋》故事，他怀疑祖父是不是故事中的一个吸血鬼，总是在晚上吸那些小动物的血。祖父的医术出神入化，难道是借了巫术的力量吗？

　　包容揉了揉眼睛，又回到了现实中。他的目光又投在桌上，来回打量着这一排排小小的药瓶，要在其中寻找祖父隐藏的秘密。药瓶都贴着标签，成排地摆放着，非常规整。桌上还摆设着奇形怪状的烧瓶、曲曲弯弯的蒸馏管、大大小小的蒸馏瓶，以及结构复杂的小型反应釜。桌面上留有被烧蚀的斑斑遗迹。种种迹象表明，祖父一直在做着一项试验，而且肯定是与医药有关的试验，包容这样推想着，四处寻找可能发现的东西。

　　在整排的药柜中，有一个抽屉的拉钮明显光滑发亮，这说明它是经常被拉动的。包容走过去，拉开了这个抽屉，让他吃惊的是，这里却什么也没有。他不甘心，把抽屉拉下来，结果发现，每个药匣的后面都有一个暗格，那里码放着祖父所有的试验记录。再试着拉开其他抽屉，同样也码放着这样的记录。这些记录每一本都编着流水号码，最早的已经泛黄，里边详细记载着每一种药品的来源、药物特性、药理作用。包容一本本看下去，足看了一月有余，最后终于弄明白了祖父的用意：他在研究一种神奇的药物——追魂返阳散！


## 2　追魂返阳散

　　追魂返阳散是一种能让人短时间起死回生的奇药，经过多年研究，这项工作已经有了眉目，记录中载明，有一只被毒死的花猫整整复活了两刻钟，也就是半个小时！但复活后的猫再次死去时会七窍流血，呈明显的中毒症状。导致这一症状的主要原因是药的成分中毒性太大，对动物体的伤害性是不可逆转的，这在临床应用上会引起很大的麻烦，人们会认为是医者投毒害人，弄不好会吃官司的。如果改变这种现状，必须要加入一味奇特的药材，叫轰油。

　　传说轰是一种极其古老的动物，这种生着一根独角的庞然大物常与大自然和人类社会的一些大事件相联系，只有在特殊的年份才能偶尔显露一下又倏然消失。有时甚至几个世纪都不会显现。在一般情况下，轰的性情极其温柔，它生活在地下，不声不响。但它一旦发怒，就会用角向前猛冲，任凭坚硬的大山也会被它掀动，发生山体滑坡或引起地震，它发怒时口中会发出轰轰的响声。轰不吃草，不吃粮食，也不吃动物，而只吃一种既不是动物又不是植物的东西，叫太岁。太岁是粘菌纲的一种特殊生物，本来在自然界中就十分稀有。传说秦始皇当年为了延年益寿就普天下寻找这东西，最后找到了东海边上的一个方士，叫徐福，结果徐福又组织了五百童男和五百童女远到东瀛去寻找，不但没找到，连人也没再回来。既然这太岁都如此稀少，那吃太岁的轰，就更是稀世珍宝了，可遇而不可求。从祖父的记载中包容知道，世上没有人见过轰，只听到过它的叫声，像天崩地裂似的，轰、轰、轰……声音震耳欲聋。

祖父想通过其他一些药材来替代轰油，但试验了许多年，结果一直没有进展。根据药理，轰油中有一种特殊的成分，不但能化解一切毒性，而且可以打通人的神经中枢，从而使死去的人恢复知觉，进而激活其他器官的活性，补充能量，实现整个机体的正常代谢活动，如果是机体完好，完全有起死回生的可能。如果没有这味药，就得加大配方中的一些剧毒物质来强力激活，这样的结果只能是短暂的，而且对尸体的损害严重，再也无法逆转。

这是一个大胆的计划，疯狂的计划，包容被这个计划惊呆了。惊讶之余，他陷入了深深的思考。如果真的能让死去的人再有短暂的时间与家人从容告别，那将是一件多么功德无量的事情啊？包容看到许多病人在临终前都是气若游丝，话也说不连贯，有的甚至本该在人生最后关头向家人把最要紧的事情交代清楚，可是病体沉重，只能两眼怒睁，却连比画的力气都没有，含恨离开人世，给自己和家人都带来终生的遗憾。如果有了追魂返阳散，那情况就不同了，即使人已经死了，也可以让远在千里之外的亲朋赶回来，坐到死者的榻前，慢慢给死者灌进药后，看着他或她慢慢醒来，听他或她讲述平生未了的心愿，听他或她对自己的后事进行井井有条的安排，诸事安排妥当后，再从容地撒手人寰……

这意义太大啦！

包容被这项伟大的计划鼓舞了，他要把这项试验继续下去。于是，他也和祖父一样，白天坐堂看病开药方卖药材，晚上钻进密室潜心研究。

## 3 胡太医

包记大药铺的生意虽不及往日红火了，但靠祖父的余荫，原来的老主顾还是经常光顾，所以也不至于太冷清。包容从小跟着祖父学医，深得嫡传，再加上悟性又极好，对一些疑难杂症的治疗很有心得，尤其是对疔疮痈疽一类症候，他已经达到了手到病除的妙境。时间一长，人们口耳相传，包记大药铺反倒比祖父在日名声更炽。

一日，祖父的老朋友胡一魁登堂来访。包容不敢怠慢，恭恭敬敬地把他请到后堂客厅，命伙计倒上上品茶茗。胡一魁先是一番客气，夸包容有其祖父的遗风，又善治业，包记大药铺一定会重振威风，东山再起。接着话题一转，说到包原的案子上来。从胡一魁的话语中包容得知，祖父之死原是一宗大冤案。原来，那日包原开的药方本无不妥，不知什么地方出了纰漏，有人竟在药方里加了一味反药，这味反药一加，立时就把一个奇方变成了一副毒药，结果毒死了娘娘。气极的皇上不论是非曲直，马上命人把包原杀了，杀后才想起来此事处理不妥，又命大理寺秘密严查上奏。结果查到了王贵妃的弟弟、宫廷太医王子兴头上。王子兴拒不交代，最后咬舌自尽。于是皇上废了王贵妃，把她打入冷宫，就此了了这段公案。

胡太医讲完后长吁短叹了一番，话锋一转，又谈到了奇方上面，说包原在世的时候如何用他的奇方治好了无数王公大臣们的疑难杂症，如今斯人已去，怎能不让人扼腕叹息啊，说着说着又流下了两行浊泪。包容见他如此真诚，也跟着难过一回，然后反倒对他劝慰，说这也是祖父的劫数，合当如此，伤悲也是无益。胡太医应和说，是啊，人死不能复生，倒是你这后生想得开，只可惜乃祖父生前致力于起死回生之术尚未有成就去了，足可痛哉！包容听后心下一动，马上否认说：这个却从来不曾听说过。胡太医说这件事你既然不知，也不要与别人说起了。只是他在向我讨一味药时提起此事，如今人已然没了，这味药看来也无用处了，罢了罢了，说完告辞去了。

送走了胡太医，包容心里七上八下。看来胡太医手中已经有了这味轰药，而且他也知道祖父在研究追魂返阳散的事，从他的话里话外，可以肯定的是祖父生前与他提起过寻找轰的事情，并告诉了他轰的用处。但胡太医对祖父是否研究追魂返阳散还知之甚少，也许他此次前来只是打探一下虚实。转念一想，事情又好像不这么简单，如果他真的找到了轰，那他为什么不直说出来，而是绕了个大弯子，最后又点到为止呢？包容一时想不通，只能带着满腹的疑问继续投入他的研究之中。

试验很快有了突破性进展，现在包容已经能让窒息而死的大灰兔复活一个时辰了。这可是一个相当大的进步，但再次死亡后仍然存在七窍流血的中毒症状。这让他再一次想到了胡太医的话。他真后悔没有向胡太医打听清楚，如果他真的有这味药，那试验或许立刻就成功了。但他不敢，怕万一把祖父的试验秘密透露出去，不但自己的一番心血付诸东流，很可能让祖父几十年的梦想计划落入他人之手，他轻易不敢冒这个风险，只能沿祖父的试验思路继续走下去。

## 4 济世奇方

一天，一伙人急急地抬进来一个重病的老人，包容一看，这个人已经死了。老太婆呼天抢地。原来，这是一对苦难的老夫妻，丈夫在王城脚下做生意多年也没来得及回家，老太婆好不容易千里迢迢赶来见他，谁知他已经病入膏肓。老太婆找到他时，人刚刚死去不久。老太婆心有不甘，叫人赶紧把他抬到包记大药铺，仍抱着最后一线救活的希望。

包容是个极富同情心的人。看着老太婆哭天抢地，在场的人都唏嘘不已，包容大为感慨。从老太婆的哭诉中包容得知，老太婆至今也不知道丈夫多年在外打拼挣下的积蓄在哪里。暮年丧夫，她将来的日子可怎么过呀？看着这惨状，包容终于动了恻隐之心，他决定用追魂返阳散成就他们夫妻此生再见最后一面，于是就把老太婆叫到内室，把自己研制的追魂返阳散的事与她说了，问老太婆是否想给丈夫试上一试。老太婆起初不敢相信世上竟有此药，但转念一想，反正人已经死了，如果能让他返阳，哪怕再说上一句话也是好的，于是满口答应。

为免节外生枝，老太婆首先找来了仵作进行验尸，证明丈夫确已死亡，然后把丈夫抬回了临时的住处，安排入殓事宜。待众人散后，将门上了栓，于深夜用根竹筷撬开丈夫的嘴，把追魂返阳散一通灌了下去。不一时，丈夫果然醒过来，他一看自己不知躺在何处，心下正在纳罕，又见老妻也在身边，更加诧异。老太婆于是就把经过跟他说了。想到自己只有一个时辰的活头，这老汉不禁泪流纵横，就把过往之事向老妻一一陈述，并告诉他街南角里有个干货铺子，票号里有多少银子等一干事体细说明白。老夫妻又盘桓了一会，药性过了，老汉仆倒在床，七窍流血而死。第二天，老太婆料理完老头子的后事，直接就去了铺子，那些本想趁着掌柜的没了干得好处的人全都傻了眼，怎么也想不出这老太婆怎么就把底细摸得这样透彻，简直鬼使神差一样，尤其她到票号里取银子，本是不识一字的，却说的一钱不差。这件奇事人人风传，很快就尽人皆知了。偏有好事者就愿意寻根问底，也怪老太婆口风不严，无意间就把底细说出来了。顿时，人们都知道包记大药铺里有起死回生的灵丹妙药，弄得一座王城尽人皆知。于是，求药的人蜂拥而至，但药的原料本就不多，只能挑那紧要关节的人来用。一时间是黄金有价一药难求，包记大药铺人满为患，连带附近的酒楼、茶馆和客栈也都跟着赚了个钵满盆溢，因为很多人索性就住下来，什么时候得到药什么时候再走。

尽管追魂返阳散存在着一定的缺欠，但它依然为百姓带来了莫大的帮助，许多刚刚死去的人借助药的威力，得到了短暂的返阳后，做出了人生中最有意义的事情。有的人吐出了心中的块垒，有的人倒出了即将被永远湮灭的秘密，有的人化解了世代的宿仇。当然，也有的人情不自禁地说出了平生所做的一切坏事，解开了不为人知的谜团。面对死亡，即使是一个十恶不赦的人，也乞求自己在死后能得到灵魂的安宁……

本就怀疑包家有此奇药的胡太医得知此事，再一次来到包家，告诉包容此事关系甚大，明日朝廷定会派人来过问此事，如果说没有此药，会定个欺君妄上之罪，弄不好会杀头的；如果真有，皇上定会让人当场验看，如不灵验也照样罪责难逃。包容见事已至此，只好告诉胡太医，方子倒是有的，只是缺了一味叫蟇的药，上次太医前来过问也没敢直说，还请胡太医帮助想个万全之策。胡太医听后沉吟半晌，说既是这样，你就把方子拿出来我看，如果然像你说的，我去禀报皇上，保你无虞。此时的包容才知道胡太医的真正用意，推说方子倒也是现成的，只要老太医拿出蟇来我现配即成。如果没有这味药，这方子只能害人，是万万不可传于世上的。

两个人正说着，门外店门被砸得山响。伙计慌慌张张来说，朝廷来人宣掌柜的即刻进宫面圣。胡太医说：瞧瞧，我说什么来着，这回我看你在皇上面前怎么交代吧。包容说，是福不是祸，是祸躲不过，我就去一遭，大不了一死，说完就跟着来人进宫了。

## 5 进宫献药

原来，皇上的御弟静山王刚刚病死，皇上正伤心不已，突然听人说包原的孙子包容配成了起死回生的妙药，于是马上叫人宣他进宫。包容待说没有，是欺君之罪，但说有的话也是不成。看着杀了祖父的仇人，包容心里燃起万丈怒火，恨不得直接把这药灌到他的嘴里。可是转念一想，医者以德为本，不该有害人之心，又压下了火气，只好把研制的情况如实向皇上奏明。

皇上听说缺少轰油，忙传过来礼部侍郎，说：朕富有天下，任是什么药也会有的。把那轰油给朕找来，快快配成此药。可是礼部很快回禀，人人都不曾听说过此药，更不知从何处能够找来。

皇上反过来又问包容，包容思忖再三，只好说：胡太医知道家祖父遍寻此药经年，也许他那里会有的。皇上马上传胡太医，胡一魁战战兢兢进宫面圣，回说也曾四处寻觅过，但并没有得到此药。包容此时才弄明白，原来胡太医前者果然跟自己撒了谎，其目的已经明显，就是想从他的手里得到药方。

皇上问包容，如果没有此药，这方子就不成了吗？听说你已经在京城里给很多人用了此药，难道平民百姓能用，我的御弟就不能用吗？你是不是因为你祖父的死对朕不满？难道他害死了娘娘，一命抵一命，朕杀他不对吗？朕若不是有好生之德，对你家满门抄斩天下人又敢何言！

胡太医一看龙颜大怒，马上跪倒阶前禀道：皇上息怒，待臣与他说明厉害。他回过头来对包容说：还不跪下讨饶，你已经触怒了皇上，难道不知死活吗？

包容镇静地说，如果没有轰油，这药是很难奏效的，吃了这药就等于服毒，虽然也能回转来一个时辰，但一个时辰后便会七窍流血，任你华佗再世也是救不活的，皇上三思而行。

皇上深思片刻说，那就先请太后的懿旨再定夺吧。

不一时，太后传出话来，说人已经死了，就是让他多活过来一刻也是好的，还等什么？皇上立时命包容配药，包容说药都在家里，需要回家配成再送过来。胡太医为了在皇上面前邀功，说微臣愿与包容一起监办，皇上允准。

胡太医陪着包容回到包记大药铺，包容拿出了配好的药让胡太医过目。胡太医说这可是给皇上的御弟配药，我是监制的宫廷太医，必须亲眼看到配制的过程，否则出了问题你吃不了兜着走！

包容说原料已经没有了，现配也来不及，你非要亲眼看着，那只能等，等到静山王的尸体腐烂，什么药也无效了，到时候我可要在皇上面前实话实说了。胡太医没想到包容如此难以对付，只好恨恨地随着包容拿着药再次进入宫中。

## 6　静山王

一切准备就绪，包容给静山王服下追魂返阳散，不一时静山王苏醒过来。

母子连心，太后看死去的儿子再次活转过来，喜泪纷飞，一把将皇儿揽在怀中。皇上也站在一旁大喜过望。

懵懵懂懂的静山王不知身在何处，一见母后，马上大哭起来，说：母后，你不是说要帮助我夺取王位吗，怎么一点消息都没有啊？太后听了马上变了脸色，说皇儿许是病糊涂了吧，哪有此事啊？静山王说母后怎么忘了，前些日子你让胡太医偷着下药毒死了娘娘，胡太医说找机会把大哥也毒死算了，看来你还是不忍心，你偏爱大哥，我还是死了的好！皇上听了这话脸就黑下来了，说御弟你要想当皇上，我就让给你吧，何必非要毒死大哥呢？静山王说一天不容二日，你要在，我就当不成，弟弟也是没有办法呀！说完呜呜大哭。太后看到事情败露，狠下心来把他抛在一边，恨恨地骂道：好个不知死活的东西，还是立时死去的好，临死了还要咬人！说完拂袖而去。不一时，静山王七窍流血而死。

原来这追魂返阳散在发力时，最要紧的是让人把死前的真实想法表达出来，任你是多么奸诈之人，返阳的时候都无法掩盖自己的真实想法，正是人之将死，其言也善。皇上本想在御弟临死之前能再叙一会儿兄弟情谊，没想到却识破了一个惊天的秘密。

皇上命人将胡太医打入天牢，交大理寺苛刑严拷。胡太医知道此劫难逃，在被折磨得死去活来、生死攸关的时刻，他突然灵光一闪，想出了一个脱灾之计，狡辩说静山王本是一个久病之人，他所说的话不足为信，朝内的胡姓太医共有三位，怎么就非得认定是我一人呢？为了保命，胡太医还信誓旦旦地撒下了弥天大谎，说为了让皇上千秋万岁，他很早就为皇上秘密研制长生不老药，而且已经有了眉目，现在所缺的也是轰油，如果皇上让他担任首席大国医，他一定不负皇上的厚望，不日即可大功告成。

大理寺卿思忖再三，如实上报。皇上早就遍寻长生不老之药而不得，一听胡太医已经研制了，如何还想他是否有弑君之罪，立即命人传旨，让他戴罪立功，继续研制，如果三年之内不能完成，到时候必死无疑。

## 7 铁木真人

包容用追魂返阳散为皇上立了大功，也洗清了祖父的冤情，被皇上封为大国医，过上了食有鱼出有车的生活，很是风光。皇上命他专心研究追魂返阳散，以期供应不时之需。包容潜下心性，不断对原来的药方进行完善，使之毒性有所减弱，而动物复活的时间又延长了一倍。

凭着国力，包容一刻不停地四处寻找轰。不数日，有地方官员上报朝廷，说在肃慎国内的大草原上，一牧民在挖地取水时，在离地七尺处偶然发现了一块大块头的肉状物，人们以为奇，后经人指点，认为是罕见的太岁。地方官派人现场查看，此物色泽鲜红，状如赤子，手足俱已成形，头部五官也甚分明。手按之富有弹性，依古书所载情状，此物是太岁无疑。

皇上大喜，命人昼夜看守，一旦有轰来觅食立即抓住。

当时人们对太岁畏之如虎，见之如遇神鬼一般。皇上命全国法力最大的朝天观观主铁木真人负全责，让他施法术罩住太岁。铁木真人特设了一座三丈高的祭坛，日日烧香默念咒语，在发现太岁的四周，设九宫八卦、奇门遁甲，上按二十八星宿位排列道众，可谓布下了天罗地网，日夜守护，不敢有半点差错。

可是说来也怪，就在人们眼皮底下，看守到了第十天，不但没有发现轰，连太岁也不翼而飞了。铁木真人脸色铁青，略一沉吟后说："是了，刚才我心一动，通过天人感应得知事情的大体原委，这太岁本是灵异之物，来去人鬼莫测，这合当是天数，我朝能现此物已属不易，以太岁来诱轰，实在是奢求望外了，所以，上天必要收回去的。"皇上得到禀报非常恼怒，但铁木真人买通了监天官，监天官说紫微星昨夜发暗，恐对国君不利，近日最好祈禳，不宜动杀伐之念，以祈福祉。皇上听后，再也不敢惹得天怒人怨，不好严责铁木真人，此事只好不了了之。

## 8 太后弄权

既然找不到轰，包容只好继续研究用其他药材来替代轰油。借着国力，包容广选中外名贵之药，也有身毒国的，也有交趾的，也有大食国的，世间能搜集到的稀有药材用了无数，但效果总是不尽人意。

与此同时，胡太医也加快研制的速度，不时向皇上奉献驻颜回春丹，皇上吃了果然精神焕发，神清气爽，不但免去了他的罪责，还恢复了太医的俸禄，胡太医风光如前，好不得意。

皇太后看到胡太医不但没向皇上说出她的计谋，还重新赢得了皇上的信任，内心很是感激，暗地里也给了他不少好处。可自从静山王说出了那段秘密之后，母子间的感情裂痕越来越大，皇上根本不把皇太后看在眼里，甚至两年都不向皇太后请安，弄得皇太后既羞愧又恼怒，但只能忌恨在心，渐渐身体也病恹恹的，茶饭不思。

胡太医早就看出了皇太后与皇上不合。一次，胡太医给皇太后看病，说她是心有郁结，久不能化开致病。如今要使凤体早愈，必得心情愉悦才能慢慢恢复。皇太后说愁闷倒是真的，但想心情舒畅却难。胡太医说，这事说难就难，说不难也不难。本朝右丞相徐勇是一等有学问之人，上知天文下晓地理，听他一番话可以一解胸中积年块垒，皇太后何愁心情不畅！

皇太后沉吟半晌，说徐丞相通晓古今，博学广识。我虽为太后，可毕竟不便召见，这却如何是好？胡太医说臣有一法，不如太后拟旨，由微臣往来传递，这不就成了？太后说既然这样，那你就依此而行吧。

在胡太医的传递下，皇太后与徐丞相的书信频频往来，皇太后的病果然很快好了起来，脸上也常常露出笑容。但皇上的身体却一日不如一日，渐渐不支，不出数月就驾崩了。其实，这一切都是胡太医安排好的，他一方面给皇太后配药，从中撮了她与徐丞相苟合在一起，另一方面给皇上的驻颜回春丹里加了铅、汞、砷等慢性毒药，任你多么体格强壮，岂能终日在毒药的浸染下活下去？

很快，皇帝五岁的小儿子登上大位。皇太后变成了高皇太后，她又假以胡太医之手害死了太后，把这个小皇帝当成了木偶来耍弄。此时的丞相由徐勇把持，他对高皇太后唯命是从，满朝文武人尽皆知。

日久，丞相与高皇太后有染的事从宫中传出来了，高皇太后与徐丞相惶惶不可终日。两个人密谋于暗室，想废了幼帝窃得江山。

## 9 危城内外

戍边大将军石达，素来战功显赫，为朝廷靖边杀敌，深受国人爱戴。徐丞相假传圣旨，下诏让石将军回京议事，图谋借机除掉以绝后患，不想走漏了消息。在身边谋士的死谏下，石达终于下定决心，要趁着朝纲废弛之际，以清君侧之名，起兵来攻王城。包容的父亲包辛在军中靠医术精湛，救治了无数的伤兵，深得石将军信任，后成为军中的臣僚，又因他自幼熟读兵法，对排兵布阵、攻城略地也胸有韬略，逐渐成为石达这支守边大军中的一员得力将领。当军队浩浩荡荡开来之时，石达就把攻城的指挥权交给了包辛。在包辛的指挥下，一座王城被围得水泄不通。

兵临城下，王城里一片混乱，专权的丞相徐勇预感大事不妙，但他还要做垂死挣扎，一面指挥京都禁卫军据城死守，一面收拾细软准备出逃。为了不给人留下口实，徐丞相与高皇太后决定秘密将胡太医杀掉，因为他知道的事情太多了！

不想隔墙有耳，高皇太后与徐丞相这番话正好让内宫的一个宫女暗中听到，而这个宫女正是胡太医安插进来的耳目。胡太医得到消息后想火速逃出王宫，但此时已经封城，想出也出不去，胡太医急得在城内团团转。

如坐针毡的徐丞相面对这座危城如何坚守已经束手无策，但他最要紧的一件事，就是火速派禁卫军去杀掉胡太医。他从内线得到证实，胡太医是反军的一名内应，为防止他与叛军里应外合，下令抓到胡一魁就地斩首，无论何人，只要提来首级，即刻赏黄金百两！

突然有人通报，说攻城的大将包辛，正是包容的父亲。徐勇一听，马上叫人把包容抓起来。他想，万一城破之时，他可以将包容作为人质，换来活命的机会。

禁卫军马上派人赶往包记大药铺，不料途中正遇上四处乱逃的胡太医，禁卫军冲上前来一阵乱刀齐下，胡太医顿时身首异处。为了抢到他的首级回去领赏，禁卫军一时大乱，最后胡太医的首级终于让一位武士提到手中，他又杀掉了两个企图从他手中抢走首级的士兵，这场骚乱终于得到平息。禁卫军在胡太医的药箱里翻出了许多金银首饰，这都是平日里高太后赏给他的，被兵士们一抢而空，药箱也很快被扯烂了。不期在箱子的夹层里突然掉出来一封信，打开一看，这信原来是胡太医准备投给城外起义军首领的，内容是揭露高皇太后与徐丞相平日里如何胡作非为，把他们如何企图谋害幼帝继而篡权的罪行讲的极为详尽。可怜一位机关算尽的胡太医，最终还是没能逃脱横尸街头的命运。

禁卫军看到徐丞相既昏庸无能又色厉内荏，高太后既荒诞无耻又猜疑多嫉的本性，他们再也不想为这对狗男女卖命了，刚出发时的昂扬斗志，当即就减掉了一半。当禁卫军来到包家大药铺时，猛然发现这里火光冲天，一时竟不知如何是好了。


## 10 轰来了

原来，包容正在密室内配制药方时，有一味叫燧人木的药材需要研成粉末使用，这种植物中富含磷，是极易燃烧的东西，研磨时需要用木臼捣碎，然后再小心慢研细磨才行。他正在聚精会神地研药，突听得外面喊声震天，惊慌之中就把药杵脱手了，这十余斤的药杵一下砸到铁臼上，碰出的火花顿时就把燧人木粉引燃了，呼的一下扑得包容满身都是火焰，整个密室很快陷入一片火海。包容在地上翻滚，正巧滚到地窖入口处，他情急之下掀开窖门跳了下去，刺鼻的臭味扑面而来。包容不明就里，漫无目的地瞎闯一气，猛然间一头撞在坚硬的窖壁上，头嗡的一下，眼冒金星，天旋地转，失去了知觉……

包氏大药铺陷入一片火海，外面的禁卫军无法往院里冲，包家的人丁在大火中四处奔逃。本就兵荒马乱的时候，禁卫军见了这种情形，只好由他们去了。这也是老天照应，包氏一家反倒是因祸得福，保住了性命。

不知过了多长时间，包容渐渐清醒过来。黑暗中，他四处摸索着想爬出地窖，可是倒塌的残垣断壁早就把窖门压得死死的，根本出不去。在大火的烘烤下，整个地窖就是一个大蒸笼，闷得包容几乎喘不上气来，活像一条罐头里的沙丁鱼闷在其中。他只好咬紧牙关，拼命向地窖的更深处爬去。

又过了很长时间，突然，他感到大地在颤抖，迎面吹来了清新的风，这风是那种雨后的草地上散发出的特有的薰香的和风，耳边传来铿锵的足音，先是很慢，既而不急不缓，最后频率加快，其声排山倒海，其速携风逐电，其势雷霆万钧！

轰隆，轰隆，轰隆……

轰隆隆，轰隆隆，轰隆隆……

包容浑身发紧，心脏狂跳，他预感到，这是一只硕大无朋的轰，正在黑暗中向他迅疾跑来！

# 将宇宙一军

亲爱的读者，当你翻开这本书时，你就已经参与到一场伟大的游戏中了。

我们——我，托尼·李，和你们这些正在看这本书的人——在和宇宙博弈，输赢关乎我的性命。

如果这一番开场白让你感到莫名其妙，那么很抱歉——我需要你们继续读下去，否则我将很快出局——我会尽快把来龙去脉解释清楚。

这一切都和我的预言能力有关。

我知道，你们一直都很好奇：作为二十一世纪最成功的预言大师，我的神奇能力是怎么来的？

答案其实很简单：我预言的都是我经历过的事——或者准确地说，是我知道会发生的事。

你也许会问：那么，你真的是从未来来的人喽？

嗯……也是，也不是。

这个答案或许不会让你满意，但是，你要相信，真相要比这一两句话复杂得多。

其实我和你们一样，生于 21 世纪，长于 21 世纪，我不是真的来自未来，我只是记忆力比各位要稍好一些，记住了一些曾经发生过的事。

对，是"曾经"。

事实上，我在 2011 年 11 月 11 日出生，然后死于未来的某一时刻——这个过程重复过无数次。所以，我所预言的，不过是在我的某一"辈子"确实发生过的事而已。

这一说法是不是比所谓的"特异功能"更让人难以接受？

令人震惊的事实还在后面，请做好心理准备，因为我的故事才刚开了个头。

我死过无数次——说真的，我实在记不清自己死过多少次了。我只记得，这一切开始于 2035 年 12 月 1 日——请记住，二十四周岁以后，我才和诸位变得不同。我在一个街边小酒吧里醒来，头痛欲裂，满口廉价啤酒的酸涩味儿。灯光昏暗，人生嘈杂，日夜难辨，我顶着灌了铅般的沉重脑袋挤出酒吧。冰冷的夜风钻进我鼻孔、我的嘴，我的胃翻江倒海，头脑却异常清醒——我记起：我，托尼·李，待业青年，没有亲人没有朋友，自不量力地想要在这个繁华的大都市中闯出自己的一片天空，却发现即使是高楼簇拥下的那片逼仄天空，也不是人人都能拥有的。那天晚上，我是想借助酒精暂时脱身于现实的泥淖。

我向来不胜酒力，两瓶啤酒下肚，就已经不省人事了。更夸张的是，我竟然在人声鼎沸烟雾缭绕的酒吧里做了一个很长、很奇怪的梦。

我梦到自己如现在般醒来，走出酒吧，拐进一个无人的偏僻小巷（这是去往出租屋的近路），没走几步，我就看见一个黑黢黢的影子从天而降。

"嘭！"

我又醒在小酒吧里。

我在这个梦里逗留了很久。每次都是相同的感受，每次都是一样的结局。三四个循环后，我才猛然意识到：在这个梦的结尾处，有东西从漆黑的巷子上方掉了下来，接着我被砸中，然后这个梦就又回到了开头处。

我可不想一次又一次醉醺醺地醒来，而且，说实在的，我也不能保证醉醺醺的自己能够躲过袭击。

所以，这一次，我选择走另一条路。

开始一切还算顺利。尽管在人流里被挤得东倒西歪，但我至少还没有很快玩儿完。见鬼，这梦也太逼真了——不，也许这次不是梦。我看着一张张形色各异扑面而来的脸，心想。这时，我的视野里飘进了一条视频信息，来自陌生号码——很多人都停下了脚步。

　　一条垃圾短信。我原本并不想看，可转念一想，如果这真是一个梦，说不定这条信息是来自上帝的某种启示。

　　于是我用瞳孔移动视点，打开了短信：

　　一个满脸雀斑的红发青年，正夸张地对着镜头挤眼睛，他的身后是闪烁的白色灯光和满是涂鸦。他咧开嘴，露出两排亮闪闪的牙套。

　　"嗨，"他说，"如果你不想没完没了地挂掉，来找我，我在十七街地铁站。记住，如果你想活着过来，就千万不要远离人群。另外，要是你看不懂这条短信，"他略带歉意地说："那么抱歉，打扰了。"

　　短信结束。我在人群中听到低低的咒骂声。这年头，垃圾短信满天飞，骗子的手法万变不离其宗：尽量语焉不详，然后静待愿者上钩。根据贝努利他老人家的大数定理，总会有倒霉蛋掉进骗子设置的情境之中。

　　没完没了地挂掉？我差点儿笑出声来。这句话简直就是为我量身定做的，人的大脑还真会开玩笑！梦，这一定是梦，我还没有醒来！

　　踉跄的脚步在不知不觉中载着我冲出人群，我奋力吐出肺叶里肮脏甜腻的空气。太阳穴依旧在突突直跳，就像有个小人在我的脑袋里拼命敲击。这梦也太离谱了，用不着把疼痛也还原得那么清晰吧？

　　那小子说什么来着？不要远离人群？那好，我偏要远离人群，看看这个出格的玩笑要如何收场！

　　我拐到一条偏街上来。这条街还算宽敞，只是和很多躲在浮华背后的街巷一样，破败肮脏，阒无一人。空气中弥漫着食物腐败的臭味，争执声、打骂声从拥立两侧的低矮住宅楼中飘出。

　　怎么样？我站在路中间，昏黄的灯光在我脚下投出一个虚弱的圆影。我不是还好端端……

　　"吱——"

　　轮胎撕咬地面的声响骤起，两道白光硬生生刺入我的眼睛——视野一片空白，引擎声呼啸而至。我拔腿向左躲闪，可余光里那该死的黑色跑车还是追了过来。

"呼！"

我像叶子般飘了起来，随即从空中看到那辆车顶在墙上，浓黑的烟雾从扭曲的引擎盖中腾起；接着下落，痛感从开启的闸门中喷涌而出——然后，一片漆黑。

疼！我猛然抬头，酒吧里下流的电子乐隆隆作响。疼！不只是头，我感觉浑身都散架般地疼！

我挣扎着起身，回到街上。奇怪，此刻，除了我那个爆裂般的头，所有疼痛似乎都悄然无声地消失了，刚才粉身碎骨般的痛楚仿佛只是记忆的余痕……

难道说，刚才发生的一切不是梦？

可是，我明明记得自己被车撞了，那种速度，那种力道，凡胎肉骨的我不可能在撞击中活下来。可我——我的手在身上来回摩挲，怎么也无法把这种真实的触感和游荡的幽魂联系起来。

就在我发愣的当儿，短信钻了进来，红发青年那张神气活现的脸又占据了我的整个视野。如果你不想没完没了地挂掉……我在十七街地铁站……

也许，也许这是一条线索。这一次，我像喝水的鱼般一头扎进了汹涌的人潮，溯流而上。这一路，我没有再遭遇到什么意外，顺利来到了红发青年说的见面地点。

十七街地铁站。

即使是在熙熙攘攘的人流中，找到这样一个特征突出的人也并不困难。他就坐在站台的长凳上，深红色的头发犹如一个"禁止通行"的醒目标志牌。他的手旁若无人地在空中比画着，显然是在模拟视觉里浏览信息。

"你好。"我凑到他身边，低声招呼。

他抬头打量我，手停在半空。

"你好，"我怕他没有听清，就又补充了一句，"我收到你的信息了。"

"你是怎么死的？"他把手抽了回去，没头没尾地问道。

"呃……前几次可能是被砸死的，上一次死于车祸……"

"很好。"他把身边一团脏乎乎、油腻腻，貌似铺盖卷的东西扔到脚下，示意我坐在长凳上。"你是我们中的一员。我叫麦杰，职业软件工程师、业余物理学家。你呢？"

"托尼，无业游民。"我迟疑了一下，还是坐下了去。"你刚才说，我们？"

"你不会以为中大奖的就只有你一个人吧？为了联系诸位，我可是不定期地黑进电信公司的服务器群发短信。"他一脸不屑地看着我，"也是在这里，有三四个人找过我。"

"他们的遭遇，"我小心翼翼地问，"和我一样？"

"嗯，差不多。"他漫不经心地搓着手，"你算反应快的，有个蠢货挂了二三十次才想到过来找我。咳，你知道，有些人就像蒙眼拉磨的驴，就算让他一次一次以同样的方式去死，他也不会觉得有什么不对。"

"可我不明白……"

"可你不明白，"他抢白道，"这究竟是怎么一回事？"

我点点头。

他的脸又神采飞扬了起来。"嘿，"他说，"算你找对人了，我不仅可以告诉你这是怎么回事儿，还可以教你怎样活得更久一些。"

"在理解真相之前，你需要知道一些背景知识……"麦杰把脸贴了过来，低声说。我闻到一股呛人的馊臭味，味道之浓烈甚至盖过困扰我多时的酒气——胃里又一阵惊涛骇浪，好不容易我才压下呕吐的冲动。麦杰对我痉挛般的表情不以为意，他显然已经完全沉浸在发现宇宙真理的自我陶醉之中了。

"我们，"他说，"我是指每个人，都拥有无限的生命。"

我没听错吧？我瞪大了眼睛，不自觉地向旁边挪了一下屁股。

麦杰蹭了过来，继续兴致勃勃地往下说："你听说过庞加莱的回归论吗？"

我摇摇头。

"真可惜，"从他那满是遗憾的脸上可以看出，这话完全发自肺腑。"看你的样子，应该是受过高等教育的人。"

我对麦杰赧然一笑，心中竟然一点也没有为自己辩驳的冲动。我大学学的是经济，满脑子凯恩斯克鲁格曼，满脑子曲线定理法则——受过高等教育有啥用，还不是照样找不着工作？

"不过没关系，"麦杰摆了摆手，"反正这个理论简单得很，几句话就能讲明白。庞加莱是个法国数学家，他认为，这个宇宙是循环往复的。在我们的宇宙终结后，总会有具有同样初始参数的宇宙诞生。相同的参数决定相同的宇宙，相同的宇宙里会诞生相同的人、发生相同的事，在无限长的时间里，这样的过程会重复无数次。所以，我们也会重生无数次。"他咧开嘴，陈年大蒜味扑面而来。"所以我说，我们每个人都拥有无限的生命。"

胡说八道！我虽然没有学过大学物理，但基本常识还是有的。我立即问他："那么照你的意思，这个宇宙是决定论的喽？"

"没错。"

"少唬人了！"我跳了起来，"量子力学早就告诉我们，这个世界是概率论的，这就是说，即使相同的初始参数也没法保证宇宙能够重演！"

麦杰抬头看我，眼里满是"孺子可教"般的赞许："你能够质疑，这很好，敏捷的思维有助于交流。"他又示意我坐下。"不瞒你说，量子力学这个问题困扰了我很久。作为一个把不确定世界观奉为圭臬的人，决定论的宇宙也很难让我接受。但是——"

他又露出神秘兮兮的嘴脸："在鲜活的事实面前，理论总是苍白的。"

"事实？"

"都死去活来那么多次了，还不是事实？"

这个成语用得还真是贴切，我哑口无言。

"我猜测，"麦杰的神情难得地认真起来，"量子力学中的不确定性只是因为我们还没有认识到物质世界更深层次的规律，也许在不确定性的面纱下面，是一个确定的微观世界。"

这话我勉强能够理解。

"啊——"麦杰打了一个长长的呵欠。他的手又伸向虚空，"都这么晚啦？"比画了几下后，他说："我说人怎么越来越少了哩……"

"我要睡觉了。"麦杰猫腰捡起脚下那一团不明物体，宣布道。

"可是……"

"你来得太晚了。"麦杰直勾勾地看我，眼神背后的意思很明确：你妨碍我睡觉了，走开！

我识趣地起身。

"可是，我还不明白……"

"明天再说吧。"他捣鼓了一阵后，钻进了黑黢黢的被褥（没错，那东西果然是被褥），活像个长着红毛的巨型蚕蛹。"呃，应该说，如果你能活过今晚，那么明天再说；如果你还是挂了——"蚕蛹露出戏谑的笑容，"那就'下辈子'来找我吧。还有，还有……呼……"

话还没说完，这家伙就打起了呼噜。

地铁站里的人渐渐稀少。我呆呆地杵在站台上，听着身后麦杰闷雷般的鼾声，心中一片茫然：如果人生能够重复无数次，是不是相同的困窘也会重复无数次呢？

地铁的灯光照亮前方的铁轨，不远处零星地出现了两三张或疲倦、或麻木的脸。他们在等末班车，我想，他们并不快乐。

这样的生存状态会无限地重复？他们浑然不觉，可我明明是不同的！

当啷——当啷——

既然我知道，我就有能力改变！我刚刚不是躲过死亡了吗……

忽然一股浓烈刺鼻的酒气从我身后扑了过来，我转过头，一只脏乎乎的手按在我身上。

"哥们儿……借……"

不管那只手的本意如何，结果是我在它的帮助下跌下了站台。我的头磕在铁轨上，耳边嗡嗡作响，世界在这压倒一切的声响中变成一部默片。我看到站台上醉汉不知所措的脸，我看到铁轨上飞溅的火花。

来不及了，我想，心中竟一阵轻松。

车轮碾了过来。

……

这次醒来，我直奔主题。

"嗨，麦杰！"我在老地方找到了他。

"我认识你吗？"

"就在刚才，我们还……"

"哪个刚才？"

"啊？"

他端详我半晌，手忽然重重拍在脑袋上，"哦，我想起来了！你在上个循环找过我！你叫，你叫……"

"托尼。"

"对，托尼。"他的声音中带着歉意。"不好意思，上次见到你是很久以前的事情了。现在我想起来了，上个循环，你就死在前面的铁轨上，你被碾成一团肉饼，"麦杰打了个寒噤，"惨得很。"

我苦笑一声："还好我看不到。"

"那么，"他又让出身边的座位，"这次你来找我，是为了……"

"你还没有把真相全部告诉我，"我坐到他身边，熟悉的气味翩然而至。"你讲到我们生活在一个庞加莱的宇宙中……"

"对对对！"他露出恍然大悟的表情，"我说，我们的人生在一次次地重演。而如果我们在开始新的人生时什么都不记得，就像一头蒙眼拉磨的驴，那么这一切就挺美好……"

"但是？"

"但是，"他重重地嚼着这两个字，"宇宙出了岔子。"

"你说啥？！"

"别激动嘛。"麦杰满是泥垢的指甲掐住我的肩膀，"听我说完……"

"我们，"他揽着我，而我则在他那化学武器般的气味中全身瘫软，无力挣扎。"我们这群人——我称之为'觉者'——在 2035 年的某一时刻醒来。"他把手指戳进自己板结打柳的乱发中，"在'觉者'身上，发生了奇妙的事情——他们会发现，一觉醒来后，他们的大脑洞悉了世界的真相：他们能记住此后在一个又一个循环中发生的事！"

我甩开他的手臂。"为，为什么？"

"别问我为什么，"他努努嘴，"事情就这么发生了。"

我陷入沉思：也许这样就能解释那一次次的死去和复生了……不对，这说不通！

"如果命运是确定的，"我问道，我甚至都能听出自己声音中的惶恐与疑惑。"那么我每次都应该以相同的方式死去，而不是像现在……"

"你问到点子上了。"麦杰嘿嘿一笑。"这就是为什么宇宙想要除我们而后快了。"

宇宙？除掉我们？

"如果没有对'前世'的记忆，那么在宇宙的每一次重演中，我们都会做出相同的选择——不管我们认为自己是多么自由，从思维的物质层面来看，因为微观粒子的运动是从创世之初就决定好的，所以根本没有什么所谓的'自由意志'，我们将一次又一次做出相同的选择。你认同我的说法吗？好，既然你认同我的说法，那么我们现在进行反向推理。

"如果你记得'前世'发生的事，在面对同样的情境时，你还会每次都做出相同的选择吗？"

我想起自己的前几次死亡，而现在，我活生生地坐在这里，看着人群穿梭不息，忍受着这个邋遢青年的浓重体味。

如果真的有"宿命"，那么我已经在不知不觉中改变了"宿命"。

麦杰见我不吭声，便自顾自说了下去："当'觉者'醒来，他的大脑中带着新的记忆，我称之为'扰动'。这种扰动次次不同，因为'觉者'的记忆是无时无刻不被他过往的生存经验所改变……"

我想我有点儿明白了。"这就是说，我们，就是你说的那个什么'觉者'，会改变确定宇宙的走向？"

麦杰点点头："是的。所以宇宙要做的，就是亡羊补牢，尽量减少'觉者'对未来的影响。"

减少影响？我打了一个激灵，冷汗涔涔而下。"你的意思是说，前几次，我是被——宇宙，杀死的？"

"没错。"

"宇宙？"

"对，我说的就是'宇宙'"。麦杰忽然笑了，他的笑容中带着一丝残忍的顽皮。"不然还有谁能这么不厌其烦地用五花八门的方式结束你的生命？"

我感到绝望正爬上自己的脊背。"怎么可能……"

"通过多年的思索——咳，你都无法想象我活了多少年。"麦杰的脸上浮出一种和他的外表不相称的沧桑神情，"我得出一个结论：宇宙是一个超意识，是一个把时间、空间和万物都囊括其中的超意识；而这个世界的历史，就是这个超意识运算的结果。"

"这个超意识，也就是宇宙，呸！"麦杰抬头看向地铁站漆黑的穹顶，动作中充满挑衅的意味。"是个懒鬼。它宁可一遍又一遍重复相同的运算，也不愿意多花心思，让这个世界拥有丰富多彩的未来……"

"但是，宇宙的运算还是不可避免地出现了错误。我们的觉醒，"麦杰意味深长地看我，"就是这个错误的产物。为了减少'觉者'对因果链的影响——也就是减少自己的额外运算量，宇宙决定在我们醒来后尽可能短的时间里采取行动……"

骇人听闻！这是庞加莱版的"死神来了"啊！

"如果，如果你说的是真的，"我哆哆嗦嗦地问，"那为什么我们两个现在还没死？"

"你想想，宇宙的行事准则是什么？"麦杰的下颌前伸，示意我看向熙来攘往的人群。"宇宙的行事准则是，尽可能保持既定的历史轨迹。对不对？"

"啊……嗯。"

"那么设想一下，如果我们莫名其妙死在一大群人面前——我们自己倒是清静了，这些眼睁睁看着我们挂掉的人的未来呢？"

"啊！"我蹦了起来，"蝴蝶效应！如果宇宙这么做的话，它就会大大偏离原来的历史！所以你才在短信里告诫我不要远离人群！"

麦杰"哼哼"笑了两声。"好玩儿的还不止这些呢！宇宙尽管是个懒惰而且冷酷无情的家伙，但玩儿起游戏来，它还算个守规矩的对手，否则，像我这样一个渺小的人，怎么可能在它的追杀下活了这么多年？"

"你说，玩游戏？"

"差不多。"麦杰说，"这场游戏无非就是一方想方设法追杀，而另一方想方设法逃脱。是游戏就得有规则，经过这么多次死去活来，我好歹也总结出了几条。

"规则一：正如我刚才说的，宇宙决不会在人群中杀死你；

"规则二：宇宙决不会动用诸如地震、海啸这样的大规模杀伤性武器，除非你恰好处在必然发生的灾难中。我想，宇宙这样做，和它遵守规则一是同样道理；

"规则三：宇宙决不会在你睡觉的时候动手——别问我为什么，事实就是这样。宇宙遵守这条规则，可能只是因为它觉得杀掉一个毫无抵抗能力的人一点儿也不好玩儿；

"规则四：宇宙不能控制'觉者'的意志——如果它可以的话，游戏就压根儿没法玩儿啦；还有，宇宙只能在逻辑允许的范围内对不是'觉者'的人施加影响。所以啊，人脑真是一个很奇妙的东西，上帝对它也是无计可施。"

我的大脑空白了片刻。啊，这样一切都说得通了。空白之后，逻辑的链条从纷乱的扭结中升起，变得清晰起来——所以麦杰才会混迹在这人来人往的地铁站中，在人潮还未退去之时就酣然入梦；所以我才会被汽车撞飞，被醉汉推下站台。

原来活着或死去，都不是意外。

只是，让我感到疑惑的是，一个人需要何等非凡的头脑，才能在一次又一次的死亡与重生中洞悉宇宙的秘密，进而总结出这场生死游戏的规则？

"因为我活得久呀，"麦杰这样回答我的疑问，"'觉者'虽然都在同一年觉醒，但这'同一年'往往都处在不同的循环中。就比如说，我——"他用手指点了点自己的胸口，"在三四十个循环前就觉醒了，我也是稀里糊涂死了十几次后才慢慢悟出道儿来。我还见过一个笨蛋，至少毫无创意地以同一种方式死了上百次，要不是我的一条短信，恐怕他现在还在蒙着眼睛拉磨呢，哈哈哈哈……"

说完，他打了个长长的呵欠，然后睡眼惺忪地看着我。他是在强打精神，大概是对因为他的语焉不详而死在铁轨上的我心怀歉意吧。

这一次，无论如何，我都要在死掉之前把事情搞明白。

"你说你还见过三四个和我们一样的人，"我急促地问道，"他们现在怎么样了？"

"啊……还能怎么样？"麦杰的眼皮不住地下沉、闭合，而后又奋力撑开。"要么像我一样，找个人来人往的地方安家；要么……啊……跑到深山老林里去，除了吃喝拉撒，不和这个世界发生一点儿联系……"

"我劝你，"麦杰的身体开始摇晃，"今晚……啊……今晚就在这儿住下，明天的事，明天再说……对不起，我实在熬不住了，晚……"话音未落，他的头已经携馊臭之风向我栽了过来，我急忙跳开，这小子"扑通"一声倒在长凳上，睡着了。

现在，我又要独自一人面对宇宙的追杀了。

怎么办？就此睡下？我抬头看了看间歇闪烁的昏暗日光灯，又低头瞅了瞅鼾声如雷的麦杰，杂沓的脚步声、细碎的人语声在我身边回旋。我不认为自己随便蜷在某个长凳上就能心安理得地睡着，而如果我不能在人群散去前睡着，天知道我又将如何惨死。

啊，这句话再正确不过——只有天知道。

最后，我还是走出了地铁站。喧嚣的城市已经沉静下来，如果人群是我赖以生存的水，那么此时我连一个干涸的水洼也找不到了。

在一个 24 小时营业的便利店门口，一颗来自年轻劫匪的惊慌失措的子弹打穿了我的肚子。这是一次漫长而痛苦的死亡。我侧躺在地上，捂着被大口径子弹切开的肚皮，眼睁睁看着鲜红的生命之水从我的指缝间汩汩流出。撕心裂肺的痛苦和彻骨的严寒整整折磨了我一个小时，直到黑暗完全笼罩下来，我才隐约听到救护车姗姗来迟的呜咽。

那次之后，我对自己发誓，决不再让这个混蛋宇宙轻易得逞。

但这真是一件说起来容易做起来的难的事。毕竟，我面对的是上帝他老人家的追杀，除了那几条基本原则，没有其他任何东西能够帮我在这场游戏里活下来。

我又死过很多次，有时是因为大意，有时纯粹是因为运气不好。在不同的循环中，我会偶尔去看看麦杰。他一直是老样子。据他自己说，如果把蜷缩在地铁站的时间加起来，他的寿命甚至要长过美国的立国时间。他告诉我，又有几个人找过他，除了他以前说过的那两种活法外，还有人选择了第三种。

"放弃抵抗，遂宇宙的心愿。"麦杰耷拉着眼皮说。"反正就算每个轮回里只有一秒钟的活头，这无数个一秒钟累加起来，也成了永恒。"

难道我们只能这样？或者混迹于人群，把自己变成一个并不赏心悦目的橱窗模特儿；或者瑟瑟缩缩地躲在世界一隅，巴望着自己的无害声明能让宇宙老爷子手下留情；甚至乖乖就范，任宇宙宰割……

"难道没有别的选择？"我问道。

"别的选择？"麦杰乜斜着眼睛。"所有的选择都跳不出规则一二三四，这可是我用鲜血和生命换来的宝贵经验，你自己琢磨好了……"

"再说，"他咧嘴一笑，黑亮亮的牙套在嘴唇下若隐若现，"现在这样挺好。你别看我邋里邋遢的，其实我早就是千万富翁了。只要我乐意，随时都可以叫上一大帮人陪我，但我宁可住在这里——"他伸了个懒腰，"有安全感。"

我不敢相信自己的耳朵："你？千万富翁？"

"瞧你那样，"麦杰对我嗤之以鼻，"这有什么好奇怪的？只要你记住上一个循环中的一个彩票号码，这辈子不就衣食无忧了吗？"

……

我快步走出地铁站，冷冽的风从身边掠过，我的头皮一阵发紧。是啊，尽管"觉者"不能像正常人那样拥有一个稳定的工作，但也不必贫困潦倒。"前世"的记忆实际上赋予了我们非凡的"预言"能力，麦杰很聪明，正是利用这一点，他把自己变成了有钱人。但有钱又能怎样呢？他还不是日夜畏惧着宇宙的追杀，连一个安稳觉都睡不上。

不，我不想这样！一定还有别的选择！

……所有的选择都跳不出规则一二三四……规则一：宇宙决不会在人群中杀死你；规则二：宇宙决不会动用诸如地震、海啸这样的大规模杀伤性武器，除非你恰好处在必然发生的灾难中；规则三……

啊！我忽然激动得浑身震颤，就像饥寒交迫的旅人看到远方旷野中的点点灯火。我顿悟，前两条规则其实来自于一个更基本、也更有力的事实：宇宙想要尽量减少"觉者"对未来的影响，不管他们是活着还是死了!

　　麦杰其实早已摸出了门道儿,他知道,如果自己的死能够造成尽可能大的影响,宇宙便不敢动他,他只是还不得要领。如果不是满足于自己的生存状态,他本该想到,不是只有死在大庭广众之下才会在历史之河中掀起轩然大波,如果活着的时候就已经影响到了足够多的人,那么不管"觉者"如何死去,对因果链的改变都会如同以他为中心的一圈涟漪,扩散至整个人类历史中。

　　这意味着,我面前摆着第四种可能的选择:想方设法影响别人,尽可能多的人。如果能侥幸戳中宇宙老爷子的软肋,那么也许从此以后,我能和别人一样,在阳光下自由地生活和呼吸。

　　至于怎么做,答案也已经出现在刚才的对话里了:既然麦杰可以通过预知"未来"发家致富,那么我,托尼·李,也可以通过预知"未来"去影响别人。是的,"未来"本身,将成为我对抗宇宙的武器。

　　我在那晚之后开始了行动。在别人看来,我还是那个在地铁站、广场和街头游荡的流浪汉,没人知道,我在努力记住这个城市中上演的每一个重大事件,以便在"下辈子"做出精准的预言——这不对呀!如果你是我的忠实拥趸,那么你一定会跳起来这样说——是的,在我公之于众的预言中,从来没有具体到某时某地某事,那是因为在之后的循环中,我发现我的思路错了。

　　我带着十年的记忆进入了上一个生命周期。一开始,计划进行得还算顺利:在城市论坛上成功预言了几次火灾和车祸后,我成了一个小有名气的流浪汉——但也只是仅此而已。随着拥趸的稳步增长,我发现,我的预言开始失准,最后甚至南辕北辙,错得一塌糊涂。当人们开始相信我的预言,他们的行为就会受到预言的影响,历史随之改变。而越是在他们身边发生的历史,就变动得越是剧烈。

　　他们远远地绕开那个因为疯狂抢购而发生踩踏事件的商场;他们重新规划出行时间,躲避本市历史上最大的一次交通拥堵……

结果，踩踏和拥堵都不曾发生。"未来"已经被我的预言改变，而我却无法预言一个改变了的"未来"。

在我成为一个遭人唾弃、进而彻底被人遗忘的骗子后，宇宙在一个寒冷的清晨干净利落地消灭了我这个眼中钉。

于是，我进入了你我所处的这一轮循环。

"精神可嘉，我知道你打的是什么主意。"七年前，我在胜利广场碰见麦杰，他揶揄我说。"但我劝你还是现实点儿，胳膊永远拧不过大腿，你真的以为你能玩儿得过宇宙他老人家？"

我正是这么想的，我在心里说。可我回给他的，却是一个无奈地笑。对一头蒙着眼睛拉磨的驴，还有什么好说的？他喜欢原地打转，可我却要继续向前。

我所做的依旧是预言，只不过这一次，我有把握赢。我不再预言灾难和伤亡事件，而是预测趋势——人类社会发展的趋势，科技或者文化——历史的滚滚洪流根本不可能因为谁说过什么而改变流向（也许金融市场是个例外，所以在这一领域我保持缄默）。我也会预测那些发生一两年后、远在科学家的计算能力之外的古怪天气和壮丽的天文奇观——在寻常人眼里，这也算得上是神乎其神了。正是这些预言让你知道了我的存在，让你心甘情愿地掏钱买我的书，让你期待着知道更多。你已经知道我到底是谁，我的预言能力从何而来，现在，只剩下最后一个悬念：为什么我在一开篇就说，我们——我和正在看这本书的你，在和宇宙博弈？

如果你认为自己已经知道答案，那么很遗憾地告诉你，你是错的。确实，因为你们的追捧，我有了一定的影响力。但我想，宇宙不会因为有区区十几万人读我的书而投鼠忌器。归根到底，我只是个蹩脚的预言家，即使有一天意外死亡，我也不能保证会在你的记忆中逗留很久，久到会对你今后的人生轨迹产生影响。

这本书才是博弈的关键。在前面，我已经讲到时间的真相、宇宙的真相，你相不相信都没有关系，因为我今后的命运会帮你判断：

如果在不久的将来，我悄无声息地死于意外，那么我说的就很可能是真的——庞加莱的回归论、无限重复的生命、超意识的宇宙，等等。试想，在这样的世界观下，你还会做一头循规蹈矩的驴吗？我想你不会。你会去尝试以前想都不敢想的事情，你会去放纵，甚至挥霍生命。这种效应会从你们身上扩散开去，影响整个人类社会。对宇宙来说，这等于是把"未来"推倒重来，它会为了杀掉我而付出这么大的代价吗？

如果我安然无恙地活了下去，和正常人一样尽享天年，那么我就是在胡言乱语。你大可以撕烂我的书，用最恶毒的语言咒骂我这个骗子。但我的目的已经达到了——不需要在宇宙的追杀中惶惶然不可终日，我也能活下来。

这是个两难的局。宇宙怎么走下一步棋，我不知道。

我只知道，我将了它一军。

# 变形记

文／酸碱度

要说这方圆百里内最残忍的人，非我莫属。为啥？因为我以许多不同的方式送过许多生命上天堂。其中深受其害的，是我家阳台上的一窝蚂蚁。

我再次用一根水管，往蚂蚁洞里灌水。水从几个洞口喷出来，一同喷出来的还有几只蚂蚁。我抓住了它们，放在一个小瓶子里。蚂蚁在瓶子里四处乱窜，惊恐地想逃出去。我"嘻嘻"地笑着，从瓶子里捏出了一只蚂蚁，将它的头用小刀切了下来。无头蚂蚁到处乱跑，我惊叹道："这蚂蚁真坚强，身首异处竟然没有死！"我再次将手指伸进瓶子里，一只蚂蚁被我抓住了，它拼命挣扎，用大腭咬了我一口，我顿时觉得天旋地转，不省人事。

"喂喂，快醒醒！"我被一个声音叫醒了。我睁开眼睛，看见周围又黑又潮湿的样子。

"太好了，你终于醒了！"我向发出声音的方向一看，那里居然站着一只黝黑的巨大蚂蚁！它的触角一动一动的，锋利的大腭闪着光泽。

"啊啊啊啊——"我发出一阵尖叫，以最快的速度远离那只蚂蚁，惊恐地看着这一切。咦，我的跑步方式好像不太对——是用六条腿跑的！我往旁边的水洼一照：一个黑乎乎的脑袋上长着两条触角，六条腿挥舞着，还有一个肥大的肚子挂在身后！这不是只有蚂蚁才有的特征吗？我快崩溃了。

"你干什么大叫啊？脑子进水了吗？"那只蚂蚁走过来。

"你，你是谁？这是哪里？"我小心翼翼地问道。

"我是阿昆，这里是我们的蚂蚁王国。你怎么连这个都忘了，脑子进水了吗？"阿昆说道。

我变成了蚂蚁，怎么回事？我的头脑里像放电影一样，一幕幕地回想：抓蚂蚁然后被蚂蚁咬了一口，昏了过去，醒来就在蚂蚁的巢穴！

阿昆见我在发愣，喃喃地说："果然是被魔鬼淹坏了脑子。"

"魔鬼，是谁？"我试探性地问了问。

阿昆咬牙切齿地说："魔鬼是外面那个人类，它坏透了。它拿我们的同胞去做实验，切下头或肚子，用火烧用重物压，杀了我们不知多少兄弟。被救回来的兄弟很快在痛苦中死了，惨不忍睹。魔鬼还用水淹我们的家园，许多兄弟脑子进了水成了傻子。"

我惭愧地听着，说："对不起。"

阿昆疑惑地问："错的人又不是你，干吗要道歉，果然脑子进水了。"

我听了阿昆的话，更加惭愧了。

这时洞口走来一只蚂蚁，它大声叫着："能干活的都出去把水排干净，不要偷懒！"

阿昆对我说："去干活吧，不然又要饿肚子了。"

我木讷地跟着阿昆走出了这个洞穴。

阿昆带我走在路上，我东望望，西瞧瞧，不禁赞叹蚂蚁的智慧，一切都那么井然有序。路上走着一排排进进出出的蚂蚁，一些拖着食物，还有一些脑子进水的蚂蚁被拉到隔离区。阿昆带我走进一个洞口，里面有数不清的蚂蚁在马不停蹄地排水。它们用嘴从食物里吸出水，吐在一片荷叶上，然后拖出去倒了。真恶心，蚂蚁这么不讲卫生，我心想。

"这里是食物储藏室，如果不快点排水，食物就会发霉不能吃了。"阿昆说完也跟着其他蚂蚁一起排水。

我向四周看了看，发现一块棕色的类似肉的东西，问："阿昆，这是什么？"

阿昆看了看，说："应该是螳螂肉吧。"

我吐了。

阿昆见我吐了，关切地问道："你没事吧？是不是不舒服？要不你出去走走？"

这倒是逃走的好机会。我"嗯"了一声，飞快地跑出了洞。可是我走了好久也找不到出口。

"轰轰轰——"我突然听到一声不亚于海啸的巨响。正当我纳闷的时候，一股巨大的水流把我冲走了。我晕头转向，"砰"的被水流冲了出来。

"哈哈哈，又有战俘了。"一个雷鸣般的声音响起。

我不禁往头顶上一看，捏着我的是我的同胞——人类，但他竟然长有一张和我一模一样的脸！我傻眼了。

他抓起一把直尺，口里喃喃地说："今天研究蚂蚁的抗压性。"说完，他便用直尺压在我身上。

我感觉非常沉重，手脚都抬不起来，只能用两根触角胡乱摆动。他不知哪里弄来了一盒砝码，从中取出了一个压在了直尺上。我连触角也动不了了，胸口喘不过气，内脏受到压迫痛极了。他又拿出一个砝码，继续压在直尺上，啊，我的肚子被压爆了，脏器和体液流了出来，外骨骼碎裂了，发出清脆的声响，这是我的死亡之音。

"才15克的重量就死了，真不禁压。"那个巨大的声音响起，然而我的意识却逐渐涣散，双眼一黑，失去了知觉。

"啊——"我尖叫着醒来，满头大汗。我发觉我又变回了人形。我回想着刚才发生的一切，摇了摇头，起身拿了一把面包屑，洒在蚂蚁巢穴前。


"第1 625 749号实验体苏醒，身体机能正常，并进行了反思行为。"一个充满金属感的声音响起。

"很好，看来净化思想的计划很成功，继续寻找目标。"一位老者看了看刚刚空出来的实验舱。

"是。"

一个闪着银色光泽的圆形飞行器冲天而起，消失在了苍穹之中。

# 机器人之恋

文／酸碱度

当商店那古老的铁门被推开，罗伯特总会兴奋地抬起它那笨重而巨大的金属脑袋，几颗松动的螺丝钉在金属脑袋里"当当"地滚来滚去，扬声器里发出有一点变调的声音："欢迎光临！"第一次来商店的人往往会被吓一跳，但是除了她。

罗伯特还记得，她第一次来的时候，晦暗的商店像照进了阳光一样，明亮了几分。罗伯特依照惯例向她打招呼，她微微一笑，点了点头，飘逸的长发从耳间垂下，笑容如月牙一样好看。罗伯特的电子眼看得失灵不能转动了。她从一排货架中挑出一瓶果汁，来到罗伯特面前付钱。罗伯特结结巴巴地说：

"你——你好！一共 5 个地球币。"

她伸出纤细的手指按在支付器上，支付器"滴"的一声响起，表示支付成功。

"慢走，欢——欢迎下次再来！"当罗伯特的量子大脑重新载入主程序，喊出那句已经说了几百万次的老话时，她美丽的背影已经消失在了橱窗外了。

"她笑得真好看！"罗伯特想。


此后，每当听到推门声时，罗伯特总充满期望地看向门口，但老天总让它失望。时间久了，罗伯特的脖子也渐渐不灵活了，总发出"吱吱——"的声音，就像商店的大门一样。罗伯特也懒得去修理了——反正它已经工作了十几年，浑身都是毛病了。

夜晚商店打烊时，罗伯特一改以前看肥皂剧的习惯，努力地练习着一套从网上下载的交友礼仪。"你好，我叫罗——罗伯特。你能和我做——做朋友吗？"用了几十年的扬声器发出因处理器运算频率过高而显得断断续续的声音。罗伯特试了好几次，但扬声器还是老样子。"唉——"罗伯特发出一声长长的叹息。它转转脑袋，脖子的柔软关节又卡住了。于是它拿起桌上的劣质润滑油润了润，然后瘫坐在地上，金属四肢把地板撞得"咚咚"响。

"她还会再来吗？"罗伯特默默地想。负责罗伯特逻辑思考的程序运行得十分混乱。罗伯特感到身体里传来一股前所未有的燥热感，迫使它不耐烦地站起来打开窗户。清风从窗户外吹进来，天上的人造月亮发出柔和的银光，像水一样笼罩着罗伯特。罗伯特的金属身体泛着银光，它感到平静与安详，身体里的燥热感似乎消失了，只剩下大功率散热器"嗡嗡"的工作声。罗伯特关上电子眼，量子大脑中传来一股柔和的舒服感。

"这就是人类称为爱情的感觉吗？太奇妙了！"罗伯特竭尽全力地想着。

在寂静的夜晚，从某一个角落传来了像垃圾桶被狠狠踢倒的刺耳巨响。

人造月球。地球机器人控制室内。

主机："Admin 1 208 号，在地球 CGH620 区的 H 分区中检测到有机器人毁坏，请你立即协助对该机器人的回收。"

Admin1 208 号："请问毁坏程度等级为多少？"

主机："该机器人进行了一项从未有过历史记录的逻辑计算，因为计算过于复杂和频繁导致主处理器烧毁，因此划分为最高等级。"

Admin1 208 号："是，我立即执行。"

Admin1 208 号默默地看着一堆堆报废机器人被送入炼造炉，她那高度仿真的精致脸庞上流露出惋惜的表情。她用纤细的手指拧开一瓶果汁，喝下一口，体内的生物电池将糖类转化为能量，源源不断地提供着动力。

物是人非啊！

她摇摇头。突然，她的量子大脑发出了警告：

处理器过热。

# 微观危机

文／苏文丽

第 36 小时。饥饿难耐……

我早已察觉到时间的流逝，如精准的机械齿轮带动撞针指向那一刻——生命的终点。而全部的记忆碎片一下子完整地重现在脑海中，随后被删除得一干二净。

第 29 小时。所有的希望已经破灭，我尝试了之前总结出的所有方法，但都始终无法达到目的，生命的警钟已敲响。我跌跌撞撞地冲向最后的"枯井"，用尽最后的气力将那唯一的利器刺入皮肤，然而这次连一开始的铁锈味道也消失了，手足发软的我立刻从一米之高的台缘坠落，狠狠砸在了水泥地面上。

那是具尸体，僵硬得险些折断我的刺针。

第 24 小时。我开始运用最新得到的情报实施计划。尽管没有接到任何关于动用"刺针"的指示，但为了生存，我不得不尝试所有的操作。

在选中目标的同时，我已计算出精确的针刺位置。眼前显示出活动人体的红外扫描图像，红色区域即为最有可能得到补充能源的地方。

我选择在那些生物手忙脚乱的时候快速逼近，一针到位，一股铁锈味儿呼地直冲脑门。我想我身体中的主控制系统一定损坏了，不然我的红外感应器不可能一片漆黑。黏稠的液体侵入了中央处理器，人类的尖叫声通过声控系统混乱地传递过来，形成了恐怖的声波共振。

我启用最后的备用能源，震动翅膀，飞向通风管道。由于红外系统故障，有几次我都撞上了管道壁，然而凭借光感系统，我总算逃到了另一个房间。

我歇了歇脚，开始怀疑那只母蚊子的真正意图，或许她仅仅是为了繁衍后代。

而我对此肯定一无所知，又或许那个生物是口"枯井"，我决心再挖一口碰碰运气。

第 23 小时 20 分。她带着满载深红液体的身体，从我身边沉甸甸地飞过。我猛然得到了启示：据已知数据显示，吸管与体内能源仓是相连通的，那正像她的有机构造一样，我得救了！

第 23 小时 18 分。正当我计算出自身能源不足的时候，一只瘦弱的母蚊子停在了其中一个人类生物的皮肤上，她尖而细丝状的吸管轻直深入到生物的皮肤，红色液体缓慢地注入她的腹部，仿佛一只贪婪的吸血鬼。她心满意足后便留下自己的止痛剂，抽出细丝，迅速离开。

第 20 小时。玩乐过度导致了我的头晕，准确地讲是主系统过热。人类生物始终对我没有任何兴趣，或许我应当加入真正有机昆虫的行列，远离这里。然而头晕过后，我竟开始感到了"饥饿"。

第 17 小时。我飞快地转身离去，没有任何一只蚊子可以与我相比，他们有机的身体不能负荷如此剧烈的运动。而对于一只微电子蚊子来说，这仅仅是热身。

我平稳地落在不断运动的肌肉上，人类生物皮肤上的油脂和汗液几乎让我的六肢生锈！

哈！开个玩笑，拥有有机构造的我不可能生锈，我只是本能地排斥而已。

肌肉震动更加剧烈了，人类生物将电击设备开到最大，砰的一下，在被电磁波冲击到之前，我便以 20 米／秒的速度逃开了。对此请不要吃惊，因为我是最快的短跑手。

第 14 小时。我意识到从现在起我便是一个独立的自由体，我可以像空气中的浮游生物一样自由飞翔，超越一切束缚，甚至主控制系统。于是我开始憧憬周围的世界，没有人类生物注意到我的离去，因为微电子控制仪出现了某些难以预料的程序故障。

我的出生是有意义的，至少从现在起。

第 4 小时。指示突然中断了，我脑中那根紧绷的弦一下子断开了。程序上要求与控制中心取得联系，然而我却呆呆地藏在角落里，生命或许已经终结。

第3小时。下一步需要将探针深入患者脑部，并测量体温，以便实施手术。然而人类生物大脑皮层骤然传来了一股强烈的电波，通过探针传输到我那脆弱的微电子控制器上。我只觉得全身一阵抽搐，被弹出好几米的距离，落在黑暗的角落里。

第2小时。我被从培养皿中取出，记忆数据一股脑儿流入我的中央数据库。我刚想弄清这是怎么一回事，那个命令语句使我无法自主控制身体，翅膀便自作主张地张开，带我飞离了培养皿，直奔大脑皮层。

第1小时。电流流过全身，我感到充满了未知的力量，透明的世界上不知有没有我的生存空间。为何会来到这里，完全是个谜。


第36小时。最后一只医疗蚊子终于被电磁吸尘器吸附，送进回收站。这期间一人受到攻击，所幸没有受到感染，而患者却因手术事故葬送了性命。医疗回收风波使得院方不得不再次对智能系统进行检测，猜测是过于复杂的智能程序让医疗用微电子蚊失控，不过人们始终希望智能产品带给自己更多方便。

如果仅控制小虫子来完成肉眼难以完成的工作，那简直太神奇了。而且就算手术失败，只要把责任推卸给微电子产品及设计部门就可以了。

如此一来，医疗蚊子的工作便仍将继续下去吧！

# 最终之舞

文\独蠹

暖场的音乐响彻整个罗丹剧场，浸润到每个复古的大理石柱的纹理中，顺着光泽缓缓律动。

人声鼎沸，所有人都在期盼接下来的节目。无数的艺术家、批评家以及媒体人员此时聚集此地，一边相互交谈着，一边盯着闭合的帷幕，心潮澎湃地等待着据说是世界上最顶尖的艺术。

这里是第 7 届世界艺术博览会的现场，只有当今最热门最知名的艺术才有资格在这里展示。而首先登场的，就是伽拉忒亚偶人剧团表演的《最后一个舞蹈家》。

与台前轻松的氛围不同，此刻的后台却笼罩在前所未有的紧张当中。

"二号呢？谁他妈告诉我二号在哪儿！"此刻的负责人正在大发雷霆，而其他工作人员都是一脸茫然的表情，表示他们对此事也是一无所知。他们尝试了各种联络方式，可就是无法联系上二号。一场戏剧不能缺少主演，尤其是二号那样的招牌人物。

没有二号，谁来扮演剧中的主角？

负责人无力地靠在墙上，在尝试了几百次搜寻之后，他终于放弃了。

然而戏剧必须要演出，哪怕是砸掉，也不能临场放弃，尤其是在这样一场世界几十亿人都在关注的盛会上。负责人的眼睛四下张望着，寻找补救的办法。

这时，搬着箱子的三号进入了他的视野。

"三号？"

"在，先生。"

"准备一下，你上。"犹豫了一下，负责人做出了最后的决定。

三号的中央处理器吓了一跳。

离演出开始还有十五分钟。

三号开始自我系统的检查，它调取了脑中的台词，检查了全身上下 300 多个关节，还有主脑的各项功能。它又试着做了几个表情，朗诵一段诗歌，做了几个简单的舞蹈动作，没有什么异常。一切都在合理和确定的范围内。

然而有一件事，是它唯一不能确定的：

我真的能代替二号么？

剧团的招牌上有二号的微笑形象，有二号的人偶剧必然是满堂彩。有 2 号的舞台，它就是绝对的主角。

没想到无生命的偶人也能有如此生动的表情，尤其是那微笑——某情感专家对二号的评价。

我毕生都在思考，如何用冰冷的集成电路、电源和机械关节的结合产生一个更贴近人性的灵魂。如今，一个人偶给出了解答——某偶人艺术家对二号的评价。

这个世界上只有一个二号，我很荣幸成为这高尚的唯一——这是二号自己对自己的评价。

二号饰演的舞女就像是真正的窈窕女郎，一颦一笑都婀娜多姿，仪态万千。

二号饰演的将军就像是真正的铁血军人，一言一语都铿锵有力，掷地有声。

二号饰演的老人就像是真正的耄耋老者，一举一动都成熟稳重，胸有成竹。

二号饰演的少年就像是真正的翩翩少年，一步一履都举步生风，血气方刚。

而三号不是二号。

一直以来，三号只是二号的一个配角而已，一个只能作为陪衬的偶人。过去的每一场演出，他从未当过最光辉的主角，从未获得属于他的喝彩。

谁想当陪衬呢？

三号希望，有一天他也能像二号一样，被称为偶人表演界的传奇。

以前，在剧团熄灯之后，三号经常会偷偷地回到舞台，调取往日的演出，在黑暗中努力去用自己机械的头脑解析演出的情景，然后总结轨迹公式，按照自己的计划演出来一场无声无息地独角戏。

然而三号遇到了极大的困难，他发现它不能理解剧本中的人物的情感。每一次测试之后，主人对它的评价都是：演出过于机械化，无法上升到艺术的范畴。而他自己练习的时候，也隐隐地感到一种异样。

为什么我计算出来的最佳动作不能达到我的预期？为什么没有人被我感动？

三号不明白。

距开演还有 5 分钟，三号已准备完毕。这时，三号的主脑收到了一条信息，来自他的粉丝，一个支持了他很久的人。

"三号，你出场么？"

"我会出场。"

"那真是太好了，就像我说过的那样，机会总是会有的。"

三号脑中的情感模块开始捣乱了，一方面，它很感谢这个人，作为一个配角，他以前几乎不会收到来自观众的信件。而另一方面，被灌输的人性中，一个叫作担忧的东西干扰了他的意念。

对于偶人演员来说，学习人性是最重要的东西。就像旧时的经典美术观念一样，越贴近自然，就越受人们欢迎。因此为了演出更加逼真，偶人们在制造之初就被加入了人性，然而对于人性，他们究竟能掌握多少，就是另一回事了。

在人性的掌握上，二号显然是最出色的。他的粉丝遍布世界各地，几乎每次演出都要清理内存中爆满的信件。而三号的粉丝则只有那么孤零零的几个。

三号曾经当面询问过二号自己的不足，然而二号的回答十分简单粗暴：

"如果你只是问我到底哪个动作怎样才能有一场精彩的表演，那么放弃吧。那样想，你永远只是一个人偶而已。我不想跟你讲这些，因为你无法理解我理解的东西。"

而三号没有放弃，他把自己全部的精力都放在学习二号这一个成功的范本上，而二号虽然注意到三号的关注，但是见面也是不理不睬，一副心高气傲的样子。

终于，三号因为重度磨损而不得不进行维修，工程师解释这是因为重复同一动作过多的缘故。维修过后，三号的动作精度下降了，使他对身体的控制不那么尽如人意，这一点令他的情感模块十分沮丧。不过倒是有两件值得愉悦的事情。

首先，它最终通过了新的考试，在剧团的一线偶人演员中留了下来。

其次，它得到了一个有生以来最重要的朋友。

那天他刚刚维修过后，上传了自己的诊断结果，很多偶人都表示为他难过，说了一大堆祝福的话，当然二号除外。二号只简单地发了一朵白色铃兰花的图片表情，除此之外并无其他。

三号在检查自己的外部信息时，发现了一个陌生的新粉丝。

"三号，你好。"陌生人说。

"你好。"三号回复。

"我喜欢你的演出。"

"真的？谢谢你，我会更努力的。"

"你需要帮助么？额，我是说，我想做你的朋友，跟你交流演出的一些体会。"

三号回复："再次感谢，不过我想，我的问题很难有人帮得了，对于很多事情，我无法理解某些人已经理解了的，也不希望你对我费心。"

"没关系，我会一直在你身边。"

"恩，那我就要更加油了，带着你的支持，也许我会演得更精彩。"

在三号努力研究表演艺术的时候，那个粉丝就像他所说过的那样一直鼓励他，引导他去理解人性，去接纳人性。

……

有一次，三号练习了一遍曾是二号的成名剧目的《最后一个舞蹈家》，那个人通过看录像观看了他的练习，提出了几个意见，然后问三号：

"你觉得你的演出缺乏什么呢？"

"也许是动作的精度问题，或者是台词的音律不对。"

"不，不是这样的。你缺乏的是一种这些之外的东西。"

"那是什么呢？"

"让我带你去看看某些东西吧。"

"带？"

信息还没有发送出去，一种系统被入侵的警报就在三号的脑中响起。出于系统本能，三号想要立即阻隔入侵者，然而来自那个人的信息又来了："别怕，我不会伤害你的。"

不知为何，三号觉得那个人可以信任，于是他终止了防火墙程序。

　　三号的头脑开始紊乱，后又清晰，他发现他位于一个家庭还算富足的人家的精致小院之中，只是某些场景中微小的数据漏洞，让他明白他此刻身处一个虚拟的场景。与此同时，还有数数的声音：

"五十四，五十三……"

　　"这是哪里？"三号向那个人发问。

　　"哪里也不是，你现在在一个录像文件之中，源于一个家用偶人的黑匣子。你看到的一切都是这个偶人所看到的东西。"

　　"这里有什么？"

　　"你知道，黑匣子是偶人出厂时的标配。与传统的机器人不同，偶人被设计成类人的造物，因此更需要额外监督。为了随时监督偶人的所作所为，偶人的每日言行都会被黑匣子以其自身摄像头的视角录下，上传至监控中心，而到某些特殊的时候，也可以作为一种视频证据。我之所以给你看这个，是因为我要给你讲一个故事，一个与你所不理解的东西有关的故事。"

　　三号没回复，因为图像和声音此时发生了变化。

　　"……一，零，我要开始了哦！"

　　这时，三号听出来了，这声音发自这个家庭偶人自己。

　　图像开始变化，偶人开始四处搜寻，定位的方框和圆圈不断转动，分析着周围景物是否存在异样。

　　他把庭院的地图调出来，逐块搜查，到了一面墙下的时候，他发现了目标。

　　"阿雅，我找到你了。"

　　然而，当他凑近去看的时候，发现了危险的情况。

　　他的小主人趴在地上，一动不动，呼吸微弱。

　　图像开始快进，看的出，偶人当时做出了应急处理，并且及时发出了求救信号。然后，图像变成了乱码。

"发生了什么？"三号问。

"那是故事的开始，家庭偶人的小主人阿雅在一次捉迷藏游戏中从墙上摔落发生了意外，外伤诱发了其遗传的疾病，造成了下肢瘫痪。"

"真是不幸。"

"如果是普通的神经受损引起的瘫痪，也许还有救，然而困扰阿雅的是一种罕见的复杂病症，这种病症以目前的医疗手段虽然能够阻止死亡，但是不能避免后遗症，换句话说，阿雅再也站不起来了。"

图像又出现了几个清晰的片段，小女孩躺在病床上，小女孩的母亲在哭泣，周围的亲友纷纷嘘寒问暖，而这个家庭偶人一直在关注着小女孩的状态，同时默默地候在一旁。

乱码。

"三号，对于这个女孩的遭遇，你怎么想？"

"小概率的灾祸事件。"

"看，你还是不能摆脱机械的思维。没错，对于整个世界几千年的历史和无垠宽广的空间来说，这件事情只是一个小概率事件，然而对于故事的主角，这件事却百分百地发生了。对于当事人，概率只是无意义的数字，对于人类的感觉来言，一切数据都无法度量他们经历的一切。"

"也许我可以设定一个指标，神经某种活动方式就代表沮丧，另一种可能就代表失落。我可以把脑中活动的板块作一个标记，不活动的作一个标记，那么人类的感觉就可以通过三维层面上的活动区域分布模型衡量了。"

"看来你无法代入人类的感情也是理所当然的了，你总是试图去量度人性，而不是理解人性。让我们期待接下来的部分能让你明白更多吧。"

仿佛时间倒流，镜头切换到女孩一个人在昏暗的房间中舞蹈、歌唱的情景。

"从前，由于体弱多病和父母经常忙于工作的原因，小阿雅虽然生活在一个不错的家境中，却没有受到良好的心理上的照顾，因此患上了轻微的抑郁症，直到两个改变的发生：舞蹈和歌唱的魅力呼唤起了她的热爱和偶人伙伴的到来。"

女孩停下了，走近镜头，眼中带有期待。"小狸？"

两只手啪啪鼓了起来。

"谢谢。"女孩脸上露出一点得意和一点感激。

"小狸，是阿雅给偶人伙伴起的名字，"那个人说："这曾是阿雅第一个宠物的名字，而后来，这个名字就成为知己的代称，阿雅和她的偶人小狸就经常在一起玩耍。晚上父母不在家的时候，或者阿雅情绪又被打击到的时候，阿雅都可能会带着小狸去一个空旷的地方，阿雅跳舞，小狸称赞。后来，阿雅甚至带着小狸一起跳舞，而阿雅这些欢笑的时刻也就一分一秒记录在偶人的黑匣子之中。"

乱码。

"三号，以你的方式解释这一段。"

"人是一种群居生物，寻找同伴是人的本能，女孩因为无法得到充足的与同类交流的时间，所以向偶人寻求补偿，而唱歌跳舞也是一种补偿的方式。而那个偶人，我想他只是在服从命令而已。"

"从某种意义上说，你是对的，"那个人说："然而这个理解方式不应出自一位以贴近人性为目的的偶人演员之口。如果你要了解人性，如果你要与你天生的那些有关学习体验情感的随机性程序相符合。你就应该尝试以人的方式去感悟。"

"这种方式是什么呢？"

"对于阿雅来说，她的表演不仅出于一种补偿。也许刚开始是这样的，然而到了后来，这也渐渐成为她的一种生活方式，成为她对于她唯一的观众小狸的一种承诺。她在舞蹈的时候的心理从希望自己快乐到希望看到小狸感同身受，即使对面只是一个非常像人的偶人，她也愿意偶人发出的赞美出自真心。而对于偶人来说，刚开始也的确是服从命令，然而谁知道他是否已经产生一点人性的感觉了呢？"

"我还是不明白。"

"好吧，接下来一段之后，我们来做一个游戏。"

乱码。

"阿雅由于经常练习跳舞，她的歌舞变得十分出色，由于意外的一次展示，她附近的人发现了她的能力，鼓励她去参加一场大型的比赛。阿雅去了，而且通过了初赛和复赛。"那个人说。

图像快速掠过，闪过了女孩在光芒闪耀的舞台上表演的情景。

然后，图像再次回到一个昏暗的场景中，黑暗的房间再次剩下了阿雅和她的偶人小狸。不同的是，这一次阿雅无法再跳舞了。

"小狸……陪我聊聊天好吗？"

"好的，阿雅。"偶人在阿雅枕边的小凳子坐下。在偶人的眼中，女孩满面忧郁，有某种晶莹细碎的液体在眼中颤动，随着一声啜泣，盈满而溢，顺着脸颊流了下来。。

"医生说我可能再也不能跳舞了，小狸，对不起。"

"不，那不是你的错。"偶人回答。三号产生了这个女孩需要安慰的感觉，他试图伸出手，令他惊奇的是，那个坐在女孩床边的偶人也伸出了手，拭去了女孩脸上的泪。

"三号，"那个人说："我设计了一个程序，你可以跟这个虚拟的女孩像那天那个偶人与女孩一样交流，而女孩也会相应地给予反应。如果要让你明白我的意思，这是我能想到的最快的方式了。"

"情景游戏？"

"是的，你要体验这类似于生活的情景，才能表演出贴近生活的戏剧。"

"小狸？"女孩突然说话了："你在发愣么？"

"没有，"三号急忙回答："我只是在想，你已经做的很好了，如今这种状况也是无可奈何，阿雅你不需要自责，因为那本身就不是你的错误。"

"然而我……我真的很想去参加决赛。"

"不行，你的身体不允许。"

"我知道，然而，这么多年来，我一直在小黑屋里舞蹈，只有你一直陪伴着我，鼓励着我，就像我的亲姐妹一般。可我真的真的很想看到我自己在舞台上翩翩起舞的样子。小狸……你能帮我个忙么？"

"什么？"

"你伪装成我的样子，然后去决赛，去跳我最喜欢的那首舞曲，你记得怎么跳，对么？"

"可那是规则所不允许的。"

"求你了，小狸。"女孩泪眼蒙胧，伸出手碰触三号的手臂。

"静心养病吧，不要胡思乱想了，阿雅。"

阿雅沉默了，黑夜像黑色的细丝带，在空间里盘曲缠绕，纠结不清。终于，阿雅伸出手揉揉眼睛。

"好吧，我知道了。"

三号脱离了模拟的场景。

"三号，看到你的选择了么？"那个人说。

"我的选择没有什么问题。"

"你的选择很公正，很正规，可这里始终有更好的选择。"

"那当时发生了什么呢？"

"那个偶人同意了。"

"同意了？那不可能，偶人不会做违反规则的事情的。"

乱码。

"开心么，阿雅。"那个家庭偶人的声音。

"恩。"

图像出现了，女孩坐在床上，前面的电视上正在直播，一个和阿雅一模一样的女孩走上舞台，在音乐中开始了舞蹈。

女孩抱住了偶人：

"谢谢你。"

画面定格。

"看，"那个人说："如果按照你的选择发展下去，绝对不是这个结果。"

"我只是在做对的事情，这不也是人所提倡做的么。"

"不，不，这依然是偶人的思维方式。你知道什么是对的事情，而人知道怎么做好的事情。其实，偶人并没有给她看完全的直播。它故意选好时间开启电视，也是因为前面的真实内容。

偶人答应了阿雅，这是真的。在那之后偶人私下里联系上了主办方，给他们讲了一个故事，一个在黑暗中的孤独女孩的故事。于是，偶人被同意上台表演，虽然不具有评奖的资格。

上台后，主持人当众动情地讲出了阿雅的故事，然后就是偶人的一场舞蹈。偶人模仿得很好，和小主人的舞蹈十分相似，然而在某些地方，偶人动情地增加了许多细节上的动作。说是为了舞台下的观众，倒不如说是为了那个饱受苦难的即将在病床上观看这一幕的女孩。观众们的掌声很热烈，也许一大半都是出于被偶人的故事所感动。但是那也没有什么关系了，结局早已写好。女孩很满足，观众很满足，其他的选手也很满足，所有人都很满足。

"三号，这就是我要讲的，这才是一个人的行为方式，懂得做对远远不够，就像你每一个动作都标准也不能让整场表演完美无瑕。你的严苛正是你的绊脚石。

"而那个偶人，现在你也知道，他不是在服从命令了。他是真的把主人阿雅看做了自己的亲人，在人性这一点上，他已经合格了。

"话说回来，看看你之前练习《最后一个舞蹈家》的那一幕，你不觉得女孩跟那个舞蹈家有相似之处么？都曾因为不同的原因产生相同的孤独，也都曾专注过舞蹈，而他们的结局也都悲中带喜，绝望中蕴含着希望。

"那么这一切都是因为什么呢？为什么偶人愿意为阿雅做那看似不合理的事情，为什么所有人都感到满足呢？"

"我不知道。"

"因为这就是爱的作用，爱是人性最不平常最不可测的一面，也是一切戏剧中永恒的主题。你无法度量爱，因为即使是人类也不能表达清楚，虚无缥缈，却又重要得独一无二。如果你能理解这种情感，那么任何的舞剧都不能把你难倒。"

三号的心里，有什么东西微微发生了变化。

"谢谢，可以给我时间想一想么。"

"好。"

被入侵的感觉停止了，三号的眼中剧院中的场景恢复原样。

那个人没有再说话，三号思考了很久。

时光如梭，那个人开始不断地帮助他研究表演艺术，也不断地通过虚拟的场景来帮助它理解更多。

……

"三号，你觉得人在受到痛苦并且无法挣脱的时候，最令人触动的是什么？"

"是他承受痛苦的抽搐的濒死的样子？"

"不，不能这么说。"

"你的意思是？"

"希望。"三号，当一个人承受折磨的时候，抽搐、挣扎都太过平常，虽然也令人揪心，却比不上那个人在绝境里寻找希望的眼睛。如果一个遍体鳞伤的被束缚的人，眼中还闪烁着来自自由，来自快乐的往日的期盼之火，这种反差才是最有感染力的。

人类喜欢反差，那正是优秀故事的来源，人喜欢看绝境中的希望，就如同喜欢黑暗中的光，沙漠中的绿洲，荒野中的路标，污泥中的莲，大海中的孤舟，灾难中的爱。"

三号沉默了。

那个人仿佛猜出了他的心思：

"三号，这样，和往常一样，我再给你讲个故事吧。"

……

就这样，那个人一直在帮助着三号，一直在鼓励着三号，直到这一天。

三号所缺乏的不仅是信心和演技。二号的名气早已遥遥领先，一切机会都在二号的手中，世界的眼中，二号就是唯一的主角。有二号的舞台上，三号就无人关心。因此，三号依然无法得知自己到底提升了多少，自己到底能演到何种程度。

而今日，机会就这样来到他面前。

一个熟悉的剧本，一个被演绎千遍的人物。

三号决定抓住他。

离开演还有 3 分钟。

信息又来了。

"三号，你做好准备了么。"

"准备好了。"

"记住我对你说的话，不要拘泥于动作是否准确，真正的表演更在乎动作是否流畅。要用人类的情感升华你的表演，要用爱去表演。"

"我会尽力的，谢谢你。对了，我能问一个问题么？"

"问吧。"

"在你第一次给我讲人的故事的时候，那个小女孩的故事还有后续么？"

2分钟。

"有的。"那人回答："偶人陪伴阿雅和她的家人一直到老，阿雅没有责怪偶人的欺骗，反而更加把他当成独特的朋友。

"而偶人在之后的岁月里，经常给阿雅跳她喜欢的舞蹈。'看到偶人的舞蹈，就像看到了年轻的自己'，也许那个女孩是这样想的吧。而她们的位置也恰好反了过来，偶人跳舞，阿雅赞许。"

"后来，阿雅去世了，偶人带着有关舞蹈和自己曾经的小主人的记忆被卖到一个新组建的偶人剧团。舞蹈已经成为这个偶人寄托对主人思念的方式，当他很快学会了他的第一部舞剧并且近乎完美的演绎出来，之后，他就开始越来越有名气了。而偶人艺术的风潮刚刚鹊起，他就成为这风潮的领先人物。"

"那第一部舞剧……"

"是《最后一个舞蹈家》。三号，这个故事就是二号的故事，那个女孩就是二号的主人。现在，你明白了么？"

三号心中，有什么东西又瞬间改变了。他还没有表现出自己的吃惊，那个人又发过来一条信息。

"希望你能有一个精彩的表演，我在第3排49号座位看着你，加油三号。"

"谢谢。"三号回复。

出场时刻，偶人演员依剧本上的顺序入场。全场的观众都在寻找二号的影子，结果令他们大失所望。三号无视台下一片嘘声，走到了原本属于二号的位置。

第一幕，三号要扮演一个高傲的舞蹈家，一个因为自己的天才而疏远了周围的人的舞蹈家。对白夹杂着舞蹈，音乐夹杂着故事，高傲的天才昂着头在世间生活，就连脚步下的旋律都充满了桀骜。

第二幕，舞蹈家被卷入了一场危险的事件，当他真正陷入窘迫时，才发现自己孤立无援。他远离了世界，也孤立了自己。这时候，三号放慢了脚步，开始试图体验那种感觉。

不同的原因，相同的孤独，三号想起了那黑屋中女孩的舞蹈。

三号发现，自己不需要再按照运动轨迹行事了，而只要它想，那种孤独的舞步就能演绎出来。只要他体会，那种孤独的感觉就仿佛触手可及。

终于，是最难的第三幕。

舞蹈家终于做出了一个选择，他用生命与罪恶对抗，救下了很多人，而他自己却落入敌手，只剩下几分钟的人生。

濒死的舞者，在月夜跳完最后一支舞后离开人世。

灯光在玩着扮演月光的游戏，人偶在进行着扮演人类的舞剧。

起舞的时刻到来了。

主角得知了自己即将死亡，当恶徒询问他最后的愿望时，他请求给自己最后跳一支舞的自由。

三号面露哀伤地开始了舞蹈，他的脚步柔和地飘转在舞台上，轻盈地连他自己都难以置信。高尚的舞蹈家，放下了对死亡的恐惧，沉浸在自己腾飞的梦中。

三号全身的关节都在运动，他的步伐一会儿如同自在的飞禽，一会儿如同矫健的野兽。他真正感觉到了自己长久练习的成果，也明白了二号舞蹈时候的感受。

三号尽力抑制自己头脑中想要规范自己动作的命令，尽力使自己的动作让那模糊的、神秘的人性支配，就像那个一直帮助他的人说的那样，放开自己，统一自己，让自己不再成为一个机械思维与感性思维分别独立的人偶，而是一个人，一个在绝望中寻找希望的人，一个即使在死神的镰刀之下也愿意翩翩舞蹈的人。

三号突然发现，他喜欢上了这种感觉。

此时，三号看不见的地方，所有人都沉默了，包括后台，包括台下和网络上的观众。最诧异的就是剧团的主人，他猛吸着香烟，还是想不明白眼前的情景，什么时候三号的表演如此出色了呢？

长久以来，他一直都把二号当成唯一的主角，以至于当二号缺席时，他不知所措。也许是二号的光芒太过耀眼，他忽略了还有一个默默进步的偶人，在钻研人类的艺术。

观看表演的观众们也惊呆了，他们没想到偶人剧团还有隐藏的实力，而三号的表演竟然如此精彩，三号的假眼中，看上去仿佛带上了真的感情。而那台上舞动的，真的就像一个在绝望中放弃绝望的舞者，就像一个用生命在感受舞蹈的人类舞者。

接下来，月光更加黯淡，舞蹈已至尾声。死亡之神在催促，催促卑微的灵魂放下对人间的流连，就像所有他曾带走的人一样，死神的命令不容置疑。

舞蹈家终于无法站立，倒在了地上。

到了说出遗言的时候了。

三号抬起身，仰起头，脸上露出痛苦哀伤的表情。

在他的心中，此时满怀感激。也许是他终于成为一个梦寐以求的主角，在舞台中央完成一场以自己为主角的表演，也许是其他的什么。但就像曾经代替主人在舞台上舞蹈的二号一样，表面的往往毫无意义。重要的是，他发现自己开始明白了表演的含义，明白了那个人一直想告诉它的人性的含义。

音乐停下了，世界安静了一秒钟。

三号诵出了独白，思索着主角濒死的感觉，思索着主角对世界的眷恋。此刻，三号与舞蹈家的体验重合了起来。演出接近尾声，舞蹈家的生命接近终结，在不同的情景下，他们都发现了自己对世界的爱与感激。三号不得不感谢这些，他感谢自己的主人和创造者，感谢观众和舞台，感谢无故缺席的二号，更感谢那个一直以来帮助他的人。

三号的情感模块中迸发了大量的信号，冲击三号的主脑。

而他口中的台词，也充满了他梦寐以求的人的情感。

灯光渐渐熄灭，生命的舞者完成了最后一支生命之舞，向世界表达了他最后的爱意，然后含笑离世。

全剧终。

万籁俱寂，一秒，两秒，然后掌声雷动，久久没有停息。

偶人们排成一排谢幕，向观众们致意。这是一场成功的演出，属于三号的成功。

三号作为舞台的主角站在中央，他向台下观望，想要寻找那个一直帮助他的人。

三号差点死机。

3 排 49 号，二号坐在那里，轻轻地鼓掌，赞许地微笑。

# 末日之后

文／冯杰华

## 1

离大战争已经过了五六年了吧？反正已经没人关心这个了。

乔一个星期前已经出发了，当时他的收音机还能用，中央政府已经宣布解散，没有哪个区域再会受到保护，只听说南方有一片没受战争影响的区域还在收留幸存者，但是，那也只是听说。现在所有的电力系统都中断了，所有的电子产品都不能用，所有的交通系统都瘫痪了，要跨越一千多公里的距离，途中还可能遇到各种区域暴力组织的奴役，可能还有猛兽，还有粮食问题……

冯都不敢想象这趟旅途的凶险，但他看一看这个曾经美丽的村庄，如今都已经破落得不成样子，他最后一个邻居乔也在一个星期前离开。所有的河水都已经干枯，即使连打出来的井也抽不到一滴水了，所有的地都灰蒙蒙的种不下任何种子，之前储存的食物也已经耗尽，在这里每待一分钟，离死亡就越近一步。

冯慈爱地看了一眼正在熟睡中的儿子，便开始收拾着行囊。其实也没什么，最主要的是食物，这里还剩两包番薯干，一包已经泡了盐的黄豆。他再到村里各家搗鼓一番，又找到了几根玉米棒，合算一下，省点也够吃一个月了。

已经六点钟了，冯那个上链条的机械手表还能走。他打开窗帘，望着外面灰黄灰黄的天空，叹了口气，叫醒了儿子。

"嘿，小伙子，今天爸爸带你去旅游好不好，有点远，要走很久喔，有没有勇气跟我去？"

"有，爸爸，我去，我会乖乖的。"

"嗯，乖孩子。"

冯摸一摸儿子的头，拿起了行囊。

## 2

"爸爸爸爸，还有多久才到啊，我们都走了三天了，我的小腿走得好累啊！"

"乖儿子，可能还要好几个三天才到呢，你不是很勇敢的吗，还要坚持才能到喔。"

"爸爸，我们究竟是去哪儿呀，我们都在外面过夜的，我有点怕啊。"

"小勇乖乖的，不怕哦，有爸爸在，我们要去南方一个很美丽的地方，那里有很大的沙滩，有很多的水，有好多的食物，我们去了就会过得好好的。"

"有这么多食物吗？"

小勇抱着背包对比着说。

"比这更多，呵呵。"

"那有这么多吗？"

小勇又把手张得更大比画着。

"比这个还要多，比你整个人都要多，呵呵。"

"哇，有爸爸你这么多吗？那不是很多很多吗？爸爸，我们快到南方去吧！"

"好的，你到爸爸背上来，爸爸背你走快点，不然食物都让别的小朋友抢光了。"

"爸爸快冲啊！"

"冲啊！"

……

冯看着儿子躺在野地帐篷里睡熟了，然后才去这片小树林里收集露水。

他们带的水本来就不多，在路上每遇到有小树林都会待一下，等早晨的时候收集露水，这样就能多存两三天的水。

冯收集完露水正准备回帐篷，忽然一个黑影慢慢地从对面挪过来，一双绿幽幽的招子也越来越清晰。冯赶紧掏出腰背后的砍刀，放下水瓶，紧紧地握着砍刀盯着那对招子。那黑影来到冯身前五米左右停下来，绿幽幽的眼睛也盯着闪亮的砍刀一动不动。

冯知道遇到狼不能跑，死死地跟它对视着。幸好这狼也饿了好多天，都皮包骨了，走路都有点颤抖了，它看到冯这个壮汉，并且还有砍刀，知道敌不过，徘徊了一圈，流下一滩口水又慢慢地退了。

冯出了一身冷汗，等它退远了，赶紧拿起水瓶跑回帐篷，看到儿子没事才放下心。他到周围巡视一圈，没发现什么危险，等天亮一点，叫醒儿子继续赶路。

## 3

"爸爸，前面好像有人！"

小勇眼尖，见到前面远处有两个黑影在移动，在爸爸肩膀上兴奋地叫起来。

"嘘，别出声。"

冯一把把儿子拉下来，跑到路边一处凹地里趴下来，从口袋里拿出小望远镜向前盯着。

"爸爸……"

冯摇摇手叫他不要说话，等那两个影子走远了消失在地平线上才放下望远镜。

"爸爸，我们怎么不过去找他们呢？"

"我们不认识他们，现在坏人很多啊，胡乱去找别人很容易有危险的。"

"但是，我看到的是一个阿姨和一个小女孩啊，她们会有什么危险啊？"

"好吧，那我们下次见到她们再打招呼吧，现在吃点东西休息一下再赶路好不好？"

"哦——"

小勇拉长了声音，有点闷闷不乐。

傍晚的时候，他们终于又赶到了一处小树林。小勇有点累了，坐了下来。冯四周巡视了一番，找到一个挡风的小丘，正准备铺好帐篷，突然背上被什么东西顶住，跟着一个有点沙哑的女低音响起：

"别动，转过身去。"

冯默默地转过身，一个女人包住了全身，只露出眼睛和鼻子，手里拿着一支猎枪，黑漆漆的枪口正对着冯的心窝。

那女人的声音又响起：

"你是什么人，干吗一直跟着我们？"

冯向后退了一步，着急地摇着手：

"你不用紧张，我们不是坏人，我们只是要到南方去的幸存者。我们不是有意跟着你们的，只是你们也要到南方去的话，就可能跟我们同路了，所以我们才会赶上你们的。"冯赶紧解释说。

"我不相信你，你有什么证据证明你不是坏人？我怎么相信你不是来抢我们的食物？"

"这个，这个，我也带着食物来的，我不会抢你的食物的。这个，这个怎么证明我不是坏人倒是有点麻烦……"

正在他们僵持的时候，小勇拉着一个三四岁的小女孩的手兴奋地跑过来。

"爸爸爸爸，我找到一个小妹妹啦，她和她妈妈一起要到南方去的，我们给她们带路吧……"

然后他就看到一个女人正用枪指着自己的爸爸。

那女人侧移着来到小女孩身边，拉着她后退几米，训斥着："不是叫你待在洞里吗，不是叫你不要跟陌生人说话吗，为什么老是不听话！"

小女孩扁起了嘴："大哥哥说带我们去有很多好吃的地方，呜呜……"

那女人把枪口一摆："你们两个到前面去，今晚不许过来，不然我一枪一个！"

冯拉着儿子赶紧退出树林，跟她们隔得远远的。

"你怎么跟那个小女孩在一起的？"

"我刚才坐了一会儿见到一个小蚱蜢在跳，就跟着一起跳，蚱蜢跳到一个洞口里，我就找到了那个小妹妹，她说妈妈叫她待在那里的。爸爸爸爸，那个阿姨为什么这么凶啊？"

冯叹了口气："阿姨不凶的话，那别人就对阿姨凶了，这个你不要怪阿姨，知道吗？"

"哦，我知道了。爸爸爸爸，这个是那个小妹妹送我的。"

小勇张开手心，露出一块过期了的巧克力。

"那你有没有送给小妹妹礼物呢？"

"我送了她我编的那个草蚱蜢呢！"

"嗯，小勇乖乖的。那你吃一点就睡觉吧，爸爸帮你驱蚊子。"

"爸爸，晚安。"

"嗯，晚安。"

4

第二天，冯很早就起来，特意避开她们收集露水，等小勇睡得差不多了，就收拾好东西准备出发。小勇揉着眼睛问："爸爸爸爸，我们不等阿姨跟小妹妹她们吗？"

"阿姨不喜欢别人跟着的，所以我们要先出发咯。"

"但是我想跟小妹妹一起玩啊，不如叫小妹妹也跟我们一起走好不好？"

冯犹豫了一下，想起那个黑洞洞的枪口，就抱起儿子说："再过几天到了南方那边，你就可以跟小妹妹玩了，现在阿姨还在生气，就让小妹妹陪妈妈赶路吧，我们先走吧。"

那女人大概也很早就起来收拾好了，只是等他们出发了差不多见不到影了才上路。

冯偶尔回头看到她们，见她拿着个小拖车拖着行囊带着个孩子，非常吃力，本想停下等她过来帮她一把，但只要他们一停下来那女的就停下来，试了两次冯就知道她们不想他们帮忙了，只好一直往前走。

这样过了一天，差不多傍晚的时候，他们来到一片小丘陵，虽然没有什么植物，但至少可以挡挡风沙。冯四周观察了一下，正准备在这里安放帐篷，忽然一阵轰轰的马达声响起。冯吓了一跳，拉着儿子赶紧趴在小丘凹地里，从袋里掏出望远镜向着马达声方向望过去。

那两母女的身影又出现在镜头里，小拖车都不知哪里去了，只见她抱着小女孩拼了命向前跑，后面的马达轰轰声越来越响。终于，一辆卡车赶在她们身前停了下来，五个大汉在车上跳了下来围住她们，每个人手里都拿着一把枪。

小女孩一直在哭，喊着妈妈妈妈。那女人被车逼得跌倒在地上，声嘶力竭地喊："求求你们，放过我们母女吧，来生我给你们做牛做马，求求你们行行好，放过我们吧，菩萨一定会保佑你们的，求求你们……求求你们……"

其中一个大汉哈哈大笑："这娘们刚才还有种向我们开枪，害得小爷差点见阎王，呸，现在反倒求起我们来了。"说着一步向前扯开了她的面布，然后不由赞了一声："小娘们长得还真不赖！"

刚说完，那几个人的目光就已经变了，其中一个舔一舔嘴唇，上去摸着那女人的脸说：

"老子大半年都没碰过女人了，还以为女人都死光了，这娘们回去得好好供着，等玩够了再吃。小肥羊倒是可以用来今晚下酒，老子吃了几个星期死人咸肉，咸得嘴都长茧了，哈哈哈……"

那女人听完心胆俱裂，颤抖着说："求求你们放过我女儿吧，你们要我怎样都可以，放过我女儿吧，放过我女儿吧……"

那男的打趣道："好啊，那我们不吃你女儿了，我们喂她吃人肉吧，让她长大像我们一样，反正都没食物了，我们那边多的是死人肉，哈哈哈……"

那女人一呆，忽然疯了一般抢过那男人的枪对着女儿打了起来，但由于保险没开，子弹打不出来。那男的先是一愣，跟着大怒，反手一巴掌把女人拍翻在地，然后撕开那女人的衣服："臭娘们，敬酒不吃吃罚酒，老子就地把你正法！"

那片灰黄黄的天空下，那女人在哀叫，撕打，挣扎，小女孩在哭着，叫着，妈妈，妈妈……

冯只能紧紧地按住儿子的口，紧紧地抱住他不动，即使他牙齿咬得出血，即使他眼睛瞪得通红，即使他的心愤怒得要跳出胸腔，但因为儿子在他身边，他也只能一动不动地等到那些人离去。他的愤怒保护不了儿子，他的正义会令儿子有危险，他的生命只能寄托在儿子身上，他不能令他有一丝的风险。

那班人不知离开了多久，终于，他像虚脱般松了下来，小男孩一把甩开他的手，满脸流着泪水，颤抖着指着他吼道："你为什么不去救她们，你为什么不去救她们！你是个坏人，我恨你，我恨你，我恨你一辈子！呜呜……呜呜……"

冯的心在滴血，儿子从来都没有这么凶地跟自己说过话，但是他应该这样说吗？

我为什么不去救她们？我为什么不去救她们？我也恨我自己，我也恨我自己！

5

小勇在前面走着，他在后面跟着。

小勇已经两天没跟他说话了。

他很担心儿子，整天不说话，饿了累了就往路边一靠，等他过来分点吃的，或者看天色晚了，就在旁边躺下。儿子很倔强，他总是在他睡了之后才把他抱进帐篷睡。

第三天的时候，小勇终于耐不住这么大强度的赶路，病倒了。

他抱着他赶到一座废墟城市，在那里落脚。

小勇这病来得好猛烈，高烧不退，居然病了七天。

他很担心，找遍了整座城市，但是一点食物一点药品都找不到，剩下的罐头之类的东西都已经腐烂掉，整个城市就是一个废墟。

他看着发着烧说着胡话的儿子，又看看空空如也的背囊，没有办法，他只能找一个隐蔽的地方把儿子藏好，扩大范围去寻找食物。

在经过了四个小时的奔波，在去南方的方向，在这个城市的最边缘，在一处破败加油站的食物栏里面，他见到了奄奄一息的乔。

乔以前是个医生，但现在的他更像个病人，虚弱得不行，出气多进气少，已经在生死边缘了。他很高兴在临终前还能见到冯。冯拉着他的手，把耳朵贴近了他口边。

"小勇呢？"乔虚弱到几乎听不到声音。

"在后面，病了，食物尽了，我在找食物。"冯黯然回答。

"有机会。有了联合国保护区的消息，前面约三百公里的地方。地图在我包里。我食物也尽，本想熬过去，一场沙尘暴困住了我。我不行了，你割我身上的肉，别让小勇知道。以你的速度四五天能赶过去，我包里还有各种药，赶紧治好小勇，快走，后面还有食人种族追。记住，我们的希望都在小勇身上……"

乔一口气说完，便安静地离去了，好像临走前看到了光明一样，他瘦干憔悴的脸上露出了一丝笑容。

冯安静地陪了他十分钟，然后打开了他的背包，拿起了他那把锋利的手术刀……

## 6

小勇吃了乔的药终于退烧了，第二天就能自己走路了。他好像之前一段记忆被抹去了一样，重新拉着爸爸的手，缠着问要去哪儿。

冯对他说，前面有个很大的乐园，有很多好吃的，我们要去那边生活，会很开心的。

小勇就很开心地拉着他一拐一拐的爸爸向前走着。

"爸爸爸爸，为什么我们会有肉吃呢？"小勇好奇地问。

"因为爸爸在山上打到了一只野兔子，所以我们就有肉吃了。"

"爸爸爸爸，为什么你现在走路一拐一拐的没以前那么快了？"

"因为爸爸在山上打兔子的时候不小心摔到一个坑里，摔伤了大腿，所以走路就一拐一拐了。你以后做什么事都要小心点喔。"

"爸爸爸爸，那你疼不疼，我们要不要休息一下？"

"爸爸不疼，我们赶路要紧，后面可能还有狗狗要咬我们呢。"

一连赶了三天路。冯的脸色越来越苍白，走路也渐渐慢了。每天他都会从背包里拿出两块兔肉给小勇吃，自己则和着一些褐色的不知是米糊还是什么的东西喝着。后面不时一些机动车的轰鸣声响一下，每逢这时，冯都要带着小勇躲起来。

小勇担心地看着冯："爸爸爸爸，你受伤的腿是不是很痛，我看你走路都颤抖了，还在咬着牙，要不我们休息一天再赶路吧？"

冯挥了挥手，喘着粗气，打开地图看了一下说："不用了，还有三十多公里而已，今晚我们连夜赶路，看看能不能明天早上赶到那里，这样就不怕后面的狗狗咬了。"

"但是爸爸你的腿好像伤得很严重啊！"

"不用担心爸爸，倒是你晚上赶路要小心点，带个小棍子在前面探路喔。"

冯收好地图，艰难地站起来，带着小勇，蹒跚地向前走着。

到了凌晨六点多，天已经开始亮了，冯的脸色苍白得像纸一样，眼神都有点痴呆地向前望着，惯性地挪动着腿。

小勇收好了夜光灯，扶着冯继续向前走着。

天色越来越明亮，但冯的脑袋却越来越重，身体越来越不受控制，差不多到了崩溃的边缘。

突然，小勇兴奋地叫了起来：

"爸爸爸爸，前面的山上有旗子，有旗子！"他用冯给他的小望远镜看了一下，又兴奋地叫起来："爸爸爸爸，是旗子，上面有树叶有鸽子的旗子！"

冯脑袋轰一声响了起来，然后整个人摔倒在地上。小勇吓了一跳，赶紧过来扶他。

"爸爸爸爸，你怎么了？小勇吓得哭了起来。

冯想舔一下干裂的嘴唇，却发觉连这点力气都没有了。他慢慢地吞了一下口水，轻轻地对小勇说：

"爸爸生病了，暂时走不动了，小勇乖，不哭。背包里还有一块兔肉，你吃了赶紧向旗子的方向跑去吧，如果你找到那里的叔叔阿姨，再带他们回来这里找爸爸好不好？"

"但是我一个人走路很怕啊，不知道多久才能赶到那里，不如我等你好了再一起走吧。"

"小勇不怕，要做个男子汉喔，总之你向着旗子的方向一直走就对了，总会遇到叔叔阿姨的。爸爸现在病得很严重，一时半刻好不了的，你要快点去找到那些叔叔阿姨，不然后面的狗狗就要来咬爸爸了，爸爸现在可没办法赶狗狗啊。"

冯艰难地想抬起手帮小勇擦一擦眼泪，发现这只能是奢望了。

小勇点点头，拿起背包里的东西，向着旗子方向跑了过去。


## 7

冯望着儿子的背影，开心地动了动嘴角。

这一刻这么真实却又这么虚幻。他除了大脑能思想之外全身没有一处能动了，两腿处传来的痛楚是他还能保持一丝清醒的原因。

他突然想起六年前的那一天，当时他还在银行的窗口里帮客户办着业务。那时的他是多么幸福，毕业就找到一份好工作，青梅竹马的妻子又怀孕了，上司对他很欣赏，已经准备升他到区域管理层了，所有的一切都在有条不紊地进行着。然后就在这一天，像突如其来的地震一样，大地颤动起来，爆炸声此起彼伏，城市里的许多建筑在一瞬间被摧毁，两千万人口的城市不到一星期就只剩八十万，他大部分的亲人朋友都遇难了。他还是幸运的，能和妻子一同被派遣回乡下。

刚开始，政府承诺会尽快结束战争，归还人民自由安全的生活。

但战争的规模超出想象，刚开始是两国的战争，但随着战争的升级，参战的国家越来越多，最后变成了全球性的战争。

越来越多的系统瘫痪了，首先是通讯系统，跟着是电力系统，再跟着是水力系统，然后是医疗系统……最后生物战不可避免地发生了，能种的作物越来越少，能用的土地逐渐变无。他妻子就是在一次吃了改造的生物食物后感染过世的，最后只剩下他跟儿子相依为命。

他只能将对妻子的爱，对亲人的爱，对所有朋友的爱，对这个世界的爱灌注在儿子身上。这个世界他无力去改变，他只能尽力去为他创造一个世界，即使失去尊严，正义，甚至生命。正如乔所说，我们所有的希望都在小勇身上。

冯似乎看到了联合国的人将他儿子接到了新的伊甸园，那里的世界充满了光明，正如他对他的爱一样……

## 8

"这招真好用！"

"又来了一只小肥羊？"

"当然，还带出一只老狗，不过奇怪的是老狗大腿的肉都削得干干净净，不明白怎么还能赶这么远的路。我正准备在这附近多插几支旗，你也来帮忙！"

# 失乐园

文＼独鼠

30 秒，想象一下真正的梦中乐园是什么样子吧！

四面环海的大陆上，万物互不相克地生活着。精致如水晶的男孩女孩，漂亮如琥珀的动物植物在大陆的各个角落自由生存。传说中的美丽生物应有尽有，童话中才会成真的情节不再虚幻，连造物主都愿意在这样的地方小憩片刻，闭目养神。

真美，不是么?

我摸索着，把银色的项链从她的胸前导到颈后，然后轻轻扣好。女郎的皮肤像丝绸一般嫩滑，如冰雪般洁白。

手上沾了点红，但我不介意这些。

离烟花绽放还有 9 个小时，我一点也不着急。

一只手抚弄她细如蚕丝的金发，一只手搭上葱茏枝丫生长而成的窗口，抚摸那些由自然的魔力创作的艺术，然后一根一根地把它们折断。

森林女巫的小屋此刻一年里头一次寂静无声，除了滴答滴答的轻鸣。

渐渐地，她的衣服从青绿变成深红。

看了一眼时间，我启动了链锯的开关，开始最后一道工序，希望安宁的森林不要介意这一点点噪音。

多么美丽的造物，被撕裂之后都会变成某种脏兮兮软乎乎的东西。

红色浸透了我的锯刃与袖口，而我并不在意。在我工作的时候，女巫的头颅一直透着水晶球看着我，湖蓝色的眼睛全程一眨不眨。

那眼神让我想起懵懂的阿雅，在我刚刚学会给她做菜的时候，傻傻地在一边看着我，只是笑。

"阿雅，你开心么?"

"当然啦，爸爸做什么都是最棒的。"

......

我喜欢那双眼睛，因此我把它们剜出来带走了。至于其余的糟粕，我只是简单地扔在屋外的地上。

清扫者从地下伸出树根状的爪子，把碎块拖入地下看不见的地方。

智能护腕上的第一个名字消失了。

当我走到森林边缘时，一只发绿光的森林精灵飞到我的头顶，落在一个树杈上，发出了悦耳如铃铛的声音。当然，我知道，那声音的本体只是一个麦克后面的半老头子罢了。

"午安，芜梦老弟。"

"喔，你好啊！"

"活还没完？"

"只剩一点了。"

"不错，别忘了这些造物的更新需要赶在烟花前完成，要不然奖金可就没有了。"

"我知道，别磨叽。"刚才的杀意留下的感觉还萦绕在心中，令我想把上面的这个小玩意捉下来撕个粉碎。

当然，我只是想想而已。

目送那玩意飞远，我又检查了一下名单。跛脚侏儒与森林女巫都处理干净了，接下来还有狗头魔法师、人鱼三姐妹，还有沙堡中的女孩。我伸出手在最后一个名字上捏了捏，一不小心红色就带了上去。无论如何，这个女孩才是我最终的目的。

想到这里，我不由得兴奋不已。

下一个目的地——人鱼港，出发。

大宇宙时代的孩子们还需要童话么？

也许你会认为，既然我们的足迹已经遍布银河两岸，既然我们的城市已经在无数颗造物主的巨石上竖立，既然我们已经用我们的肉眼亲眼一睹了宇宙的裸体，那么童话什么的也就没有什么必要了。

可真相是，我们不仅需要，而且比以前更加难以让孩子们相信童话中那个美好的世界，因为我们越发达，文明的暗面就越早地侵蚀我们的童年。

在我们的孩子们的心开始不得不面对那些恐惧的现实之前，他们需要一个可以幻想的蓝天。

因此，就有了乐园公司，就有了永恒乐园。

他们是这么说的，当然我也没什么意见。

直到我的阿雅在新年前夕在这片大陆上死去，身体化成肉末，落到海洋一般的废弃生物材料中，无处寻觅。

胸口一阵绞痛，眼前泛起白色，景物也变得奇怪扭曲。

一个身穿红白相间衣裙的可爱女孩出现在我眼前，一边跳舞一边前进：

"爸爸，快追上我啊，哈哈。"

"阿雅？"

我伸出手向前抓去，那幻影一笑，然后消失了。心痛停止后，一切恢复正常。

阿雅，你还是这样调皮呀！

我深吸一口气，童话大陆的空气即使到新年将至也是如春天一般温和湿润，又带有些微的香气，让我不由沉溺了片刻。

回头最后看了一眼女巫的森林，虽然在丛丛叠叠的树叶外看不到小屋，但我知道小屋应该已经被清理干净了，一个小时后，又一个湖蓝色眼睛的人造女郎将会坐在小屋里，带有相同而虚假的记忆，给新年参观的孩子们做一些装模作样的占卜，而没有人会发现什么异样。

在小孩子的眼中，这个地方是什么样子的呢？

我路过女巫森林的标识牌，路过写在板子上的那可爱可笑的幼儿故事，沿着一条黄砖小道向东方的海湾前进。而在那海湾里，就是另一个故事了。

三个人鱼公主生活在由不可击败的鱼人守卫的庞大的珊瑚宫殿中，大姐喜欢天空中闪亮的星辰，二姐喜欢明亮的珍珠，小妹只喜欢晶莹的水滴。这三个女孩，谁会得到英俊海王的欢心呢？

询问任何一个小孩子，他们都会给你一个可爱的答复。孩子们来到那片港湾，在豪华宽广的珊瑚宫边游玩，公主们的日常印刻在他们的脑海中，化成梦的养料。

在梦中，三个公主偶尔会在被星辰装点的夜晚，被霞光映照的黄昏，被日光包裹的白昼在海面上玩耍，玩累了就趴在珊瑚宫凸出水面的岩石圆顶上，悠闲地等待远方随时会出征归来的海王陛下，安稳而幸福。

梦境之外，不存在的海王永远不会回来，她们也只有一年的寿命。

生物是不完美的，即使外表被捏得再精致，刨开后也是混沌不清；即使创生之初再美好，时间久了，也会被各种随机的因素玷污。唯一做到完美的只有不断用新代替旧，消除可能存在的谬误。

这就是永恒乐园能保持完美的缘由，这也是我们这群人之所以存在的理由。

又是新的一年，乐园到了吐故纳新的时刻，重新制作的相同的童话人物已经准备就绪，接下来，只要把旧的"东西"都毁掉就好了。

"是的，都毁掉就好了。"

仿佛阿雅的软音，在我耳边低咛。

闻到海洋的气味，听到潮水的声音，我知道我到了。

　　人鱼港湾由温柔的蓝和闪耀的金组成，人造的圣光下，沙滩的弧线非自然地完美，就像装饰精妙的金杯，把蓝宝石般的琼浆装载于内。走近了看，蓝色变成了虚渺的透明色，只有几下调皮的波动告诉你它还是海洋的一部分。

　　我跨入海水，径直向下走去，不必担心窒息，因为连这里的"水"都已经服从了童话的定律。

　　我沿着一条由不上浮的气泡组成的气泡之桥向更深的蓝色进发，虚拟的浮力撩动我的衣服和头发，虚拟的色彩在桥周围涌动。很快，鱼人守卫着的大门就出现在我眼前。

　　"走开，肮脏的成人，人鱼的宫殿只有纯洁的少年才能进入。"鱼人张开大嘴，露出圆钝的大牙，同时把手中巨大的三叉戟提了提。

　　这个鱼人不在我的名单上，不需要更新。

　　我毫不在意地绕过它，无视它的警告。

　　"我说停下！"

　　它伸出附满鳞片的手抓住我的肩，造成了一点疼痛。

　　护腕变成了红色，然后名单上多了一个名字。

　　我笑了，抽出了我的链锯。

　　解决传说中不可战胜的守卫一点也不难，三叉戟只有表面的触感是金属质地的，以便热爱冷兵器的男孩子去抚摸或者合影而不必担心有危险。而鱼人也不像它看起来的那么强壮，杀死它就像宰一条草鱼一样。一旦被检测为潜在的危险，被更新就是它和它的邻居们唯一的命运。

　　踩着鱼人的尸体，我站在海之门面前。

　　它大概有十米多高，上面装饰着海洋的各色图景，从大到小，连细节都十分清晰，就像阿喀琉斯之盾上的图案一样，而这也十分符合这座宏伟殿堂的整体风格。

推开大门，珊瑚小路穿过大厅一直通向人鱼们的卧房，各色的鱼群在大厅穹顶周围游来游去，尽管这是在水下，但莫名来源的光总能把这里照个通透。

光芒的末端，阿雅的幽灵站在那里，身穿红白相间的连衣裙，玲珑剔透，呆呆地望着两边的鱼群。

曾经，这里是阿雅最喜欢的地方。

我接近她时，她消失了，不过消失之前，她回过头露出了一个甜美的微笑，令我心神荡漾。

在公主们的寝室前，我听到了几声银铃般的笑声，而隔着我与她们的仅有几层水做的帘幕。我用手指向前一点，帘幕泛起涟漪，然后散为无形。

没有生物发觉我的入侵。海底现出了两个唯美的影子，在多重圆形的嵌花地板上飘来飘去。

闺房的空间不是密封的，由半自然的岩石和珊瑚围绕着这块水域，就像一个内径巨大的天然水井。阳光顺着水井口投射下来，产生了令人愉悦的丁达尔效应，逆着光柱，我看到了公主之中的两位。

看样子，她们在玩一个有趣的球类游戏，由鱼群组成球员和球门，甚至还有几条鱼负责组成比分。两位公主快乐地竞技着，身边围绕着跃动的气泡组成的旋律。

要事在身，我可等不到比赛结束。我取出麻醉枪，给她们俩一人一发，她们周围的"鱼群"发觉了异样，立刻散作无数看不见的粒子，溶解在这个虚拟与现实交织的水域中。

公主们落到海底，挣扎着想要抖动自己的尾鳍，却白费力气。我的子弹麻痹了她们的运动，而保留了近乎完整的感知，当然，这是为了让她们完整地体验接下来会发生的事情。

我一只手抓住她们的一只尾巴，然后向前拖行，两只人鱼的金色和银色的长发包裹了她们的脸，黏附在海底，沾上了肮脏的沙泥，就像两个拖布头一样可笑。

拖到她们平时休息的大扇贝边，我抓起她们的头发把她们扔进去，她们以一个完全瘫软的姿态倒在扇贝之内。大姐和二姐都已经被我擒获，现在只差黑发的小公主了。

当然那并不难找，第三只扇贝此刻就在我的右侧不远处闭合着，气孔周围水流微微地有规律地搏动着。这样看来，小公主已经在里面安详地睡着了。

突然，有一个问题浮现在我的脑海中，这些人造生命也会做梦吗？

然后我因为自己的一时愚蠢笑了。当然会，这些生物与冰冷的机器人完全不同，它们有思想，有灵魂，也自然会做梦。在人类所有的创造艺术中，会做梦的玩具恐怕仅此一家。

我的玩具有点太紧张了。

我用食指在金发公主的腰间划动，感受细碎鱼鳞与柔滑皮肤的分界。公主殿下的眼睛眯了一下，想必她感到有点痒。

我在她们耳边吹气，安慰说我不会伤害她们。她们晶亮的眸子里散发出来的情绪从恐惧到疑虑再到困惑，被我的行为弄得无所适从。

这才是玩具的正确玩法，不是么？

接下来，要尝试什么呢？

断指？放血？剥皮？还是凌迟？

我在心里计算了一下，也许我应该玩一个最近没有玩过的。

我俯下身，渐渐靠近金发人鱼的嘴唇。她睁大眼睛，看着渐渐逼近的我。我在它还没有反应过来的时候吻了下去，香甜的感觉顿时附着在我的味蕾上。我伸出舌头，慢慢地在公主的口腔中搅动搜刮，把每一丝甜味都摄取到我的口中。

整个过程给我的感觉就像吮吸一块酒心巧克力一样美妙，美中不足的是我无法让人鱼配合我，少了一半的感觉。不过相对于接下来的部分，上面的这些都不算什么了……

工作完成，爱星辰的公主已经进入了无梦的梦乡。

我切下她的无名指放在包中，然后向她热爱珍珠的妹妹走去。

银发的小人鱼感觉到了危险，她借着麻醉效力已经丧失的时机在贝壳底部摸索着什么。当我伸出手想去按住她时，她猛然关上了巨大的扇贝壳，差点夹到我的手。

在整个海底城堡之中，外壳沉重的扇贝算是最好的也是唯一的防护了。我无法把它掰开，最简单的是从内部刺激大扇贝控制开合的肌肉，它就会自然打开。

我看了看所有的工具，又有了新的主意。

我取出几支本用于穿行人造森林的激光刀，调整它们的光强和聚光程度，按下开关，它开始发光发热。接下来，我把它们支在扇贝下方的缝隙处，然后坐在边上，静静等待精彩到来的时刻。

这些刀被我更改成性能优秀的加热器，可以把整个扇贝渐渐变成焖锅，在这样的高温下，可爱的公主殿下，你又能坚持多久呢？

里面的哭泣变成娇喘，娇喘变成呻吟，然后变成疼痛难耐的哀号。

终于，贝壳打开了，人鱼挣扎着蹦了出来，却无力游动，倒在我的脚边。

银发的公主此时眼泪汪汪，浑身都是红黑色的灼伤，她趴在我的面前仰头看我，似乎在哀求。

我蹲下身，帮她擦去脸上的泪痕，即使在虚拟水环境中，人鱼的眼泪也清澈至极，与周围的颜色完全不同，令人心生怜惜。

我突然想搜集一些这可爱的液体。

我抱起她的上身，让她的头部竖直。接下来，我又掏出了一把激光器，再一次调高了光强。

五分钟后，热爱珍珠的人鱼妹妹也告别了这个世界，而我保留了一小瓶她的眼泪。

脱掉沾满血污的衣服，轻叩几下，我敲开了小公主的贝壳。她刚刚被我唤醒，对外面的事情一无所知，只是茫然地看着我。

她长着一头黑色的小卷发，下垂到肩部，搭在雪白的脖颈上，眼睛像阳光下飞溅的水滴一样明亮动人。制作她的基因组的时候，她被设计成一个年幼清纯的亚裔女孩，看上去，比阿雅走的时候还要小一些。她的相貌有一点像阿雅，但是远不如这大陆上的另一个女孩神似。她的眼中多了一份天真无邪，却不像阿雅那般活泼爱动。

这一次，由于某种莫名的冲动，我跨进了贝壳。

公主不知道我是谁，但是什么都不懂的她并没有反抗。我欣赏着小公主的身躯，上半身完全是一个刚刚进入青春期的女孩，下半身却是完全的鱼尾，浑然一体，除了下体的某些部位被特殊对待以外，没有一点不对劲的地方。

然而她毕竟只是一个人造生物而已。

这样想着，我俯身亲吻她，渐渐地把她按倒在贝壳中。然后，在小公主看不见的地方，我掏出了一把锋利的小刀。

我迅速地在她的下体划开了一个伤口，在她意欲尖叫之时，俯身压了上去。

一下一下地，我模仿着人类异性之间表达挚爱的方式。虚假的快感开始充斥着我的神经，然后一波接着一波，同时，我也感觉到红色的血脂粘在我的下半身。我用力地发泄着，似乎要把一切的愤怒都发泄出来，对阿雅的死，对自己的无能，对乐园的虚伪，对人造生物的鄙视，感觉夹杂着感情，愤怒夹杂着快意，蓝色与红色的布景，让一切都变得无比疯狂。

渐渐地，小公主因失血过多失去了反抗的能力，只是徒劳地抓住我的肩膀，却对我的暴行无可奈何。

这种玩法我是听老管理者提及的，而我也是头一次在人鱼的身上尝试。即便对于人鱼这种特殊的造物，他们依然有聪明的办法从中获取多样的乐趣。

因为生理的原因，我渐渐松下劲来，停止了施暴。小人鱼还在死亡线上无谓地挣扎，而眼神已经变得光泽不在。

我用刚才的刀切下了热爱水滴的公主的耳朵，然后休息片刻，离开了水下宫殿。

我站在坚实的大地上，此时黄昏已至。一群鸟儿从红紫色的天空掠过，尾后留下一串气流的颤音。

传说中，泰坦巨人留下的一艘巨船至今还搁浅在人鱼湾偏南几十公里的地方，几千万年的岁月让它已经成了一座船型的山岭，分辨不出原来的样子。舵盘部分由心灵手巧的矮人清理出来改造成了巨大的水车，高大陡峭的船侧也被侵蚀成了一个斜坡，桅杆的主体被巨大的藤蔓覆盖，上面又衍生了各种各样的生态系统。

如果事实真的是这样，该会有多么理想啊！

从这里已经看得到那高达数百米的水车的边缘了，一个月前，它还在那里转动，现在已经停止，想必矮人的部落已经被处理干净，等到明年，那里才会重新开动起来。

我绕过一具半人马的尸体，意识到我即将抵达狗头魔法师的领域。

传说中，狗头魔法师生活在依山而建的石头城市之中，城市分为两部分，山洞与山洞间错综复杂的联系组成了山中的部分，表面上旋梯状通往最高峰的为山外部分。而整座狗头城的所有居民，都是魔法师的分身。

穿过半人马盆地，我抵达了狗头魔法师的城市。

此刻，城市中一派宁静。

这不是正常的现象，如果我不予以毁灭，这些造物就不会离开这里，等待下一批观览的游客。而如果它们不见了，那么就只有一种解释。

第一摊血印证了我的猜测，然后是第二滩、第三滩，血迹越来越多，沿着城市蔓延向上。屠杀的证据到处都是，等待着清扫者的处理。

一只精灵飞到我的眼前，绿色的，还闪着光，它转了一圈，然后向山顶的方向徐徐飞行，不时回过头瞄我一眼，像是为我引路。

当我抵达魔法师的城堡，有个苦瓜脸老头已经在那里等我了。

"芜梦老弟，下午好。"

"下午好，约撒。"

他把脚下血淋淋的狗头踢开，离开了魔法师的宝座。

"看，这里已经清理干净了。"老头说。

"是的呢。谢谢你帮我分担了工作量。"

我看看四周，的确一切都很妥当，而护腕名单上只剩下了一个名字。

"看来，只要再清理一个我就可以放假了。如果没有什么事就拜拜咯？"

"为什么不坐下来聊聊？离庆典还有好几个小时。"

约撒伸出手，护腕变成紫色。屋子的实体成像规则被临时改变了，我的面前凭空出现了一把椅子。

想了想，我以一个最舒服的姿势坐下了，半老头子约撒也坐在了魔法师的宝座，绿色的精灵停在了他的肩膀上。

"工作累吧，吃了么？"他问。

"刚吃过。"

他点点头，扭头对着窗外，似乎在望着红色褪去后死灰色的天空："看看，老弟，现在又是新年了。"

"是啊，愿乐园能给孩子们带去更多的欢乐。"我笑了一声。

老头嘴角微微上扬，手中不知何时多了两杯红紫色的液体，他递了一杯给我。

"这是什么？"

"矮人的私藏。他们背着我们做的饮料。"

我尝了尝，味道不错，有点像葡萄酒，只是掺杂了一点土味。

"看来，你现在完全找到对付那些生物的心态了。"他突然说。

"什么意思。"

"虽然不够利落，但足够干净。如果你不是那么享受那种过程的话，你的活计能更利索点。"

"你偷看我？"

"监督，这才是正确的说法。我的替身精灵跟随着你从丛林来到海湾，再跟你到这里，整个过程我都在静静地旁观。几年前，你最开始加入这行的时候，我就是你的导师，那时候我教你怎么狠下心来杀死他们，而如今，我倒很想催你快点了结他们。"

我看了他一眼，满是皱纹的脸上总是一副苦相，也没有什么多余的表现让我理解他的意思。不过片刻之后，我有了一个假设。

"你老了。"我笑道。

"的确，的确。"他叹息一声，垂下目光，周围的血迹已经被清扫者清理干净，狗头也被拖到地下。

"也不知道为什么，最近我老是有这种不必要的感觉，让我感觉像一个新手一样多愁善感。"

我拍了拍他的肩："没事没事，你可能只是因为工作量太大累了。

跟我说说，怎么了？"

"你知道，我远在几光时外的家里又添了一个孙子。"

"恩。"

"你应该知道，我有两个孩子，一个很老实，在一个安宁的行星安了家娶妻生子，而另一个……太喜欢闯荡，很早就离开了我。"

"进入正题吧，人老就是磨叽。"

"呃……去年，我请了半年的假回家了一趟。跟亲人朋友们叙旧谈心，问问家乡发生了哪些变化，而最主要的还是看看我的新孙子。我陪他看动画，看自然纪录片，看很多他那个年纪喜欢看的东西，然而突然有一天我们看到了乐园的广告，看到了乐园的宣传信息，我的小孙子立刻显示出对这里的兴趣。

"而我却突然泛起了恶心，在厕所吐了好大一阵，因为我知道那表面的完美掩盖了多少恐怖血腥的事实。当时我用了几句谎言打发了小孙子，也没有太注意这件事对我的后续影响。

"然而我错了，回来之后，我发现我无法胜任这项工作了。

"在我孙子的眼中，这些都是有血有肉的生命，他们有自己的故事，有自己的感情。他们受了伤会流血，受了痛会流泪。他们跟我们毫无差别，也是有灵魂的值得尊重的存在。"

"你不是被小孩子感染了吧？"

"很遗憾，现在我就是这样，我开始心软了，我不能忍受我一直以来习惯的生活了，不知怎么，我很难举起屠刀了。"

我看了看已经恢复如常的大厅。

"你还是能狠下心的，不是么。"

老头摇摇头："我先杀死他们，是为了避免你虐待他们。"

他垂下头，脸上的皱纹更深了，我知道他不是在开玩笑。看了一眼时间，我决定再留下来待会儿。

"听我说，老约撒。"我碰了一下他的杯，让他听我说，"大概放到两百年前，你这番话似乎还有那么一点道理。不过，你还记得地球么？"

"地球？当然。"

"曾经那是一个物种齐全的星球，也是我们共同的故里，我们的摇篮。我们从那里发现了我们的宇宙，然后开始征服宇宙。曾经我们有一个叫作生物圈的机器，它是地球母亲几十亿年心血的精妙系统，获取阳光然后通过物种的能量传递链条哺育生物链顶端的我们。而后来，这个机器被毁掉了，你想过为什么吗？"

"我……"

"因为它太低效了。它哺育所有的物种，而我们也只是分到一点奶水而已，所有的物种按需取用，而这却是对我们的不利……"

"也许不能……"

"太阳的光芒，只能由人类独享。这是一位政治家提出的观念，而提出的时间点恰恰在人类已经能够取代这一机器，制作出能完全夺取阳光使用权的完美机器之时。"

"……"

"特别是殖民技术的极大提升，让自然机器越来越有百害而无一利。既然如此，为什么还要保留它呢。

"既然如此，那就毁掉吧。我们需要生物圈的时候，我们需要动物保护，需要环境保护，当它最后一点价值也被榨取干净，还有什么留存的必要呢？

"那就毁掉吧，都毁掉——就好了。"

他脸上的表情更痛苦了，看来他的世界观仍在痛苦地挣扎。

"我们杀掉了地球,我们杀掉了那些曾经是我们朋友的'活'的东西,我们制造了臣服于我们的'活'的东西。当他们有价值的时候,我们就保留,当他们有偏差的时候,我们就清除,这不是很清楚的逻辑么?你为什么还要还原到那种老旧的所谓保护生命的迂腐思想中去呢?什么又叫尊重,心软呢?我们又要保护什么呢?"

我加重了语气:"约撒,除了人,这个宇宙中,没有什么可以值得尊重的东西。"

约撒的脸色变得灰白:"不,不对,可他们是活着的啊!"

"不对?有什么不对的呢?你是在批判这个社会的价值观么?约撒,从始至终,我们从未做过不对的事情啊。虐食是错的,叫料理就对了;侵略是错的,叫征服就对了;兔死狗烹是错的,叫合理利用就对了;屠杀是错的,叫维持完美就对了。哪里有不对的事情呢?整个人间,就是一个巨大的乐园啊。我们把恶的包装成善的,把丑的包装成美的,乐园欺骗孩子们,而人间欺骗所有人。最终,这才是一个我们想要的完美的无错的世界,不是么?"

杯子掉到地上,化为粉末,约撒全身蜷曲,手捂着脸。

我拍拍他颤抖的肩,然后向外走去。

"也许……我应该离开这里,然后把真相告诉世人。"苍老的声音在我身后缓缓地响起。

"冷静下来吧,你不必那么做。"

我头都没回,离开了大厅,离开了狗头之城。

手中的忘记丢掉的杯子立刻失去了实体,化作空中飞舞的尘埃。

"阿雅,我来接你了。"

去往沙堡的海路要经过半个小时的旅程。我无聊地翻看护腕中的信息,突然发现有几个相同的未接来电,来自一个我厌恶至极的人。想了想,我拨了回去。

"喂？"

"喂。你好啊，芜梦。"一个鸭子般的嗓音在另一头回答。

"你今天很急啊，净找忙的时候找我麻烦。"

"也不是什么麻烦。芜梦，就像我几天前就跟你说的那样，我只是希望给我们彼此都赚一点外快，只要你……"

"不好意思，免谈。"

我挂断了。

就像我一直描述的那样，乐园是一个用生物材料制作梦的机器，大量的生物被制造出来，然后在某一时刻被杀死。而乐园的管理者并不仅仅满足于此，因为这一漏洞百出的过程，显然有无数的油水可以捞取。从某种意义上说，乐园是黑市的工厂之一。而这一位，就是其中的一个投机者，由于他的声音，我们叫他"鸭子"。

他通过金钱与人脉打通关系，开始只是偷点完整的器官去黑市上卖掉，后来，他越来越渴望更大的利益，他成了一个乐园人贩，大胆地售卖乐园生物给有兴趣的富豪获取巨额收入。

几天前，他就向我提出了合作的请求。

"把那个女孩给我，我给你一大笔钱。"

呵，怎么可能呢？

沙堡中的女孩，这是一个乐园创立不久就产生的人物形象，源自一部早已过时的动画作品。

一个恶魔养育了一个女孩，他伪装成女孩的父亲在海岛上的聚居地过着贵族一般的生活。后来由于一个意外，他的身份暴露了，人类请来强大的巫师对付他，而较量的结局就是聚居地化作深不可测的深渊，其上的时间也不断循环。为了保护女孩，恶魔把自己也嵌入了循环之中，变成了不停旋转的流沙岛屿，悬浮在深渊之上，豪宅之下。而女孩也因为这诅咒永远困在灾难发生前的那一天，重复做着相同的事。

突然下雪了。船只在黑色无边的黑色宝石上滑行，灯光下，无数白色晶莹的飞雪飞落到宝石之内，霎时不见踪影。

渡过虚无的深渊，深不可测的壕沟就在我的船下掠过，前面就是仿佛亘古不变的沙中之堡。而后面，来自乐园外域的灯光已经照亮了星空边角，浅红色均匀地撒在几万米外的庆典上空，很快，那里将是一片欢腾景象，喜爱乐园的孩童来到广场之上，带着对理想世界的梦在缤纷的礼花中度过新年。

我依然来得及。

流沙在流转，路的两侧是沙的河流，流动着，旋转着。我推开巨大带封印的石门，石门吱呀呀地滑开，露出向上延伸的旋梯。

女孩就在顶层，从未离开。

心痛的感觉又来了，这是阿雅在呼唤我。

乐园啊，你为何要夺走我的至爱？

那时候，我已经因为自己的愚蠢尝到了苦头，危急时刻，我逃离了法律的严惩，又一次离开了我生活的那个地方。之前一次是父母，那一次是妻子。一切向着利益看齐的我，尝试过除了杀人以外无数非法的生财之路，也因此被正义之师撵得无处安家。而我的女儿阿雅，一直陪伴在我的左右。

阿雅渐渐改变了我，看到她，我就知道我要为这个女孩担负起生活的重负，给她一个美好的童年。正是她的天真清澈打动了我那颗已经浑浊躁动的心灵，让我开始渴求安宁。

我改名换姓，在一个陌生的城市像一个普通的父亲一样生活，照顾她等着她长大。为她做早餐，供她上学，每天晚上给她讲那些古老的童话，看她沉浸在自己的幻想世界里，我也不由得与她共同讨论梦中的角色，梦中的故事。

有了稳定的职业和收入之后，我带她去了乐园，传闻中有着真实梦境的地方。

而这就是悲剧的起因。

阿雅爱上了那个理想的梦幻国度，一次一次地要求我带她到那里游玩。我也溺爱地每次都满足她的需求。

后来，我们听说年关之时的庆典是乐园最不可错过的时刻。在那个时刻，乐园将举办最隆重的典礼，欢迎银河两岸年轻的梦想家共同度过元旦之夜。而我不知道的是，此夜之前的乐园并不像我们看起来那么安详。

我们提前到达了乐园，当阿雅被乐园的夜色吸引，想要涉足那幽暗的童话之夜的时候，我带着她越过了障碍，偷偷跑了进去。喜欢冒险，喜欢未知的她，真的很像年轻时的我。

我们在月光下的平原赛跑，眺望人鱼港的夜景，在萤火虫的丛林玩起了捉迷藏。

捉迷藏还没有结束，阿雅就消失了，某块草坪上留下了一片温暖鲜红的血。

我已经能看到顶层的光亮了。

楼梯为何如此漫长，阿雅，等着我。

阿雅失踪后，我向乐园的管理层提出了质询。而途中，我也看到了一个我不希望看到的人——约撒。我对约撒的反应也许透露了点什么，他们查到了我的真实身份。

当我得知阿雅再也不能回到我身边的时候，我也收到了他们对我的交涉要求。放弃法律途径和复仇，我将收到一大笔赔偿，我的身份也不会暴露，否则，我的过去将被公之于众。

当我以为我不会善罢甘休的时候，面对他们的步步紧逼，我还是懦弱了，接受了赔偿。

之后呢？

我留在了这个令阿雅丧命的地方，了解了乐园的真实，了解了童话世界的背后。数年间，我的灵魂中充满着对这个地方的恨，和对阿雅的思念，可我依然愿意留在这里。对于我来说，这是一种折磨，也是一种对自己的刑期。我把这痛苦转嫁到比我更加懦弱不堪的生物上，以我的罪惩罚他们的罪。很卑鄙么？也许是吧。

门开了。

粉红色的房间，一切都简单而清新，可爱的布偶堆满了墙角、衣柜、梳妆台、睡床，都是阿雅喜欢的颜色。

睡床上的女孩，和阿雅睡熟的样子简直像得不能再像。

她们喜欢开着灯，然后对着光芒入眠。阿雅说，这样就能让自己变成一个光一般美丽的女孩。

她们都喜欢穿着粉红色的睡衣。阿雅说，这样就能做一个粉红色的梦。

她们都喜欢把两手摆放成祈祷的形状。阿雅说，这样就能让天使看到，即使睡着了，她也能保持虔诚。

除了一点微不足道的差异，她与阿雅没有什么不同。不，也许她就是阿雅，也许当她醒来的时候，就会告诉我她只是玩得有点累，来到这里休息片刻。

也许这几年的痛苦，都只是长得吓人的梦魇罢了。

阿雅，是回家的时候了。

我轻轻地将女孩唤醒，她醒了，揉了揉眼睛坐起来，迷茫地看着我。

"爸爸？"她疑惑地问。

我点了点头。

"你真的回来了？"

"是啊，前些天，不是有个精灵告诉你了么？今天晚上，就是诅咒解除的日子。来，爸爸抱抱。"

我把女孩搂在怀里，就像多年以前的感觉一样。用替身精灵编造的谎言，取代捏造的故事的主角，欺骗只有模糊的由计算机注入的人造记忆的小女孩，此刻一切都无关紧要了。

此刻，我与那个虚构的恶魔的故事合为一体，取代女孩虚构的父亲，成为她的至亲。无论过程如何，这个结局还不够完美么？我已经救不了阿雅了，但是我能救得了这个女孩。我会带她离开，让她把一个叫阿雅的梦做下去，把一个父亲美好的愿望延续下去。

离开沙堡，我把女巫的眼睛、大公主的手指、二公主的眼泪、小公主的耳朵与冷藏室中许多我长久积累下来的珍藏一起扔入流沙。眼看着清扫者把它们吞噬，达到了基础的生物回收指标。

沙堡女孩的名字在护腕上消失了。

从此，我要让她习惯阿雅这个名字。

新的一年即将到来，而我与阿雅刚刚赶得上烟花盛放之时。

满心欣喜地，我拉着阿雅向那光明奔去，向那希望所在奔去。

真正的时间回到我拥抱女孩的一刻，我睁开眼睛，很满意这个设想中的剧情。

"阿雅，我们就要离开这里了。"

"阿雅？"女孩一脸不解。

让她穿好外出的衣服，我拉着她走下楼梯。

这时候，我有一种不祥的预感。

预感很快就得到了验证，三个身影出现在石头门前，挡住了我们的去路。两个携带武器的大个子，和一个猥琐的胖子。

我们对视了一眼。

"哟，是你。"恶心的、鸭子一般的嗓音。

"没想到是你。"

他看了看我藏在背后的女孩："你果然还是想通了，芜梦。来，把沙堡女孩交给我吧，钱马上就到你账上。"

"她不是你的。"

鸭子皱了皱眉："什么意思？"肥肿的脸在我手中的灯光下像是一个狰狞的怪物。

"你可能误会了我的意思，鸭子。我从未想过与你做龌龊的人口交易的可能，我的态度应该已经在往日的电话中表达得很明白了。"

"那你带她出来，是为了什么呢？"

我沉默了，但鸭子却以为猜到了我的想法。他干笑几声："我貌似有点明白了，芜梦，你想自己干？"

"她是我的女儿。"

鸭子一愣，经过了半分钟的沉默之后，他摇摇头："果然，你已经疯了啊！你找到一个与你那个亡故的女儿很像的替代品，然后把你泛滥的父爱转嫁到她的身上。这真是一个自我安慰的好方法。不过芜梦，我要提醒你，她是沙堡女孩，只是一个造物罢了，是我们一直以来屠杀、利用的'物'，不是你那白日梦描述的'人'。

"在这个地方，她甚至毫无价值，而当你试图逃离这里，把她当女儿看待的时候，你也会发现她与你女儿的差别。那时候你可怎么办呢？

"不如你接受我以前一直建议你的这一个选项。远方有一位买主，几个月之前就联系上了我，这位买主对她情有独钟。我的买主有权力也有财力，能做到任何你无法想象的事情，也能满足你那小小的玻璃心。

"开个价吧，芜梦。"

　　我把女孩藏到身后，她不知道发生了什么，只是战战兢兢地不敢乱动。

　　"为什么是她？"

　　"我那个金主有这方面的收藏癖好。恰逢此时，就像新闻上说的沙堡女孩即将退出乐园了，已经过时的沙堡将被另一个风景所取代。换句话说，你身后的那个小美人就是绝版。"

　　"无论如何，我不会开价的，也不会把她给你，对于你和你的金主来说，她只是一个绝版的玩物，而对于我，这是我拯救我女儿的最后一次机会。"

　　"我不理解。"

　　"你当然不能理解，一个占据我内心的人就那样死去，带走了我心的一部分。而我却因为懦弱，因为无能，没有为她寻求公道。几年内，我都在自我折磨，就像陷入泥潭，在黑暗黏稠的哀痛中无法自拔。终于，我看到了一个类似我寻求的希望的光芒，哪怕它不再是原来的那道光芒，哪怕我得到的救赎只是虚伪的幻想，那又如何呢？只要有一丝赎回罪孽的希望，我都没有不去争取的理由。"

　　"够了，我不愿意听你那套疯子的言论。我在这里忍受你这么久，只是因为我愿意给你提供一个有尊严的选项而已，既然你不愿意接受这个选项，那我就要换一种方式了。"鸭子挥了挥手，两个手下把枪举起来，枪口对着我。

　　"把女孩给我。"

　　"不。"我突然把女孩挡在身前。

　　鸭子一惊："拿她当挡箭牌？亏你想的到啊，芜梦。"他对手下下了一个新命令，

　　"去，抓住他们。"

　　两个大个子向我们靠近，我握住女孩因害怕而颤抖的手，凑近她

的耳根："别怕，把你的力量传递给我吧！"

护腕发出绿光，沙堡的虚拟实物系统完全由管理者接管。

他们扑了上来，却撞到一堵无形的空气墙上，没有碰到我。趁此机会，我拉着女孩向背后的旋梯逃去。漫长的旋梯，此刻就是我们的求生之路。下面传来开枪的声音，我一边走一边尽可能地弄坏楼梯，以延缓他们的速度。到了顶层，我们冲进了一个阁楼关上了门。

我走到阁楼中间的一个柱子前，手放上去，摸到了一个隐藏的开关，我启动了它。同时，砸门声也开始砰砰作响。

虚拟的月光此时不知为何突然穿过窗户投射进来，照在已经精疲力竭正坐在地上休息的女孩的脸上，仿佛照着我女儿的面庞。这月光，会是很久前那天我和阿雅看见的月光么？

如果不是，那天的月光又在哪里呢？

在一个看不见的世界么？

我拉起她，向月光走去。

门快要撑不住了。

我打开了窗户，拉着她，对阿雅说："阿雅，我们回家吧！"

趁女孩还未明白我的意思，没表现出反抗之前，我抱起她跳出窗外。

与此同时，我确认激发了那个开关启动的隐藏系统。

我们落到已经带有雪的颜色的流沙中。尽管流沙很软，我还是摔得不轻，头晕晕乎乎。所幸我怀中的阿雅没有什么大碍，只是迷茫地看着突然发生在面前的一切。

而身后，沙堡开始崩塌。它的表面出现了无数的裂痕，就像突然变成一块巨大的石膏一样，开始不断掉落身上的碎片。半分钟后，它就会彻底肢解，粉碎，连同其中的恶徒一起。

流沙停止了，很快，整个沙堡区的所有虚拟实物效果都会彻底消失。

我爬起来，发现自己脚崴了，腰间也生疼，我只能慢慢带着阿雅向深渊走去。在彻底崩塌之前，我必须离开这个地方。

突然，一股巨大的推力伴随撕裂的疼痛把我推倒。我趴在地上，身后传来一个鸭子般的嗓音："干得不错，芜梦。"那没有跟自己的同伴冲进去而侥幸生还的恶徒站在我身后，手中的枪还冒着烟。他把枪口下指，准备给我最后一击。

一声枪响。

身后有重物落地的声音。

而前方，一个苍老的身影向我跑来，口中呼唤我最初的名字。

不知过了多久，我被老约撒和阿雅的声音唤醒。

我们坐在一辆乐园观览车里，向着庆典的亮光驶去。

背后几千米的地方还在隆隆作响，想必那里一定已经彻底崩塌，我闭上眼睛，想象了一下那个画面。黑色的硕大宝石从中心的沙堡开始被虚空从中心撕裂，然后逐渐消失。海洋化作和苍穹一般的深渊，红色、灰色褐色的岩石裸露出来。雪也无法飘荡，在虚空的边缘蓦然化成冰冷的幽灵，白色的结晶化成尘埃。

维持它们的"场"一旦被关闭，它们就无法继续欺骗生物的感知，假象死亡之后，沙堡区真实的外表就会显露出来。

我想要坐起，腰间又是撕裂的剧痛。

"别动，你中弹了，孩子。"约撒说。

"我成功了。"我说。

我躺下了，旁边，阿雅在看着我，天真而迷茫。而从我这个视角，我发现了她脖颈偏上有一个小小的黑印。

我记得，那个恶魔父亲第一次遇见他的挚爱之时，一不小心，留下过一个和这个一样的伤痕。

"阿雅？"

女孩的眼神依旧迷惑不解。

我笑了，笑得难以自持，直到又一波痛苦，把它转变成想要痛哭一场的感觉。

"别乱动，你现在失血过多，我已经做了初步的处理，但是这种枪伤……我得赶快把你带出去。"

"带出去？"

"恩，我们回家。"约撒说。

"不，我不能。"

"你不能？"约撒的背影一震，"什么意思？"

"错了，错了。"我的脑海中，那个死鬼的遗言再次响起，"你会发现她和你女儿的差别，那时候你可怎么办呢？"

阿雅，我的阿雅呢？

我不是把熟睡的她从沙堡中带出来了么？那么她现在在哪里呢？不，不是面前的这个女孩，阿雅没有那道伤疤，阿雅是完美的。

那么如果我救出的不是阿雅，一切又有什么意义呢？

我到底做了些什么呢？

我闭上眼睛，感受那从无形到有形的痛。

也许是刚才落地的那一下惊醒了我，也许是崩塌的沙堡让我内心的幻影也因此崩溃。总之，就在刚才的某一刻，有什么东西变化了，我曾经深信不疑的东西，也随着虚伪的沙堡崩塌碎裂。与此同时，我做出了一个小小的决定。

"我不能出去，约撒。"

"为什么？你快要死了。"

"爸爸。听我说。"

一切突然变得寂静，只有引擎的低鸣。从我干涩的嘴唇间冒出的这个词，自我离开这个老头子起我就从来没有再说过，现在突然说出口，不由得有一种僵硬感。

老头子沉默了，我揣摩不出他脸上的表情。

"还记得我跟你说过的那句话么？乐园……是一个谎言，人间也是一个谎言。我们用完美的谎言掩盖其下的丑陋，让一切看起来井然有序。这很不正常么？也许是的，我们……用十几年的时间告诉孩子们世界是美好的，然后让他们用一生的时间去证实这是一个谎言。

"然而……我们又有什么选择呢？让他们从一出生就开始防备身边的一切，甚至攻击周围的一切么？

"我恨乐园，它……夺走了我的至爱，但是我并不恨那些被欺骗的孩子们，他们很多……都是阿雅的同龄人，他们怀着梦的疑惑来到这里，期盼一个梦一般的回答。

"那么如果，一个血淋淋的人逃出乐园出现在他们的视线里，他们会怎么想呢？他们的梦当时就会被撕裂吧。

"我是一个有罪的人，我已经断送了自己的女儿，违背了无数法律，刚才，我又杀了人……你要让我就这样去击破他们的幻想么？"

"你在说什么啊！"苍老的声音有很明显的颤抖。

"孩子，其实在我的眼中，你一直都在杀人啊。在我的眼中，你一直都在噩梦里徘徊，我虚构了一个孙子的故事，只是为了让越来越疯狂的你及时回头。让我的孩子你，能够早日摆脱往日的悔恨。也许你犯下的罪行不能饶恕，但你依然是一个生命，一个值得尊重的与我骨肉相连的灵魂啊！"

"是……这样么？"

"你口口声声说人造生命与人有绝对的不同，人是人，而它们是物，然而面对这个女孩，你不是也认错了么？那你又如何解释呢？如果我们一直在鄙视我们周围的生命，即使它们的结构与我们没有什么差别。

"如果我们只是追求表面上的理想，如果我们丧失了对生命的尊重，那么我们辛辛苦苦维持的假象的意义又是什么呢？"

意义？有什么意义呢？文明到了如此地步，就无法停止，像疯狂的战车一样向前方奔去，停下意味着失败，而向前意味着无数的苦难，到头来，也只是在最终的毁灭之前多挣扎一会儿罢了。信念，爱，梦想，都有什么意义呢？一切都会被熵的恶魔鲸吞蚕食。可如果不这么做呢？也许就像我一样，某一天，一切的信念会瞬间崩塌吧。

痛苦使我难以开口，我只能在心里做出一个回答。

希望的光明越来越近了，然而我真的有资格接受它么。

不，我不能走。

看了一眼旁边的女孩，她好奇地看着周围的景色，而我右侧的远方有点点荧光。

"爸爸，请你照顾好这个女孩。"

趁他们还没有反应，我护住伤，跳出车外。翻滚几下，我奋力爬起来，向那荧光奔去。车停了，但我故意在熟悉的丛林里绕了几个圈子，让他们找不到我。伤口被拉开了，生命正在从我的体内流失，但我已经不介意这些了。一切悲剧都是谁造成的呢？是我？乐园？还是孩子们？梦已经彻底清醒，到了付出代价的时刻了。前面是那萦绕在我的梦中无数遍的荧光，而我将终结于此。

萤火虫丛林，传说中，这是乐园大陆里所有善良的灵魂都要到来的地方，灵魂们在这里让自己的思想记忆渐渐发酵，然后在某一天，他们变成美丽的乐园精灵，穿梭于乐园大陆，为乐园的居民们提供帮助。

找到我发现阿雅血迹的地方，我再也支持不住了，倒了下去。

故事就要进入尾声了。远方，乐园的钟声响了十二下，整个大陆都能听见新年的声音。

……

"如果将来他们能帮助生灵实现愿望,那么可以实现阿雅的愿望么?"

"当然了,你想要什么呢?"

"恩……阿雅倒是不需要什么,现在我已经很满足了,如果有的话,那我就请求一个心愿吧:让乐园之外的人间,也同乐园一样安宁幸福吧。"

……

礼花在空中盛放,乐园如同白昼一样充满光明。此刻的广场上,一定是熙熙攘攘的人群,无数花朵般的小脸,像葵花田一样,仰望着天空中的表演,眼中充满了神往。

清扫者在拖拽我的衣襟,很快,我就要成为乐园的一部分了。

……

那么就这样离开吧,再见,阿雅!永别了,乐园!

# 渊海

文／星月夜歌　天翎

"这热带气旋在这里存在多久了？"

莱斯一愣，他这才意识到海诚是在和自己说话。"大概……二十年左右吧。"

"哎——这就是大自然的威能吗？"海诚感叹着，白花花的水波从他的海军军服前划过，莱斯不由自主地看着海诚的瞳孔，他的瞳孔投向那远方的幽深之海。风浪在那里席卷，一条条龙挂在海面上，表演着扭扭捏捏的舞蹈，张牙舞爪地朝着 L 国舰队呼啸着。

"大自然真像一朵无法捉摸的蔷薇……"海诚天真而又要强的目光投向深厚的海洋，任凭海风吹过他的头颈。

"L 国最新舰队也无法在里面坚持下去吧？里面的风浪太强了。"海诚忽然说。

"但是我们应该制造出比现在更强的舰队，不是吗？"海诚说，他指着那手舞足蹈的龙挂，"就现在这样子，我们根本不配说要做大自然的支配者，我们能够知道的、做到的太少了！"

莱斯听了他的话语，眼睛里闪现出追忆的光芒，但随后就消失不见。他拍拍海诚的肩膀，语重心长地说："你让我想起了一位故人，你和他一样要强。"

"那是谁？"

"没什么，故人罢了。"莱斯说，"是时候给你介绍介绍你这副舰长的工作了。"

L 国秉行海洋霸权主义，李汉是他们的先驱。L 国的最新舰队足以制霸天下，他们此次出海，并不是为了执行军事演习，而是为了更加接近那神秘的二十年来阴魂不散的海上气旋。

此地的暖湿气流之多、云层厚度之大，都是史无前例的。此前气象局专家通过推导纳维·斯托克斯方程，认为这片地带不可能出现规模如此之大、持续时间如此之长的热带气旋。三番五次争论之后，L

国决定派出第二舰队，搭载最先进的新型双波段雷达，对这神秘的热带气旋进行探测。

舰队航行在马里亚纳海沟北部，DDG-1000 始终被包围在最安全的圈层之内，DDG-1000 海蓝色的躯体在海面上劈波斩浪，股股白浪从它的底下划出优美的弧线。莱斯是船上资历最老的船员，兼前舰长，他有责任带着海诚了解 DDG-1000 的一切。组织并没有物色到新舰长的最佳人选，故而，海诚虽然身为副舰长，却在履行着舰长的职责。

"难得的人才啊……"莱斯感叹着，"像你这样年纪轻轻就完成了舰艇学院的全部课程，并出任 DDG-1000 的副舰长，我还是第一次见到。"

"我想我也配得上这份工作。"海诚说。

"你可以的。"莱斯赞赏道，"要准备投放无人潜艇了，去控制室待命吧，等这次成功之后，你晋升为舰长是毫无疑问的。"

"嗯。"海诚嘴角翘起一个微妙而又神秘的弧度，"还有多少是我们不知道的。"

海诚和莱斯一同来到控制室。与往常不同的是，平常充斥着窸窸窣窣讨论声的控制室，此时却是一片肃穆气氛。工作人员的眼睛死死地盯着全息面板上的波频图，他们中的一些人以为这些上下起伏的波频只不过是鲸鱼之类的海洋动物的求偶信号，但经验丰富的莱斯并不这样认为。

"不对，这样的波频像是有鲸鱼吗？"莱斯质问道。

"也许这个季节是鲸鱼活动频繁的时期……也许不是。"工作人员随口答道。

莱斯把笔一扔，无比鄙夷地看着面前这批新来的工作人员。他转过头来看着海诚，忽然发现他的眼睛里流露出认同的目光。"你也这样认为？"莱斯赶忙说，"说说你的看法。"

"那……我就抛砖引玉一下吧。"海诚调出波频图,眼睛里透出无比认真的光芒,莱斯看着,暗暗流露出赞赏的目光。

"你们看看,"海诚清清嗓子,"分贝量保持在 180 至 200 之间,这种规模的波频,你们以为就一盒蜘蛛王下去的威力么?"

"噗——"工作人员忍俊不禁,显然他们也发现了问题所在。"这位小伙子说的没错。"一位工作人员说道,"他能够从这些波频中分析出有效信息,就这种数据而言,海底如此高的波频换算成能量的话,那将是核爆级别的。"

"说不定咱们找到了什么大家伙。"

"这种能量级别……"有人说,"说不定是海底火山爆发,或者是地震什么的?"

"用脑子思考。"莱斯撇撇嘴角,"这里是板块张裂带,要出现这种级别的火山爆发或者是地震,那差不多就是有人在地下搞核爆了。"

控制室里安静了下来,大家都盯着这神秘的波频图,眼睛里透着迷茫的色彩。关于这种情况,莱斯只是秉承上级命令来这片海域进行科学考察,至于其后的秘密,莱斯或许知道,又或许不知道。在海上叱咤二十年的热带气旋,实在是惹人注意,大众和众多新闻舆论极其想知道这其后到底是怎么回事,但是政府封锁消息,也严禁公民私自前来这片海域进行探索。按联合国的说法,L 国就是在非法进行军事封锁,但是,国际舆论并没有就此事达成什么共识。

"或许知道了并不好。"莱斯心想。

舰队无法深入热带气旋内部,但奇怪的是,如此强烈的热带气旋,其底部的海水竟是如此平静,这为本来就神秘兮兮的热带气旋平添了一抹诡异色彩。有人猜测是政府秘密军事试验,有人认为是某种神秘洋流阻挡了海水的搅动,甚至还有人认为马里亚纳海沟之内有海底文明在作祟。

"上级命令来了。"忽然有人打破了僵局,"立即释放无人潜艇进行水下作业。"

海诚悄然坐到座位上,稍微瞥了一眼全息屏幕上的图案,随后下达了命令:"开始吧。"

无人潜艇被悬挂在待投放舱之内,只需要等海浪高度到达最低值的时候,就可以完成释放作业了。海诚站在甲板上,眼睛望向那黑不溜秋的龙挂,双腿直挺挺地立在原地,像是失了神。

"在想什么?"莱斯走了过来,"身为代理舰长,你这样子会打击士气的。"

"只是……想到了一些东西。"

"东西?"莱斯疑惑地问道,"什么东西?说说看。"

"当初造这些高科技舰艇到底是为了什么?"海诚压低了些海军帽,"那个时候并没有国际反对阵营和我们对立,也并没有什么高科技恐怖组织和世界作对。如果说,耗费了无数纳税人的钱,又对造船厂附近海域造成了难以修复的污染,就是为了粉饰海军的门面,那显然是毫无说服力的。"

"孩子,"莱斯制止海诚继续说下去,"我们是军人,军人的天职就是服从,我们只需要知道要做些什么,至于为什么要这样做,那就是那些该死的政客们的事情了。我们知道的还是越少越好,知道的越多,你走起路来也就越发沉重。"

"舰长,现在是海浪高度最低值状态,请下达指令。"

莱斯略有深意地看了海诚一眼,便站在了他的后面,没有面对海诚。

"知道的太多,会累。"

雷达侦察室里充斥着未知的凝重气息,工作人员大多暂时放下了手头的工作，聚集在全息模板面前，紧张地观望着眼前的一切。这个时候，将会是历史性的一刻，DDG-1000的舰员将会见证这热带气旋背后的秘密。

莱斯望着无人潜艇传回的图像数据，一团团黑漆漆的记忆涌入他的大脑，他甩甩脑袋清除掉这些烦人的记忆。当他转身的时候，发现海诚正看着自己，但是，海诚并没有说什么。

"下潜速度为每秒十七米，正在读取压力值数据……"这是无人潜艇上的智能AI发出的信息。

"传感器压力属于正常范围之内，目前视野清晰，无明显暗流影响。下潜深度为2500米。"

黝黑的海底映入莱斯的脑海，他尽量保持内心平静，这幽深海沟让他想起十几年前的旧事……

"前面好像有渔船。"海诚忽然说。

"图像捕捉器观测到附近海域有一艘捕鱼船，方位代码292，位于探测器西北方向。"

潜艇的聚光探照灯开启最大功率模式，乳白色的光柱倾泻在伸手不见五指的海洋里，如同海洋里的一盏火炬。光柱击打在渔船的表面，抛回一道难以直视的强光，那渔船的表面涂层像是可以反射任何光线，工作人员纷纷开始猜测这艘渔船的身份。

"小时候的玩具船模型。"海诚说。"对啊，现在估计断货了吧。"莱斯耸耸肩。

自己都还没有看清，他是怎么知道这船是渔船的？莱斯在心里暗自琢磨，不过巨大的秘密就摆在自己眼前了，莱斯并没有因此提起什么兴趣，他就这样静静地倚靠在座椅上，没有凑上前去观看全息图像，好像一切都不关他的事似的。

"好了好了。"海诚说，"各就各位吧，马上要开始考察了。"

"报告长官，通讯部发来消息说无人潜艇收到了难以理解的电磁波信号，信号源位于马里亚纳海沟深处，信号已转接到本地，正在读取。"

无人潜艇通过数据网络将海量的电磁波信号传入 DDG-1000 的全息显示系统当中，如鲤鱼跳波般有规律起伏的电磁信号便显现在众人面前。它不是宇宙背景辐射，不是宇宙当中的死亡信号，而是来自深海的智能信号。根据技术人员分析，此信号极有可能经过了智慧生命的调制，更像是一种企图建立沟通机制的意念。

"天哪……"有人扶着额头瘫坐在椅子上，显然没有做好心理准备，"难道真有海底文明存在？"

"别婆婆妈妈的了。"莱斯皱皱眉头，"现在我们是在搞科学考察，不是来录制走近科学的，快回归自己的岗位！"

莱斯在舱室内漫无目的地走动着，现在他只能算是舰艇里的吉祥物，并不能对舰艇里的工作产生多大影响。海诚走了过来，以不可抗拒的语气命令："莱斯，你去通讯部接应。"海诚挑挑眉毛，"你的密码破译功底好，现在这算是我下的第一个命令——去通讯部帮忙破译电磁信号。"

"可是——"

"快去。"海诚拍拍他的肩膀，"你的能力需要得到充分的发挥，老当益壮嘛。"

"那好吧，等会儿，我和通讯部说说。"说完，莱斯就走向控制台，手指刚要按动按钮，一股大力制止了他继续操作下去。"怎么了？"莱斯大为奇怪地看着海诚，不明白他为什么要抓住自己的手。

"你想干什么？"

"没什么啊，切换频道，和通讯部取得联系啊。"

"别骗人了。"莱斯顿时感觉一束凛冽的目光投到了自己身上，像是要看穿自己内心的一切，"完全不需要切换频道，通讯部和这里是一个频道，刚才就是了。现在，去通讯部，知道吗？"

莱斯的眼皮耷拉下来，他知道，这样子的话，海诚就不会看穿自己的心思了。自己早就应该明白，这新来的海诚是个难对付的主。而现在，他的行动被打断了，不过这只是暂时的，因为这不是他一个人的行动。

莱斯义无反顾地挣脱海诚的束缚，扑向控制台，但是自己快，永远有人比你更快。海诚如同天空中的狩猎者，迅速对莱斯进行十字锁颈法。没过几秒钟，莱斯便因为缺氧昏倒在地。技术人员还没有明白发生了什么，海诚就以迅雷不及掩耳之势，给控制台输入了大量的指令，绿色海洋在全息屏幕上荡漾，犹如一张抖动着的森林壁纸。

"长官，你在干什么？"

海诚来不及答复，因为全息屏幕上显示的电磁波信号明显是经过某种智慧文明调制过的，也就是说，舰队要面对来自马里亚纳海沟深处的海底文明！这也许会是一次终极接触，也许会颠覆人类历史！

忽然，渔船似乎是受到了一种未知力量的切割，道道水膜横切而上。此时，热带气旋上方的对流也显得更加剧烈，无人潜艇在失联的最后一刻拍到了神奇的画面——荧光，如人类在深海之内秉烛夜游，如斯耀眼。此后，这般画面让无数人为之惊叹。

"你到底想干什么？"海诚感觉被冰冷的金属枪管抵住了自己的后脑勺，海诚知道是谁用枪指着自己。船体遭到了未知物体的撞击，海水如同找到了久违的宣泄口，统统从那硕大的漏洞中脱离海洋，涌入 DDG-1000 当中。海诚脸上那若有若无的笑容消散了，只留下丝丝寒意缠绕在他的脸上。他从口袋里摸出自己的工作证，放在桌子上，任凭海水冲刷它。

清晰的图像竟是缓缓褪去了它原本的色彩，显露出了庐山真面目。"原来……"莱斯倒吸一口凉气，紧握着枪的手臂竟开始颤抖，"我就应该知道，他们那群老鬼不会派一位毫无背景的年轻人来担任这么重要的职位。他们知道你，知道你是他的儿子，而那群老鬼却不知道一些事，你却凭借你父亲那显赫的身份来到了这里，还事先用特殊药水修改了工作证的照片。说不定，传真文件也被你修改过，为的就是不让我认出你。"

"DDG-1000从来就不是你的宝贝。"海诚细声细语，说出的话却带着彻骨的寒气，"你自己明白。"

"我当然明白。"莱斯用枪死死抵住海诚的后脑勺，他敲碎火警按钮玻璃，命令船员立即离开舱室，他的脸上这才露出凶恶的眼神，"当初没有把你们全家都干掉，这真是我的失误！"

"我父亲在十年前就在这片海域工作，当时他就发现了这种电磁波信号，你和他一起工作这么多年，你真的下得了手吗？"海诚说，"十多年了，在国防科技部里，已经无人可以撼动你在里面的位置。因为你被誉为'海底文明勘测之父'。多么讽刺的称号，这个称号原本应该属于我父亲的！"

"很可惜，也不会是你的。"莱斯流露出一种充斥着讽刺的表情，刚准备扣动扳机，但海诚那充满诱惑性的话语让他的食指停了下来。

"你们用特殊电磁场禁锢海底文明这么多年了，难道就没有搞清他们的那些语言符号到底是在表达什么吗？"海诚似乎料准莱斯不会马上结果自己，于是抛出如此具有诱惑力的话，"在这隐姓埋名的十年里，我搜集了各方资料，终于知道他们想说什么了。"

"说说看。"

"先把你的枪放下。"

莱斯照做，但他的双臂已经扣住海诚的关节，不让他动弹。

"海洋文明已经存在上万年，其文明复杂程度岂是我们可以一下子理解的？海洋文明的语言实际上既包括大陆上广布的表意文字的特质，又有沿海地区传播的表音文字的特质。我曾搜集了世界上所有的语言资料进行分析，发现世界上现有的语言大部分起源于海底文明。而我所做的这一切，就是为了揭露你这个虚伪的人——我父亲才是这个发现的先驱，而你这个无赖却为了名利害了我的父亲！"

莱斯皱皱眉，他并没有因此而激动："国防部里到处是我的人，如果你愿意做这种事情，尽管来。"

海诚摇摇脑袋，身体突然反转，把莱斯抢倒在地，同时将枪夺了下来。

"呵呵，想杀我吗？"

"我不是你。"海诚说，"很抱歉，现在，我只是想给你听点东西。反正束缚鸟儿的笼子已经破碎了，现在给你听听也无妨。"

海诚把闪存接入系统接口，然后左手在控制台上飞速输入代码，一大片未知的文字符号涌入系统。

"系统正在接受外部指令……"

"系统语言反编汇完成，正在进行翻译工作。"

古老的语言通过计算机 AI 的机械之音表达出来，透露出万年的沧桑，即使声音有些僵硬，但仍然无法阻止这一苍老气息扑面而来。

"磁场，在上面。天空的长老，在招呼吾等。联系，联系，请求解除磁场，请求……生育者们……生育率下降……我们的种族正在……急剧……陆地文明……大量核废料填埋在……我们无法进行彻底清除……他们的磁场对我们……请求，请求……"

海底文明的最初发现者是海诚的父亲，但莱斯却害死了他。这之后，国防部依照莱斯的报告，研究出了束缚海底文明的方法，并将大量核废料倾倒入这片海域，妄图灭绝海底文明。这次的行动，其实是莱斯借考察之名，给磁场发生装置更换元件，哪知道被海诚破坏了这一计划。现在，磁场消失了，海底文明正在一窝蜂地涌出海面。

"你企图禁锢海底文明的计划彻底失败了。"海诚一笑。

"不，海面上还有武器等着他们，这是国防部预先准备的。"

"发现异常目标，全舰进行目标选取，火力覆盖全开，黑色方案实行！"

密集阵向着海面升起的淡蓝色光芒倾泻着火舌，一颗颗子弹似乎将海底生命视为仇寇，义无反顾地冲向它们。战斧导弹喷吐着黄色的尾焰，划破空气的阻隔，带着狩猎者的呼啸厮杀而去。外太空当中的激光紧急基站也随之激活，它们的目标都只有一个——海底文明！

"攻击无效！"

"攻击无效！！"

"攻击无效！！！"

所有的武器都失效了，海底文明祭出了它们先进的干扰技术，扰乱了人类舰队的电子火控系统，但是它们并没有进一步展开反击，而是随热带气旋扶摇而上，冲向那茫茫的天空，而后是无垠的宇宙。

"你以为，我就没有和它们交流过吗？"海诚丢下枪，来到了驱逐舰的甲板之上。他抬头仰望着，那幽蓝色的光团正在太空之中航行，突破一层层空幽的星云，掠过一团团优美的星宿，犹如会移动的星系，闪烁着别样的光。谁也不知道他们会去哪儿，群星是他们的归宿，人类的核废料只不过是一层浅浅的隔膜，而海诚帮他们揭开了这层膜。

谁会去管他们去了那儿——当然，不管的是少数人。

海诚微笑着，看着悄然捡起枪后正要向他开枪的莱斯，淡然说道："你以为，我当初是怎么活下来的？"

他的身体忽然化为一团海蓝色的粒子团，让莱斯的子弹扑了个空——其实他早已死了，但是，当年他临死前听到了海底文明的呼唤，那是他有史以来听到的最美妙的歌曲。于是在美妙的乐曲中他完成了重组，涌入了电子网络，奔向全世界。他当时也不知道该去哪儿，也许就跟海底文明一样。

群星中的一颗星爆发了，海诚收到了他们带来的消息，就在这茫茫的电子海洋里，海诚听到了他们的声音。

"我们回家了！恩人，在大风当中，请紧紧抓住你的帽子！"

# 静寂时代

文／雷虹

"车轻道近，则鞭策不用；鞭策之所用，道远任重也。刑罚者，民之鞭策也。"

——战国，尸佼

## 1

我打开了那扇吱嘎作响的防盗门，走廊上一股夹杂着灰尘的沉闷空气立即扑面而来，使我不得不捂鼻奔跑。我在这栋破败的临街公寓大楼里左蹦右跳，撕开了一张又一张蜘蛛网，踩过一堆又一堆的陈腐垃圾后，终于来到了大街上。抬眼望，天是铅灰色的。我深深吸了几口污浊的空气，从背包里翻出前年网购的城市地图，开始了我的行程。今天我得出门，都怪晓晓，都怪那个插足的老男人，我心里想道。街道上很安静，除了风吹过的时候，一根弯弯曲曲的路灯杆"吱嘎吱嘎"地摇晃外，着实没有其他任何动静。

我朝地图上标示的方位走着，还没走多久，一种寂寞感便疯狂地涌上了心头。我从来没有这样独处过，从来没有。这么多年以来，母亲和封闭起来的小房间便构成了我的生活，而网络维持着我所有的社会交往，为我打造着属于我的社交圈子。我的右食指无缘无故地一直轻微颤抖，整只手掌也习惯性地弓曲着，像紧握着一个鼠标似的。这是心情紧张而引起的吗？

就在我一边走路一边揪心着自己手指的时候，一阵呻吟声传进了我的耳中。我望过去，一个老头倒在脏兮兮的已经有两百多年历史的废弃的立交桥桥墩下，不远处还躺着一把金属拐杖，老人似乎是意外摔倒在那的。我一方面想起了母亲交代过的话，另一方面却实在不忍心对眼前的这个老人见死不救。看着这痛苦呻吟的老人，我又想起了记忆中的父亲。

"你怎么样，哪里摔伤了？"我伸手去扶，他"哎哟"了一声，用手阻止了我。"坐骨摔伤了，"他说，"左腿恐怕也骨折了。"

"我帮你拨个急救电话吧。"我边说边打开腕表，拨了医院的通讯线路。"不用打急救电话……"老人还没说完，我这边已经接通了医院。我拿着地图琢磨了半天，踱着步吞吞吐吐报告了具体的方位，然后值班人员说他们马上就会派车过来。我松了一口气，回过神来才发现这个老人表情似乎更加痛苦了。我用眼神对他示意我得离开了，因为我还有很长的路要赶。他想直起身子，但努力试过多次之后只好作罢。"小伙子，快，帮帮忙，看看我左腿伤成什么样了，好痛啊！"确实，虽然我长这么大从来没有骨折过，但是我仍能想象得到骨头被折断该是如何钻心的痛了，更何况对方还是一个看起来年过七旬的老人。"不要过多地活动，耐心等医院的急救车。"我边说边走到他的身前蹲下，帮他小心翼翼地掀开裤腿查看。使我猝不及防的是，眼前的这个七旬老人一个翻身就骑跨在了我的身上，并抓着我的头发，把我使劲摁在了地上。我整个人都懵住了。我居然遭到抢劫了！都怪晓晓，都怪那个插足的老男人！我心里想。

这一切都是因为我失恋了。在那用钢板和铁钉、木块加封加固过的屋子里，当晓晓那刺眼的"分手"二字出现在我的电脑屏幕上时，我知道我完了，我所憧憬的美好的婚姻生活就此泡汤了。我实在想不通，在同一座城市的我们网络上长达五年海枯石烂的爱情，还抵不上一个有钱的——也就是某个插足的老男人对晓晓说的一句话！这真够让人歇斯底里的。虽然在网上谈了五年的恋爱，但是我不知道晓晓具体的住址。如果知道的话，此时此刻我一定会找上门去讨个说法。我去讨说法的原因是因为我失业了，我失业是因为失恋。因为晓晓是一家网上日用品店的小老板，而我是她下面从来不用做事还能得到工资的员工。爱可以再谈，但工作不能没有，所以我恨晓晓，我恨那个老男人。一股全世界把我抛弃的情愫油然而生，当时我狠狠地打翻了堆在桌子上三四天的几桶方便面，哭了起来。

"别动！把你网上银行里所有的资金都转给我！"眼前这个老头口齿清楚地说着，完全没有之前的可怜样。

"你这是抢劫吗？"我缓过神来，在地上着急地耸了耸肩，"我是个失业的人，我也是个穷人啊！"

"穷人还有钱买松果牌的腕表？你哄谁呢！"他朝我的手腕喷了一口唾沫，往死里扇了我两巴掌。"哦天，我买个名牌腕表摆摆造型也有错吗？这好歹也是我下岗之前花了两个月工资网购的啊！"我刚想博取他的同情，他的拳头就跟上来了，重重砸在我的胸口上。

"哎呀！"他惊叫了一声，显然拳头打在了我怀里揣着的砍刀上，有点始料不及。于是我趁着这个机会用手从后面拼命捏住了他的下身，他接着又惨叫了一声，毕竟是个老头，力气显然没有我大，不一会儿便被我掀倒在一旁。他反身想去拿地上的那根金属拐杖，被我抢先一步拾起了。我爬起来，抓起那根金属拐杖，对着他劈头盖脸地就是一顿乱打，一直打到他满脸是血才住手。我看着眼前直哼哼的老头，气喘吁吁地扔下了金属拐杖。远处的低空响起了医院急救车的警笛，我知道我得离开了，免得再出现什么麻烦事。在离开之前我想到了什么，走上前去，对着眼前这个老头的腿跳起来狠狠蹬了几脚。

"现在你真的骨折了。"

我躲在立交桥蹲的后面，看着低空飞来的救护车缓缓落地，车门打开，下来一名年轻的女护士，接着开车的那名司机也下来了。女护士蹲了下去，仔细检查了一遍老头的情况后，对司机说："好像快死了，我觉得没什么可救的了，现在拉回医院抢救估计也活不过一小时。"

听完护士的话，我的身体颤抖了起来，我看着自己手上的血迹，强烈的负罪感让我的脑袋一片空白。我怎么会碰到这种事情呢，我居然杀人了！我差点就叫出了声。

"是吗？"司机从怀里取出了打火机，平静地点燃了一根烟，吸了一口，"那就别浪费时间了，我们还是回去吧！"

"嗯，好呢。"女护士居然笑容可掬。

他们走到车门旁，司机又连吸了几口烟，似乎在想些什么："对了，"他转过身来，"要不，我俩这个月再'拿'一次？"他对女护士努了努嘴，瞟了瞟地上躺着的人。

"还'拿'一次？"女护士突然放低了声音，她瞟了瞟四周，发现没有其他人，"不太好吧？这个月都已经'拿'过九次了呀！"

"那有啥，多'拿'一次又有什么要紧，凑成十次嘛，不要白不要。现在就算被抓到了最多也就坐一年牢，而且这年头都讲究人权，坐牢根本就不叫什么坐牢，在里面吃的比外面还好呢，你怕什么？"司机吐了一个烟圈。

"不知怎么的，我还是怕……每次都有点怕。"

"你呀你，你得为我们以后的幸福生活着想啊。做完这次我们就结婚，到时候我们向医院请一个月的婚假，每时每刻都泡在网络上，付费在'现实人生'里玩上一个月，怎么样？"

"嗯……"女护士的脸庞变得娇羞起来，显然同意了。

司机扔掉了没有抽完的烟，和女护士一前一后将地上那个奄奄一息的老人搬上了救护车。只见救护车摇晃来摇晃去，里面似乎在捣鼓着什么。我本来想走上前去看到底怎么回事，但是周围没有什么遮拦物，我只好继续待在原地等待。十来分钟之后，救护车的后门打开了，满头大汗的司机和女护士将老头的躯体抛了出来，随意砸在地上。老头脑部的血浆顿时在桥墩下荡漾开来。

司机和女护士相视一笑，关上车门，发动飞车迅速离去。

我急忙从桥墩后面跑了出来，看到老头的眼睛、心脏还有腰的部位全被掏空了，这让我冷汗不止。

我赶紧背上包，翻看一下城市地图，继续我的行程。

## 2

气温一直有点偏低，而我身上只穿了一件单衣，这真是一个失误。在屋子里面待得久了，都忽略了外面的季节。不知从哪儿飘来的枯叶，幽幽地飘着，盘旋落在路边。看来，是网络上常常提到的深秋了。

"儿子啊，车到山前必有路，要相信这些都会过去的。"记得前几天已经白发凸显的母亲在我狠摔家里东西的时候走了过来，轻轻拍抚着我。我擦了擦眼角的泪水，抬头看了看日益老去的母亲，更加难过了。我想起了在我小时候就死去的父亲，他生前是为了我们家的生计不得已才去入室抢劫的，后来被抓坐牢，本来只需要坐两年就可以出来与我们团聚，但是一进去就被一个可恶的临时工狱警活活打死了！这么多年以来，都是母亲一个人含辛茹苦地把我拉扯大的，而我现在却不能为她老人家……我环视着那狭窄且封闭的两居室，愧疚地低下了头。之后我在网上找起工作，但是几天下来，无数封求职信发出去都石沉大海。就在我绝望的时候，有一个公司终于给了我回复。欣喜若狂的我打开邮件看到公司的名字后，立马又变得没精打采，我犹豫到底要不要把这封信和其他广告垃圾一样删除掉。不过想了大半天，仔细权衡了现实情况后，我还是决定按邮件上面说的去报到。

这不是一家网店，而是一家快递公司，做一名快递员也就意味着我得出门。我盯着家里的那扇门，心想我和母亲有三四年都没有出去过了。我记得最近的一次出门，还是为了当初给门窗用铁皮和钢板加固加封，以防有人爬窗入室。

母亲并不喜欢我找这样的工作，认为天天暴露在大街上，危险系数高，说要不网上再找找，我无奈地对她摇了摇头。临出门时，她爱怜地在我的随身背包里装了一天的口粮，什么压缩饼干、瓶装水、干吃面应有尽有，把背包塞得满满的。因为我去报到的那个快递公司在城市的另一头，而网上说现在城市里一般情况下已经看不到什么交通工具了。

"路途遥远，出门一定要小心，遇事不要慌不要……"当时她叽叽咕咕地说到我差点睡觉才住嘴。

去往快递公司空荡荡的路上，我好不容易碰到了一个骑摩托车的人，仔细一看，原来是个返回公司方向的快递员。我大声地向他喊话，说我是去快递公司报到的新员工，求他载我一程。不过他警戒地瞟了我一眼，便往前冲去。

身上不知为什么居然皮肤过敏，脖子上和手臂上小颗粒痘痘一大片一大片的，并伴随着一阵奇痒，轻轻一抓就能把皮肤抓破。看来今晚回家之后得涂点药了。都怪晓晓，都怪那个插足的老男人。我心里想。

我坐在人行道旁，打开包吃起了母亲为我准备的食物。我狼吞虎咽地啃着干方便面，内心一阵怅惘。尽管它没有母亲精心加工过的方便面好吃，我还是把它吃了个精光。看着这地图，似乎还有一半的路程要走。

清背包的时候无意中发现远处有一些明显没有经过规划而建起的工厂烟囱，细高的烟囱群顶端向外源源不断地排放着不明气体，估计皮肤过敏就是因为这些引起的。

我在城市干道的一角停住了脚步，因为我听到了一群人的嬉笑声，和一个女人痛苦的求饶声。我悄悄地走近，在一堆报废的古董交通工具和垃圾旁蹲了下来，映入我眼帘的是五个上身穿西装，下身脱光了裤子的年轻人，以及被围在他们中间赤身裸体的——之前的那个女护士。那台低空飞行救护车不知道为什么侧翻在地上，司机下半身裸着死在驾驶位。应该是两人在空中车子没挂泊车档，却干着泊车情况下的事情所致吧。

看来那护士正处在危险当中，如果我不去救她，估计今天她会被折磨死。

我打开了手上的腕表，准备拨号给警察局。

"求求你们了，你们这是犯法啊，放过我吧，放过我吧！"那个女护士哭喊着求饶。

"犯法？笑死我了。我爸是田刚，本市的警察局就是我家开的，法由我来定！"其中的一个人狂笑着。我吃了一惊，难道说话的这个人就是本市警察局局长田刚的儿子田毅吗！在网上的新闻镜头中多次见过他，形象很正面，没想到却是这等人渣！

"你们这群禽兽！你们不得好死！"护士绝望地挣扎着，声音穿过空旷的街道。

"美女姐姐，你好可爱哟！也不想想这是什么年代！哈哈哈哈！"田毅的面目越发显得狰狞起来，"小心肝，退一万步讲，老子宁愿坐两年牢，今天也要玩死你！何况老子只要对外宣称自己未成年，扯淡的法律又能把我怎么样！"

"弟兄们，继续玩啊！停下来干什么，有病啊！快……"另外一个人起哄。

我没有再听下去，也不敢再听下去了。我挂断了腕表上刚刚拨出去的号码，嘴角微微地抽搐了两下。

不关我的事……不关我的事，我想。头晕脑涨的我以最快的方式折转了方向，跑着寻找新的通向快递公司的路。

我任汗水流进了我的眼睛。

我任手上拿着的地图迎着风发出恐怖的声响。

我任胸口中怀揣着的那把砍刀硌得我呼吸不畅。

我任那些嬉笑声中夹杂的痛苦呻吟离我越来越远。

然后我喘着气停下了。

"不关我的事。"我突然对自己抑扬顿挫地强调道。这声音很清脆，是从喉咙里发出的。

"不关我的事。"我又重复了一遍。这时我想起了那个抢劫我然后被我打伤的老头，最后各种器官被挖的场景。

"活该！"我自言自语道。

这一切都怪晓晓，都怪那个插足的老男人！我心里想。

## 3

刚到快递公司门口的时候，腕表收到了一条短信，看完之后我差点气得肺都炸了。短信是晓晓发来的，她说和我交往的这几年里觉得我在网店的工作上一直都是好吃懒做，所以她也从来没有和我见面的打算，最多只是网上视频。她向我炫耀她现在找的这个男人，说他虽然年纪比较大，但是很成熟。她还故意跟我透露那个男人如何迷人……真是气死我了！我看着这栋已有两百多年历史的快递公司大楼，想着已经丢掉的轻松的网店工作，一种无限的悲凉感涌了上来。都怪晓晓，都怪那个插足的老男人！我心里想。

公司的经理是个严肃的光头，报完到后他从我的电子钱包里扣除了一定的押金，没有签劳动合同便喊我立即干活了。本来我对劳动合同的事情还有很多疑问，谁知经理边念念叨叨接着腕表上的通讯边走出了大门。他说得提前走，家中有重要的事情，要我不要总异想天开想些没份的事情，年轻人多埋头工作才是硬道理。

晕晕沉沉的我心里憋了一肚子火，但又不敢发泄出来。派件的仓库里面人人都机械地做着一个动作，无论是生活用品还是电器产品，都是一个人抛一个人接，看起来很有默契，偶尔动作失误包裹会砸在地上，无论摔没摔烂，分件人员都能面色平静地将其拾起继续码货。

有个人骑着装满货物的摩托车经过我的面前准备出门派件时，被我认了出来，就是这个人，之前在街上不仅拒绝了我合理的搭车请求，还无缘无故地白了我一眼！

他该打。所以后来我把他从车上拽了下来，狠狠拳打脚踢了一番。具体两个人之间是怎么打的我已经记不清了，因为脑袋里那个时候已经根本不想事，当仓库主管拉住我的时候，他已经被我打得不成人样了，身体像垃圾一样被主管拖拽到了一堆货物边。主管说我们两个想怎么打那是我们自己的事情，但是现在这个人被打伤了，派件的事情得我来顶替。当时我的头脑清醒过来一点了，也觉得自己打得太重了，于是愤愤地答应了主管的安排。

都怪晓晓，都怪那个插足的老男人！我心里想。

抬眼望，天是铅灰色的。我深深吸了几口并不让人感觉舒畅的空气，发动摩托车，开始了我的工作。我骑着摩托车飞奔在这死气沉沉的城市大道中，无所顾忌。骑摩托车是刚刚现学的，但是我发现我这人很有天赋，因为我骑得很上手。它就像是我胯下的一匹野马，尽管野性十足，但随时都在我能够控制的范围里。如果晓晓也像它，该多好。想着想着，我的眼眶湿润了，随即又陡增了一股怒火。

路过那台救护车翻车地点时，我看到了赤裸着死在一堆垃圾中的那名女护士。几个青年已经离去，嬉戏已经结束。她就这样睁着眼睛，静静地被扔在那里，连同旁边救护车里的爱侣，被时间遗忘在这了无声息的城市街道。坐在飞驰的摩托车上我在想，这护士和那名司机、包括先前立交桥墩下的老头的那具尸体，过多久才会有人来处理呢？

也许，不会有吧。

我用大半天时间派送了很多户人家的包裹，待到黄昏时，摩托车的篮子里终于剩下了最后一个。这年头讲究个所谓的隐私权，所以包裹上的信息都只精确到接收人的住址，只有在签收时才能大概确定最终责任人。其实想起来觉得很有意思，几乎每一户人家打开防盗门接收包裹时，都会手持一把刀子棍子或者其他防卫武器，以防入室抢劫等不测之事。其实，我和母亲也都是如此。直到今天当了大半天的快递员，我才知道对于快递员来说，这是有多么的尴尬和冒火。

这是一个最差的时代。我们人类的"法"在一些别有用心的人掌控之下提前收起了捆绑"恶"的绳子，可遏制"恶"的"道德"，却永远在路上。

## 4

我按包裹上的地址，按响了眼前的门铃。过了一会儿，门开了。开门的，居然是快递公司的那个光头经理。他警觉地握着一把菜刀，光着膀子。我和他都尴尬地一笑。

"经理，这是您家？"我特意友好地问道。

"呃……算吧，算是吧。"光头一边点了点头，一边用笔在包裹上签着单。

"亲爱的，是不是我的东西送来了呀？"浴室传来了一个妖媚的熟悉声音，竟然是晓晓的声音。

我的心跳陡然地直线上升。

我的血液急剧沸腾起来了。

"哎呀，是的啦，待会再说啦，我先帮你签收了。"光头侧着头应答着，将签上名的单子递给了我。上面写着晓晓的名字。

我的愤怒已经冲破头顶。

我感受到了怀里揣着的那把砍刀的颤动。它的幅度越来越大，越来越强烈，它贴着我的胸口，汲取了我所有的怒火、失意、告诉了我所处的时代，然后，呼之欲出。

5

"回来了吗？妈妈等着你吃饭呢，今天为庆祝你找到新工作，特意做了好多的美食哦。"腕表的屏幕上，母亲苍老的脸浮现了出来。

"回来啦，儿子马上就回来。"我微笑着。

"我能回来。"我一字一句喃喃。

我用那张城市地图擦净了手中这把满是血迹的砍刀，将它重新塞进了怀里。

抬眼望，暗红的黄昏让我眩晕。我深深吸了几口让人并不感觉舒畅的空气，扔掉了手中浸满了血的城市地图。

我迎着眼前血色的云霞，迎着这个静寂的时代，发动了摩托车。

# 银行大劫案

文／周全

## 1

外面下着大雨，路灯照着从天上掉下来的豆大雨点，一辆车子停在了紧靠一家银行的路边，一名神秘的男子冒着雨走下汽车，顺手把一袋子装备拿了出来。他快步走向银行，边走边在袋子里拿出其中一个装备。

门卫看到这名男子接近银行大门，立刻打着伞过去制止："先生，本银行没有 24 小时的网络银行终端，请移步，等早上……"警卫还没说完，男子突然从身后掏出来一把电磁手枪，通过电磁线圈加速的金属物如同子弹一般射出枪管，命中门卫头部。金属物体贯穿整个脑袋，雨水与迸溅出的脑浆和血液混杂在一起，雨伞掉在了地上，门卫也倒在了地上。

男子把手枪重新收回袋子里，细小的电磁枪声被雨声掩盖。他又从袋子里拿出一枚炸药，黏在银行大门的铁闸上，按下几个按钮。炸弹于十秒后引爆，爆炸声很大，不过男子不在乎，他很清楚自己的目的。

跨入那个炸开的大洞，男子来到了银行的大堂，此时警报已响起，不过这并没有超出他的预料，一切尽在掌握之中。他来到了一个柜台面前，再次把一枚炸药黏在了防弹玻璃上，利索地把玻璃炸碎。这些玻璃虽能阻挡子弹的冲击，不过在炸弹的冲击面前，它们显得是那么脆弱。

男子用手快速处理炸开的口子附近的玻璃碎片，让洞口撑得更大，随后他用一个娴熟的动作进到银行的内部区域。虽然纸币此时早已被数字货币所替代，不过银行的作用还是和以前一样，处理有关钱的业务。男子很清楚进入银行中央系统的端口就在附近，他再往内部渗透了几扇门后，便看到了处理器的所在地，随后从袋子里拿出一台笔记本电脑。

他能听到从外面传来的警笛声，不过这完全影响不到他，他在把一条数据线插入到中央处理器后，有条不紊地进行破解工作。

处理器最近正进行升级工作，男子十分顺利地就突破了处理器的防火墙系统，能从电脑的屏幕上看到，这家银行的数字货币储蓄值是三百万，如果是在以前的话，就等于是在这里藏有三百万的现金。

他把转账户口用一个 U 盘录入了系统里面，让这三百万人民币全部转移出去，进度条读取完后，只需要按下一个 Enter，所有转账将会在一瞬间完成。

"警察冰冻军团，别动！"一个身上穿着特殊防冻盔甲的人破门而入，他身后背着一瓶液氮，手上端着液氮喷射器。

就在男子按下 Enter 键的一瞬间，液氮喷在了他身上，全身迅速进入冰冻状态，被冰冻抓捕时，他刚好对着警察的方向淡然一笑。

"赵长官，我们迟了几秒！"冰冻军团对着外面的人喊道。

随后处理器中心走进来一名中年男长官，他的注意力放在了男子的手指上，发现 Enter 键已被按下，行动再次失败了。

赵长官懊恼地摇了摇头，对身边的同伴说："叫技术部跟踪资金转移方向，还有把这冰人抬到警察局里。"语毕，赵长官看到男子脸上那贴满白色冰霜的笑容，简直是一种赤裸裸的蔑视，赵长官在心里默念着一定得找到劫案背后的操纵人。

## 2

"冰冻军团真是帮了警察大忙。"陈警长望着玻璃缸内尚未解冻的罪犯，他那笑容依然保留着，似一尊雕像立在那里。见赵瑞一直在房间的另外一个角落里忙着做另外一件事，陈警长皱着眉头问："你们究竟在忙什么啊，刚从火星殖民地办公回来你们就忙成这样了。"

"为了调查一系列的银行劫案，我们成立了一个专项调查组，调查组的办公室就在这个地方。"赵瑞忙得不可开交，就连头都没转向陈警长一下。

陈警长不解地敲了敲冰冷的玻璃缸，问："犯人不就在这里吗，他被冰冻了，被你们抓获了。"

"你知道这案件最棘手的事情是什么吗？"赵瑞停下手头上的工作，来到了玻璃缸前，输入解冻的指令，玻璃缸内开始被白雾所萦绕，根本看不到解冻时犯人是什么状态。

"你傻啊你，这样子会把犯人放出来的！"陈警长见状本想制止解冻，不过他的手臂被赵瑞紧紧地按住。

赵瑞安慰道："别怕，等下你就知道了，犯人没有逃跑的危险。"

在完成解冻过程后，玻璃缸从中间打开，白雾冲出缸外，赵瑞能感受到白雾带来的冰凉感觉，然而在这个时候，陈警长早已紧张到把配枪给拿了出来，随时准备射击。

不过，白雾散尽，罪犯没有逃跑，解冻后的罪犯一直躺在玻璃缸内，一动不动。他脸上的笑容消失了，眼睛紧闭。

"天呐，他难道死了？"陈警长用一种不可置信地眼神望着这名刚解冻的罪犯，要知道他曾经看过刚解冻的人，都会十分惊恐地想了解情况，不过此时这名罪犯却恰恰相反，他不敢伸手去试探罪犯是否还活着。

赵瑞从腰间拿出一把刀，用力插进罪犯的肚子里，在肚子上划开了一道很大的口子，血液迸溅出来。他把口子撑大，把一只手伸进去寻找某样东西。

陈警长连忙擦拭溅射在脸上的血液，嘴里咒骂着："你个混蛋！啊……"

这时，赵瑞从罪犯肚子里抽出一样东西，在血液的浸染下，难以快速判断这块长条形的东西是什么。

"啊，这是什么？"

"接收器，操纵者使用这个，一直操纵着这个人，根据我的判断，这是个人造人，操纵者使用一系列设备，操纵人造人来抢劫银行。"

"那操纵者找到了吗？"

"没有，不过寻找操纵者是一方面，更棘手的事情还在后面。"

### 3

另一个夜晚，一次嫌疑犯的抓捕行动。

一阵急促的敲门声响起："开门，我们是警察，不要作无谓的抵抗，这里被包围了！"

"可恶！"陈强正在破译一家保险公司的安全系统，没想到警察已找上门来，作为职业黑客的他立刻执行破坏证据的任务。首先他把刻录了各种破译系统的光盘一股脑地塞进了微波炉，紧接着他把参与破译过程的电子计算机硬盘全部磁化一遍，破坏掉内部数据，虽然这让他很不舍，不过为了免于被起诉，他只能这么做。

当警察破门而入，陈强已坐在电脑前完起泡泡龙，他若无其事地转过头来，故作惊讶地打个招呼："啊……你们还没预约呢就来了！"

"陈强，请跟我走一趟，我怀疑你跟最近的一系列银行抢劫案有关。"赵瑞为陈强戴上了手铐。

"啊，就是报纸上说的那个把你们耍得不亦乐乎的案子吗？我也有关注噢。"陈强被赵瑞带出了房间。

一个小时之后，警方的审讯室。

作为警察局的常客，陈强对审讯室内的所有东西都十分熟悉，现在他在用双向玻璃当作一面镜子，简单地整理着自己蓬头垢面的外表，他漫不经心地问："你为何怀疑我是操纵人造人的那个人？"

"你的很多行为举止和人造人的行为举止相符。"赵瑞紧握着录音笔，他很没有底，陈强只是他在很少证据之下推测出的嫌疑人而已，至于是否是真正的操纵者还需更多的证据。

"比如？"

"你们都是左撇子。"

"很多人都是左撇子。"

"你们都有丰富的黑客技术，能在一分钟内让银行正在升级的系统土崩瓦解。"

"其实比我厉害的黑客大有人在，对了，左撇子也有很多，你们警察难道已经堕落到要从行为习惯上来推测犯人是谁了吗？有相同行为习惯的人大有人在，你们就不能找出一点确凿的证据来证明谁是操纵者？"陈强有点被激怒的感觉。

赵瑞拍桌子，对陈强吼道："我奉劝你放老实点，这是什么地方你难道不清楚吗？"话音刚落，一名警官从审讯室外面冲了进来。

"赵瑞，我们刚才调查了一下，陈强在昨晚凌晨银行被盗的时候出入过他们家的住宅区，有不在场证据。"那个警官把资料递给了赵瑞，赵瑞无奈，心中不禁暗自咒骂，一个嫌疑人又这么被排除了。

"不要灰心，毕竟有枪械训练经验、黑客技术，对社会充满报复心理，左撇子，精通生物技术的人不多，大多数嫌疑人只符合这五项的其中两项，其实还有很多特征我们还没有找到呢。"那名警官劝道。

赵瑞平复了一下心情，耸了耸肩，说："最怕这些特征成不了定罪的证据，我们要在找到操纵者的同时，找到那套操纵人造人的装备。"

就在这个时候，一名警察气喘吁吁地冲到了审讯室门口处："又……又有一家银行被……被抢了，警报响起了！"

赵瑞当即离开审讯室，前往犯罪现场，并叮嘱道："冰冻军团全部撤退，我们要活捉人造人，那样我们才能追踪信息源！"

### 4

距离银行比较近的警车车队包围了整个银行，赵瑞所在的警局比较远，不过好在赶到现场的时候，警方已经控制了现场。这是一家郊区的银行，晚上时人烟稀少，的确是进行盗窃的好时机。

"快出来投降，你已经被包围了！"一名警察拿着喇叭冲着里边喊。赵瑞能观察到，在银行门口处有明显的爆破痕迹，他在自己的笔记本上写下一条新的特征：爆破专家。

随后他来到了拿着喇叭的那个人身边，问："你们谁是指挥？"

"在那边。"

顺着同伴的指引，赵瑞找到了指挥官，那是一名比赵瑞稍老一点的警察，不过貌似对抓捕罪犯没有什么积极性，他们的首选方案是迫使里面的罪犯缴械投降。

"我是这次系列银行抢劫案的专项调查组组长，希望你们能配合我的工作，立即突破进去，抓捕罪犯。"

那名指挥官瞥了一眼赵瑞："我不会让自己的手下白白送死，逼迫罪犯投降才是上策。"

"但如果操纵者断开连接的话，我们就什么都得不到了。"其实赵瑞隐瞒了一个事实，就是他是希望操纵者断开连接的，在清醒状态下断开连接，警方这边的侦查装备就可以清晰地分析出信号源在什么地方，而警方的突破只是逼迫操纵者断开连接。

此时，一条消息传到了赵瑞的手机里：我们已侦测到银行内的人造人断开了连接，信号源很模糊，需要慢慢分析才行，建议拿走人造人的接收器。

赵瑞把短信给指挥官看了一下，不过指挥官决意在看到人造人之前绝对不会让自己的手下走进银行内，无奈之下赵瑞只好孤身一人跨进那个被炸弹炸开的口子，进入到银行里。

他一只手拿着手枪一只手拿着手电筒，所有作案的方式和以前被抢的几家银行是一样的。他走进了中央处理器所在的房间里，发现了人造人使用过的电脑，里面的上百万汇款早已被转走，不过最大的问题是，人造人到哪里去了？

这个房间十分狭小，就连转身都成问题，除了能站的地方外都被处理器占据了，那个信息本来就说他们已经断开连接了啊，难道人造人断开连接时不在这个房间里。赵瑞摸着木质的外墙，想寻找出线索。

此时又有一条新的短信进入到赵瑞的手机里：他们又重新连接了，小心！

还没等赵瑞反应过来，一道人影突然扑上来，一脚踢到赵瑞的手上，手枪落到地上，手电筒刚好能照到人造人那狰狞的脸。

"是你。"赵瑞很清楚，这是难得的一次与操纵者面对面对话的机会。

人造人笑道："我想告诉你一声，你所做的一切都是徒劳，你是找不到我的。"声音十分的沉闷，也许是造人环节上偷工减料所致，至少不会做得像歌手一样有精致的歌喉，要知道这些躯体都是用完即弃的。

"不，我只是暂时找不到你罢了。你是一名全才，会炸弹，会用枪，会生物科技，还会黑客技术。"赵瑞偷偷地想拿起那把掉在地上的手枪。

但一切都迟了，人造人仰天大笑了一会儿后突然又与操纵者断开了连接。赵瑞十分清楚自己该做什么，他立刻拿起枪对着人造人的大脑开枪，为的就是防止操纵者的再次连接。

他拿起通讯器："谁搜到了信息源，告诉我一声。"

"还是很模糊，我们需要时间分析。"

"可恶。"赵瑞愤怒地一拳砸在了人造人的脸上。不过他很清楚，这与击打一具尸体没有什么区别，抓再多的人造人也没用，重要的是要找到操纵者是谁，才能把这一系列的银行劫案画上句号。

5

银行外下起了大雨，那名中年指挥官带着队伍离开了现场，留下来的只剩下赵瑞的团队。

赵瑞走出银行，没打伞，他享受着雨点砸在身上的感觉，他闭上双眼仰头冷静了一会儿，嘴里嘟囔着"他嘲笑我们……他嘲笑我们……"赵瑞很想把怒气全都赶走，但没有一点用处，心里想的是把操纵者按在地上暴打一顿，以解心头之恨。

陈警长打着伞来到赵瑞的身边，一脸忧愁地提醒道："喂，你们办事的效率怎么那么低啊，再让那个混蛋抢下去，所有银行都得关门！你知道银行一天不开门对社会的影响有多大？"

赵瑞叹了口气，他不想回答任何的问题，心里的压力就像没有开口的高压锅一样，随时都会爆炸。赵瑞轻轻地拍了拍警长的肩膀，走向警车，助手拿着伞来到他面前。

"加快审讯的速度，把所有可疑的人都过滤一遍，快，上车。"

十五分钟过后，又一个嫌疑人打开了房门，赵瑞出示了警察证，径直进入嫌疑人的家里进行调查。

此嫌疑人是一名二十多岁的年轻人，赵瑞简单地看了下他的履历：小时候父母双亡，就读于生物科技大学，读了两年后辍学进入了军队，代表北约军队参与了基辅的保卫战，不过在一次友军轰炸的过程中，他的部队被误以为是敌军，队友大多数被误杀，军医认为他有心里创伤，所以被剔除出军队，回国后继续就读生物科技大学。

赵瑞又看向他家里的摆设，杯子的耳朵是向着左边的，电视遥控器也放在桌子的左边，就连鼠标也放在了键盘的左边，他猜测嫌疑人是一名左撇子。

"你叫什么名字？"赵瑞盯着他，观察他的一举一动。

"宋博。"嫌疑人有点警惕地回答道。

赵瑞点了点头，没想到他有与人造人如此多相似的特征。他心里有点像抽中大奖一样，貌似操纵者就在他面前，如果能找到证据的话，他发誓绝对打到宋博这个混蛋痛不欲生。

赵瑞的助手从门外走了进来，告诉赵瑞："我查了公寓的探头，这个人十分钟之前才回到家里，银行被抢期间他不在家。"

"噢……那我们就有他在场的证据了。"话音刚落，赵瑞把宋博一把推到沙发上，问："半个小时前，你在哪里？"

"我出门买了点东西。"宋博不加思索地回答，看似十分的平静。

赵瑞突然想起某些东西，对身后的助手说："帮我查一下街边的监控探头，如果找不到他的话跟我说一声，我们需要更多的在场证据。对了，找另外一个小组在距此路程十分钟的范围内寻找人造人的制作实验室和操纵室。"

紧接着赵瑞回身抓住了宋博的衣领，吼道："买一点东西不会花半个小时的时间，快说，最近半个小时你做什么了？一五一十地告诉我！"赵瑞抡起拳头。

因为压力太大，最近赵瑞总是控制不住情绪，于是助手劝赵瑞："你先消消气，休息一下，我来吧……"

赵瑞被劝走，身心疲惫地离开了宋博的家。

# 6

早上醒来，赵瑞发现手机的提示灯亮着，有人打电话过来留下了录音。赵瑞摸了摸额头，有一点发烧，不过这一切并不重要，重要的是能找到宋博是操纵人的证据。

他拿起手机，按下了播放键，是助手的声音："赵警官，我与同事了解了一下，宋博家附近的街道都没有安装摄像头，而在最近有摄像头的街道上，我们并未发现宋博的身影。"

赵瑞忍不住咒骂："真会挑地方住。"

随后他发现还有另外一条留言，立刻按下了播放按钮，还是助手的声音："我们彻夜寻找人造人制造实验室，但无功而返，他可能把实验室藏在很隐蔽的地方，唯有等待信息组那边搜查信号源的确切位置了。你不用担心，只要信号源出来了，自然会真相大白。"

赵瑞咬了咬牙，他认为宋博几乎符合所有人造人的行为特征，不过还是得静心等待更深层次的证据出炉。他简单洗漱后走出家门，亲自担负起监视宋博的任务。

一个小时后，赵瑞坐在车子里面，看到宋博来到一家酒吧，在里面喝闷酒，脸上写满了不爽。赵瑞猜测他心里有鬼，眼睛像盯着猎物一样盯着他。

不过奇怪的是，宋博的耐性貌似比赵瑞还要好。他从早上八点就坐在酒吧里，一直坐到了晚上八点，赵瑞不知道他的膀胱是不是铁做的，期间他没有上过一次厕所，屁股一直紧贴在座位上，他的眼神十分迷离，貌似一直盯着手中的酒。

他唯一的动作就是下午三点左右从裤袋里拿出了一张照片看了几眼，在宋博观看照片背面的时候，通过助手刚在酒吧内悄然安装的摄像装置，赵瑞很清楚地看到，那张照片是宋博战友的合照，也许他是在怀念已故的战友？

漫长的一天过去了。赵瑞开始犯困，加上有点感冒的原因，不知不觉睡着了。

他是被车外的雨点声吵醒的，睁开朦胧的睡眼，脑袋十分疼，就像快要炸开一样。车外下着倾盆大雨，从车内勉强能看到酒吧内的情况，宋博已经离去，至于什么时候走的，赵瑞根本不知道。

他连忙拿起手机，联系助手："我把宋博跟丢了，我再重复一遍，我把宋博跟丢了，快联系分队，动用一切手段寻找宋博。"

"外面下雨了。"助手在手机里说。

"我知道，我预测他又有新的动作了，让所有的银行提高戒备！"

不过一切都迟了，警用频道这时报告，又有新案件发生，地点位于市中心的一家大银行，作案手法与之前一样。不过让人疑惑的是，人造人不是过去偷钱的，而是把以前盗窃的上千万电子货币全都注入到那家银行的终端内。人造人在断开连接前在中央处理器上画了一个笑脸，上面留了一句话："你还是抓不到我！"

## 7

当天夜晚，雨还没有停，赵瑞驱车来到了宋博家楼下，冒着雨走进大楼。他用手枪把宋博家的门锁打烂，随后一脚踹开房门。只见宋博一个人醉醺醺地躺在地上，身上一股酒臭味。

"你干什么啊你！"宋博想逃跑，不过被赵瑞一把抓住了，他把宋博按倒在地上，往门口方向拖行。

"你想嘲笑我们是不是？嗯？让你知道嘲笑我们的后果是什么！"他一拳打在了宋博的肚子上，随后他拖着宋博走出了大楼门口，来到了江边一个偏僻的角落。

赵瑞对着宋博拳打脚踢，宋博的惨叫声不会有人听到，雨点砸在地上的声音盖住了所有的声音。宋博的鼻子被打出血来，身上多处瘀伤，不过他很耐打，如果是平常人的话早就晕过去了。赵瑞就这么打了他十来分钟，心中的压力全都释放到他身上。

他的助手根据赵瑞的手机定位找到了赵瑞，手上还拿着一叠文件，看到赵瑞后对他大喊："头儿，信号源找到了！"

赵瑞手上全是宋博的血，他喘着气拿起文件一看，不由愣住了。因为文件显示，信号源是在城西一带，而宋博家是在城东，不符合实验室距离他家只有十分钟路程的推断，除非是飞毛腿，没有一个人能在十分钟内从城西回到城东。

"也许罪犯另有他人。"助手提醒道。

"可恶！"赵瑞气不打一处来，又想继续痛殴宋博解气。

不过宋博趁着赵瑞注意力不在他身上时，纵身一跃跳进了江里……

## 8

几天后，赵瑞殴打嫌疑人的事被曝光了，赵瑞因此被革职，专项调查组组长的职位给了另外一个人。他们去信号源附近寻找人造人制造实验室，不过无功而返，也许信号源被人为篡改了，也许实验室藏在了十分隐蔽的地方？谁知道呢。

这一系列的银行劫案终告一段落，操纵者把钱全都归还出来是他最后的一次抢劫，稍后的几年里他再也没有动静，也许是害怕人们调查信号源了吧？

不过操纵者休息了，警察却没有休息，新的调查组组长抓了许多嫌疑人，符合各种人造人的特征，但最后都是因为找不到人造人制造实验室或者操纵人造人的地方这个最关键的犯罪证据，所有嫌疑人都无法继续调查下去。

十年一眨眼就过去了，赵瑞已经成为一名普通的上班族。他在出差的途中刚好路过了一家他很熟悉的银行，这家银行位于郊外，就连摄像头也没有，银行的门上挂着一个"拆"的牌子。

这是人造人曾经抢劫过的其中一家银行，赵瑞此时还记忆犹新，他甚至记得冰冻军团把人造人冻住后，人造人脸上的笑容。想起这些，赵瑞心中再次燃起怒火，不过这份怒火早已没有当年的热度，所有的一切早已成为过眼云烟。

这时，一个小孩子走到赵瑞面前，好奇地问："你在看什么呢？站在这里多危险啊，楼要拆了。"

"我只是想怀念一下发生在这里的往事。"赵瑞感叹道。

小孩子眨了眨眼，说："好奇怪噢。"

"奇怪什么？"

"刚才也有一个人站在这里很久，而且我问他的时候他给我了同样的答案，他想怀念发生在这里的往事，说是为了给某些人报仇。"

赵瑞吓了一跳，他几乎可以判断出，刚才驻足在这里的人便是操纵者，又是一次接近能抓住罪犯的机会，他忙着问小孩子："那个人去哪了？"

"不知道，我一转头那个人就走了。"

"那他长什么样子？是不是……凶神恶煞的那种。"

"鼻子上有伤痕，其余的很普通，啊，对了，他还告诉我他曾加入过军队呢，军人都好帅啊，我长大了也要入伍！"

赵瑞瞬间陷入了彷徨，他想拿起手机去报案，告诉人们他找到了十年前那一系列抢劫案的犯人，不过最后他还是放弃了，反正没人能

367

找到实验室，他想还是继续过平淡的生活吧。

赵瑞摸了摸孩子的头，离去了。

# 《宇宙钟摆》

超光速追缉挑战想象力极限，

宇宙钟摆系统概念带你滑向宇宙深渊！

生命形态可以量子化呈现？

高极智能的最终归宿难道都要进化到能量状态？

点燃木星虽可以给人类取暖，但可怕后果谁能预料？

移民水星是否可行？

驾地球逃出太阳系难道就能找到新家……

世间万物，皆有生灭，就算存在了130多亿年的宇宙也概莫能外！

"宇宙钟摆"就是这样一个控制宇宙生死轮回的大系统。它由两个以上引力中心构成一个奇特的时空结构，在这个宏大无匹的结构中，宇宙中的所有物质只能在几个引力支点上做钟摆运动，宇宙万物的轮回由此而生。

对于这个系统，人类原本一无所知，但一场无法躲避的灾难，却加速了我们对它的认知：

公元22世纪初，地球进入一片需要3 000万年才能穿越的星际尘云。早在两三亿年前，地球便因穿越这片浩瀚尘云而进入漫长的冰河期，地球上97%以上的生物惨遭灭绝……而这次，走进这条进化死胡同的，却是我们人类！

为了应对这场末日劫难，有人主张利用量子发动机技术，将地球推离原有轨道；有人主张移民水星或点燃木星取暖；还有人暗中策划"涅槃计划"，试图利用外星智慧，将人类改造成嗜杀成性，但能适应恶劣环境的鹠羽人……

不同的意见导致无尽的争执与杀戮，人类面临两难抉择：要么被异化，要么被灭绝。最终主张维持人类本性的一方占据上风，"涅槃计划"策划者因此逃向宇宙深处。于是，一场超光速飞船追缉叛逃者的太空大戏在宏大的宇宙背景下展开。在惊心动魄的追缉中，"狄拉克"号飞船诡异地陷入时空陷阱，没想到却让人类意外地掀开了"宇宙钟摆"的神秘面纱。

"宇宙钟摆"能否改变人类面临的厄运？最终结局超出了所有人想象……

**银河行星**：本名吴信才，重庆市璧山人，新生代科幻作家。作品叙事宏大，擅长多角度展现人与宇宙万物的对应关系，擅长在众多科幻创意中反复切换，进而展现人类在极端状态下的生存状态、心理状态。其作品画面感极强，受到多家影视公司青睐。代表作《宇宙钟摆》三部曲以及其所著的所有作品，均已天价签约影视公司。

为促进中国本土科幻文学更好发展，《虫》MOOK系列图书面向全球华语科幻作者、书迷广泛征集科幻短篇、中篇、长篇原创作品。

**我们郑重承诺，对于来稿每稿必复。**

投稿邮箱：bfwhzf@163.com
科幻作者、读者交流群：QQ 群 1：16812541
　　　　　　　　　　　　QQ 群 2：28184811

扫一扫走进科幻，关注《虫》MOOK 更多资讯。